AF285223

Uwe Goeritz

Ein Jahr unter Gauklern

Bibliografische Information der Deutschen Nationalbibliothek:

Die Deutsche Nationalbibliothek verzeichnet diese Publikation in der Deutschen Nationalbibliografie; detaillierte bibliografische Daten sind im Internet über http://dnb.dnb.de abrufbar.

Coverbilder: mareedesign und Reinhold Silbermann
          auf Pixabay

Covergestaltung: Katharina Münz / Uwe Goeritz

Herstellung und Verlag: BoD – Books on Demand, Norderstedt

ISBN: 978-3-7519-8230-6

Inhaltsverzeichnis

aukler! Im Mittelalter waren sie diejenigen, die Unterhaltung und Spaß in die Dörfer und Städte brachten. Sie waren frei und gehörten nur sich selbst, aber sie waren oft auch vogelfrei. Jeder konnte ungestraft mit ihnen machen, was er wollte. Von keinem Herrn geschützt, lebten sie gefährlich.

Der Not gehorchend schließt sich die sechzehnjährige Magd Ebba einer dieser Gauklergruppen an. Sie lernt das freie Leben kennen und erlebt abenteuerliches, aufregendes und findet die Liebe. Zu Unrecht des Mordes verdächtigt, muss sie fliehen und versteckt sich. Kann sie dem Schwert des Scharfrichters entgehen?

Die handelnden Figuren sind zu großen Teilen frei erfunden, aber die historischen Bezüge sind durch archäologische Ausgrabungen, Dokumente, Sagen und Überlieferungen belegt.

1. Kapitel

Drachendolch

ie ersten Strahlen einer frühsommerlichen Sonne schoben sich über das Waldstück und tauchten die Dächer der strohgedeckten Hütten in ein helles Rot. Diese Dächer gehörten zu einem kleinen Dorf, das sich mitten in Sachsen befand, mit etwa einem Dutzend Katen nebst ein paar dazugehörenden Ställen sowie Scheunen. Es war auch nicht so weit, bis zur Elbe, die als breiter Strom durch das Land floss und die durch die Kühle der Nacht einen Morgennebel in die wärmenden Strahlen sendete.

Und diese Sonnenstrahlen weckten einen verschlafenen Hahn, der daraufhin heißer krähte. Das Krächzen des Vogels riss wiederum ein Mädchen aus dem Schlaf, das nur wenige Schritte entfernt in einer der Scheunen geschlafen hatte. Ebba, die Tochter einer Magd, erhob sich von ihrem Lager, gähnte und rieb sich müde die Augen. „Los jetzt, du Faulpelz!", rief die Mutter und Ebba zuckte herum. „Faulpelz?", fragte sie erschrocken, dann bemerkte sie, dass die Mutter sie anlächelte. „Alles Gute zum Geburtstag!", sagte die Mutter und umarmte die Tochter. Jetzt fiel ihr wieder ein, dass sie an diesem Tag sechzehn Jahre alt wurde. „Danke dir", entgegnete sie und die Mutter überreichte ihr einen Dolch. „Meiner?", fragte das Mädchen und die Mutter nickte. „Du bist doch jetzt eine Frau!", erklärte sie.

Ebba griff zu, zog den Dolch aus der Scheide und betrachtete die Waffe. Sie war sehr schön. Die Klinge war so lang, wie zwei ihrer Hände und den Griff schmückte das Abbild eines Drachen. Voller Freude wollte Ebba die Mutter umarmen, doch diese zuckte zurück. „Steck erst die Waffe zurück!", forderte sie die Mutter auf und das Mädchen nickte verstehend. Sie schob den kostbaren Dolch zurück in die Hülle, legte diese zur Seite und nun erst ließ sich die Mutter umarmen. „Danke dir!", sagte Ebba und die Mutter erhob sich. „Und nun flink!", sagte sie, denn zu lange hatten sie schon getrödelt.

Die Mutter arbeitete bei einem Bauern und die Tochter half ihr. Ihren Vater hatte Ebba nie kennengelernt. Er war ein Knecht gewesen, der vor ihrer Geburt ums Leben gekommen war. Die Mutter hatte ihn sehr geliebt und Ebba viel von ihm erzählt. Doch nun wartete die Arbeit auf sie. Schnell hatte sich Ebba an der Viehtränke gewaschen, das Kleid übergeworfen und den Gürtel angelegt. Der ungewohnte Dolch drückte auf ihre Hüfte und es würde sicher eine Weile dauern, bis sie sich daran gewöhnt haben würde.

Aus dem Augenwinkel heraus bemerkte sie, wie der Bauer aus dem anderen Haus trat und zu ihr herübersah. Im Sommer lebten Ebba und ihre Mutter in der Scheune, nur im Winter durften sie in das Haus. Auch die Knechte wohnten manchmal in der zugigen Scheune, aber nur zur Ernte und soweit war es noch nicht. Der Blick des alten Mannes trieb Ebba in den Stall, wo sie die Kühe melken sollten. Die Mutter hatte schon einen halben Holzeimer Vorsprung und nun beeilte sich auch Ebba. Sie griff sich den zweiten Eimer, hockte sich vor die nächste Kuh und strich dem Tier über das Euter, dann ließ sie die Milch in den Eimer spritzen.

Es sollte wieder mal dieser leckere Käse gemacht werden, den Ebba so liebte. Die Vorfreude trieb ihr schon das Wasser in den Mund. Flink ging ihr die Arbeit von der Hand und eine Kuh nach der anderen konnte aus dem Stall. Die Bäuerin holte die Tiere an der Stalltür ab und brachte sie zur Weide hinüber, die vom Feld durch einen Bretterzaun abgetrennt war. Nicht auszudenken, was wohl passieren würde, wenn die Kühe in das fast reife Korn laufen würden.

Schließlich waren die acht Kühe gemolken. Der Bauer war durch seine Tiere einer der reichsten der Umgebung. Trotzdem hatte er nur Ebba und ihre Mutter als Arbeitskräfte auf dem Hof. Von ihm und seiner Frau mal abgesehen. Vermutlich war er deshalb so reich.

Auch das Feld war größer als die Felder der anderen Bauern. Dreimal so groß, wie manche andere. Noch immer spürte Ebba es im Rücken, wenn sie an die Arbeit des Frühjahres zurückdachte. Zwar hatte der Bauer den Pflug geführt, aber Ebba hatte die beiden Ochsen führen müssen. Von Sonnenaufgang bis Sonnenuntergang waren sie über den Acker gezogen. Abends war sie meist zurück in die Scheune gestolpert, aber es hatte sich gelohnt. Nur noch ein oder zwei Wochen und die Ernte würde beginnen können.

Das Mädchen stand an der Stalltür und sah zu dem wogenden Getreide hinüber. Wie die Wellen im Fluss sah das aus. „Mach hin du Faulpelz!", rief der Bauer und an seinem Gesicht sah das Mädchen, dass der Mann es ernst meinte. Nur wer arbeitete, der durfte bei ihm auch essen und schon oft war sie hungrig auf ihren Strohsack gefallen, bloß weil der Mann der Meinung gewesen war, dass sie nicht hart genug gearbeitet hatte. Schnell griff sie sich die Mistgabel und verschwand wieder im Stall.

Tägliche harte Arbeit folgte. Eine Stunde später war der Mist im Hof und neues Stroh im Stall. Gerade als sie die Mistgabel an die Stallwand stellte, da hörte Ebba einen lauten Knall vom Feld. Erschrocken fuhr sie herum und sah, wie eine der Kühe den Zaum zersplittert hatte. Zum Überlegen war keine Zeit! „Schnell! Die

Kühe!", schrie sie und alle liefen zum Feld hinüber. Die erste Kuh war schon durch die Lücke hindurch und trampelte durch das Korn. Sie fraß es nicht, sie trat es nur in Panik platt. Was hatte die Kühe so erschreckt, dass sie durch den Zaun gebrochen waren? Zuerst mussten die anderen daran gehindert werden, durch die Lücke in das Getreide zu laufen.

Mit ausgebreiteten Armen stellte sich Ebba den verbliebenen sieben Tieren entgegen, aber so richtig wohl war ihr dabei nicht. Schließlich waren die Tiere viel schwerer als sie und spitze Hörner hatten sie auch noch. Das Mädchen schrie die Tiere an und die Kühe wendeten. Nun stand sie in der Lücke und die anderen drei versuchten die Ausreißerin einzufangen.

Ebba konnte nur über ihre Schulter sehen, wie der Bauer versuchte, den Schaden im Feld zu begrenzen. Die Kuh rannte hin und her. Jeder Schritt des Tieres ließ den Bauern brüllen und das machte das schwere Tier nur noch nervöser. Dann forderten die sieben Tiere vor Ebba wieder ihre Aufmerksamkeit. Sie musste die Tiere im Auge behalten und hörte das Gebrüll hinter sich. Trotzdem musste sie auch immer wieder nach hinten, über ihre Schulter, sehen, weil sie ja der achten Kuh im Wege stehen würde, wenn diese zurück zu den anderen wollte.

Praktisch stand die sechzehnjährige mit ausgebreiteten Armen zwischen den Hörnern der Tiere. Hinter ihr schrie die Mutter auf, Ebba sprang zur Seite und das Tier sauste an dem Mädchen vorbei.

Schnell brachte der Bauer ein Brett und nagelte den Durchbruch zu. Ebba hielt das Brett fest, dann drehte sie sich um und rief „Danke Mutter!" Ihre Augen suchten die Frau, konnten sie aber nirgendwo ausmachen. Nur die Bäuerin lief durch das Feld. „Mutter?", rief Ebba, erhielt aber keine Antwort. „Mutter!", schrie sie nun viel lauter, weil offensichtlich etwas passiert sein musste.

Ebba rannte los und lief über das niedergetrampelte Feld. Nach einem Dutzend Schritten sah sie die Mutter im Getreide liegen, aber sie rührte sich nicht mehr. Die Frau lag einfach auf dem Bauch, vielleicht war sie gestolpert. Das Mädchen kniete sich daneben und drehte die Mutter um. Doch auch daraufhin rührte sich die Frau nicht. Ebba sah einen sich schnell vergrößernden roten Fleck auf der Brust der Mutter. „Was ist?", fragte sie entsetzt, aber erhielt auch weiterhin keine Antwort. „Mutter! Nein!", brüllte sie und warf sich über die sterbende Frau. Die Kuh hatte die Mutter mit dem Horn getroffen und dabei tödlich verletzt.

Weinend lag sie über dem Körper, bis der Bauer sie an der Schulter nach oben zog. Dann ergriff der Mann die Arme der toten Frau, schleifte sie vom Feld und zog sie vor die Hütte auf den Hof. Dort legte er sie ab und schickte seine Frau zum Pfarrer. Das Mädchen taumelte ihm hinterher, kniete sich zu ihrer Mutter und ließ ihre Tränen laufen.

Dort hockte sie auch noch, als ein paar Männer den Leichnam holten und zum Friedhof brachten. Wie im Schlaf wankte sie hinter den Männern her und schließlich hatte sie keine Tränen mehr. Nachdem das Grab geschlossen war, fragte sie der Bauer „Willst du jetzt meine Magd sein?" Wo sollte sie hin? Sie nickte und ging zurück zum Hof. Nun war sie erwachsen. Ihre Finger glitten über den Griff des Drachendolches. Er war die letzte Erinnerung an die Mutter. Alles, was von ihr blieb.

2. Kapitel

Staubige Pfade

Beide Beine fest auf das Brett gestemmt, zog Gustav am Zügel des müden Esels, doch das störrische Tier wollte einfach nicht mehr. Der junge Mann sprang vom Karren und ging nach vorn, dort nahm er das Ohr des Tieres und flüsterte hinein „Du bekommst auch später eine Möhre von mir!" Das hatte bisher noch immer geklappt und auch diesmal verfehlten seine Worte nicht die gewünschte Wirkung. Das zottelige Grautier ruckte an und der Wagen setzte sich wieder in Bewegung. Jetzt hatte er bis zum Abend Zeit, sich zu überlegen, wo er die Möhre herbekam, denn der Esel war schlau. Er würde nicht zweimal auf denselben Trick hereinfallen.

Mit dem Zügel lief Gustav neben dem Tier her. Es war ziemlich warm und fast Sommer. Der junge Mann sah nach oben zu den Baumwipfeln des kleinen Wäldchens. Noch war Schatten und ein warmer Wind wehte ihm entgegen. Bald wären sie wieder in der prallen Sonne, deswegen lag seine Jacke auch auf dem Wagen. Nur im Unterhemd und Hose schritt er zügig dahin. Hinter sich hörte er eine der Frauen singen und drehte sich zu ihnen um. Die kleine Gruppe zog auf diesem staubigen Pfad schon den ganzen Tag dahin.

Er selbst war im vergangenen Winter achtzehn Jahre alt geworden und schon mehr wie sechs davon bei dieser Gruppe. „Fahrendes Volk" sagten die anderen Menschen meist abfällig, wenn sie in eines der Dörfer kamen und trotzdem waren sie eigentlich gern gesehen. Die Gruppe bestand aus zwei Frauen und drei Männern.

Gustav rief über die Schulter „Karola, willst du nicht auf den Wagen?" Die angesprochene Frau warf ihr Haar hinter sich und kam zu ihm nach vorn. Der Esel zog nicht so schnell, als dass man nicht während der Fahrt auf den Karren klettern konnte. Die Frau mit der schwarzen Mähne war keine fünf Jahre älter als er und setzte ihren Fuß in einen der seitlich angebrachten Bügel neben dem Wagenrad. Sie nickte ihm dankbar zu und schwang sich nach oben. Immer einer, oder eine, konnte oben sitzen und die Füße schonen, denn Schuhe hatte nur ihr Anführer an den Füßen.

Karola setzte sich auf den Bock des zweirädrigen Gespannes, das ihre ganze Habe trug. Aber es war nicht viel, was sie besaßen. Nur ein paar Dinge für ihre Auftritte, die sie bei Festen, Hochzeiten oder Feiern benötigten. Gerade jetzt, im Sommer, waren die meisten Feiern auf den Burgen, wo sie ein paar Münzen erhaschen konnten. Später würden dann, nach der Ernte, die Feste der Bauern kommen. Da gab es eher Naturalien.

Gustav sah zu der Frau zurück. Sie war die Schönste ihrer Gruppe und die Tänzerin bei den Auftritten. Konrad, ihr Anführer, war ein Riese und der Kräftigste. Er machte alle die Dinge, die mit viel Kraft zu tun hatten. So hatte er vor ein paar Tagen sogar eine Kuh auf die Schultern genommen. Hans war der Narr in ihrer Gemeinschaft. Die letzte in ihrem Bunde war Sieglinde. Die grauhaarige Frau spielte gerade die Drehleier und sang dazu.

Und er, Gustav, war der Flinke und Gewandte. Seine Spezialität war das Seillaufen, Artistik und das Jonglieren. Mit dem Zügel in der Hand ließ er sich ein Stück zurückfallen, bis er neben Karola lief. So konnten sie sich etwas unterhalten und der steinige Weg war mit einem Male nicht mehr ganz so beschwerlich.

Am Vortag waren sie in einem Dorf gewesen und nun befanden sie sich auf dem Weg zu einer Burg, denn nach einigen Gerüchten sollte dort in den nächsten Tagen eine Hochzeit stattfinden und wenn sie sich beeilten, so würden sie vielleicht vor einer anderen Gruppe dort ankommen. Diese Hochzeiten des Adels waren sehr beliebt beim fahrenden Volk und wer zuerst am Tor war, der konnte seine Talente unter Beweis stellen. Manches Mal gab es regelrechte Kämpfe um diese Auftritte, aber mit Konrad hatten sie bisher noch jede Auseinandersetzung zu ihren Gunsten verschieben können.

Wieder ging Gustavs Blick zu Karola hinauf. Die Frau wusste, dass sie schön war und das zeigte sie jedem, der sie ansah. Ihre Gesten und sogar ihre Haltung zeigten das mehr als deutlich. Aber für Gustav war mit ihr am Tage nicht mehr als Reden möglich, denn sie war Konrads Freundin und der gutmütige Riese hätte sicher kein Problem damit, ihm seine Meinung auf den Hintern zu schreiben.

Nur gegen bare Münze teilte er Karola mit anderen Männern. Hans kam nach vorn und neckte den Esel. Als dieser sich lautstark beschwerte, da rief Konrad von hinten „Lass das Hans! Sonst ziehst du den Karren!" Der Narr drehte sich zu ihm zurück und drehte ihm eine Nase. Schon oft hatte sein vorlautes Mundwerk ihn in Schwierigkeiten gebracht und wenn er mit Konrad nicht solch einen guten Freund gehabt hätte, dann hätte schon so mancher Bauer ihm das Fell mit einem Knüppel gegerbt.

Sieglinde stimmte ein neues Lied an. Trotz ihres Alters hatte sie eine glockenhelle Stimme und sie war es, die diese Gemeinschaft zusammenhielt. Für Gustav war sie wie eine Großmutter und wusste alles über Kartenlegen, Kräuter und das Heilen.

So ungleich diese Gruppe auch war, so eng war ihr Zusammenhalt. Mitunter ging es etwas ruppig zu, aber dennoch immer herzlich.

Endlich lichtete sich vor ihnen der Wald und gab den Blick auf ein kleines Dorf frei. Hans zeigte nach vorn und rief nach hinten „Was meint ihr? Wollen wir dort für die Nacht lagern?" Natürlich hatte keiner etwas gegen ein weiches Lager im Stroh einzuwenden. Die letzte Nacht auf dem harten Waldboden steckte ihnen noch allen in den Knochen.

Nach dem Wald wurde der Pfad noch staubiger und selbst der Esel musste husten. Nur Hans machte weiter seine Scherze. Lachend und hustend zogen sie zu der kleinen Gruppe von Häusern hinüber.

Wie immer kamen ihnen schon die kleinen Kinder entgegen gelaufen, denn der bunte Wagen war nicht zu übersehen und auch der im Wind wehende Rock von Karola zog Blicke auf sich, allerdings nicht die, der Kinder. Die waren bei Hans, der in seinem bunten Aufzug, Flöte spielend, vornweg tanzte.

Stehend, vom Wagen aus, grüßte Karola nach unten. Der Wind ließ ihre Haare hinter ihr her wehen und der gleiche Wind fuhr ihr immer wieder unter den Rock. So zeigte die Frau ganz unfreiwillig ihre makellosen Beine bis oben hin und selbst Gustav konnte seinen Blick kaum davon lösen. Dann passierte es. Er war zu unvorsichtig und übersah einen Stein am Wegesrand. Das Rad stieß dagegen und zerbrach. Offensichtlich war es schon etwas beschädigt gewesen.

Der Karren kippte zur Seite und schleuderte Karola im hohen Bogen zur Seite. Kopfüber plumpste die Frau in das Feld. Dort rappelte sie sich wieder hoch, lachte und kippte sofort mit einem Schrei zur Seite. Sieglinde warf die Leier auf den Wagen und eilte zu der anderen Frau. „Dein Bein ist gebrochen!", sagte die alte Frau nach wenigen Augenblicken und legte Karola einen Ast an das Bein. Mit ein paar Schnüren band sie das Bein fest. Nun waren alle aus der Gruppe bei Karola. „Und nun?", fragte die am Boden sitzende Frau.

Alle in der Gruppe sahen sich besorgt an. Eine Weile würde Karola sicher nicht tanzen können. „Wir werden hier eine längere Pause machen müssen!", sagte Konrad und hob seine Freundin auf seine Arme.

3. Kapitel

Mägdepflichten?

ie ganze Nacht hatte sich Ebba die Augen ausgeweint. Sie hatte immer wieder auf den anderen Strohsack sehen müssen, der nun ja leer war. Am Morgen zuvor hatte die Mutter noch dort geschlafen und nun war sie fort. Ebba war eine Waise geworden, doch zu ihrem Glück hatte sie die Anstellung als Magd erhalten, denn sonst hätte sie betteln müssen. Nun würde allerdings viel mehr Arbeit an ihr hängen bleiben, denn zwei Hände fehlten und es war sonst schon schwer genug gewesen.

Schließlich holte sie der Hahn aus einer durchwachten Nacht. Ein neuer Tag begann und damit hatte Ebba keine Zeit mehr zur Trauer und auch keine Zeit für viele Gedanken. Alles musste viel schneller gehen, aber die altvertrauten Handgriffe saßen schon lange tief in ihr. Von klein auf hatte sie der Mutter helfen müssen.

Als sie dann die Kühe wieder auf das Feld brachten, da sah Ebba auch diejenige, welche den Tod der Mutter verschuldet hatte, doch sie konnte dem Tier nicht böse sein. Es war nur ein komisches Gefühl, dem Horn so nah zu sein. Nie hatte die Mutter ihr gesagt, wie ihr Vater ums Leben gekommen war. Vielleicht so ähnlich? Das einzige, was sie von ihm noch hatte, war dessen Dolch, den die Mutter ihr am Vortag geschenkt hatte. Jahrelang hatte die Mutter diese Waffe wie einen Schatz gehütet und in mancher Nacht hatte Ebba sie weinen gehört. Nun strichen ihre Finger wieder über den Griff mit dem kleinen Drachen.

Eigentlich war diese Waffe für einen Knecht viel zu kostbar, aber wer wusste schon, wo ihr Vater den Dolch her hatte. Vielleicht hatte er einmal einem Ritter in der Not geholfen und diese Waffe zum Dank dafür erhalten.

Ebba lehnte zum Verschnaufen an dem Scheunentor, als der Bauer sie anfuhr „Mach endlich weiter. Die Arbeit tut sich nicht von alleine!" Aus ihren Gedanken gerissen fuhr das Mädchen herum und eilte wieder in das dunkle Gebäude hinein. Die junge Frau arbeitete schwer und schnell. Der Schweiß lief ihr über die Stirn und es war auch noch drückend warm in der Scheune. „Nur Raus hier!", dachte sie immer wieder und arbeitete noch schneller, als es nötig gewesen wäre. Dabei wurde ihr von der Hitze sogar schwindelig.

Nachdem sie das Stroh auf den Hof geschafft hatte, lief sie schnell zur Viehtränke, um ein paar Schlucke Wasser zu trinken und sich das lauwarme Nass über den Kopf zu gießen. Ein paar Augenblicke hatte sie durch das schnelle Arbeiten gewonnen, doch wieder trieb sie der Bauer gnadenlos an. Offensichtlich schien der Mann sie zu beobachten und dabei einzuschätzen, was sie in der Lage war, zu leisten.

Aber schon jetzt, die Sonne hatte ihren höchsten Punkt am Himmel noch nicht erreicht, war sie fast am Ende mit ihrer Kraft und ein halber Tag war noch zu überstehen.

Fast kam sie vom Trog, vor den sie sich gekniet hatte, nicht mehr hoch, denn der Rücken und die Arme schmerzten. So schwer hatte sie noch nie gearbeitet und im Moment zweifelte sie daran, dies auch nur noch einen weiteren Tag aushalten zu können.

Doch der Stall brauchte nun ihre Aufmerksamkeit. Sie eilte hinüber und griff zur Mistgabel. Noch lag das Stroh vor dem Haus, der alte Mist musste raus und die neue Einstreu hinein. Dazu kam auch noch, dass sie sich selbst hier drin beobachtet fühlte. Lange würde sie dieses Tempo wohl kaum noch aushalten. Endlich stand die Gabel wieder in der Ecke und Ebba lehnte schnaufend an der Wand. Nur ein Moment des Verschnaufens.

Bisher hatte noch niemand die Zeit gehabt, ihr wirklich zu erklären, was wohl ihre Pflichten als Magd waren. Sie machte es einfach so, wie sie es all die Jahre bei der Mutter gesehen hatte, doch würde das reichen? Momentan arbeitete sie ja auch so hart, weil sie gar keine andere Wahl hatte, denn wo sollte sie hin? Bis zum Tag davor hatte sie sich darüber keine Gedanken gemacht und selbst jetzt hatte sie keinen Einfall, was sie tun konnte, falls der Bauer sie vom Hof warf.

Dröhnend hörte sie wieder seinen Ruf von draußen, erschrocken zuckte sie zusammen und stürzte aus der Scheune. Die Kühe mussten zurück in den Stall! War es denn wirklich schon so spät? Fast hätte sie den Mann umgerissen, der vor der Scheune stand. Dann eilte sie zur Wiese hinüber.

Aus dem Augenwinkel sah sie einen bunten Wagen den Pfad zum Dorf hinunterfahren. Früher war sie da immer hingelaufen, wenn die Spielleute kamen, heute hatte sie anderes im Kopf.

Trotz der Hektik musste sie den Tieren ruhig gegenüber treten. Was passieren konnte, das hatte ja das Schicksal der Mutter gezeigt. Also wartete das Mädchen am Rand der Wiese, bis sie sich wieder beruhigt hatte. Mit sanfter Stimme sprach sie auf die Tiere ein und führte eine Kuh nach der anderen zum Stall hinüber.

Nachdem sich das letzte Tier wieder im Stall befand, war für Ebba der Arbeitstag zu Ende. Schwankend ging sie zur Scheune hinüber, wo sich ihr Nachtlager befand. Zwar war die Sonne noch am Himmel und eigentlich hätte sie nun in der Küche am Tisch Platz nehmen müssen, doch sie konnte vor Erschöpfung nichts mehr Essen.

Sie wollte nur noch auf ihren Strohsack, doch sie kam nicht bis dorthin, denn direkt hinter ihr trat der Bauer in die Scheune und sah sie an, wie sie schwankend mitten in dem Raum stand. Sein Blick ließ sie zurück zur Wand taumeln. Nach einer Pause begann der Mann „Soll ich dich in alle deine Pflichten als Magd einweisen?" Dies klang irgendwie drohend, so, wie es der Mann sagte. Trotz der Müdigkeit war Ebba sofort wieder hellwach. „Aber ich habe doch alles gemacht!", entgegnete sie und blickte zur Tür. Diese hatte der Bauer hinter sich geschlossen, sonst war die immer, Tag wie Nacht, offen geblieben.

„Eines noch nicht!", sagte der Mann und löste seinen Gürtel. Er stand keine vier Schritte vor ihr und ließ seine Hose fallen. „Nein! Das gehört nicht zu meinen Pflichten!", sagte Ebba. „Ich lege fest, was deine Pflichten bei mir sind!", entgegnete der Mann.

Das war nun wirklich zu viel! „Zieh dein Kleid aus und lege dich hin!", forderte er sie auf. Beischlaf gegen Arbeit und Brot? Ihre Finger tasteten sich zu ihrem Gürtel und der Mann zeigte auf ihren Strohsack. Sollte sie wirklich? Mit der Gürtelschließe in der Hand stand sie vor ihm. Noch ein Moment des Zögerns, dann sauste ein „Nein!" durch ihren Kopf. Das wollte sie wirklich nicht!

„Jetzt mach schon!", blaffte sie der Mann an. Ohne über die Konsequenzen ihrer Handlung nachzudenken, riss die junge Frau den Dolch aus dem Gürtel und richtete die Spitze der Waffe auf den Mann. „Ich habe Nein gesagt", erklärte sie trotzig. Der alte Mann zog sich die Hose hoch und antwortete ihr „Dann steht es dir frei, mein Haus sofort zu verlassen!" Noch stand der Mann vor ihr und sie sah zwischen ihm, dem Strohsack und der Tür hin und her.

Was sollte sie tun? Sie entschied sich, zu gehen und ließ den Mann einfach in dem Raum stehen. Wohin nun?

Langsam brach schon die Abenddämmerung über das Dorf herein und sie würde an diesem Abend kein Dach über dem Kopf haben. Sie hatte nichts mehr, nicht mal ein paar Münzen. Nun stand es ihr frei, zu verhungern oder zu betteln. Vor der Scheune blickte sie zurück, doch das Nein war unumstößlich. Es würde sich ein Weg finden! Sicherlich! Hoffentlich! Vielleicht?

4. Kapitel

Kommt Zeit, kommt Rad!

Es blieb ihnen nichts anderes übrig, als erst einmal in dem Dorf zu bleiben. Konrad hatte Karola zu einem freien Platz am Dorfrand getragen und sich dann auf den Weg gemacht, den Wagen, den sie zuvor entladen hatten, zu diesem Platz zu bringen. Der große Mann trug das Gefährt auf seinem Rücken zu ihnen herüber und die Kinder liefen begeistert hinter ihm her. Offensichtlich war auch das für sie ein großer Spaß. Für die kleine Gemeinschaft war es das leider nicht. Gustav wartete schon darauf, dass er von Konrad eine Tracht Prügel für sein Versehen bekommen würde. Ein Moment der Unaufmerksamkeit hatte dafür gesorgt, dass sie nun wahrscheinlich eine Weile nichts mehr zu essen bekamen, denn ohne Wagen und Tänzerin brauchten sie auch nicht weiterziehen.

Der Blick des Riesen war eigentlich schon Strafe genug für Gustav. Konrad stellte den Wagen ab und zog das zerbrochene Rad einfach so mit einer Hand von der Achse. Dann drückte er ihm die Reste in die Hand und sagte nur „Kümmere dich!" Gustav duckte sich unter ihm fort, denn eine Ohrfeige würde schon reichen, dass er die nächsten Tage neben Karola liegen würde.

Schnell eilte er zum Dorf und er war froh, dem Riesen erst mal entkommen zu sein. Aber wer machte das Rad wieder ganz? Und womit diese Reparatur bezahlen? Oder einfach eines stehlen? Aber das war zu riskant. Schnell würde der Verdacht auf sie fallen und mit Karolas gebrochene Bein konnten sie nicht so schnell fliehen, wie sie es dann gemusst hätten.

Der junge Mann ging durch das Dorf und sah einige Wagen stehen, aber keiner war unbeobachtet. Dann bemerkte er ein Haus, an dessen Seite drei Räder an die Wand gelehnt waren. Die hatten auch noch die richtige Größe. Sollte er sich eines davon borgen? Ein kleiner Tausch? Ein kaputtes gegen ein ganzes?

Er zögerte und sah sich um, dann trat er zum Tor und klopfte an. Ein ziemlich kräftiger Mann stand in einer halbdunklen Scheune, drehte sich um und Gustav fragte ihn „Könnt ihr mir mit meinem Rad helfen?" „Da bist du bei mir genau richtig", erwiderte der Mann und kam auf ihn zu. „Aber ich habe kein Geld", ergänzte Gustav schnell. „Du willst also, dass ich dir eines schenke?", fragte der große Mann und sah aus der Scheune heraus.

„Dafür, dass du mir keines gestohlen hast, will ich dir gern helfen. Sonst hätte ich dich auf eines davon geflochten", erklärte der Mann und Gustav zuckte fast zusammen „Wie kann ich euch den dafür danken?", fragte er, denn sicherlich würde er kein Rad geschenkt bekommen. „Zeig mal her", sagte der große Mann und nahm ihm die Radstücken ab. Sorgfältig betrachtete er die Trümmer, kratzte sich am Kopf und erklärte „Da ist nichts mehr zu retten!"

Achtlos warf er die Holzstücken in die Ecke zum Feuerholz und griff sich eines der Räder von der Scheunenwand. Doch bevor er es an den jungen Mann übergeben konnte, sagte er „Kannst du klettern?" was Gustav bejahte. Dann zeigte der große Mann nach oben auf das Schuppendach und erklärte „Da oben ist was undicht und ich bin zu schwer, um es zu reparieren. Du scheinst mir leicht genug zu sein, um die undichte Stelle zu stopfen."

Einen Moment zögerte der junge Mann. Ein Dach hatte er noch nie gedeckt, aber was hatte er schon zu verlieren? „Wenn ich es vermag", erklärte er und ging zum Schuppen. Vorsichtig kletterte Gustav eine Leiter hinauf und sah sich auf dem Dach um.

Der Schaden war gewaltig und das musste schon eine Weile her sein. Vermutlich hatte ein Wintersturm ein Stück des Daches herausgerissen. Das war nicht nur undicht, es hatte sogar ein Loch, durch das er ohne Probleme hindurch springen könnte. Er balancierte zu der Öffnung und hörte es dabei ständig unter sich knacken. Die Balken waren anscheinend nicht so stabil und jeder, der auch nur ein Pfund schwerer wäre als er, würde das Dach unweigerlich zum Einsturz bringen.

„Könnt ihr mir das Schilf nach oben reichen?", fragte er durch das Loch nach unten, wo der Mann in dem Schuppen unter ihm stand. Statt einer Antwort bekam er das erste Bündel gereicht. „Danke euch", sagte er nach unten und legte es zur Seite. Noch ein paar weitere Bündel fanden den Weg auf das Dach, bevor Gustav begann das Strohdach zu flicken und mit Draht zu fixieren.

Immer wieder erinnerte ihn dabei das Knacken im Gebälk daran, vorsichtig zu sein. Ein falscher Schritt, ein falscher Griff und der Schaden wäre nicht mehr abwendbar. Und der große, kräftige Mann unter ihm würde es sicher nicht verstehen, wenn das Dach über ihm zusammenbrach. Ganz davon abgesehen, dass der tiefe Sturz nicht ganz ungefährlich sein würde.

Endlich war das Loch zu, Gustav sah sich das Dach noch ein letztes Mal an und kletterte dann vorsichtig hinab. Unten schüttelte ihm der Mann die Hand und gab ihm das Rad. „Danke dir!", sagten sie gleichzeitig und lachten darüber. Danach nickten sie sich zu und Gustav zog mit seinem Rad wieder zurück zu der kleinen Gruppe am Rande des Dorfes. Dort machte Hans Späße für die Kinder und Sieglinde kümmerte sich um die am Boden liegende Karola, deren Gesichtsausdruck die Schmerzen deutlich zeigte.

Konrad sah das neue Rad an und fragte „Gestohlen?" „Erarbeitet!", antwortete Gustav stolz und zusammen brachten sie es an dem Wagen an. Dann holte Konrad aus und der junge Mann duckte sich weg, doch statt einer Ohrfeige erhielt er einen anerkennenden Schlag auf die Schulter. Der war fast genauso schmerzhaft, aber es fühlte sich gut an. „Jetzt geh noch Holz für das Feuer sammeln. Wir bleiben die Nacht hier!", setzte Konrad hinzu.

Gustav nickte und sah nach oben zum Himmel. Er würde sich beeilen müssen, denn es würde nicht mehr lange dauern, bis die Dämmerung einsetzte und der Wald war ein ganz schönes Stück entfernt. Daher rannte er die Strecke zurück und suchte sich etwas Holz, bis er einen umgefallenen Baum fand. Konrad hätte den vermutlich in einer Hand getragen, doch für den jungen Mann war er viel zu schwer. Mit aller Kraft zog und zerrte er, doch das Holz rührte sich nicht ein Stück.

Als er schon fast aufgeben wollte, da hört er eine Stimme hinter sich „Warte. Ich helfe dir!" Eine junge Frau kam zu ihm gelaufen und zusammen zogen sie den Baum auf den Pfad hinaus.

5. Kapitel

Bruderliebe

Der Mann stand auf der Brüstung der Burgmauer und sah in den Hof hinunter. Unter ihm trat gerade sein Bruder Georg aus dem Palas heraus. Vorsichtig versuchte der Mann einen Stein zu finden, der gerade locker war, um ihn eventuell in die Tiefe zu stoßen, doch alles war fest gemauert. „Verdammt", sagte Martin leise und schlug mit der Hand auf den Stein, den er direkt vor sich hatte. Er hob den Kopf und sein Blick ging von der Mauer aus über das Land zu Füßen der Burg. Sein Land! Zumindest das Land seiner Ahnen. Doch wenn er die Worte seines Vaters vom Abend zuvor richtig verstanden hatte, dann würde es nicht mehr lange sein Land sein.

Er war zwanzig, sein Bruder zwei Jahre älter. Diese Andeutung des Vaters hatte ihn aufgeschreckt. Georg sollte im Herbst heiraten und das würde bedeuten, dass sich der Vater dann zur Ruhe setzen würde. Zumindest war das bisher in ihrer Familie so gewesen. Da aber die Burg nicht zwei Herren gehören konnte, würde der alte Mann danach Martin sicher von der Burg verweisen. Und da es für Ritter ohne Burg nicht allzu viel zu tun gab, außer als Raubritter durch die Lande zu ziehen, würde der Vater wohl dafür sorgen, dass Martin in einem Kloster unterkommen würde.

Am Horizont sah er die beiden Turmspitzen des Klosters. „Bruder Martin?" Das klang seltsam! Leise sagte er es vor sich hin und es schüttelte ihn bei dem Gedanken. Auch die Aussicht, bald Abt werden zu können, konnte ihn nicht mit dem Gedanken an das Klosterleben versöhnen. Vor zweihundert Jahren, als Tempelritter in einem Kreuzzug, da hätte er es sich vorstellen können, das Kreuz zu nehmen. Aber jetzt? Er war Ritter mit Leib und Seele.

Ein Kreuz satt eines Schwertes? Ein Mönchshabit statt eines Kettenpanzers? Nein! Niemals!

Wieder rüttelte er an dem Stein. Konnte der nicht aus Versehen nach unten stürzen und alle seine Probleme lösen? Natürlich hatte Martin gewusst, dass dieser Moment irgendwann mal kommen würde, aber bis dahin konnte ja noch so viel passieren. Zumindest hatte er das bis gestern noch gedacht. Nun wurde die Zeit langsam knapp. Vielleicht konnte man ja mal zusammen auf die Jagd gehen.

Er beugte sich über die Brüstung und sah hinab. Heute würde er jedenfalls nichts mehr erreichen können. Doch er rief „Hallo Bruder!" Von unten grüßte Georg nach oben und winkte ihn zu sich herab. Langsam stieg Martin durch den Turm zum Burghof hinunter, wo der Bruder schon an dem Tor stand. Bevor aber Martin etwas sagen konnte, fragte Georg „Wollen wir morgen mal wieder zur Jagd gehen?" Für einen Moment stutzte Martin. Würde sich sein Wunsch schon am nächsten Tag erfüllen? Ein kleiner Unfall bei der Jagd? „Warum nicht", gab er, betont desinteressiert, zurück. „Unser Vater hat eine neue Armbrust gekauft. Eine, die Kugeln verschießt!" „Kugeln? So ein neumodischer Kram", sagte Martin und sein Bruder stimmte ihm nickend zu. „Aber man muss es ja mal ausprobieren", antwortete Georg und musste lachen.

„Ein ordentlicher Bolzen muss es sein. Keine Kugel", begann Martin und zeigte auf eine der großen Armbrüste, die an der Wand neben dem Tor lehnten und der Wache der Burg gehörten. Sie beide hatten schon die Nase gerümpft, als der Vater von ein paar Jahren eine dieser Feldschlangen angeschafft hatte, die nun über dem Tor stand. Die knallte und stank bei jedem Schuss ganz fürchterlich, aber der Vater hatte darauf bestanden, dass auch sie lernen sollten, wie man diese neumodische Kanone bediente. Weder Martin noch Georg sahen den Nutzen dieses Monstrums ein. Doch der Vater schien darauf zu schwören.

Gemeinsam gingen die beiden Brüder zurück zum Palas und vor dem Betreten des Hauses sagte Martin „Hat Vater schon was zu deiner Braut gesagt? Wer wird die glückliche sein?" Georg zuckte mit den Schultern. „Es gibt da nicht so viele Kandidatinnen, die nach meiner Meinung infrage kommen würden. So wie ich Vater kenne, wird es wohl die Tochter eines seiner Freunde sein. Da bleiben im Moment nur drei. Gwendolyn, Genoveva und Siegfrieda." „Na hoffentlich nicht Siegfrieda. Die hat eine Nase wie ein Habicht", entgegnete Martin. „Aber auch den reichsten Vater", gab Georg zu bedenken. Martin lachte und ergänzte „Da musst du jede Nacht ein Tuch mit ins Bett nehmen, wenn du zu ihr gehst!" „Na, dass wohl nicht und nachts ist es ja auch dunkel", ergänzte Georg.

Lachend betraten sie das Gebäude und Minna, eine der Mägde, kreuzte ihren Weg. Ein Schlag von Martin auf den Hintern der Magd beschleunigte die Frau, die lachend weiterlief.

Auch das würde etwas sein, was es im Kloster nicht geben würde. Martin sah der Frau nach und seufzte. Aber das nicht nur wegen der drallen Magd, die sich ihm bisher erfolgreich verweigern konnten, sondern auch, weil er eigentlich seinen Bruder mochte. Sie waren sich beide sehr ähnlich und wenn nicht dieses Erbe mit der Burg zwischen ihnen stehen würde, so würden sie sicher gut miteinander auskommen können. Langsam stiegen sie die Treppe hinauf. Sein Blick ruhte dabei auf den Schultern von Georg, der vor ihm lief.

In einem Kampf hätte sich Martin niemanden anderes lieber an seiner Seite gewünscht, als seinen Bruder Georg. Er war kräftig, geschickt und kämpfte gut mit dem Schwert. Aus dem Saal rief der Vater nach ihnen und die beiden Brüder betraten den Raum, an dessen Eingang zwei Rüstungen standen. Eine davon gehörte Martin und er hatte sie auf einem Turnier getragen. Wehmütig klappte er das Visier des Helms hoch. Noch etwas, was es im Kloster nicht gab. „Verdammt!", sauste es wieder durch seinen Kopf.

Minna, die dralle Magd, lief an ihnen beiden vorüber und stellte die Teller auf den Tisch. Beim nach vorn beugen zeigte sie viel von dem, was sie Martin bisher vorenthalten hatte. Mit einer Handbewegung holte der Vater die beiden Söhne an den Tisch. Es gab wieder diesen leckeren Wein aus dem Keller. Mit den Kelchen stießen sie an. Das würde wieder ein geselliger Abend auf der Burg werden. Wenn es schon vor dem Essen Wein gab, dann wurde der Abend meistens lang und Minna würde dann vor ihm und seinen Nachstellungen verschont bleiben.

Auf einmal sagte der alte Mann „Prost auf Genoveva!" Die beiden Brüder nickten sich zu, damit war das Geheimnis gelüftet. Und diese Frau war noch die hübscheste von den dreien gewesen. Ein Kelch nach dem anderen wurde nun geleert.

6. Kapitel

Flötentöne in der Nacht

ohin sollte sie sich nun wenden? In das Dorf hinein? Um bei einem anderen Bauern zu arbeiten? Da hatten im Moment alle ihre Mägde und die Ernte würde noch etwas dauern. Hatte Ebba zu voreilig alles aufgegeben? Aber alles in ihr hatte sich davor gesträubt, sich dem alten Mann hinzugeben. Sie konnte sich auch nicht vorstellen, dass dies wohl zu den Pflichten einer Magd gehören würde. Die Mutter hatte ihr jedenfalls nichts davon gesagt, allerdings fiel Ebba jetzt auf, dass sie zuweilen von der Mutter in den Wald geschickt worden war, um Holz zu holen. Hatte der Bauer dann? Fast schüttelte es sie bei diesem Gedanken.

Aber auch weiterhin hatte die junge Frau das Problem, dass sie nicht wusste, wohin sie sich wenden sollte. Der Tag neigte sich dem Ende zu, es wurde langsam Abend und sicherlich war es nicht mehr lange hell. Auf der Dorfstraße, vor dem Bauernhof stehend, sah sie in die Ferne. Das nächste Dorf war ein paar Stunden zu Fuß entfernt und dort würde sie nicht mehr im Hellen ankommen. Sicherlich hatte der Mann extra so lange gewartete, bis sie eigentlich gar keine andere Wahl gehabt hätte, als bei ihm zu bleiben. Und würde es im Nachbardorf eine Anstellung für sie geben? Sie war eine gute Arbeiterin, aber nun ohne Dach über dem Kopf. Alleine!

Nach längeren Überlegungen wendete sie sich dem Wald zu, denn dort würde sie vielleicht auch in der Nacht schlafen können. Auf einer Lichtung zwischen den Bäumen, auch, wenn sie das noch nie gemacht hatte, aber was konnte da schon passieren? Zügig setzte sie ihre Füße auf den Weg, denn die mit nutzlosen Gedanken vertrödelte Zeit musste Ebba nun wieder aufholen. Mit einem Blick nach oben schätze sie, dass es wohl auch in der Nacht warm genug war, denn auch eine Decke hatte sie nicht. Sie hatte nichts mehr. Nur noch ihren Dolch!

Nachdem sie den Waldrand passiert hatte, und nun zwischen den hohen Bäumen stand, hörte sie neben dem Waldpfad ein Schnaufen und Stöhnen. Erschrocken fuhr sie herum, blickte zur Seite und sah einen Mann, der sich damit abmühte, einen riesigen Baumstamm zu bewegen. Erleichtert sagte sie schnell „Warte. Ich helfe dir." Sie fasste mit an und zu zweit ließ sich der Stamm bis auf den Weg ziehen. „Was hast du denn damit vor?", fragte sie den Mann und er zeigte auf das Dorf. „Wir haben ein Lager am Dorfrand und wollen dort in der Nacht ein Feuer machen." „Ein Feuer in der Nacht. Eine gute Idee", sauste es durch Ebbas Kopf, dann fragte sie „Du bist vom fahrenden Volk. Oder?" Der Mann nickte und sagte „Ich bin Gustav." „Ebba", entgegnete sie und setzte hinzu „Kann ich für die Nacht an eurem Feuer bleiben?" „Sicher! Wenn du mir mit dem Holz hilfst?", entgegnete er und schon griff sie erneut zu.

Zusammen schleiften sie den Stamm dem Dorfe zu. „Hast du denn kein Dach über dem Kopf?", fragte er schnaufend und sie antwortete ihm keuchend „Nicht mehr!"

Nach ein paar Dutzend Schritten sah Ebba, das ein Riese aus dem Dorf auf sie zu kam und sie schrie erschrocken auf, als er dann vor ihr stand. „Das ist nur Konrad", sagte der Mann sichtbar erleichtert und der große Mann fasste den Baumstamm an. Er hob das vordere Ende an und sie beide das hintere. Zu dritt trugen sie den Baum nun die letzten hundert Schritte.

Von vorn hörte Ebba eine Flöte und eine Leier, die eine liebliche Melodie in den beginnenden Abend spielten. Kurz darauf waren sie bei der Gruppe und nun vertrieben Axtschläge die Melodie. Der Riese zerlegte mit kräftigen Hieben den Stamm in handliche Stücken.

An der Seite stehend wusste sie nicht, was sie sagen oder tun sollte. Zwar hatte der junge Mann sie an das Feuer eingeladen, aber konnte sie sich da so einfach selbstverständlich hinsetzen? Der Mann mit der Flöte lief um sie herum und spielte eine kleine Melodie, dann sagte er „Eine solch schöne Frau bei uns zu Besuch." Er zog seine Kreise immer näher, bis der Riese sagte „Lass sie in Ruhe. Sie ist unser Gast!" „Schade!", sagte der Flötenmann, lachte und setzte sich nach ein paar Misstönen vor ihr auf den Boden.

„Wieso Schade?", fragte Ebba nach. „Mit einem Gast darf ich mein Lager nicht teilen", sagte der Mann lächelnd und fing an wieder dieselbe Melodie zu spielen, die Ebba schon zuvor gehört hatte. Eine grauhaarige Frau begann das Lied mit Drehleier und Gesang aufzunehmen. Darin ging es um Minnesang, Herzschmerz und die Liebe eines Knappen zu seiner Herrin. In der beginnenden Dämmerung sah sie, wie der Mann mit der Flöte ihr zuzwinkerte.

„Setzt dich Ebba", sagte Gustav und zeigte auf den freien Platz. Gerade hatte der Mann die ersten Holzstücken zu einem Feuer geschürt.

Endlich war der Baum zerkleinert und alle setzten sich an das Feuer, bis auf eine Frau, die daneben im Gras lag. Mit zunehmender Dunkelheit wurden die Flammen immer höher geschürt. Trotz der Frühsommernacht wurde es an Ebbas Rücken kalt, während ihre Vorderseite vom Feuer durchgeheizt wurde. Jetzt stimmten alle in die Lieder ein. Zwischendurch wurde ein Brot herumgereicht und ein Schlauch mit Wein kreiste in der Runde. Ebba traute sich nicht, etwas davon zu nehmen und deshalb gab sie es einfach an Gustav neben sich weiter, doch er schob es wieder zu ihr zurück. „Du bist unser Gast", sagte er und Ebba brach sich ein Stück Brot ab. „Dank euch", sagte sie laut.

„Wer uns hilft, der darf auch unser Brot mit uns teilen", erklärte der Riese. „Und unser Lager!", setzte der Mann mit der Flöte hinzu. „Vorsicht Hans. Sie ist bewaffnet! Nicht das dir morgen früh ein wichtiges Körperteil fehlt!", sagte die liegende Frau und alle lachten am Feuer. „Ja! Ein wirklich schöner Dolch", bemerkte Gustav neben ihr und Ebba zog die Waffe hervor. „Meine Mutter, Gott habe sie Selig, hat sie mir gestern geschenkt", antwortete sie und zeigte die Waffe den beiden neben sich, dann steckte sie den Dolch wieder ein.

Vor ihnen ging der Mond auf und beleuchtete die kleine Gruppe. In nicht allzu weiter Entfernung waren die Häuser des Dorfes zu sehen und darunter auch der Hof, in dem Ebba noch den Tag verbracht hatte. Immer noch wusste sie nicht, wohin sie nun sollte, als die liegende Frau aufstöhnte und sich an ihr Bein fasste.

Die alte Frau legte die Drehleier zur Seite und beugte sich über die Frau, dann drehte sie sich zu Ebba um und fragte „Wohin soll dich dein Weg führen?" Das Mädchen zuckte zusammen. Woher kannte die alte Frau ihre Gedanken? „Ich weiß es nicht", gab Ebba leise zu und die andere Frau sagte „Wenn du tanzen kannst, dann kannst du mich ja vertreten. Ich werden wohl ein paar Wochen nicht tanzen können!" „Tanzen?", fragte Ebba. „Ja! Tanzen!", sagte der Mann mit der Flöte, stand auf, spielte eine Melodie und tanzte dazu.

„Wenn ich es vermag, so will ich euch gern begleiten", antwortete Ebba. „Dann tanz!", forderte die liegende Frau sie auf. Die alte Frau griff zur Drehleier und Ebba stand auf. Die ersten Schritte waren noch ungelenk, doch dann ließ sie sich auf die Melodie ein und tanzte am Feuer.

Die Mühsal des Tages und der anstrengenden Arbeit fielen von ihr ab. Vielleicht war das ihr Weg? Zumindest für eine Weile, bis die Ernte beginnen würde und sie dann in einem Dorf bleiben konnte.

7. Kapitel

Erste Schritte

Bis tief in die Nacht hatten sie am Feuer gesessen und gefeiert. Was sie gefeiert hatten, das wusste keiner von ihnen. Vielleicht, dass die junge Frau, Ebba, sie nun begleiten würde. Irgendwie war es wohl ein glücklicher Zufall gewesen, dass sie auf sie getroffen waren. Ihr Tanz sah zwar noch etwas unbeholfen aus, aber das würde schon noch werden. Und da Karola sicher die nächste Zeit nur noch liegend auf dem Wagen mit ihnen fahren konnte, war es ganz gut, dass Ebba sich dazu entschieden hatte, mitzukommen.

Der neue Morgen brach an und Gustav streckte sich auf seinem Lager. Dabei fiel sein Blick in das Gesicht der jungen Frau, die zwei Schritte neben ihm noch schlief. Sicherlich würden die Sonnenstrahlen sie gleich wecken. Für einen Moment konnte er seinen Blick nicht von ihrem Gesicht wenden, da lag so etwas Leichtes in ihren Zügen. Leise erhob er sich und ging ein paar Schritte zur Seite, wo er sich an einem Gebüsch erleichterte. Als er sich umdrehte, und sich dabei die Hose hochzog, da sah er in ihre Augen. Gerade eben war sie wach geworden. Obwohl er das immer so machte, war es ihm doch irgendwie peinlich, dass sie ihn mit herunter gelassener Hose gesehen hatte.

Schnell nickte er ihr zu und sah dann zur Seite, wo der Esel, ein paar Schritte entfernt, auf der Wiese graste. Die Möhre fiel ihm wieder ein, die er dem Grautier am Tage zuvor versprochen hatte und auch dem Zugtier schien in diesem Moment die Möhre wieder einzufallen. Er legte den Kopf schief und sah Gustav fragend an. „Ohne Möhre kein Geschirr!", sagten diese Augen. „Wo bekomme ich eine Möhre für dich her?", fragte Gustav laut und die Frau antwortete von ihrer Schlafstatt aus „Bis gestern hätte ich dir eine geben können!" Sie setzte sich auf und auch die anderen der Gruppe wurden nun wach.

Noch nicht ganz munter machte Hans schon den ersten Scherz „Also ich habe eine versteckt! Ebba kann sie ja suchen kommen!", erklärte er, dann zeigte er auf die Ausbeulung in seiner Hose und alle lachten. Selbst Ebba musste bei dieser Bemerkung schmunzeln. Offensichtlich kam sie mit dem derben Humor des Narren gut zurecht. „Aber ohne Möhre werden wir nicht weiter kommen!", sagte Gustav und kratzte sich überlegend am Kopf.

„Mein Bauer schuldet mir noch meinen Lohn und daher werde ich mir den jetzt eben in Naturalien holen!", erklärte Ebba und erhob sich von ihrem Schlafplatz. Kurz darauf lief sie in Richtung Dorf und kam wenig später mit einem Arm voller Möhren zurück. Eine davon hielt sie dem Zugtier hin. Der Esel nickte und biss hinein. Danach ließ er sich das Geschirr von Gustav anlegen.

Alles wurde nun zügig auf den Wagen verladen und zum Schluss legte Konrad Karola obendrauf. „Wenn du hier liegst, dann kann keiner sitzen. Wir werden also alle laufen müssen!", sagte er und niemand legte Einspruch ein, denn dass sie die Freundin hier zurücklassen würden, das würde niemanden einfallen.

Der Esel ruckte an und der Karren setzte sich knarrend in Bewegung. „Liegst du gut?", fragte Ebba die Frau und Karola nickte. Da der Weg etwas uneben war, stöhnte Karola bei jedem Stein auf. Aber wenn sie zu dem Fest wollten, dann mussten sie noch eine ziemliche Strecke fahren.

Gustav lief beim Esel und hatte die Zügel in der Hand. Nach dem letzten Haus des Dorfes kam Ebba zu ihm nach vorn. Nun liefen sie, mit dem Esel in der Mitte, über die ganze Breite des Weges. „Hast du dir das gut überlegt, mit uns fahrenden Volk mitzuziehen?", fragte Gustav über den Eselskopf zur Seite der Frau. „Habe ich eine andere Wahl?", fragte sie zurück. „Hat man die nicht immer?", gab er als Antwort zur Seite. „Als Mann vielleicht. Aber als Frau?", begann Ebba und wurde durch Karola, vom Wagen aus, unterbrochen „Auch als Frau hast du eine Wahl!"

Ebba sah nach hinten und nickte verstehend. „Ich mag euch. Ihr seid lustig!", sagte sie. „Und dabei wolltest du nicht mal nach der Möhre suchen! Das wäre lustig geworden!", sagte Hans von hinten. Ebba musste lachen und der Esel stimmte dem lautstark zu. Die junge Frau kraulte dem Zugtier den Kopf und holte eine zweite Möhre von hinten. Hinter dem Wagen begann Sieglinde mit der Drehleier wieder ihr Lied zu spielen. „Mit Musik geht alles besser!", rief Hans, zog die Flöte aus seinem Gürtel und stimmte mit ein.

Karola sagte vom Wagen aus „Dein Tanz gestern Abend war schon ganz ordentlich, aber du musst noch viel üben. Ich kann dir zwar gerade nicht zeigen, wie du tanzen sollst, aber ich kann dich korrigieren. Warum tanzt du nicht auf dem Weg?" „Jetzt? Hier vor dem Esel?", fragte Ebba zurück. „Ich habe schon vor vielen Eseln getanzt", sagte Karola von oben und Hans konnte vor Lachen nicht mehr weiter auf seiner Flöte spielen.

„Na gut! Musik habe ich ja", sagte Ebba und tanzte vor ihnen auf dem Weg. „Nicht schlecht, aber du musst dich in den Hüften mehr bewegen!", erklärte die liegende Frau und Ebba versuchte es. „Aller Anfang ist schwer", rief Sieglinde von hinten und nun strengte sich Ebba noch mehr an. „Das sieht viel zu steif aus! Lass dich auf die Melodie ein!", rief Karola und Ebba riss die Arme hoch. Nun tanzte sie von einer Seite zur anderen.

„Na ja! Irgendwie ziemlich steif!", brummte Konrad nun auch noch. „Lasst sie doch!", sagte Gustav. „Ihr habt das doch auch nicht sofort gekonnt!", setzte er erklärend hinzu. „Was kannst du denn noch?", fragte Karola die tanzende Frau vor sich. „Alles, was eine Magd so können muss", sagte Ebba und setzte dann hinzu „Nicht alles, was eine Magd können muss. Zumindest nach der Ansicht meines Bauern." „Aha!", ließ Karola von oben hören und Sieglinde setzte hinzu „Sie ist noch Jungfrau!" Ebba unterbrach ihren Tanz und wurde sichtlich rot im Gesicht. „Ist das so offensichtlich?", fragte sie und Karola erklärte lachend „Vor Sieglinde kannst du nichts verstecken. Die hat das zweite Gesicht!"

Die junge Frau nickte und tanzte, trotz ihrer auffälligen Gesichtsfarbe weiter. Dann ließ sich, wie nicht anders zu erwarten, von hinten Hans hören, der sagte „Also von diesem Makel kann ich dich gern erlösen! Hast du kurz Zeit?"

Alle lachten, selbst Ebba. Dann ließ sich Karola wieder von oben vernehmen „Also, wenn du bei uns bleiben willst, und nicht so großen Wert auf deine Jungfernschaft legst, so könnten wir die gut einsetzen. Manche Herren zahlen ein hübsches Sümmchen dafür!" „Ich soll das Lager für Geld mit einem Mann teilen? Wie eine Dirne?", rief Ebba, deutlich entsetzt, aus. „Ich bin doch keine Dirne!", entgegnete Karola von oben. „Ich auch nicht!", setzte Sieglinde hinzu. „Und ich auch nicht!", erklärte Hans. Wieder mussten alle lachen und bei Ebba löste sich die Anspannung. Sicherlich würde sie noch mal darüber nachdenken und es hatte ja noch Zeit.

„Dich zwingt keiner dazu!", setzte Gustav abschließend hinzu. Nach einer Weile lief die Frau wieder neben dem Esel und erneut fragte Gustav „Hast du dir das wirklich gut überlegt, mit dem fahrenden Volk mitzuziehen?" Dabei sah er ihre großen Augen und setzte zur Erklärung hinzu „Wir sind überall als Diebe und Halunken verschrien. Wir stehen außerhalb des Gesetzes und sind vogelfrei. Jeder kann mit uns machen, was er will. Wir dienen keinem Herrn. Nur uns selbst sind wir treu!"

Einen Moment sah die Frau nach vorn, bevor sie ihren Blick über die Gruppe schweifen ließ. „Ja! Das möchte ich!", sagte Ebba schließlich. „Gut so!", kam es, fast jubelnd, von Karola. Dann sagte die Frau noch „Können wir mal eine kleine Pause machen? Ich muss mal!" „An der nächsten Lichtung", sagte Gustav und zeigte den Waldweg nach vorn.

8. Kapitel

Fünf Freunde

Diese lockere Art, wie in dieser Gruppe Männer und Frauen miteinander umgingen, die gefiel Ebba. Natürlich war es schon etwas peinlich für sie, wie sie mit ihr redeten, aber auch daran würde sie sich gewöhnen können. Sie war eben die Neue, die noch viel zu lernen hatte. Nun tanzte sie den Waldweg entlang und dachte dabei an die Worte von Karola. Sollte sie ihre Jungfräulichkeit wirklich in klingende Münze einwechseln? Erst am Tag zuvor hatte sie den Bauern dafür mit dem Dolch bedroht und gerade deshalb war sie ja hier unterwegs. Sie hatte es nicht gegen die Stelle als Magd tauschen wollen. Aber für die Freunde? Das waren die fünf Menschen und der Esel nach nur einer Nacht schon für sie geworden. Vielleicht!

Wieder ging ihr Blick zurück zu der kleinen Gruppe. Hans machte schon wieder einen seiner anzüglichen Scherze, diesmal auf Kosten von Karola. Die Frau gab ihm sofort von oben dermaßen Paroli, dass Ebba bei ihrer Antwort für einen Moment die Luft wegblieb. Irgendwie bewunderte sie Karola dafür, wie diese locker mit dem Narren spielte und natürlich war das alles sehr gewöhnungsbedürftig für eine Magd vom Dorf.

Sicherlich war Gustavs Ansicht richtig, wenn er sagte, dass das fahrende Volk anders war. Hier wurde offen über Dinge gesprochen, die sie bis zum Tag zuvor noch nicht mal zu denken gewagt hatte.

Endliche erreichten sie die Lichtung, auf der sie eine kurze Rast machen wollten. Schnell schlug sich Ebba zur Seite in die

Büsche, wo sie sich hinhockte und erleichtern konnte. Dabei war sie absichtlich ein paar Schritte weiter in den Wald gegangen und als sie kurz darauf zurück auf die Lichtung kam, da waren die anderen schon längst fertig. Sicherlich war keiner von ihnen so weit gelaufen.

Am Rande der Lichtung plätscherte ein kleiner Bach, in dem der Esel gerade seinen Durst stillte. Ebba hockte sich neben das Tier und schöpfte Wasser mit der Hand heraus. Erst am Bach hatte sie gemerkt, welchen Durst sie doch hatte. Der ungewohnte Wein am Abend zuvor war nicht ganz spurlos an ihr vorbei gegangen.

Mit beiden Händen kippte sie sich anschließend noch Wasser über den Kopf und wusch sich das Gesicht. Als sie aufblickte, sah sie Sieglinde, die ein paar Schritte neben ihr mit heraufgezogenem Rock bis zu den Knien im Wasser stand und sich gründlich wusch.

Fast schüttelte Ebba bei dem Anblick den Kopf. Das war wieder so eine komische Geste, denn die Frau zeigte allen ihre nackten Beine und Ebba war in den tiefen Wald gelaufen, nur um nicht zu zeigen, wie sie pullerte. Und dabei hätte, mit dem Rock, sicher keiner etwas gesehen. Die anderen waren auf der Lichtung und in der jungen Frau brannte jetzt eine Frage. Ebba erhob sich und ging zu der Frau hinüber. „Und du teilst wirklich dein Lager mit Männern?", fragte sie die alte Frau.

Sieglinde lachte und entgegnete „Kindchen. Das ist das normalste der Welt. Warum glaubst du, hat Gott uns einen Schoß gegeben?" Fast konnte Ebba den der Frau sehen, denn der weit nach oben gezogene Rock bedeckte ihn nur spärlich. „Ich sehe schon, dass du dir darüber noch nie Gedanken gemacht hast. Oder?", fragte die alte Frau und Ebba konnte nur zustimmend nicken.

„Wir brechen wieder auf!", rief der Riese vom Wagen aus, auf den er gerade Karola bettete. „Bringst du mir das Leier spielen bei?", fragte Ebba schnell und Sieglinde sagte ihr dies zu. Mit schnellen Schritten gingen sie zurück zum Wagen, der sich gerade in Bewegung setzte. Die alte Frau griff sich ihr Instrument und begann alles für sie zu erklären. Schließlich begann Ebba dem Musikinstrument die ersten schauerlichen Töne zu entlocken. Mit der Zeit wurde es aber besser und dann machten sie hinter dem Wagen zu dritt Musik.

Viele tausend Schritte später legte Ebba das Instrument wieder in Sieglindes Hände und lief nach vorn, wo Karola lag. Sie ging neben ihr her und fragte „Wo ziehen wir eigentlich hin?" „Auf eine Burg. Da soll bald eine Hochzeit stattfinden und da können wir ein paar gute Münzen verdienen. Auf solchen Festen sind die hohen Herrschaften meist sehr freigiebig." „Und was soll ich dort tun?" „Tanzen, Musik machen, was du willst!", sagte Karola. „Meist bleibt es aber nicht beim Tanzen!", ließ sich Sieglinde von hinten vernehmen. „Was meinst du?", fragte Ebba zurück, aber Karola erklärte es ihr dann „Wenn dein Tanz gut ist, so wollen die Männer bisweilen noch mehr!" „Wollt ihr dort meine Jungfräulichkeit opfern?", fragte Ebba entsetzt und musste an eine Horde betrunkener Männer denken, wie sie diese oft bei den Feiern im Dorf erlebt hatte.

Karola lachte schallend und sagte dann „Nein. Du bestimmst selbst. Keiner bestimmt bei uns über den anderen. Wenn du an einem Tag keine Lust zum Tanzen hast, dann machst du eben etwas anderes." „Und wenn du einen anderen Weg einschlagen möchtest, dann wird dich keiner daran hindern", sagte Hans, sonderbar ernst. „So ist das!", ergänzte Karola und setzte fort, „Wir sind füreinander da und helfen uns gegenseitig." „Ich muss noch so viel lernen!", stellte Ebba fest. „Dann tanz!", rief Karola und wieder lief Ebba nach vorn und bewegte sich zur Musik. Langsam wurde es besser. Zumindest hatte Ebba dieses Gefühl.

Irgendwann näherte sich der Tag seinem Ende und sie würden wohl auf einer Lichtung im Wald übernachten müssen. Alleine hätte sich die junge Frau das wohl nicht mehr getraut, auch wenn sie dazu am Abend zuvor noch fest entschlossen gewesen war. Der Tag im Wald hatte ihr gezeigt, wie tief und dunkel dieser Wald wirklich war. Zuvor hatte sie noch gedacht, nur ein paar Bäume, sonst nichts. Aber ein Wald waren eben nicht nur Bäume. Auf dem Weg hatte Hans ein Lied von Wölfen und Bären gesungen. Irgendein Jägerlied. Trotzdem war Ebba dabei der Schauer über den Rücken gelaufen. Bären? Sie kannte nur Beeren!

Von hinten rief Konrad „Stopp. Hier lagern wir!" Gustav zog am Zügel des Esels und Ebba fragte „Hier?" Dabei sah sie sich um. Es war ein ganz normaler Weg. Nicht sehr breit und für ein Nachtlager offensichtlich gänzlich ungeeignet. Doch Gustav zeigte mit der Hand zur Seite und sie folgte seiner Bewegung. Dort sah sie eine fast kreisrunde Senke neben dem Weg. Offensichtlich kannte sich die Gruppe hier gut aus. Sicherlich zogen sie oft durch diese Gegend.

Zu der Senke zog der Mann den Esel und Ebba schloss sich ihm an. Sieglinde, Hans und Konrad verschwanden im Wald und kamen wenig später mit vielen trockenen Zweigen zurück. In der Zwischenzeit hatte Ebba den Esel aus dem Geschirr des Wagens gelöst. „Gibt es hier auch einen Bach für ihn?", fragte sie und Konrad erklärte ihr, wo der Bach zu finden war. Es waren etwa zweihundert Schritte, eine kleine Schneise entlang.

Mit dem Tier am kurzen Zügel folgte sie dem Waldpfad. Fast zog der Esel sie hinter sich her. An dem Gewässer angekommen löschte er seinen Durst und auch Ebba kniete sich neben das Tier. Wieder trank sie das kühle Nass, als ihr dabei einfiel, sich erst einmal gründlich zu waschen.

Am Morgen, noch im heimatlichen Dorf, war sie nicht dazu gekommen und nun war die Gelegenheit günstig. Sie blickte sich um, aber sie war alleine im Wald. Die anderen waren noch auf der Lichtung. Schnell streifte sie sich das Kleid über den Kopf und hängte es an einen Strauch. Im Unterkleid hockte sie sich in den Bach und wusch sich Arme, Beine Hals und Gesicht. Das kühle Wasser war eine Wohltat nach dem langen Marsch. Erst jetzt spürte sie jeden Muskel vom Tanzen auf dem Pfad.

Gerade als sie aus dem Bach stieg, schnappte sich der Esel ihr Kleid und lief damit zurück zur Gruppe. „Bleib doch stehen!", rief sie hinter ihm her, doch er dachte wohl gar nicht daran. „So ein blödes Tier!", dachte sie wütend und rannte ihm hinterher.

Im Unterkleid, das nur bis zu den Knien reichte, mit nackten Armen und Schultern, lief sie in das Lager der Gruppe zurück. Dort wurde sie schon von Gustav in Empfang genommen, der ihr das Kleid hinhielt. Niemand sagte etwas. Nicht mal Hans machte eine Bemerkung. Der Narr schmunzelte nur, als sie sich schnell das Kleid wieder überstreifte.

9. Kapitel

Gottloses Gesindel?

Sie mochte die Kleine wirklich. Karola dachte immer nur „die Kleine", wenn sie an Ebba dachte, obwohl sie selbst keine sieben Jahre älter war. Im Moment beneidete sie Ebba darum, dass sie sich bewegen konnte, während sie vollständig auf Konrad angewiesen war. Dank Sieglindes Trank hatte sie keine Schmerzen, aber da die alte Freundin ihr das Beim vom Fuß bis zur Hüfte mit zwei dicken Ästen festgebunden hatte, konnte sie noch nicht mal humpelnd umhergehen. „Das muss sein! Ich kenn dich!", hatte die Freundin nur schelmisch lächelnd gesagt und sicher war da etwas Wahres dran. Wie sie sich überhaupt das Bein hatte brechen können, das wusste sie nicht. Vermutlich war sie mit dem Fuß am Wagen hängen geblieben, als dieser gekippt war.

Karola saß auf einem Baumstamm und sah über die kleine Gruppe hinweg und dabei blieb ihr Blick an Ebba hängen, die sich gerade ihr gegenüber hinsetzte. Obwohl sie sich nun erst zwei Tage kannten, musste sie zuweilen über das verklemmte Verhalten der ehemaligen Magd lachen, doch sie hatte keinen Vergleich zu sich selbst. In Ebbas Alter war sie schon zehn Jahre auf dem Wagen gewesen, sie hatte viel gesehen und erlebt, wie das eben nicht ausblieb, wenn man beim fahrenden Volk war.

Eine Bemerkung der jungen Frau am Feuer hatte sie aber nachdenklich werden lassen. In den Augen der anderen waren sie gottloses Gesindel! Auch Karola hatte, wie sicher jeder andere auch, Angst, nach ihrem Tod für die begangenen Sünden in der Hölle zu schmoren. Daher betete sie drei Mal am Tag, aber sie gingen eben nicht in die Kirchen. Sieglinde hatte mal gesagt „Gott ist nicht die Kirche!" und sie musste es schließlich wissen. Karolas Blick fixierte nun die alte Freundin.

Die alte Frau hatte in ihrer Jugend als Magd in einem Kloster gelebt. Sie war keuch, gottesfürchtig und fromm gewesen. Vielleicht so, wie Ebba gerade jetzt. Sie hatte dort auch in einem Kräutergarten gearbeitet, in dem sie eine gleich alte Nonne kennengelernt hatte. Über die gemeinsame Arbeit war dann etwas passiert, was nicht hätte passieren dürfen. Sieglinde hatte sich in die Frau verliebt und es war wohl nicht ganz einseitig geschehen. Monatelang hatten sie ihre Liebe geheim halten können, bis die Äbtissin sie erwischt hatte. In ihrer Not hatten sich die beiden Liebenden einen gemeinsamen Trunk aus ihrem Garten zubereitet, der sie für immer im Tode vereinen sollte, doch während die junge Nonne qualvoll gestorben war, hatte Sieglinde überlebt.

Sieglinde war danach geflohen und hatte jahrelang mit Gott und ihrem Schicksal gehadert, bis sie Karola getroffen hatte. Immer wieder hatte sie diese Geschichte dem kleinen Mädchen, das Karola damals noch gewesen war, erzählt. Das hatte sich tief in ihr Gedächtnis gebrannt. Niemand kann wissen, was Gott mit einem vorhat! Auch die Kirche nicht. Nur er da oben wusste es! Karola hatte damals schon mit sechs Jahren begriffen, dass es nichts gab, was Gott nicht wollte. Nur das Ende dieser tragischen Liebe hatte sie lange nicht verstanden, bis Sieglinde ihr gesagt hatte, dass sich nur die Form der Liebe getauscht hatte.

Gottes Wille ist die Liebe! Durch sie wirkt er zu den Menschen. Mit Nächstenliebe, Mutterliebe, seelische Liebe und körperliche Liebe. Insofern war jeder Liebesdienst ein Gottesdienst! Ebba würde das sicher auch bald verstehen. Karola griff sich einen Ast und schob ihn in das Feuer.

Hier saßen sie am Feuer, wie jeden Abend, seit sie zurückdenken konnte. Und Karola musste schmunzeln, als sie daran dachte, wie Ebba den Esel verfolgt hatte. Nur im Unterkleid. Sie hatte gesehen, wie peinlich dieser Aufzug für die junge Frau gewesen war. Das war etwas, was ihr völlig fehlte. Das lag sicher daran, dass sie es eben von klein auf nicht anders kannte. Natürlich wusste sie, dass es bei den meisten Menschen anders war. Die legten nicht mal zum Baden die Sachen ab, doch Karola sah das anders.

Hatte nicht Gott diesen Körper nach seinem Ebenbild geschaffen? Warum also dieses Kunstwerk verhüllen? In Italien hatte sie in den Palästen Statuen von nackten Frauen gesehen, und niemand rief dort „Gotteslästerung!" Da war das alles ganz normal. Es gab Feste, bei denen nur die Männer Kleidung trugen! Hier, im kalten Norden, wäre so etwas völlig undenkbar! Und was waren das für Feste gewesen! Feste der Liebe!

Bei dem Gedanken daran sauste die Wollust warm durch ihren Körper und sammelte sich in ihrem Schoß. Lüstern blickte sie zu Konrad hinüber und dachte daran, dass sie mit dem Ast noch nicht mal das Bein bewegen konnte, um ihm Einlass gewähren zu können. Und dabei rieb das obere Ende des Holzstückes auch noch bei jeder Bewegung an ihrem Schoß. Es war die reinste Folter! Sechs Wochen sollte das so gehen und sie konnte es am zweiten Tag schon nicht mehr aushalten.

„Hast du das mit dem Ast absichtlich gemacht?", fragte sie daher Sieglinde und die Freundin schmunzelte. Also doch! „Kannst du das nicht irgendwie anders machen? Ich verspreche dir auch, mich zu schonen!", bettelte Karola fast. Dabei zog sie den Rock hoch und erklärte „Siehst du! Alles dick und geschwollen und keine Linderung in Sicht!" Sie bemerkte, wie Ebba schamhaft zur

Seite sah, während alle anderen auf ihren geschwollenen Schoß schauten. „Na gut Kindchen! Am Abend mache ich dir ab jetzt einen anderen Ast fest! Aber tagsüber behältst du diesen da!“, sagte Sieglinde, lachte und stand auf. Die Freundin ging zum Waldrand, der nur ein paar Schritte hinter ihr war, und kam kurz darauf mit zwei kurzen Holzstücken zum Lagerfeuer zurück, mit denen sie nun das Bein von Fuß bis zum Knie versteifte. „Ich danke dir!“, stöhnte Karola erleichtert auf, als der Ast nicht mehr ihr Innerstes traf. „Und morgen bitte eine Handbreit kürzer!“, sagte sie noch schmunzelnd und schlug den Rock wieder nach unten.

Vorsichtig bewegte sie die Hüfte. Die Nacht war gerettet! Sie bemerkte Ebbas Blick und sagte „Wir sind schon gottloses Gesindel was?“ Dabei lachte sie und rieb sich den geschwollenen Schoß mit der Hand, um Linderung zu bekommen. Aber das machte es nur noch schlimmer und ein Gespräch konnte vielleicht für Ablenkung sorgen. Karola sah, wie Ebba nickte und daher erklärte sie der jungen Frau, wie sie Gott sah.

Wie erwartet begann nun auch Sieglinde mit in das Gespräch einzusteigen. Wieder ging Karolas Blick über die kleine Gruppe. Aus allen Teilen des Landes waren sie, hatten die verschiedensten Berufe gehabt und doch waren sie hier nun eine kleine, verschworene Gemeinschaft geworden. Eine Gruppe von Menschen. In Gottes Hand und unter seinem Blick. Karola sah nach oben und betete ein Vater-Unser, während Hans eine seiner derben Zoten erzählte. Vielleicht waren sie gottlos, aber sie waren nicht von Gott verlassen. Nur Gottes Kinder auf Wanderschaft!

10. Kapitel

Sternendach

Ein neuer Abend begann und erneut saßen sie am Feuer. „Was kannst du eigentlich?", fragte ihn Ebba, die offensichtlich gemerkt hatte, dass jeder in der Gruppe etwas anderes konnte. „Ich kann jonglieren, auf dem Seil laufen und klettern!", antwortete Gustav und sah sie an. „Seillaufen? So richtig weit oben?", fragte sie. „Manchmal schon! Willst du es auch mal versuchen?", fragte er nach. „Wenn es nicht so hoch ist?" Gustav lief zum Wagen, holte das Seil und spannte es zwischen zwei Bäumen am Rande der Lichtung. „Zieh deine Schuhe aus!", sagte er zu Ebba und sie streifte sich die Schuhe von den Füßen.

Das dicke Tau war in Kniehöhe gespannt und er half der jungen Frau hinauf. „Wichtig ist es, die Balance zu halten. Nimm deine Arme zur Seite, dann geht das besser. Schritt für Schritt. Ich halte dich!", sagte er und sah, wie sie vorsichtig die nackten Füße auf das Seil setzte. „Du machst das sehr gut!", sagte er anerkennend. Schnell machte sie fünf Schritte vor und wieder zurück, dann sprang sie zurück in das Gras der Lichtung.

Nun stieg Gustav auf das Seil und zeigte ein paar seiner Kunststücke. Er machte Überschläge, Handstände und sogar einen Salto. Es war gut, mal wieder zu üben und schließlich sah er ihren bewundernden Blick. Mit einem etwas übertriebenen Überschlag landete er neben ihr auf den Füßen und zusammen trugen sie danach das Seil zurück zum Wagen.

„Kommt an das Feuer!", rief Hans ihnen zu, der ein paar Hasen gebraten hatte. Gustav und Ebba teilten sich einen davon und er konnte sehen, dass sie nicht sehr oft Fleisch zu essen bekommen hatte, denn sie leckte förmlich jeden Knochen sauber. Dazu gab es noch Brot und Wein, aber der Schlauch wurde schon spürbar leerer. Für den nächsten Abend würde er wohl nicht mehr reichen. Es wurde wieder mal Zeit, ein paar Münzen zu erhalten.

„Lebt ihr immer so?", fragte Ebba nach einem lauten Rülpser, der anzeigte, dass sie satt war. „Wenn die Hasen dumm genug sind, sich von mir fangen zu lassen!", antwortete Hans und versuchte ihren Rülpser zu übertönen, was ihm auch mühelos gelang.

Alle lachten. „Nur für den Wein brauchen wir mal wieder einen Auftritt!", sagte Sieglinde und schüttelte den Schlauch. „Ja! Wein lässt sich schlecht im Wald fangen!", erklärte Hans und Sieglinde warf ihm den Schlauch zu. „Gefangen!", sagte Ebba, woraufhin wieder alle lachten. Nun flogen Geschichten, Scherze und derbe Zoten am Feuer hin und her.

Eine ausgelassene Stimmung herrschte in ihrer Runde, bis Konrad festlegte, dass nun alle ihre Lager aufsuchen sollten, da sie am nächsten Tag schon früh wieder aufbrechen wollten. Gustav ging noch einmal zum Esel und band diesen fest. Zwar würde das schlaue Tier nicht freiwillig in den Wald laufen, doch darauf vertrauen konnte man ja auch nicht. Ebba kam zu ihm und gab dem Zugtier noch eine Möhre, obwohl er am Beginn des Abends noch ihr Kleid geraubt hatte.

Die Frau kraulte dem Esel noch den Kopf und fragte Gustav „Lebt ihr immer so?" Dabei zeigte sie auf das Feuer, dass nur wenige Schritte entfernt brannte. „Ja." „Auch im Winter?" „Wir haben ja kein Haus. Daher müssen wir auch im Winter umherziehen. Aber da sind wir im Süden. In den großen Städten wie Augsburg ist auch im Winter jede Menge los. Überall werden dann Feste gegeben. Und im letzten Winter waren wir sogar in Italien. Da ist es selbst im Dezember noch so warm, wie heute hier!" „Italien?", fragte sie versonnen und setzte hinzu, „Ich war noch nie so weit von meinem Dorf entfernt, wie heute Abend!" Gustav zeigte nach oben und sie folgte seinem Blick. „Wir haben jeden Abend das Sternendach über uns. Schau!" Die Frau nickte und vom Feuer rief Konrad „He! Ihr beiden Turteltauben! Jetzt wird geschlafen!"

Gustav winkte ihm zu und Hans musste noch einen obendrauf setzten, indem er rief „Aber jeder auf seinem Lager!" Alle lachten wieder und trotz des Lichtes konnte er sehen, wie Ebba etwas röter im Gesicht wurde, als noch einen Augenblick zuvor. Er sah, wie sie die Augen niederschlug und das Zugtier losließ. Als sie sich von ihm wegdrehte, warf sie mit einer Handbewegung ihr Haar zurück. Es war eine unbewusste Geste gewesen, doch sie faszinierte ihn. Da war etwas, was er nicht deuten konnte. Sieglinde würde die Antwort wissen, doch er wollte die erfahrene Frau nicht mit seinen Problemen belasten. Jedenfalls fühlte es sich gut an, wenn Ebba in der Nähe war und nur das war doch wichtig.

Der Mann prüfte noch einmal die Leine des Esels, dann folgte er ihr zum Feuer. Alle hatten sich schon um das Feuer verteilt. Weit genug davon entfernt, um nicht zu verbrennen und nah genug an der Feuerstelle, damit es in der Nacht nicht zu kühl werden würde. Nur Ebba lag ein Stück außerhalb des Kreises. Offensichtlich hatte sie noch nicht die Erfahrung der Gruppe, den richtigen Abstand einzuschätzen.

Gustav suchte sich einen Platz in ihrer Nähe, wodurch er sie beim Einschlafen und aufwachen im Blick haben würde, doch er konnte nicht schlafen. Ständig musste er in ihr Gesicht sehen, das vom Feuer beleuchtet wurde. Die Haare waren zur Seite gerutscht und hingen ihr über die Schulter nach vorn. Er konnte sehen, wie sich ihre Brust hob und senkte. Sogar ihre Schlafgeräusche konnte er hören, in den Momenten, in denen Hans mal mit dem Schnarchen aufhörte.

Leise erhob er sich, ging zum Wagen und holte die Decke. Vorsichtig breitete er diese über der schlafenden Frau aus. Am liebsten hätte er sie jetzt geküsst, aber er hielt sich zurück und legte sich wieder auf seinen Platz. Als er zum Feuer sah, bemerkte er, wie Sieglinde ihm zunickte. Jetzt versuchte er, sich von Ebba wegzudrehen, denn mit dem Blick auf die schlafende Frau würde er wohl kaum in den Schlaf kommen. Doch genau in diesem Moment ging auf der anderen Seite der Mond auf. Damit blieb ihm nur übrig, entweder zum Mond oder zu Ebba zu schauen. Was tun? Gustav drehte sich auf den Rücken und sah zu den Sternen hinauf. Tausende mussten es sein, die gerade auf ihn heruntersahen.

Er begann sie zu zählen und wurde dadurch immer müder. Irgendwann fielen ihm die Augen dann doch zu, aber in seinem Traum war nun ebenfalls Ebba, wie sie im Unterkleid den Esel verfolgte, der ihr Kleid im Maul trug. Wie schön sie doch war!

11. Kapitel

Neue Erkenntnisse

---

in dringendes Bedürfnis riss sie aus dem Schlaf und für einen Moment wusste Ebba nicht, wo sie sich befand. Über ihr waren Bäume zu sehen und etwas Himmel, der aber nur ganz leicht bläulich schimmerte. Einen Moment später fiel es ihr wieder ein: Sie war im Wald, bei ihren neuen Freunden. Der Druck in ihrer Blase wurde immer stärker. Ebba hätte am Abend zuvor doch nicht so viel von dem süßen Wein trinken sollen, doch Hans hatte ihr immer wieder den Schlauch gereicht.

Die junge Frau bemerkte, dass jemand in der Nacht eine Decke über sie ausgebreitet hatte und ihr Blick ging zur Seite, wo das Feuer heruntergebrannt war. Ohne diese Decke wäre es sicher empfindlich kalt gewesen, aber so hatte sie gut geschlafen. Leise schlug sie die Decke zurück und lief mit nackten Füßen etwa zwanzig Schritte, bis sie sich am Waldrand hinter einen größeren Farn hockte. Mit Macht drängte nun ein Sturzbach aus ihr heraus, dem sie kaum Einhalt gebieten konnte.

Langsam wurde es heller auf der Lichtung und genauso langsam versiegte der Strahl aus ihrer Blase. Als Ebba aufstehen wollte, sah sie, dass jemand aus dem Lager offensichtlich dieselbe Idee hatte, wie sie. Eine Gestalt kam auf sie zu und dann erkannte sie im ersten Sonnenstrahl Gustav vor sich stehen. Er war etwa drei Schritte von ihr entfernt und hatte sie offensichtlich nicht gesehen, denn die Sonne schien direkt in sein Gesicht.

Der Mann hatte keine Hose an und das Hemd hatte er nach oben gezogen, wodurch er abwärts des Nabels nackt war. Gähnend strich er sich mit den Händen durch die Haare und rieb sich die Augen, während er mit kräftigem Strahl sein Wasser in den Wald verteilte. Noch nie hatte Ebba einen nackten Mann gesehen. Selbst der Bauer hatte das Hemd darüber gehabt, als er vor ihr die Hose fallen gelassen hatte. Aus der Entfernung von diesen drei Schritten beobachtete sie den Mann, der in seiner ganzen Pracht von der Sonne beleuchtet wurde.

Für Gustav schien es das Normalste der Welt zu sein, so halb-nackt im Wald zu stehen und für sie war es peinlich, dass sie ihren Blick nicht von der einen Stelle abwenden konnte, die einen Mann von einer Frau unterschied.

Schließlich war er fertig, drehte sich um und ging zum Feuer zurück. Schnell stand Ebba auf, folgte ihm aber nicht, sondern lief zum Esel und gab dem Grautier noch eine der Möhren, die sie aus dem Garten des Bauern „geraubt" hatte. Die Mutter hatte diese Möhren noch angepflanzt. Wieder gingen die Gedanken zur Mutter und ein paar Tränen liefen ihr über die Wangen, während der Esel glücklich die Möhre verspeiste. Sie umarmte das zottelige Zugtier und kraulte ihm den Kopf. Dabei wanderten ihre Gedanken jetzt von der Mutter zu Gustav, dessen Bild sie nun nicht mehr aus ihrem Kopf bekam.

Dann sah sie aus dem Augenwinkel, wie der Mann, jetzt mit Hosen, zu dem Esel, und damit zu ihr, herüberkam. „Guten Morgen Ebba. Hast du gut geschlafen?", fragte er und sie fühlte, wie ihre Ohren warm wurden. „Ja. Danke. Hast du mir die Decke gegeben?", fragte sie, vermied es aber ihm in die Augen zu sehen. „Ja. Wenn du zu weit vom Feuer entfernt bist, dann kann sogar eine Sommernacht sehr kalt werden", erklärte er und prüfte das

Zaumzeug des Zugtieres. Ebba nickte ihm dankbar zu, schlug die Lider nieder und ging zum Feuer hinüber.

Nun waren auch die anderen wach. „Noch etwas Wein?", fragte Hans und hielt ihr den fast leeren Schlauch hin. Ebba fühlte sich ertappt und schüttelte nur den Kopf. „Nein. Lieber etwas Wasser", sagte sie und Karola zeigte zum Wagen. „Da ist ein Eimer. Du kannst ja etwas vom Bach holen."

„Das mache ich gern", sagte die junge Frau und Hans setzte nach „Und ich halte den Esel fest, damit er nicht wieder dein Kleid frisst!" „Danke dir", sagte sie und ging mit dem Eimer los. So konnte sie Gustav für ein paar Augenblicke aus dem Weg gehen und sich wieder einigermaßen sammeln. Trotzdem blieb das Bild in ihrem Kopf hängen. Und als ob das nicht schon schlimm genug wäre, war Gustav auch noch vor ihr am Bach. Diesmal ohne Hemd. Er stand in dem Bach und wusch sich ausgiebig, während Ebba ein paar Schritte hinter ihm wartete. Der Mann war ziemlich muskulös, aber nicht sehr breit in den Schultern. Vermutlich war das seiner athletischen Tätigkeit geschuldet. Wieder bekam sie den Blick nicht von ihm los. Diesmal von der kaum behaarten Brust.

Zweimal hatte sie ihn an diesem Morgen halbnackt gesehen und ihr Kopf setzte gerade diese Bilder zu einem Ganzen zusammen. Sie wollte es nicht, aber es geschah trotzdem. Das wäre wohl nun nur anders gewesen, wenn sie mit dem Kopf gegen einen der Bäume geschlagen hätte. Doch das ging nicht, also musste sie warten und dem Mann zusehen, wie er sich danach umdrehte und sein Hemd wieder überzog. Sie trat an ihn heran, füllte den Eimer im Bach und fragte „Kannst du diesen mit ans Feuer nehmen?" Der Mann nickte und griff sich den Eimer, dabei berührten sich ihre Hände und sie zuckte zurück.

Angestrengt sah sie ihm nach, bis er hinter einer Wegbiegung verschwunden war, dann zog sie sich das Kleid über den Kopf und setzte sich im Unterkleid mitten in den Bach. Es rumorte in ihrem Bauch, aber das kalte Wasser brachte sie wieder zur Vernunft. Was war da gerade geschehen? Erneut war das Bild des nackten Mannes in ihrem Kopf. Schnell wusch sie sich die Arme und kippte sich mit beiden Händen das Wasser über ihren Kopf. Die Bilder des nackten Mannes verschwanden aus ihrem Gedächtnis. Zumindest für eine Weile! Hoffentlich.

Im Bach sitzend sah sie an sich herab. Nun war ihr leinenes Unterkleid bis weit über den Nabel nass und damit würde sie es nicht unter das Kleid ziehen können. Irgendwie musste das Wasser da wieder raus! Ebba erhob sich aus den Fluten, zog sich das Kleid über den Kopf und legte es zu einer Schnur zusammen, dann verdrehte sie den Stoff, wodurch das Wasser herausgedrückt wurde.

Mit dem Blick auf den Stoff drehte sie sich um und zog sich das Unterkleid wieder über den Kopf. Als sie es wieder am Leib hatte, da sah sie, dass Gustav zehn Schritte vor ihr stand. Mit dem Eimer in der Hand lehnte er an einem Baum. „Der Esel braucht sein Wasser", sagte er entschuldigend und kam zum Bach.

„Du bist sehr schön", sagte er, als er neben ihr an dem Gewässer kniete und den Wassereimer füllte. Ebba spürte, wie sie rot wurde. Gustav erhob sich und fragte „Habe ich dir vorhin auch gefallen?" „Ich dachte, du hast mich hinter dem Farn nicht gesehen", antwortete Ebba und er entgegnete ihr „Welcher Farn? Ich meinte hier am Wasser." Dabei drehte er sich zum Wald um und die Frau spürte, wie sich ihre Gesichtsfarbe zu dunkelrot verschob.

Pfeifend schlenderte der Mann den Weg entlang und Ebba hätte sich am liebsten wieder in das Wasser gestürzt. Sie setzte sich an das Ufer, wartete eine ganze Weile, bis ihre Ohren nicht mehr glühten, dann zog sie sich das Kleid an und ging zurück zu der Gruppe.

12. Kapitel

Zwei Männer

ie Jagd hatte zwar stattgefunden, aber nicht mit dem Ergebnis, dass sich Martin gewünscht hatte. Sein Pfeil hatte einen Hirsch erlegt, der Bruder war noch am Leben. Der Vater hatte darauf bestanden, mit zur Jagd zu kommen. So waren sie zu dritt durch den Wald gestreift. Die Kugelarmbrust des Vaters hatte kläglich versagt, erst sein Pfeil hatte den Hirsch zur Strecke gebracht. Das Schulterklopfen des Vaters war die erste Anerkennung, die ihm der alte Mann seit Jahren hatte zukommen lassen. Sonst hieß es immer nur „Sehr gut Georg!", „Mache es wie Georg!", oder sonst irgendetwas, wo der Name des Bruders drin vorkam. Das machte es für Martin nicht wirklich leichter, mit seinem Bruder gut auszukommen.

Offensichtlich hatte der Vater schon seit Jahren beschlossen, dass er, Martin, die kirchliche Laufbahn einschlagen sollte. Ob er das wollte, das hatte ihn niemand gefragt. Seit jenem Tag vor Jahren, als Georg das Turnier der Ritter gewonnen hatte, war für den Vater felsenfest klar gewesen, dass Georg die Burg und Martin das Kreuz bekommen sollte. Auch, wenn er dies nie ausgesprochen hatte. Seine Haltung und sein Handeln sprachen aber da eine eindeutige Sprache. Das konnte Martin im Nachhinein nicht missverstehen. Er würde zum Ende des Jahres die Burg verlassen und nie wieder sehen!

Wenn jemand ihn gefragt hätte, so hätte er „Nein!" gesagt. Laut und unmissverständlich. In ihrer Familie war es aber anscheinend schon immer so gewesen. Der Vater hatte die Burg erhalten, Martins Onkel war jetzt Abt in irgendeinem Kloster. Er hatte ihn nie gesehen und von ihm wurde höchst selten mal gesprochen.

War das seine Zukunft? Verschlossen im Kloster und von allen vergessen? Er wollte frei sein! Aber sein Wunsch zählte eben nicht! Nur der des Vaters.

Grübelnd war er wieder auf dem Waldweg zurück zur Burg. Er trug den Hirsch und Georg lief mit dem Vater vor ihnen her. Das war ein solch schönes Ziel, dass er nie verfehlen würde, wenn er jetzt eine Hand frei gehabt hätte und der Bruder nicht die Waffen tragen würde.

Nach unzähligen Schritten erreichten sie das Burgtor und er ging zur Küche hinüber, um das tote Tier dort abzuladen.

Vielleicht hatte er wenigstens bei Minna mehr Glück. Er brauchte jetzt erst mal eine Ablenkung und in der Burg gab es nicht so viele Frauen. Da war nur die Mamsell, welcher nicht mehr viel an sechzig Jahren fehlte, Franka, die Küchenhilfe, die hässlich wie die Nacht war, und eben Minna! Die Magd war schnell und sie wusste, dass er hinter ihr her war. Aber in den zwei Jahren, die Minna nun schon auf ihrer Burg Dienst tat, war es ihm noch nicht einmal gelungen, auch nur ein Stück ihres Unterkleides zu sehen. Sehr zur Freude von Franka, der er aber nie in ihr Gesicht sehen konnte. Das störte die Frau aber offensichtlich nicht.

Und da das Personal dem Vater unterstand, hatte Martin auch keine offizielle Handhabe gegen Minna. Er konnte ja auch schlecht zum Vater gehen und sich darüber beschweren. Der tiefgläubige Mann hätte sicher dafür kein Verständnis. Sicherlich wusste dies auch Minna, denn ihr Gesichtsausdruck schien ihm auch noch mit dieser Gewissheit zu ärgern. Am Tag hatten die Mägde zu arbeiten und waren daher in dieser Zeit auch noch zusätzlich geschützt. Erst am Abend gingen sie in ihre Mägdekammer, oben unter dem

Dach. Auf diesem Weg konnte man sich ihnen unauffällig nähern. Später war die Kammer verschlossen und die Mamsell hatte den Schlüssel.

Für Franka war er der strahlende Held, als er den Hirsch in die Küche trug. Allerdings wollte er eben nichts von ihr. Am Tage gleich gar nicht. Eigentlich war die Frau zu bemitleiden. Als Kind hatte ein Pferd sie getreten und ihr Gesicht sah seit diesem Tag irgendwie verschoben aus. Dass sie, mit knapp zwanzig Jahren, auch kaum noch einen Zahn hatte und zu allem Übel auch noch schielte, das steigerte ihre Attraktivität natürlich ebenfalls nicht. Nur in der größten Not ließ sich einer der Knechte oder Martin mit ihr ein.

Minna arbeitete an ihrem Kessel und rührte darin mit einem Holzlöffel herum. Dabei gab sie sich unnahbar und wusste sicher auch, dass sie praktisch unantastbar war. Und das machte ihn noch wilder. Das durfte nicht sein, dass sich einen Magd vor ihm verweigern konnte. Unbewusst zupfte sie sich in den Haaren und er stand mit dem Rücken an der Wand. Die dralle Magd machte das sicher absichtlich!

Schließlich legte sie den Löffel zur Seite und ging zu der Tür, hinter der sich, nach einem langen Gang, die Vorratskammer befand. Da konnte sie ihm nicht entkommen! Er wartete noch ein paar Augenblicke, bevor er ihr folgte. Der gemauerte Halbrundstollen war kühl, lang und dunkel und am anderen Ende waren die Kammer und ein Zugang zum Burghof.

Leise folgte er der Magd. Die Tür der Vorratskammer stand einen Spalt weit offen. Als Martin die Tür erreichte, sah er die nackten Beine der Magd und Georgs Rücken dazwischen. Er hörte den

Bruder schnaufen und die Magd stöhnen. Schon wieder war ihm der Bruder bei etwas zuvor gekommen. Wenn er jetzt die Armbrust gehabt hätte, so hätte er sein Ziel kaum verfehlt.

Missmutig ging er zurück zur Küche, von dort aus zum Hof hinaus und danach stieg Martin wieder auf den Turm der Burg hinauf. Das war alles so ungerecht. Und wie um ihn noch zusätzlich zu verhöhnen, hörte er aus der Ferne die Glocken des Klosters nach ihm rufen.

Da stand er nun wieder und sah auf sein Land, dass bald nicht mehr sein Land sein würde. Überall stand sein Bruder zwischen ihm und seinem Ziel. Selbst bei Minna! Er brauchte eine Idee, wie er Georg loswerden konnte! Irgendetwas, was sicherer funktionierte, als die Jagd. Nur was?

Grübelnd sah Martin in die Ferne und zerbrach sich seinen Kopf, wie er sein Problem lösen konnte. Nur ihm fiel nichts ein. Nicht mal zu Minna hatte er eine brauchbare Idee! Bei ihr würde er erst Erfolg haben können, wenn Georg verheiratet war und danach waren seine Tage auf der Burg sicher auch schon gezählt. Sicher keinen Monat würde der Vater ihm nach der Hochzeit geben.

Ein Plan musste her! Jetzt und sofort!

Doch der Plan ließ sich Zeit. Er schlug mit der Faust auf den Stein, der schon ein paar Jahrhunderte an dieser Stelle lag, und dieser Ziegel würde noch hier sein, wenn er dann zu Weihnachten im Kloster war. Das durfte doch alles nicht wahr sein! Warum verweigerte ihm Gott diese Möglichkeit? Sein Blick ging nach oben, aber außer ein paar Wolken war da nichts zu sehen. Kein Zeichen, kein Schild mit der rettenden Idee! Dazu kam nun noch ein anderes dringenderes Bedürfnis, dem er unbedingt nachgehen musste, denn seine Hose begann schon zu spannen.

Er rannte nach unten und betrat die Küche, aber Minna war nicht da! Franka war alleine in dem großen Raum. Darum ergriff er ihre Hand und zog sie hinter sich her zur Vorratskammer. Dort setzte er sie auf den Tisch, so wie Minna gesessen hatte. Ohne zu zögern, spreizte sie ihre Schenkel für ihn und zog sich den Rock hoch. Martin sah zur Wand und stellte sich vor, es wäre Minnas williges Fleisch, in welches er nun schnaufend stieß.

13. Kapitel

Sodom und Gomorrha

Den ganzen Tag hatte Ebba es vermieden, Gustav noch einmal anzusehen. Sie lief absichtlich nur hinter dem Wagen, denn sie wusste ja, dass er den Esel nicht loslassen konnte. Der Morgen war schon peinlich genug gewesen, aber wie sollte es nun weiter gehen? In der kleinen Gruppe konnten sie sich nicht aus dem Weg gehen, spätestens am Abend, am Feuer, würden sie sich wieder in die Augen sehen müssen. „Warum tanzt du heute nicht?", fragte Karola nach hinten. „Mir ist heute nicht danach", erklärte Ebba. „Aber du musst Üben! Heute Abend ist das Fest!", setzte Karola hinterher. „Na gut", sagte sie, aber es gelang ihr nicht so richtig.

Irgendwie tanzend sah sie zu Sieglinde hinüber, die bestimmt in ihren Augen lesen konnte, dass da etwas auf ihrer Seele brannte. Aber mit Hans auf der anderen Seite konnte sie der alten Frau doch nicht ihr Herz öffnen. „Hans. Gehst du mal nach vorn und spielst dem Esel etwas vor?", fragte die alte Frau, als hätte sie die Gedanken der jungen Frau gelesen. Der Flötenmann verschwand nach vorn und Ebba sah zum Wagen. Wie anfangen?

Doch es war die alte Frau, die begann „Ihr habt euch also beide nackt gesehen?" und Ebba zuckte zusammen. Sie würde sich erst noch daran gewöhnen müssen, dass Sieglinde alles wusste. Die junge Magd konnte spüren, wie ihre Ohren wieder anfingen zu glühen. „So schlimm?", fragte die alte Frau schmunzelnd und legte ihr die Hand auf die Schulter. „Ich habe noch nie vorher…", begann Ebba und brach sofort wieder ab. Das wusste die alte Frau sicherlich schon. „Kindchen, Kindchen. Hat deine Mutter nie mit dir darüber gesprochen, dass sich Mann und Frau nicht nur an der

Länge der Haare unterscheiden?" Aber sie erwartete sicher keine Antwort, denn sie begann ein ziemlich einseitiges Gespräch, bei dem die Gesichtsfarbe von Ebba sicherlich von weiß über hellrot zu einem sehr dunklen Rot wechselte, denn vom Wagen aus rief Karola nach hinten „Hör auf Sieglinde. Sonst klappt die Kleine noch zusammen. Du musst nicht immer solche Schauergeschichten erzählen!" „Wieso Schauergeschichten?", fragte Ebba, froh über diese Ablenkung.

Und nun entwickelte sich ein Gespräch unter drei Frauen daraus. Wobei Ebba, wegen der fehlenden Erfahrungen, meist nur zuhörte. Dadurch konnte sich ihre Gesichtsfarbe aber langsam wieder normalisieren. Karola erzähle ein paar deftige Zoten aus ihrem abwechslungsreichen Leben, die den Flötenspieler wieder nach hinten riefen. Doch anders als sonst, war der Mann diesmal ziemlich ernst und begann aus dem letzten Winter in Italien zu erzählen. Mit stockendem Atem hörte Ebba ihm zu. „Aber das ist doch Sodomie! Das ist verboten!", entfuhr es ihr schließlich, nachdem er geendet hatte. „Warum sollte etwas verboten sein, was ihm und mir Spaß gemacht hat?", fragte der Narr zurück. Dann stöhnte er „Ach Giuseppe! Vielleicht sind wir im nächsten Winter wieder in Florenz. Da kannst du ihn kennen lernen." Schließlich lief er Flöte spielend wieder nach vorn und ließ Ebba ziemlich verwirrt zurück.

„Wir sind schon ganz schön schlimm. Was? Wir vom fahrenden Volk", sagte Sieglinde und musste lachen. „Sodom und Gomorrha!", stöhnte Karola vom Wagen aus und stimmte in das Lachen der alten Frau ein. Nur Ebba fand das alles gar nicht lustig. Wo war sie hier nur hingekommen? Sie dachte an die Geschichten, die ihr die drei in der letzten Stunde erzählt hatte. Zwei Männer, die miteinander das Lager teilten und eine Frau mit drei Männern. Der Pfarrer würde vor Schreck das Kreuz schlagen und „Weiche von mir Satan!" rufen. Und sie wusste im Moment nicht, was sie dazu sagen sollte.

Zumindest hatten die gerade gehörten Geschichten das Bild von Gustav aus ihrem Kopf vertrieben. Wollte sie wirklich mit diesen Menschen mitziehen? Ihr Blick ging von einem zum anderen. Was hatte sich gerade geändert, nun, da sie es wusste? Eigentlich doch nichts! Es waren immer noch dieselben Menschen, mit denen sie am Abend zuvor Wein getrunken und Hasen verspeist hatte. Ihre Freunde! Nur eben anders, als alle anderen Menschen, die sie bisher gekannt hatte.

Vielleicht lagen aber auch alle anderen Menschen falsch und diese fünf hier, die machten es richtig. Wer konnte es wissen? Sie dachte an den Spruch des Narren. „Warum sollte etwas verboten sein, was ihm und mir Spaß gemacht hat?" Recht hatte er!

Karola richtete sich auf dem Wagen vor ihr etwas auf und sagte wieder „Tanz!" Nun hatte Ebba den Kopf soweit frei, dass sie sich auf die Melodie einlassen konnte, doch es dauerte keine hundert Tanzschritte, dann rief Karola von oben „Ich glaube wir müssen dich ausstopfen!" „Was?", fragte Ebba entsetzt zurück. „Na nicht vollständig, sondern nur oben rum!", setzte Karola hinzu. Lachend warf sie ein Kleidungsstück zu ihr herunter, das wie das Kleid eines Kindes aussah.

„Ich fand mich bisher ganz in Ordnung", entgegnete Ebba kleinlaut und sah an sich herunter. Was meinte die Freundin nur? „Halte dir doch mal mein Tanzkleid an!", forderte Karola sie auf und nun erst begriff Ebba, dass sie dieses winzige Stück Stoff tragen sollte. Mit beiden Händen hielt sie es vor sich in die Höhe. „Das wird ja immer schöner bei euch!", entgegnete Ebba und von der Seite sagte Sieglinde „Sodom und Gomorrha! Oder?" Daraufhin konnte Ebba nur zustimmend nicken. „Können wir nicht das Kleid anpassen? Ich war bisher mit meiner Oberweite mehr als zufrieden", erklärte Ebba und sah nach oben zu Karola. „Ich würde es als Betrug auffassen", setzte die junge Magd hinzu und die Frau sagte „Dann wirf es wieder hoch und ich ändere es ab. Da habe ich wenigstens etwas zu tun." „Danke dir", sagte Ebba und gab das winzige Stoffstück zurück.

Trotzdem überlegte sie immer noch, ob sie das wirklich wollte, als Karola wieder ihr aufforderndes „Übe weiter!" von oben hören ließ. Die schwarzhaarige Frau hatte sich an die Kante des Wagens gelehnt und nähte nun, halb im Sitzen, halb im Liegen, an dem Stoffstück.

Während Ebba unten zu tanzen begann, sagte sie zu ihr nach oben „Ich weiß noch nicht, ob ich das wirklich tragen will." Doch diesmal antwortete Sieglinde „Du brauchst nicht zu tanzen, wenn du es nicht willst. Aber wenn du tanzt, dann wollen die Männer etwas sehen. Zeig ihnen etwas von dir. Spiele mit ihnen." „Kann ich das?", fragte Ebba zweifelnd zurück und Sieglinde rief Hans zu sich nach hinten. „Übe mit ihm!", sagte die alte Frau und nun versuchte Ebba, zuerst etwas ungelenk, den Mann zu umtanzen. Aber mit jedem Schritt wurde es besser, bis Hans vor lauter Aufregung nicht mehr Flöte spielen konnte. „So ist es richtig!", sagte Karola lachend von oben.

14. Kapitel

Unglück oder Glück

Das Kichern und Lachen der Frauen hatte ihn den ganzen Tag begleitet. Mit dem Zügel des Zugtieres in der Hand war er praktisch ganz vorn und da die Frauen auch noch Hans mit seiner Flöte zu ihm geschickt hatten, konnte er immer nur einzelne Satzfetzen hören. Da sie es eilig hatten, wollten sie an diesem Tage auch keine Rast machen, es sei denn, einer von ihnen würde unbedingt danach verlangen. Schon seit Stunden waren sie nicht mehr in dem dichten Wald, sondern zogen einfach so durch das Land. Es war etwas hügelig und der Esel hatte Mühe, an manchen Stellen den Wagen zu ziehen, aber sie konnten ja auch Karola nicht einfach so abladen, wie sie es sonst an Steigungen gemacht hatten. Zur Burg würde es nun mal aufwärtsgehen müssen und beeilen mussten sie sich ja auch noch, denn durch Karolas Unfall waren sie schon mindestens einen Tag im Verzug. Und solche Feiern sprachen sich schnell herum.

Wenn dann erst mal eine Gruppe da war, dann blieb für die zweite das Tor zu, denn wozu brauchte man zwei Narren auf einem Fest? Nachdem die Sonne dann ihren höchsten Punkt am Himmel überschritten hatte, konnte Gustav die Burg schon sehen. Sie stand groß und stolz auf einem Berg, zum Greifen nah, aber da mussten sie nun erst einmal nach unten in das Tal und auf der anderen Seite wieder hinauf. Er drehte sich um und rief nach Konrad, der wenig später vorn erschien und nun beim Ziehen des Karrens half. Damit ging es etwas schneller.

Eine Stunde später standen sie vor dem Burgtor und sahen einen anderen bunten Wagen auf dem Hof stehen. „Zu spät!", sagte Konrad und zeigte durch die Gitterstäbe des Tores nach drinnen.

70

„Und nun?", fragte Ebba von hinten, die ja als einzige nicht wissen konnte, dass es nun erst mal etwas enger mit dem Essen werden würde.

Süßen Wein würde es für die nächsten Tage erst mal nicht mehr geben. Doch bevor die den Wagen drehen konnten, kam einer der Wachleute auf sie zu und sagte „Unten im Dorf heiratet morgen der Schulze. Vielleicht könnt ihr da etwas verdienen." Konrad bedankte sich für den Ratschlag und schon setzte sich der Wagen wieder in Bewegung. Den Berg hinab, den sie gerade nach oben gefahren waren. Die Hochzeit eines Dorfschulzen? Vielleicht war das gar nicht so verkehrt. Gelegentlich konnte ein reicher Dorfschulze freigiebiger sein, als ein verarmter Burgherr. So konnte sich ihr Unglück bei der Burg vielleicht doch noch in ein Glück in dem Dorf am Fuße des Hügels wenden.

Wenig später waren sie auf dem Dorfplatz mit ihrem Wagen angekommen. Das prächtigste Haus musste das des Schulzen sein und so ging Gustav einfach zu diesem hinüber, klopfte und brachte sein Anliegen vor. Die Vorbereitungen für das Fest waren schon im vollen Gange und die Mutter des Dorfschulzen stimmte sofort freudig zu, dass sie bei diesem Fest auftreten sollten. Damit war alles geklärt und sie konnten beginnen den Wagen zu entladen.

Die alte Routine half ihnen dabei und Ebba versuchte nicht so oft im Wege herumzustehen. Schließlich war nur noch das Seil irgendwo zu befestigen. Es musste schön weit oben sein, damit der Auftritt noch spektakulärer erscheinen würde. Mit dem Seil auf der Schulter sah sich Gustav um, wo sich für alle Gäste der beste Blick bieten würde. Dann fand er einen Platz zwischen zwei Dächern des Dorfes und winkte Ebba zu sich. „Hilf mir mal mit dem Seil", bat er und sie nickte ihm zu.

Zu zweit gingen sie zu dem ersten Haus, an dessen Giebel er nach oben kletterte und das Seil so weit oben wie möglich befestigte, dann warf er das eine Ende zu der Frau hinab. Flugs ließ er sich danach am Seil hinuntergleiten und fiel ihr fast in die Arme.

Zusammen schritten sie zur anderen Seite des Platzes, wo er mit dem Seil das nächste Haus erklimmte. Nun musste er nur noch dieses Tau so straff wie möglich ziehen. Das ging aber nur mit ihrer Hilfe vom Boden aus. Er warf ihr wieder das Ende zu und rief „Zieh!" Gustav sah von oben, wie sich Ebba in das herab hängende Seil hängte. Mit ihrem ganzen Körpergewicht versuchte sie, das durchhängende Tau straff zu ziehen, aber das würde wohl nur Konrad schaffen. Dann begann sich das Seil zu bewegen und schließlich hing es straff. Erstaunt sah er nach unten, ließ sich am Seil herab und band es zusammen mit Ebba fest. „Gut gemacht!", sagte er und schlug ihr anerkennend auf die Schulter, wie er es von den anderen gewöhnt war, doch diese Geste kam für Ebba zu überraschend. Sie schrie erschrocken auf. „Warum schlägst du mich?", fragte sie und rieb sich die Schulter.

„Entschuldige. Ich hatte vergessen, dass du noch neu bist. Wir machen das immer so. Und wir spucken vor der Vorstellung auch noch drei Mal aus", sagte er und machte es vor. „Das soll Glück bringen", setzte er auf ihren fragenden Blick hinzu. Die Frau nickte verstehen und machte es ihm nach. Gemeinsam gingen sie zum Wagen zurück, neben dem nun Karola lag und Ebba das geänderte Tanzkleid hinhielt. „Willst du heute Abend darin tanzen?", fragte sie Ebba und die antwortete „Ich will es versuchen." „Nicht versuchen. Machen!", erklärte Karola, „Für Versuche wirst du vielleicht mit faulem Obst beworfen!"

Daraufhin nickte Ebba verstehend und sah sich um, wo sie sich umziehen konnte. „Oben auf dem Wagen. Hinter der Plane", sagte Karola und Ebba stieg hinauf. Wenig später kam eine atemberaubende Frau zurück zu ihnen.

„Wenn du so tanzt, dann liegen dir alle zu Füssen!", sagte Gustav anerkennend. „Ja. Damit sie mir unter den Rock sehen können!", antwortete Ebba zweifelnd. „He! Für die Scherze bin ich hier zuständig!", rief Hans von der Seite, der sich gerade die Schellenglöckchen umlegte. Ebba musste lachen und alles war wieder gut. „Und das andere?", fragte Karola die junge Frau. „Muss ich das jetzt schon entscheiden?", fragte diese zurück. Karola nickte und Ebba strich sich verlegen den Rock glatt. Sie überlegte eine ganze Weile, bis sie schließlich zustimmte.

15. Kapitel

Schmerzhaft verdientes Geld

M it der Abenddämmerung begann die Vorstellung. Bisher hatte Ebba immer nur unten gesessen und zugesehen, doch diesmal war sie oben und mit dabei. Zuerst begann Hans, der Narr, die Leute „vorzuwärmen" wie er es nannte. Das ging aber nicht ohne Beleidigungen und gegenseitige Beschimpfungen ab. Doch zum Glück waren die Männer noch nicht zu betrunken, sonst hätte wohl Konrad schlichtend eingreifen müssen. Der war dann auch der nächste und stemmte den Wagen samt Esel in die Luft.

Danach war es Zeit für Ebbas Tanz. Das machte ihr großen Spaß, auch, wenn sie ein paar Stunden zuvor noch daran gezweifelt hatte. Sie umtanzte die Männer unten und wirbelte umher. Zu den Tönen von Sieglinde und Hans war das ganz einfach. Dann kletterte Gustav nach oben auf das Seil. Während er über den Platz balancierte und die unmöglichsten Kunststücken machte, ging Hans mit einer Kappe umher und versuchte ein paar Münzen zu ergattern. Die Ausbeute war aber dürftig, wie Ebba an seinem Gesichtsausdruck feststellen musste.

Nachdem Gustav wieder auf dem Boden gestanden hatte, ließ sich Karola von hinten auf die improvisierte Bühne tragen. Dort setzte sie Konrad auf eine Bank und die Frau hob die Hand, bis auch der letzte der Männer endlich verstummt war. Anschließend begann sie mit ihrer Ansprache „Wir werden dann noch für alle Musik zum Tanzen spielen, aber für einen von euch kann es heute noch etwas Besonderes geben!" Ebba wusste, was nun kommen würde. Karola legte eine längere Pause ein, um die Spannung noch zu steigern, dann setzte sie fort „Ebba, unsere Tänzerin, möchte heute von ihrer Jungfernschaft erlöst werden!" Ein Raunen ging durch die Gruppe der Männer „Komm zu mit Ebba", sagte Karola und sie trat neben sie „Und du bist wirklich noch Jungfrau? Ihr vom fahrenden Volk versprecht einem ja manchmal die unmöglichsten Dinge!" „Ja. Ich bin es noch!", sagte Ebba und musste schlucken. Ihr Blick ging über die versammelten Männer.

„Einer von euch, der dafür bezahlen kann, der darf es sein! Wer möchte? Der Meistbietende darf das Lager mit ihr teilen. Zeig dich Ebba!", sagte Karola und Ebba machte ein paar Tanzschritte vor den Männern. Nun begannen die ersten Gebote über den Platz zu fliegen. Immer höher wurde die Summe und immer weniger Männer boten mit. Dann war es nur noch einer.

„Komm nach vorn und zeige mir, ob du die geforderte Summe auch hast!", sagte Karola schließlich. Ein großer Mann stand auf und schob sich durch die Menge. Er zählte die Münzen in einen Beutel und sagte dann „Den gibt es erst, wenn es vollbracht ist und sie keine Jungfrau mehr ist!" „So soll es sein", legte Karola fest, „Du gibst ihr den Beutel, wenn du mit ihr zufrieden warst!"

Der Mann griff zu Ebbas Hand und unter allgemeinem Gejohle führte er sie über den Platz zu einem Haus, das offensichtlich eine Herberge war.

In dem Haus zog sie der Mann hinter sich her, bis sie ein Zimmer erreicht hatten, dessen Tür der Mann öffnete. Er schob Ebba hinein und entzündete ein Licht, dass auf dem Tisch stand. Durch das offene Fenster war die Drehleier von Sieglinde zu hören und auch die Flöte und das Johlen der Männer. „Dann zieh deine Sachen aus und zeig mal, was du so zu bieten hast", sagte er und da sie ja das Tanzkleid ohne Unterkleid trug, war sein Wunsch schnell erfüllt. „Na ja. Ein bisschen flach, aber darum geht es ja nicht", stellte der Mann fest, dann setzte er fort, „Lege dich auf das Bett!" Schritt für Schritt ging sie dort hin, setzte sich auf die Kante und ließ sich dann langsam nach hinten sinken. Nun gab es kein Zurück mehr!

Der Mann trat zu ihr und fasste ihr zwischen die Beine. Sicherlich wollte er die Richtigkeit ihrer Behauptung überprüfen. Ebba spürte, wie sich ein Finger in ihren Körper schob und das grinsende Gesicht des Mannes bezeugte ihr, dass er mit dem Ergebnis der Kontrolle zufrieden war. Er zog die Hand zurück, roch an dem Finger und sagte „Unschuldig und rein. So soll es sein!" Danach trat er zu dem Tisch und legte den Münzbeutel zu ihrem Kleid. „Den kannst du dann mitnehmen, wenn ich mit dir fertig bin. Du darfst auch schreien!", sagte er und Ebba stützte sich im Bett auf.

Sie sah ihm zu, wie er sich zwei Schritte vor ihr entkleidete. Ein Pelz bedeckte die nackte Brust des Mannes. Dieses Fell aus schwarzen Kringelhaaren wurde am Bauch weniger, bevor er weiter unten völlig dicht war. Dort hing etwas sehr Großes herab und baumelte zwischen den Schenkeln des Mannes. Das war deutlich länger und größer, als das, was sie bei Gustav im Wald gesehen hatte. Der Mann sagte „Wann bekommt man schon mal eine Jungfrau, ohne sie heiraten zu müssen!" Sein Gemächt nahm noch an Größe zu und zeigte bald steil nach oben. Ebba musste bei diesem Anblick schlucken. Das da konnte unmöglich in ihren Körper passen!

Langsam kam der Mann zur Schlafstatt und drehte Ebba so, dass sie nun nicht mehr quer, sondern längs im Bett lag. Dabei konnte sie trotzdem nicht ihren Blick von seiner Körpermitte nehmen. Die Erklärungen von Sieglinde sausten dabei durch ihren Kopf.

Dann zog er ihre Knie nach oben, legte sich zwischen ihre Beine und stieß ohne Vorwarnung seinen Dolch in ihre Scheide. Ebba bäumte sich auf und bekam keine Luft mehr. Sie hätte geschrien, wenn sie es gekonnt hätte. Nur ein unartikulierter Laut verließ ihre Kehle. Der große Mann ließ ihre Knie los, griff zu ihren Schultern und fiel auf sie, wobei sein Gewicht den letzten Atem aus ihr herauspresste.

Kraftvoll begann er sich in ihrem Unterleib zu bewegen. Immer wieder stieß er zu und der Schmerz in Ebbas Schoß wurde nicht weniger. Er lag über ihr, zwischen ihren gespreizten Schenkeln, und Ebba drehte den Kopf zur Seite, um ihn nicht ansehen zu müssen. Das Geräusch des knarrenden Bettes übertönte die Musik von draußen. Wie lange konnte das denn dauern?

Alles brannte in ihr und sie hörte das Schnaufen des Mannes in ihrem Ohr. Immer schneller wurde der Mann, dann blieb er pulsierend in ihr stecken. Schließlich zog er sich aus ihr zurück, rollte sich zur Seite und sagte „Schade, dass du nicht geschrien hast! Du kannst jetzt gehen!"

Schwankend stand Ebba aus dem Bett auf und ging unter Schmerzen zum Tisch, wo ihr Kleid lag. Sie streifte es sich über und der Mann rief „Vergiss deine Münzen nicht!" Ohne einen Blick zu ihm nahm sie den Beutel an sich und verließ breitbeinig das Zimmer. Jeder Schritt tat weh und sie verfluchte diese Idee. Trotzdem war sie froh, dass es nun zu Ende war.

Schwankend stieg sie die dunkle Treppe hinab und die Musik wurde immer lauter. Als sie ins Freie trat, lehnte Gustav neben der Tür. „Geht es dir gut?", fragte er und Ebba nickte gequält. Gemeinsam gingen sie zu Karola hinüber, die hinter der Bühne am Wagen saß. Die Freundin sah sie fragend an und wieder nickte Ebba nur. „Alles gut!", sollte das heißen, obwohl nicht alles gut war.

Sie warf Karola den Beutel zu, doch die sagte „Es ist dein Geld. Du hast es dir mit deinem Körper verdient." „Ich möchte es nicht. Ich will es der Gruppe geben", entgegnete Ebba, die daran denken musste, mit wie vielen Schmerzen diese Münzen verdient waren.

„Kann ich mich etwas ausruhen?", fragte sie und Karola zeigte auf die Bank neben sich. „Nein. Ich glaube, ich kann im Moment nicht sitzen!" „Dann lege dich oben auf den Wagen. Sieglinde wird dann noch mal nach dir sehen. Du hast dich verletzt", sagte die Freundin und Ebba zuckte zusammen. Sie blickte nach unten und erkannte eine dünne Blutspur an ihrem Bein. „Das ist normal", beruhigte Karola sie und die erfahrene Freundin musste es ja wissen. Auf Gustav gestützt kletterte Ebba nach oben und legte sich auf die Ladefläche des Karrens. Jemand hatte ihr dort schon eine Decke ausgebreitet.

Erst in der Ruhe kamen die Schmerzen wirklich zur Geltung. Die Frau begann zu weinen und krümmte sich zusammen. Gustav berührte sie vorsichtig an der Schulter.

16. Kapitel

Vertraute Nähe

Sie so leiden zu sehen, das tat Gustav in der Seele weh. Doch er konnte im Moment nichts für sie tun. Die einzige, die ihr helfen konnte, war Sieglinde und die drehte noch an der Leier. Daher blieb er einfach in Ebbas Nähe und versuchte sie zu beruhigen. Zusammengekrümmt lag sie auf der Decke und er hätte sie gern in den Arm genommen, ihr ein paar tröstende Worte gesagt, irgendetwas für sie getan. Nur was? Natürlich war es ihre Entscheidung gewesen, doch es tat ihm trotzdem leid. Die Drehleier verstummte und Sieglinde erschien am Wagen. Er nickte ihr zu und sie wechselten die Plätze. Die alte Frau untersuchte Ebba und sagte dann „Ist nicht schlimm. Kindchen, das vergeht wieder!" Dann holte sie einen Becher mit einem Trunk, ließ Ebba sich aufsetzten und gab ihr das Getränk. „Was ist das denn?", fragte die junge Frau, roch daran und verzog das Gesicht. „Gegen die Schmerzen und dafür, dass dein Beisammensein ohne Folgen bleibt!" Ebba nickte und trank den Becher aus.

Würgend und mit vor Ekel verzogenem Gesicht fragte sie „Können wir morgen noch hier bleiben? Ich glaube, ich kann noch nicht richtig laufen?" „Ja. Das machen wir", entgegnete Gustav von unten und auch Sieglinde sagte der Frau dies zu. „Dank dir haben wir erst einmal genug Geld verdient. Ruhe dich nun aus", setzte die alte Frau noch hinzu, dann zog sie eine weitere Decke über Ebba, die sich zur Seite rollte und verkrümmt liegen blieb.

„Geht es ihr wirklich gut?", fragte Gustav leise die alte Frau, nachdem diese zu ihm herab geklettert war. „Sie muss nun erst mal schlafen. Der Trank wird ihr sicher helfen. Bleibst du bei ihr? Ich muss wieder für die Männer spielen", erklärte die Frau und griff sich die Leier wieder. Wenig später war die Melodie von vorn zu hören. Wie sollte jemand bei dem Gejohle der Männer schlafen können? Noch dazu, wo sie doch eindeutig Schmerzen hatte.

Vorsichtig kletterte Gustav wieder nach oben und setzte sich zu ihr. Sie sah ihn fragend an und er konnte ihr nur zunicken. Wieder überlegte er, was er für die tun konnte, als sie ihren Kopf auf seinen Schoß legte. Da war etwas kindlich vertrautes in dieser Geste. Vorsichtig strich er ihr durch die Haare und spürte, wie sie weinte. Dann beruhigte sie sich und er bemerkte an ihren Bewegungen, dass sie eingeschlafen war. Da saß er nun, mit ausgestreckten Beinen, an die Bordwand gelehnt, und hatte die schlafende Frau auf dem Schoß.

Der Mond leuchtete in den Wagen und ließ ihr Gesicht erstrahlen. In ihren Zügen lag etwas so vertrautes, dass er an sich halten musste, um sie nicht zu küssen und damit zu wecken. Draußen verstummte die Musik und auch die Männer wurden leiser.

Das Fest war zu Ende. Einer nach dem anderen der kleinen Gruppe sah in den Wagen und selbst der Narr verkniff sich eine seiner sonst üblichen Bemerkungen zu der verfänglichen Situation der beiden auf dem Karren. Gustav lehnte auch weiterhin mit dem Rücken an der Bordwand. Er wollte sich nicht bewegen, um sie nicht zu wecken. Zwar saß er damit etwas unbequem, aber das war nicht schlimm. Nachdem es draußen ruhig geworden war, konnte er nun auch ihre Schlafgeräusche hören.

Er blickte auf sie herunter, sah, wie sich ihre Brust hob und senkte, und hatte wieder das Bild vom Morgen im Kopf. Wie sie dort nackt an dem Bach gestanden hatte. Sie war wirklich wunderschön gewesen und die Sonne hatte ihren nassen Körper beleuchtet. Allerdings begann sich bei ihm, bei diesen Gedanken an sie, etwas zu regen und er musste schnell an etwas anderes denken, denn sie lag ja mit dem Kopf immer noch auf seinem Schoß! Schnell blickte er nach oben und stellte sich eine weniger verfängliche Situation vor und die Schwellung verschwand.

Nun musste er wieder an sie denken und es kam ihm so vor, als ob er sie schon ewig kennen würde, und nicht erst ein paar Tage. Jetzt leuchtete wieder der Mond in den Wagen, nachdem er sich kurz hinter einer Wolke versteckt hatte. Gustav sah erneut hinab zu ihr und bemerkte, dass sie die Augen geöffnet hatte und zu ihm herauf sah. Hatte sie sein Problem bemerkt? Irgendwie war ihm das peinlich und er musste sie davon ablenken. „Schlaf weiter. Du musst dich ausruhen", sagte er wie zu einem Kind zu ihr.

Einen Moment später fragte er „Hast du noch Schmerzen? Soll ich Sieglinde noch einmal holen?" Doch sie lehnte Kopfschüttelnd ab. „Es wird schon besser", sagte sie leise und setzte ein, „Ich danke dir", hinzu. Dann rollte sie ein Stück zur Seite, wodurch sie besser liegen und er besser sitzen konnte. Aber bevor sie wieder die Augen schloss, richtete sie sich auf und küsste ihn.

Es war eine Art von freundschaftlichem Kuss gewesen. Zwar hatte sie noch den bitteren Trunk auf ihren Lippen, aber es hatte sich gut angefühlt. Ihre Lippen waren weich und dieser Kuss weckte wieder sein Verlangen nach ihr, dass er schnell wieder unter Kontrolle bringen musste. Zu sehr litt sie noch. Er hatte noch nicht viele Küsse in seinem Leben bekommen, aber dieser war einzigartig und wunderbar gewesen. So, wie die ganze Frau, zu der es nun sein Herz zog.

„Erzähle mir was. Das lenkt mich vielleicht von den Schmerzen ab", sagte sie leise. „Vielleicht etwas von Italien?", setzte sie noch hinzu, während sie sich wieder in ihre Schlafposition rollte, in der sie vermutlich die wenigsten Schmerzen hatte.

„Italien", begann er leise und da er nicht wusste, wo die anderen der Gruppe schliefen und er sie auch nicht wecken wollte, setzte er flüsternd fort, damit nur Ebba es hören konnte. Gustav erzähle von Florenz und den prächtigen Festen die es dort unter Cosimo de Medici gab. Von prachtvollen Kleidern, großen Häusern, Palästen und den Münzen, die sie dort für ihre Auftritte bekommen hatten. An ihren Bewegungen spürte er, dass sie ihm aufmerksam zuhörte. Dann erzählte er von Venedig und den Kanälen der Stadt.

Bei seiner Erzählung flogen auch seine Gedanken wieder zurück in den Winter zuvor und er verglich die Auftritte vor Cosimo de Medici mit ihrem Auftritt hier vor dem Dorfschulzen. Konnte man das vergleichen? Wieder sah er zu ihr herab und erzählte weiter. Doch nun sah er sie an und er sah, dass sie ihn dabei ansah. Dabei versank er in ihren Augen und das silberne Licht hüllte sie in ein Strahlen, das nicht von dieser Welt zu sein schien.

Der Mond spiegelte sich in ihren offenen Augen und gab ihr diesen besonderen Glanz. Dieser erinnerte ihn wieder an den Morgen! Daher stoppte er seine Erzählung und sagte „Ich wollte dich heute früh nicht beobachten. Entschuldige bitte. Es ist einfach so passiert!" „So war es auch bei mir", entgegnete sie genauso flüsternd. „Aber du bist wirklich wunderschön!" „Der Mann hat gesagt, ich wäre zu flach!" „Der hat doch keine Ahnung!" „Danke! Aber du schmeichelst mir zu offensichtlich!" „Nein! Das ist nur die Wahrheit!"

Sie nickte und beließ es dabei, aber nach ein paar Augenblicken setzte sie hinzu „Ich müsste jetzt mal auf die Latrine. Kannst du mir helfen?" „Soll ich nicht lieber Sieglinde bitten?", fragte er überrascht zurück. „Nein. Alles, was du sehen könntest, das hast du doch schon gesehen", flüsterte sie. „Und es hat mir gefallen!", gab er ihr erneut zurück. „Wirklich?", fragte sie, während sie sich stöhnend aufsetzte. „Natürlich! Ich sagte doch schon, dass du wunderschön bist!", entgegnete er ihr erneut und half ihr vom Wagen. Er stützte sie auf den paar Schritten bis zur Latrine am Rande des Dorfplatzes.

17. Kapitel

Gefühle der Liebe

Wie sie es ihr versprochen hatten, so waren sie noch zwei Tage in der Nähe des Dorfes geblieben und es ging ihr schon wieder besser. Das Mittel der erfahrenen Kräuterfrau hatte nur einige Zeit gebraucht, bis die Schmerzen dann am nächsten Tag abgeklungen waren. Jetzt würden sie wieder aufbrechen können. Durch ihren Verzicht auf die Münzen hatte sich Ebba das Vertrauen der Gruppe gesichert und das war etwas, was es für Geld nicht gab. Eine Art von großer Familie war hier entstanden, aber eben auch wieder nicht, denn bei einer Familie wäre Gustav ihr Bruder gewesen, doch das, was sie tief in sich für ihn fühlte, das war nicht das, was man einem Bruder als Gefühl entgegenbringen durfte. Außer vielleicht in dieser kleinen Gruppe. Aber hier war ja niemand mit dem anderen verwand. Seelisch vielleicht, aber sonst nicht. Es hatte ihr so gut getan, wie Gustav einfach so, wie selbstverständlich, auf sie aufgepasst hatte, als sie es am nötigsten gehabt hatte.

Ohne ihn hätte sie in jener Nacht sicherlich nicht gewusst, wie es weitergehen sollte. Doch seine leisen Worte, seine streichelnden Berührungen, hatten sie beruhigt. Auch ihre anfängliche Scheu war völlig verschwunden. War sie vor ein paar Tagen noch tief in den Wald gelaufen, als die Blase sie gedrückt hatte, so hatte sie sich an jenem Abend von ihm auf der Latrine stützen lassen. Vielleicht hatte das Zusammensein in der Gruppe dafür gesorgt, dass sich das geändert hatte. Oder es war seine Nähe gewesen, die diese Änderung bewirkt hatte.

Immer mehr fühlte sie sich zu ihm hingezogen und musste dabei an die Mutter denken. Die war damals auch nur mit ihrem Vater, dem Knecht, zusammen geblieben. Ohne Heirat. Das war auf dem Dorf eben einfach so. Knecht und Magd bleiben zusammen, teilten das Lager und sahen, was passierte. In den Städten oder bei den Bauern war das meist anders. Das hatte ihr Gustav an diesem Abend auch aus Italien erzählt. Die Reichen heirateten, um eine Verbindung ihrer Familien aufzubauen, um ihren Besitz zu sichern, oder einen Erben zu bekommen.

Aber wo man eben nichts hatte, so wie ein Knecht mit einer Magd, da war das unnötig. Wozu einen Erben bestimmen, wenn man nicht wusste, wie man den nächsten Tag überleben sollte? In der Gruppe halfen sie sich gegenseitig, sie blieben beisammen und teilten das Lager. So wie Konrad und seine Karola. Auch wenn das für die Frau im Moment etwas schwierig war, mit dem gebrochenen Bein. Und noch etwas war in der Gruppe anders: Die „normalen" Menschen teilten das Lager nur, um ein Kind zu zeugen. In der Gruppe war auch das anders. Der Trank von Sieglinde verhinderte dies und so konnte das dann nicht der Grund sein. Und da auch Karola den Trank zu sich nahm, wie Ebba oft gesehen hatte, war es sicher bei ihr und Konrad auch so. Es gab also noch viele Dinge, die sie lernen musste.

Dazu gehörte auch, warum Karola dann mit Konrad das Lager teilte. Schon alleine bei dem Gedanken an den riesenhaften Mann tat Ebba alles weh. Warum machte eine Frau das freiwillig? Warum tat sich Karola das an? Bei den anderen Männern wegen der Münzen, aber bei Konrad? Da sie die Freundin nicht dazu befragen wollte, versuchte sie es mit Sieglinde, denn die wusste sowieso alles. Mitunter hatte die Frau auch schon die Antwort, bevor Ebba überhaupt die Frage gestellt hatte.

Gerade sah sie, wie die alte Frau aus dem Lager ging, um Holz im nahen Gehölz zu holen und so schloss sich Ebba ihr einfach an. Schweigend liefen sie nebeneinander her. Das war etwas, was sie von Sieglinde nicht gewohnt war. Daher sprach sie die Freundin einfach kurz vor dem Waldrand an.

„Warum tut sich Karola das an?", fragte sie und Sieglinde blieb stehen. „Die Liebe!", sagte sie. „Liebe?", entgegnete Ebba, „Was ist das denn?" „Wie erkläre ich dir das denn?", fragte Sieglinde zurück und es war schon seltsam für Ebba, dass die Antwort nicht sofort kam, sondern die ältere Freundin erst eine Weile überlegen musste.

Schließlich zeigte sie zur Seite, wo ein großer Stein lag und dort setzten sie sich zusammen hin. „Die Liebe", begann sie wieder und hörte auch sofort wieder auf. Eine Weile der Stille setzte ein. „Ich glaube, das kann man nicht erklären. Das musst du fühlen. Dort drin!", sagte sie dann und tippte auf Ebbas Brust. „Was fühlst du für Gustav?", fragte sie und die junge Frau entgegnete, „Ich mag ihn. Ich bin gern in seiner Nähe." „So fängt es an", erklärte Sieglinde und stand auf. „Und Karola? Wie kann sie Konrad lieben und trotzdem das Lager mit anderen Männern teilen?", fragte Ebba zurück. Die alte Frau setzte sich wieder zurück. „Schwierig! Wenn du beim fahrenden Volk bist, so musst du Körper und Gefühl trennen." „Kann man das?" „Man muss! Sonst kann man es nicht aushalten!", beendete Sieglinde ihre Antwort und erhob sich.

Aber diese Antwort war Ebba noch nicht genug. Sie eilte hinterher und fragte einfach weiter „Und bei dir?" „Ich hatte einmal eine große Liebe. Aber sie ist schon viele Jahre tot. Daher bin ich hier." „Sie?", fragte Ebba überrascht. Noch immer hatte sie sich nicht daran gewöhnt, dass in der Gruppe manches anders war.

86

Sieglinde nickte und es schien so, als ob eine Träne über ihre Wange lief, doch die alte Frau drehte sich von ihr fort.

Nun sammelten sie schnell das Holz für das Feuer und brachten es zurück zu ihrem Lagerplatz. Die ganze Zeit hatte Ebba über die Worte der alten Freundin nachgedacht. Die Liebe konnte solche Schmerzen also aushaltbar machen? Sollte sie sich darauf einlassen? Und war es eine solche Liebe, deren Beginn sie zu Gustav in sich fühlte? Auch das konnte sie nicht wissen.

Als alle am Feuer zusammen saßen, sah Sieglinde zu ihr herüber und sagte nur „Trau dich!" Keiner außer ihr wusste, was die Frau damit meinte. Konnte sie es wagen? Der Schmerz war immer noch in ihrem Kopf! Würde das bei Gustav anders sein? Besser?

Schließlich stand sie auf, ergriff Gustavs Hand und zog ihn hinter sich her in die Dunkelheit. Würde er verstehen, was sie von ihm wollte? Das blieb zu hoffen.

Als sie, ihrer Meinung nach, weit genug vom Feuer der Freunde entfernt waren, hielt Ebba an, drehte sich zu Gustav um und verschloss seinen Mund mit einem Kuss. Wieder war es der Mond, der auf sie herunter leuchtete, wie schon in jener Nacht im Wagen, als Gustav ihr so nah gewesen war.

War es nun so weit? Ein letztes Zögern, aber das Kribbeln in ihrem Bauch wurde in diesem Kuss immer stärker. Gustavs Finger streichelten ihre Wange und ihr Haar. Ebba ließ sich Rückwärts in das Gras fallen, weil ihre Knie zu zittern begannen. Was war hier los? Gustav kniete sich zu ihr und streifte ihr das Kleid herauf. Dabei berührten seine Fingerspitzen vorsichtig die Innenseite ihres

Oberschenkels. Diese Berührung sorgte für eine Gänsehaut und das Kribbeln in ihrem Bauch rutschte eine Etage tiefer.

Sie bäumte sich auf, umfasste seinen Nacken mit beiden Händen und zog den Mann hinter sich her zu Boden. „Bitte sei vorsichtig", hauchte sie. Im Liegen schob er sich die Hose herab, wie sie an seinen Bewegungen spüren konnte. Von selbst spreizte sie ihr Schenkel und bot dem Mann ihren Schoß dar. Dann spürte sie ihn dort, wo das Kribbeln im Moment am stärksten war und die Erinnerung an den Schmerz kam zurück.

Mit einer vorsichtigen Bewegung schob er sich auf ihrem Bauch nach vorn und Ebba hielt für einen Augenblick die Luft an, aber der Schmerz blieb aus. Die Liebe sorgte vermutlich dafür.

Langsam schob sich Gustav nach vorn, bis er ganz in sie eingedrungen war. Das war einfach wundervoll! Eine Woge puren Glücks schlug über Ebba zusammen. Der Mann begann sich in ihrem Schoß zu bewegen und wenig später lag sie zitternd in seinen Armen. Nachdem er in ihr gekommen war, verharrte er weiter in ihrem Schoß. Ebba atmete genauso schwer, wie Gustav über ihr. Ein langer und zärtlicher Kuss im Mondschein folgte. Liebe war etwas Wundervolles!

18. Kapitel

Engelsflügel

Dieses Gefühl konnte nicht von dieser Welt sein. Er fühlte sich Ebba so nah und konnte eigentlich keinen Blick mehr von ihr lassen, doch auf ihren Wegen lief er vorn beim Esel und sie hinter ihm und auch noch hinter dem Wagen. Mit jedem Schritt, den er machte, wurde die Sehnsucht nach ihr immer größer. War das die Liebe? Wenn die es nicht war, was sollte es sonst sein? Wenn er ihr glockenhelles Lachen hörte, dann war es, als ob der Flügel eines Engels ihn streifte. Gustav konnte sich schon gar nicht mehr vorstellen, wie es ohne sie gewesen war und dabei war sie doch erst ein paar Tage bei der Gruppe.

Es war ja jetzt auch die Zeit der bäuerlichen Erntefeste. Die einzige Zeit im Jahr, wo selbst die geizigsten Bauern freigiebig wurden. Alle waren froh, dass Ebba bei der Gruppe war und Gustav am meisten. Jeden freien Moment waren sie zusammen. Am Tage war Karola dabei immer in ihrer Nähe, denn Ebba war für sie eine gelehrige Schülerin geworden. Vom Wagen aus brachte Karola ihr vieles von dem bei, was sie in ihrem Leben schon gelernt hatte. Die Frau war beim fahrenden Volk, seit sie sechs Jahre alt gewesen war und auch sie war eine Waise, so wie Ebba. Daher verstanden sie sich wohl auch so gut. Manchmal hörte er zu, wenn Karola neben ihm Geschichten aus ihrer Kindheit erzählte, die sie bisher noch nicht erzählt hatte.

Ein neuer Abend senkte sich über das Land und die kleine Gruppe befand sich zwischen zwei Dörfern, mitten im Wald. Der Wagen und der Esel standen am Rande einer kleinen Lichtung, alle saßen um das Feuer, denn es wurde schon empfindlich kalt, wenn die Sonne nachts verschwunden war. Karola rührte die Suppe um und begann wieder eine ihrer Geschichten, die Gustav nun schon fast auswendig kannte. Nur Ebba kannte diese noch nicht. Aufmerksam lauschte die Freundin der erfahrenen Frau. Geschichten aus längst vergangener Zeit klangen über das Feuer.

Sie erzählte auch, wie sie zum fahrenden Volk gekommen war. Als Bettlerin, die vor einer Kirche gesessen hatte, von niemanden geliebt und geachtet, war sie in eine Gruppe aufgenommen worden und Sieglinde hatte sie sofort wie eine Tochter umsorgt. Wieder erzählte sie ihren klugen Spruch am Feuer „Weißt du Ebba, beim fahrenden Volk zu sein hat einen Vorteil und einen Nachteil. Der Vorteil ist, wir sind keines Herren Knecht. Wir können tun und lassen, was wir wollen. Wir sind frei wie ein Vogel, der von Baum zu Baum fliegt." „Und der Nachteil?", fragte Ebba zurück. „Der Nachteil ist, wir sind keines Herren Knecht. Wir sind rechtlos und niemand wird schützend seine Hand über uns halten. Überall werden wir als erstes verdächtigt, wenn etwas gestohlen wird. Wir sind vogelfrei. Jeder kann uns fangen und erschlagen, ohne eine Anklage zu erwarten!"

Jeder in der Gruppe wusste das, aber wenn Karola es am Abend ansprach, dann sahen alle betreten in die Flammen. Ebba unterbrach das Schweigen, indem sie auf die gebratenen Hasen über dem Feuer zeigte und dazu sagte „Aber ihr lebt doch gut!" „Jetzt, im Herbst. Da geht es uns gut! Aber im Frühling, da habe ich oft Hunger gehabt. Da hat mir jeden Abend der Magen geknurrt", setzte Gustav ihr entgegen. Ebba nickte verstehend und erklärte „Ich mag euer Leben, aber die Kirche fehlt mir. Früher war ich jeden Sonntag mit meiner Mutter dort. Den letzten Sonntag war ich mit euch im Wald!" Sieglinde, die neben ihr saß, legte ihre Hand auf Ebbas Arm. „Was brauchst du eine Kirche? Hier bist du ganz nahe bei Gott. Er ist überall. Selbst in diesem Glühwürmchen dort!", erklärte die alte Frau und zeigte auf den kleinen leuchtenden Punkt, der unweit des Feuers in der Nacht tanzte.

„Und ich bin froh, dass ich keinem Herren mehr gehorchen muss!", setzte Konrad hinzu. „Aber du wirst auch von ihm nicht mehr geschützt!", gab Ebba zurück. Konrad zog sich die Jacke aus und drehte seinen nackten Rücken zum Feuer, damit Ebba die Narben der Peitsche sehen konnte. „So sah der Schutz meines Herrn aus! Für eine Nichtigkeit hat er mich auspeitschen lassen, bis ich mehr tot als lebendig war. Nachdem ich mich wieder erholt habe, bin ich fortgelaufen. Solch einen Schutz braucht niemand!", sagte er und zog sich die Jacke wieder über. „Wer weiß, was der Bauer mit mir angestellt hätte", sagte Ebba leise in das Feuer.

„Bei einem Herren muss man immer vorsichtig sein, was man ihm gegenüber sagt!", entgegnete Karola und legte noch ein paar Äste in das Feuer. „Nur der Narr ist wirklich frei!", erklärte Hans und setzte fort, „Nur er kann offen alles sagen. Nicht mal ein König kann das!" „Dafür braucht der Narr aber schnelle Beine!", bemerkte Ebba schmunzelnd und alle lachten, denn sie mussten alle wieder an den letzten Abend denken, an dem sich Hans hinter Konrads Rücken verstecken musste, weil ihn ein Bauer für eine Bemerkung ans Leder wollte.

„Und euer Wein ist gut!", sagte Ebba, als sie den Schlauch an Gustav weiter gab. „Den hast du mit deinem Körper bezahlt!", gab er ihr zurück. „So wie es aussah, hätte ich das auch bei meinem Bauern gemusst. Aber für was? Da gab es nur schwere Arbeit und Haferbrei! Hier gibt es sogar Braten!", erklärte sie, während sie den Hasen um eine Keule erleichterte. „Solange uns keiner der hohen Herren mit einem gewilderten Hasen erwischt", antwortete Hans und zog dem gebratenen Tier die andere Keule ab. Genüsslich ließen die zwei es sich schmecken, während Gustav einen großen Schluck von dem Wein nahm. Der war wirklich gut!

Nachdem vom Braten nur noch Knochen übrig waren, breiteten alle ihre Decken aus. Ebba setzte sich näher zu ihm an das Feuer und so saßen sie noch eine Weile, während sich die anderen schon hinlegten. Er legte seinen Arm um Ebbas Schulter und zog sie zu sich heran. Sein Herz raste bei dieser Berührung. So hätte er stundenlang sitzen können. Die anderen aus der Gruppe begannen zu schnarchen und er legte noch etwas Holz nach. Die Funken des Holzfeuers stiegen nach oben. In dieser Nacht trafen sich erneut ihre Lippen und es war ihm, als hätte er unter ihrem Kleid zwei Engelsflügel gespürt. Diese Frau musste ein Engel sein! Es gab gar keine andere Erklärung dafür.

19. Kapitel

Wege über das Land

Seit einigen Wochen war Ebba nun schon bei der kleinen Gruppe. Vieles hatte sie in dieser Zeit gelernt, manches würde sie aber erst noch lernen müssen. Mittlerweile konnte Karola auch schon wieder humpelnd laufen. Auf eine Krücke gestützt, bewegte sie sich abends innerhalb des Lagers. Auf dem Wege fuhr sie oben auf dem Karren mit, aber sie lag nicht mehr, sie saß vorn und hatte die Zügel in der Hand. Damit war Gustav von der Tätigkeit des Eselführens erlöst und hatte Zeit, Händchen haltend, mit ihr hinter dem Wagen herzugehen. Somit hatten sie viel mehr Zeit füreinander. So, wie es aussah, würde Karolas Bein sicher noch ein paar Wochen brauchen und die Gruppe hatte beschlossen, das Ebba auch nach der Genesung der Freundin bei der Gruppe bleiben sollte. Dann würde es eben zwei Tänzerinnen geben!

Als Erstes hatte Ebba damals gelernt, Seele und Körper bei der Arbeit zu trennen. Für Münzen teilte sie mit Männern das Lager, mit Gustav nur für das Gefühl unendlichen Glücks. Sie hatte Sieglindes Ratschlag befolgt und der galt für alle in der Gruppe. Wenn Hans ein dringendes menschliches Bedürfnis zu ihr führte, dann durfte auch er nur für ein paar Münzen bei ihr bleiben. Selbstverständlich nur symbolisch, denn das Geld wanderte danach in den Topf der Gruppe zurück, aus welchem es sich Hans zuvor geborgt hatte. So blieb es aber eben Arbeit. Gustav hatte ihr erzählt, dass dies bei ihm und Karola früher ähnlich gewesen war.

Nun begann der Herbst die Blätter der Bäume bunt einzufärben. Es war die Zeit, in der in allen Dörfern die Erntefeste gefeiert wurden. Da war in fast jedem Dorf für sie etwas zu holen gewesen.

Gleichzeitig durften sie aber auch mit ihrem Abmarsch in Richtung Süden nicht zu lange warten. Gustav hatte ihr von dem Bergpass erzählt, der zwischen hier und Italien lag und den sie nur passieren konnten, wenn dort noch kein Schnee lag. Ein paar Tage zu lang gewartet, und der Pass war für Monate unpassierbar.

Zwar könnten sie dann immer noch nach Augsburg, aber er wollte ihr ja Florenz zeigen. Fast jede Nacht schwärmte er ihr davon vor. Um den richtigen Zeitpunkt zu finden, würden sie auf Sieglindes Fähigkeiten vertrauen müssen. Nicht zu früh aufbrechen, um nicht irgendwelche Feste zu versäumen, und nicht zu spät. Genau am richtigen Tag.

Vor mehr als einer Woche hatte Ebba, unter Karolas Anleitung, begonnen, einen Tanz einzuüben, der in Florenz ganz besonders gefragte war. Ein Schleiertanz, den man unbekleidet vorführte und bei dem man mit dem Schleier möglichst wenig von der Nacktheit sehen lassen wollte. Es war dieser Unterschied zwischen offensichtlicher Nacktheit und dem verhüllenden Schleier, der den Reiz dieser Darbietung ausmachte.

Natürlich übte Ebba angezogen. Jeden Abend musste sie ihren Tanz am Feuer vorführen, wenn sie nicht gerade irgendwo ein Fest ausrichteten. Und wenn ihr Karola etwas davon beibrachte, dann sah das schon komisch aus, mit Schleier und Krücke. Doch sie war mit Ebba zufrieden und lobte sie oft als sehr gelehrige Schülerin. Da es nun nachts doch schon kühler wurde, war es schön, dass sich Ebba unter der Decke an Gustav ankuscheln konnte.

Meist führte die Nähe der Nacht dann dazu, dass Gustav seine Hände nicht bei sich behalten konnte, doch für Ebba war es immer noch so schön, wie an jenem ersten Abend mit ihrem Geliebten.

Hatten sie im Sommer gelegentlich abends noch in kleinen Teichen oder Seen gebadet, so wurde es nun dafür leider zu kalt. In den paar Wochen war sie kreuz und quer durch das Land gekommen und ihr neues Leben gefiel ihr ganz gut. Früher, als Magd, hatte sie viel Arbeit und wenig zu essen gehabt. Nun gab es oft Braten. Jeden Tag Wein und Brot. Und die „Arbeit" war auch nicht so schwer. Bei jedem der Feste fiel etwas für sie ab und es gab sogar Münzen. Aber, im Gegensatz zu anderen Gruppen, hatten sie beschlossen ehrlich zu bleiben. In den Dörfern war das fahrende Volk oft als Betrüger und „Beutelschneider" verschrien. Bei manchen von ihnen lief einer umher, der die staunend zur Bühne sehenden Menschen von ihren Münzen befreite.

Das machte es mitunter für sie nicht leicht und in einigen Dörfern brauchte es ihr Gespür, dass sie als Magd immer noch hatte. Sie wusste, wie die Leute lebten und dachten. Daher hatten sie dann auch viele Auftritte. Alle paar Tage in einer anderen Siedlung.

Als nun wieder der Abend auf das Lager herab sank, sagte Karola zu ihr „Ich glaube, du bist nun so weit, dass du uns am Feuer deinen Schleiertanz zum ersten Mal so zeigen kannst, wie du ihn im Winter, in Italien, vorführen sollst." „Nackt?", fragte Ebba. „Nackt mit Schleier!", sagte Karola und hielt ihr das halbdurchsichtige Stoffstück hin. Schnell war Ebba aus ihren Sachen geschlüpft und hatte sich im Scheine des Lagerfeuers in Position gestellt. Sieglinde nahm sich die Drehleier und begann die Melodie zu spielen.

Nun musste sich Ebba auf die Melodie konzentrieren und gleichzeitig auch darauf, nicht zu viel von sich zu zeigen. Sie drehte sich, sie wiegte sich hin und her. Hans, der sie zu Beginn noch mit der Flöte begleitet hatte, konnte schon bald nicht mehr spielen. Nur die Drehleier unterstützte die Frau. Als Ebbas Tanz zu Ende war, stöhnte Hans „Ich brauche ein paar Münzen!" „Nichts da! Heute gehört sie mir!", sagte Gustav gepresst. „Siehst du! Es war richtig!", lobte Karola und gab Ebba ihr Kleid zurück.

In der folgenden Nacht war Gustav besonders leidenschaftlich. Am Schnaufen von der anderen Seite des Lagers konnte Ebba hören, dass Konrad bei Karola sehr stürmisch war. Und auch Hans fand in dieser Nacht sein Glück und Erleichterung von seiner Not in den Armen von Sieglinde, wie sie an der sich heftig bewegenden Decke über den beiden sah. Es machte sie stolz, dass sie solch einen Einfluss auf die Freunde hatte.

Am nächsten Morgen sagten die strahlenden Augen der Menschen in ihrer Gruppe, immer noch, das Ebba viel gelernt hatte. Sieglinde sah in das Feuer und erklärte dann „Wir werden noch eine Hochzeit in einer Burg begleiten. Dann ziehen wir nach Italien. Du musst auf der Burg unbedingt diesen Tanz vollführen! Ich hatte schon lange nicht mehr solch eine Nacht gehabt!" Dabei sah sie zur Seite, wo Hans saß. Der sonst so vorlaute Narr schwieg dazu und alle anderen sahen schmunzelnd in das Feuer hinein. „Also noch ein Fest und dann auf nach Süden!", sagte Ebba.

„Wo ist diese Burg?", fragte Karola und Sieglinde zeigte die Richtung, dann stöhnte sie auf und griff sich an die Brust. „Was ist mit dir?", fragte Ebba besorgt. „Ihr werdet danach nach Italien ziehen." „Und was ist mit dir?", fragte Karola. „Die Ahnen haben mich gerufen. Noch zwei Nächte, dann trete ich vor sie hin!", entgegnete Sieglinde.

Alle sahen die grauhaarige Frau entgeistert an. „Nein! Das darf nicht sein!", sagte Ebba bestürzt, doch Sieglinde nickte. „Aber ich möchte, dass die nächsten zwei Nächte so werden, wie die letzte! Ich war glücklich und möchte auch glücklich sterben", erklärte sie und stand auf. „Das lässt sich machen!", setzte der Narr hinzu und auch Konrad nickte. Gustav ging zu ihr hinüber und küsste Sieglinde. Dann umarmte er die alte Frau. Ebba sah die Tränen in seinen Augen. Ein Abschied nahte!

20. Kapitel

Dunkle Wolken

Warum ausgerechnet diese Burg? Genoveva saß in der Kutsche und dachte seit Stunden nichts anderes. Warum gerade dieser Steinhaufen und warum Georg? Es hätte doch so viele Burgen gegeben, mit so vielen unverheirateten Rittern. Und es hätte auch noch Fürsten, Grafen und sonst noch was gegeben. Selbst einen Kaufmann hätte sie nicht abgelehnt. Aber Georg? Warum musste das Schicksal so grausam sein! Noch einmal dachte sie an den Moment des Aufbruchs zurück. Der Vater hatte ihr das Ziel der Reise verschwiegen, bis er sie in die Kutsche gesetzt hatte. Natürlich waren Georgs Vater und er schon seit Jahrzehnten Freunde, aber warum musste es Georg sein? Die Tränen liefen ihr über die Wange und immer wieder kamen diese Bilder in ihr hoch, die sie bis zur Abfahrt verdrängt hatte und von denen sie gedacht hatte, sie wären für immer vergessen.

Genoveva schloss ihre Augen und schluchzte. Es war Jahre her und sie war damals noch keine vierzehn Jahre alt gewesen, da hatte Georg mit seinem Vater den ihrigen auf der Burg besucht. Sie hatte Georg angehimmelt und war fast ständig in seiner Nähe gewesen. Der groß gewachsene, blonde, junge Mann war genauso gewesen, wie sich Genoveva einen Ritter vorgestellt hatte. Es hatte damals sogar ein Turnier gegeben und Georg hatte in seiner glänzenden Rüstung, zur Überraschung aller, gewonnen. Ein junger Mann von noch nicht mal achtzehn Jahren hatte alle anderen Ritter einfach so aus dem Sattel gestoßen. Sie hatte dort auf der Tribüne gesessen und jeden seiner Siege frenetisch bejubelt.

Und dann war dieser verhängnisvolle Abend gekommen, der ihr Leben fast zum Zerbrechen gebracht hatte. Sie hatte ihm noch zum großen Sieg gratulieren wollen und war in sein Zimmer gelaufen. Offensichtlich hatte Georg schon ordentlich mit den Männern gefeiert, denn er war anscheinend vom Starkbier betrunken gewesen. Aber noch nicht so viel, dass er nicht mehr gewusst hatte, was er tat. Nur etwas unsicher im Gang.

Sie hatte lachend versucht, ihn zu stützen, doch irgendwie musste er das wohl missverstanden haben. Noch ehe sie wusste, was passierte, hatte er sie zu Boden gerissen und ihr das Kleid hochgeschoben. Sie hatte noch darüber gelacht, als er ihr an den Knien die Schenkel auseinander gedrückt und sich danach dazwischen auf sie fallen gelassen hatte. Brutal war er in sie gedrungen und seine Hand auf ihrem Mund hatte ihre Schreie unterdrückt. Der schwere Mann hatte sie zu Boden gedrückt und sein Schnaufen war überlaut in ihren Ohren gewesen. Da er betrunken gewesen war, hatte sie sich von ihm befreien können, bevor er seinen Samen in sie spritzen konnte. Georg hatte sie nur damit besudelt, aber die Schande war nun mal passiert.

Niemanden hatte sie etwas davon gesagt. Und nun würde sie genau diesen Mann heiraten müssen, der ihr dies angetan hatte. Mehr als drei Jahre hatte sie diese dunkle Stunde tief in sich vergraben. Und nun brachten die vier Pferde sie zu diesem Mann! Jeder Baum, der an der Kutsche vorbei raste, zeigte ihr überdeutlich die Geschwindigkeit, mit der sie in ihren Untergang gezogen wurde.

Die junge Frau konnte die Tränen kaum stoppen. Warum nun? Warum musste sie ausgerechnet auf diese Burg? Und schon wieder war sie am Anfang dieser Frage. Dieselben Gedanken und dieselben Bilder in ihrem Kopf. Der schnaufende Mann über ihr, die Hand auf ihrem Mund und dieser unbeschreibliche Schmerz in ihrem Unterleib, so, als würde es sie zerreißen, den sie auch jetzt im Moment wieder spüren konnte.

Zusammengekrümmt hockte sie in der Kutsche und hoffte, dass es vergehen würde. Aber konnte sich diese Hoffnung erfüllen? Immer weiter näherte sie sich der Burg und sie würde diese noch heute erreichen.

Die letzten beiden Nächte hatte sie in Herbergen verbracht. Hatte sie da nicht irgendwohin fliehen können? Könnte sie nicht irgendein Räuber verschleppen? Doch dann wäre ihr Schicksal sicher dasselbe gewesen. Es war unvermeidbar! Sie würde sich dem stellen müssen! Genoveva setzte sich aufrecht hin, wischte sich die Tränen fort und sah zum Himmel hinauf. Wenn es einen Gott gab, so würde er ihr sicherlich helfen. Sie begann zu lächeln und zu beten.

Erneut blickte sie hinaus und bemerkte ein paar dunkle Wolken, die offensichtlich in derselben Richtung unterwegs waren, wie sie. Am hellblauen Himmel zogen sie dahin, schneller als die Kutsche, so, als wollten sie unbedingt vor Genoveva dort sein. Wieder dachte sie daran, ob sie es hätte ablehnen sollen, Georg zu heiraten. Hätte sie dies dem Vater sagen können? Es wäre ungebührlich gewesen und hätte dazu geführt, dass sie in ein Stift gekommen wäre und ihre jüngere Schwester Martha dann jetzt hier drin gesessen hätte.

Rumpelnd und schüttelnd zog die Kutsche ihrem nicht mehr so fernen Ziel entgegen.

Schließlich jagte die Kutsche einen Berg hinauf und fuhr durch ein Burgtor. Das Gefährt stoppte und Genoveva holte tief Luft. Da steckte ein Zweifel tief in ihrem Herzen, doch es ging nicht anders. Die Wagentür wurde geöffnet und einer der Knechte half ihr auf den Burghof. Der andere lud hinten die Kiste mit ihren Sachen ab, dann wendeten sie und fuhren davon.

Alleine stand sie mitten in der Burg. Eine dunkle Wolke schien nun genau über ihr zu stehen, Genoveva stand in deren Schatten und niemand kümmerte sich um sie. Fragend sah sie sich um und dabei traf ein Sonnenstrahl ihr Gesicht. Geblendet sah sie, dass ein Mann auf sie zu trat. „Du musst Genoveva sein. Ich habe dich ja schon ewig nicht mehr gesehen! Du bist wirklich so schön, wie dein Vater gesagt hat", begrüßte er sie. Das war nicht Georg und sie überlegte, woher sie diesen Mann kennen würde.

„Komm schon Veva!", sagte er schließlich und sie erinnerte sich, denn so hatte sie nur einer genannt. „Martin! Schön, dich wiederzusehen", sagte sie erfreut. An den Bruder von Georg hatte sie schon nicht mehr gedacht. Schöne Bilder kamen zurück. Aus einer Zeit, in der alles noch in Ordnung gewesen war. „Wie lange ist das schon her, dass wir im Park meines Vaters verstecken gespielt haben?", fragte sie und er gab zurück, „Du warst acht! Mehr wie neun Jahre. Du hattest gelbe Bänder in deinen Haaren." Sie nickte und die Wolke schob sich wieder vor die Sonne.

In der Dunkelheit des Schattens sah sie Georg auf sich zukommen. Genoveva schlug die Augen nieder, sah zum Boden und machte einen Knicks. Sie wagte nicht ihn anzusehen, denn da war ein Stich in ihrem Herzen, dieser Schmerz in ihrem Unterleib. Der Mann sagte nichts und sie auch nicht. Martin sorgte dafür, dass ihre Sachen in das Gebäude getragen wurden.

Er sorgte auch dafür, dass eine Magd ihr Wasser zum Waschen von Gesicht und Händen brachte, aber das frische Nass sorgte nicht dafür, dass sich ihre Schmerzen verkleinerten. Wenig später hatte sie in der Burg Georgs und Martins Vater begrüßt und saß erneut in dem Zimmer, das nun für die nächsten Tage ihres sein würde.

Ihr banger Blick war dabei auf eine Verbindungstür gerichtet, welche diesen Raum von Georgs Zimmer trennte. Als Erstes hatte sie sich davon überzeugt, dass diese verschlossen war und der Schlüssel auf ihrer Seite steckte. Damit würde der Weg bis zur Latrine etwas weiter für sie werden, aber das nahm sie gern auf sich. Schlimmer war der Gedanke, dass in ein paar Tagen Georg diesen Schlüssel haben würde und damit jederzeit in ihren Raum kommen konnte.

Die alte Angst begann wieder in ihr Herz zu fallen. Georg war nebenan und niemand konnte sie vor dem unausweichlichen beschützen. Sie ließ sich in das Bett fallen und weinte so, wie damals, nach dem dunklen Tag, der als Geheimnis in ihrer Seele geschlummert hatte.

21. Kapitel

Ein Schwan unter Tauben

Genoveva war wirklich sehr hübsch geworden. Noch trug sie ihr Haar offen und unverschleiert. Nur ein kleiner Kranz zierte ihr Haupt. Die langen, braunen Haare fielen in kleinen Locken weit in ihren Rücken. Sie rahmten ein schmales, bleiches Gesicht mit zwei dunklen, mandelförmigen Augen ein. Diese Augen standen leicht schräg und gaben ihr einen katzenhaften Ausdruck. Ein voller roter Mund mit blitzenden Zähnen beim Lachen verstärkte ihre Schönheit noch. Sie sah aus wie ein Engel. Martin hatte sie noch so in Erinnerung gehabt, wie er sie damals bei seinem Besuch kennengelernt hatte. Vielleicht hatte er auch erwartet, sie genau so zu sehen, wie sie damals gewesen war: ein volles rundes Gesicht, freche Grübchen beim Lachen und lange Zöpfe.

Verglichen mit den Mägden war sie ein Schwan unter Tauben. Das lange und hochgeschlossene Kleid verriet nicht viel von ihrer Figur, aber ihre Bewegungen waren die einer Königin. Und ausgerechnet sein Bruder musste dieses zauberhafte Wesen zur Frau bekommen! Wenn er sowieso nicht schon nach einem Weg gesucht hätte, den Bruder loszuwerden, spätestens mit Vevas Ankunft auf der Burg hätte Martin nun gesucht. Und es waren nur noch ein paar Tage Zeit.

Mit dem Eintreffen Vevas hatte er auch endlich bei Minna Glück gehabt. Offensichtlich hatte die schlaue Magd erkannt, dass Georg in ein paar Tagen verheiratet und damit für sie unerreichbar werden würde. Dass er damit dem Kloster näher kam, das hatte die Magd sicher noch nicht begriffen. Und er ließ sie in ihrem Glauben.

Allerdings war es nun, nachdem er Veva wiedergesehen hatte, auch nicht mehr so schön, die Magd zu beglücken.

Veva lebte nun abgeschottet in ihrem Zimmer auf der Burg, denn der Vater wollte sie vorerst von der Familie fern halten. Das hatte er Vevas Vater wohl versprochen, aber was sollte dies? Natürlich gab es fast nur Männer auf der Burg, aber so schlecht war ihr Benehmen ja nun auch nicht.

Martin kannte Veva, wie sie zusammen durch die Hecken gekrochen waren, wie sie verstecken gespielt hatten und er wusste sogar noch, welche Farbe das Kleid von Vevas Puppe gehabt hatte. Doch sie lebte praktisch hinter verschlossener Tür. Nur Minna durfte zu ihr, um ihr Essen zu bringen, sie zu waschen und anzukleiden. Dafür beneidete er die Magd.

Und so, wie er sich bei Franka vorgestellt hatte, dass es Minna war, so war es nun Veva, die er sich vorstellte, wenn er mit Minna zusammen war. Immer drängender brauchte er einen Plan, denn sonst würde er die Burg und Veva an seinen Bruder verlieren. Zusätzlich musste er auch noch bei Minna aufpassen, dass ihm nicht der falsche Name herausrutschte und die Magd dies Veva berichten würde. Nicht auszudenken, was dann passieren würde. Dann wäre die Klostertür sicher schon vor der Hochzeit hinter ihm geschlossen. Fast verzweifelt suchte er nach einer Schwachstelle von Georg, aber er fand keine! Und in der letzten Zeit ließ der Vater Georg praktisch nie aus den Augen.

Offensichtlich bereitete er schon alles für die große Übergabe vor. Martin war da schon gar nicht mehr gefragt. Damit hatte er mehr Zeit für Minna, was dieser auf einmal sichtlich gefiel. So, wie sie ihm sich zwei Jahre lang verweigert hatte, so drängte sie

104

sich ihm nun fast auf. Dabei fieberte Martin aber nicht ihr entgegen, sondern dem Mahl am Abend, weil das der einzige Moment war, dass Genoveva mit ihnen zusammen treffen durfte.

Der Vater saß an der Stirnseite und die Frau ihm gegenüber. Doch bei diesen Essen duldete der Vater, anders als bei ihren Gelagen, keinerlei Gespräche. So konnte er sie nur verstohlen betrachten. Eine Traurigkeit lag in ihren Gesichtszügen. Mochte es die erzwungene Einsamkeit oder die Trennung von ihrer Familie sein. Die Isolation in ihrem Zimmer würde es sicher nicht besser machen. Nur die Aussicht darauf, nach der Hochzeit wieder frei zu sein, konnte sie sicher etwas erheitern.

Aber nicht Martin, denn nach der Hochzeit wäre sie für immer für ihn verloren. Wieder suchte er nach einer Möglichkeit, den Bruder loszuwerden. Vielleicht Gift? Er hatte von seiner Reise nach Italien ein Döschen Gift mitgebracht. In geringen Mengen machte es die Frauen wild und leidenschaftlich. Darum hatte er es erworben. Aber Georg aß dasselbe wie er und er trank auch dasselbe. Wie sollte er ihm da unbemerkt ein Gift in den Wein mischen? Ein schier unlösbares Problem.

Die Hochzeit kam immer näher und noch immer hing die Drohung mit dem Kreuz und dem Zölibat über ihm.

Vor was von beiden hatte er mehr Angst? Keuch unter Brüdern zu leben? Oder irgendwo weggeschlossen zu sein? Vor beidem gleichermaßen, denn er liebte es, durch die Wälder und Felder zu streifen. Zu jagen und zu kämpfen. Und er liebte die Frauen.

Vielleicht noch etwas mehr, als seine Freiheit. Wieder neigte sich das Essen seinem Ende zu. Genoveva erhob sich, machte einen Knicks und verließ wortlos den Raum. Der Vater und Georg ließen sich die Krüge bringen und Martin entschuldigte sich. Eigentlich war er hier nur noch geduldet, denn keiner der beiden nahm Anstoß an seiner fadenscheinigen Ausrede. Martin gehörte schon nicht mehr zu ihnen. Minna räumte ab und brachte die Becher. Wie immer ließ sich der Vater einen großen Krug auf den Tisch stellen und Martin sah aus dem dunklen Gang in den, von Fackeln hell erleuchteten, Saal hinein. Die beiden Männer prosteten sich zu und stießen an.

Er selbst war schon lange von ihnen vergessen. So als wäre er schon ein Mönch.

Im Gang lief ihm Minna über den Weg und er zog sie mit sich mit. Er hatte ihr Handgelenk gepackt und ihr Widerstand war nur kurz gewesen. Wenig später drückte er sie in eine Nische des Ganges, setzte sie auf den Sims und schlug ihr die Röcke hoch. Mit fahrigen Fingern öffnete er sich seine Hose. Der Anblick der schönen Genoveva hatte ihn in Raserei versetzt.

Um den Vater nicht auf sie beide aufmerksam zu machen, hielt er Minna den Mund zu. Dann stieß er zu und sie bäumte sich auf. In der Dunkelheit des Ganges drang er tief in sie ein und jeder Stoß wurde mit dem Gedanken „Veva!" eingeleitet. Wenig später verströmte er sich zuckend in der Magd und gleichzeitig in Gedanken in seiner zukünftigen Schwägerin.

22. Kapitel

Todesstunden

ie Gruppe hatte einstimmig beschlossen, diese zwei letzten Tage für Sieglinde so schön zu machen, wie nur irgend möglich und darum war es auch für Ebba in Ordnung gewesen, dass Gustav diese Nacht bei der alten Frau gewesen
war. Die letzte würde dann Konrad übernehmen. Auch am vergangenen Abend hatte Ebba wieder ihren Schleiertanz aufgeführt und
Hans hatte dann die Gunst der Stunde und die Abwesenheit von
Gustav genutzt, um gegen eine symbolische Münze von seiner
drängenden Pein befreit zu werden.

Nach dem Aufstehen am Morgen, war es auch gar nicht weit,
bis zu der Burg. Schon wenige Stunden später hielt der Eselskarren
vor dem Tor und Konrad erklärte einer verdutzten Wache, dass sie
zur Unterhaltung bei der Feier gekommen waren. Der Wachposten
ging in die Burg und kam wenig später zurück „Auch wenn wir
euch nicht gerufen haben, so seid ihr doch bei unserem Fest will-
kommen", sagte er und gab den Weg frei. Sie betraten den
Burghof und ein junger Ritter stand vor einem der Gebäude. Er
trug das Abbild eines Drachen auf seiner Brust und hatte sofort
Ebbas Dolch gesehen. Der Mann kam auf sie zu und Ebba verbeugte sich. „Einen sehr schönen Dolch hast du. Zeig ihn mir doch
mal." „Sehr wohl, gnädiger Herr", entgegnete Ebba, zog die Waffe
und hielt sie, mit der Spitze nach links, mit beiden Händen hin.
„Sieh mal Georg! Da ist auch ein Drache drauf. Genau wie auf
unserem Wappen!", sagte er zu einem anderen Ritter.

Wenig später war Ebba von Männern eingekreist, die alle die
kostbare Waffe sehen wollten. „Wo hast du ihn her?", wollte einer
von ihnen wissen. „Meine Mutter gab ihn mir, kurz vor ihrem Tod.

Sie hatte ihn von meinem Vater, der vor meiner Geburt gestorben ist." „Ein altes Familienerbstück", sagte der erste der Männer. „Bewahre ihn gut und halte ihn in Ehren!", setzte er hinzu. „Das will ich tun!", sagte Ebba, steckte die Waffe wieder zurück und verbeugte sich.

Die Männer gingen nun alle wieder ihrer Wege und schon nach ein paar Augenblicken stand sie nur mit dem ersten Ritter auf dem Platz. „Mein Bruder heiratet morgen. Ich möchte diese ungeplante Feier für ihn zu etwas ganz besonderen machen. Kannst du das?" „Wenn es in meiner Macht steht gern. Noch kein Mann war mit mir bisher unzufrieden!", entgegnete Ebba und machte wieder eine Verbeugung.

Der Ritter nickte ihr zu und ging in das Haus hinein. Nun war noch vieles vorzubereiten und es gab sogar für sie ein warmes Mahl in der Küche der Burg. Bei diesem Essen fragte Ebba Sieglinde „Bist du traurig, dass du morgen sterben wirst?" „Nein! Ich bin froh, dass ich meine große Liebe wiedersehen werde. Sie wartet schon viel zu lange auf mich. Ich hatte ein schönes Leben und du musst mir heute den schönsten Tanz zeigen, den du kannst. Versprichst du mir das?" „Ja das verspreche ich dir", sagte Ebba und war trotzdem traurig, die Freundin, zu der die alte Frau in diesen paar Wochen für sie geworden war, am nächsten Tag zu verlieren. Aber wie konnte Sieglinde da so sicher sein? Natürlich irrte sie sich nie, aber es gab keinerlei Anzeichen dafür, dass sie krank war oder ein anderes Gebrechen hatte. Also wieso sollte sie sterben?

Doch dazu wollte sie Sieglinde nicht befragen. Ebba ging zum Wagen und suchte sich ihre Tanzsachen heraus, als ihr einfiel, dass sie ja nur den Schleier brauchen würde. Zum ersten Mal würde sie den Schleiertanz vor fremden Männern vorführen. Konnte sie das schon? Es musste gelingen, denn gerade eben hatte sie es der Freundin versprochen.

Der Tag verging, der Abend senkte sich über die Burg, das Tor wurde geschlossen und das Fest nahm seinen Lauf. Der Narr begann, dann führte Gustav ein paar Kunststücke vor und Konrad bog ein paar Eisenstangen zusammen und wieder auseinander.

Aufgeregt stand Ebba im Nebenraum, dann kündigte Karola den Tanz an und die Musik begann. Ebba lief in den Saal und ein Raunen ging durch die versammelten Männer. Das verstärkte sich, als sie begann zu tanzen, denn nun hatte auch der letzte begriffen, dass sie nichts weiter als diesen Schleier auf der nackten Haut trug.

Wie geübt schwenkte sie den Schleier und bewegte sich vor den Männern. Immer abwechselnd ließ sie eine nackte Schulter oder ein entblößtes Bein hervorblitzen, bevor sie es wieder zurückzog. Es dauerte nicht lang und der Tanz war zu Ende. Nun schwiegen die Männer, bis derjenige, der Ebba begrüßt hatte, dem neben ihm sitzenden Mann auf die Schulter schlug und sagte „Mein Bruder. Ich überlasse sie dir für diese Nacht, auch wenn ich sie bezahlt habe. Ab morgen bist du verheiratet, dann kannst du dein Lager nur noch mit deiner Frau teilen. Aber heute Abend bist du noch frei. Genieße es. Und ihr anderen Männer, Hände weg von Minna! Sie sei mein für diese Nacht!"

Irgendwo fiel ein Kelch polternd zu Boden und die Männer lachten. „So soll es sein", sagte der Bräutigam, stand auf und sagte „Komm mit!" zu Ebba. Sie holte schnell ihre Sachen, die sie aber im Arm behielt, dann folgte sie dem Mann eine Treppe nach oben. In einem Gang brannten Fackeln an der Wand und der Mann öffnete eine Tür, er ließ Ebba in den Raum und dort legte sie ihre Sachen ab. Da sie nur den Schleier um die Schultern trug, war sie auch fast sofort nackt.

Während der Mann sich hastig entkleidete, drängte er Ebba zum Bett hinüber. Offensichtlich hatte ihr Tanz ihn so erregt, dass er nun dringend Linderung suchte.

Als das Holzgestell sie stoppte, da drückte er sie auf das Bett. Sein Angriff auf ihren Schoß war stürmisch und lautstark. Ebba brauchte all ihre bei Karola gelernten Künste, um ihn so lange wie möglich in sich zu halten, damit er mit ihren Diensten zufrieden war. Trotzdem brauchte der Ritter nicht lange, bis er sich stöhnend von ihr herab wälzte. „Bleib bei mir! Ich werde deine Dienste gleich noch einmal benötigen, doch gib mir erst noch eine Pause", sagte er und Ebba legte sich zur Seite.

„Kann ich mich irgendwo erleichtern? Ihr wart so stürmisch!", fragte sie und der Mann zeigte auf eine Tür. „Dort ist eine Latrine drin. In der Ecke, ein Brett mit einem Loch im Erker!", erklärte er und fiel schnaufend auf das Bett zurück. Ebba erhob sich und eilte leichtfüßig zu der Tür. Ein größerer dunkler Raum bot sich ihr dar, mit zwei Fenster an der einen Seite, doch wo war dieser Erker?

Endlich ging der Mond auf und sein Licht fiel genau auf das besagte Brett in der Ecke. Nun drückte es schon sehr und sie eilte in diesen Erker. Wenig später ging sie erleichtert zurück zur Tür und öffnete diese.

Der Mann lag noch immer vor ihr ausgestreckt und nackt auf dem Bett, doch er war tot! Er hatte den Drachendolch in der Brust und der andere Ritter, sein Bruder, stand neben ihm. „Was hast du getan? Du Mörderin!“, rief der Mann aus. „Ich war das nicht. Glaubt mir, gnädiger Herr! Ich bin unschuldig!“ „Es ist doch dein Dolch!“, rief der Mann und schrie „Wachen! Ergreift die Mörderin!“ Ebba erschrak und lief zurück in das andere Zimmer. Sie verschloss die Tür, weil der Schlüssel innen steckte. Doch es gab hier keine andere Tür. Nur die zwei Fenster. Draußen hörte sie schon die Wachen und das Geräusch vieler Schritte. In ihrer Angst lief sie zum Fenster und öffnete es, aber es war unglaublich tief bis zum Burghof hinab.

Hinter ihr hämmerten die Wachen gegen die Tür, aber sie wollte sich nicht von ihnen fangen lassen. Verzweifelt stieg sie auf das Fensterbrett und sah hinaus. Der Mond beschien ihren nackten Körper. Sieglinde hatte sich geirrt. Es würde ihr Todestag sein, nicht der ihrer Freundin. Ebba sah hinab und betete, denn diesen Sturz würde sie nicht überleben.

23. Kapitel

Römische Gedanken

Im Bruchteil eines Augenblickes hatte Martin den Plan entworfen. Tagelang, nein wochenlang, hatte er gegrübelt und es war nun der allerletzte Tag. Am folgenden Tag würde der Vater die Vermählung des Bruders mit Genoveva dazu nutzen, seinen eigenen Rücktritt und damit auch die Verbannung Martins in ein Kloster bekannt zu geben. Doch dann hatte die Wache vom Tor ihm berichtet, dass Gaukler um Einlass baten, um das Hochzeitsfest mit ihren Darbietungen zu verschönern. Die ungerufene Truppe war seine letzte Möglichkeit, den Bruder doch noch loszuwerden. Dem fahrenden Volk konnte man alles Mögliche unterstellen.

Dann hatte er die junge Frau mit dem prachtvollen und einzigartigen Dolch gesehen und der Plan war in seinem Kopf gewesen. Dieser Frau würde er den Mord an seinem Bruder in die Schuhe schieben! Zuerst sorgte er dafür, dass jeder in der Burg diese Waffe als diejenige wiedererkennen würde, die der Frau gehörte. Das war nicht schwer bei Männern, die das Waffenhandwerk ausübten, der Rest wäre dann ein Kinderspiel.

Nun fieberte er der Vorstellung entgegen! Mehr als jeder andere auf der Burg und aus anderen Gründen. Natürlich war es für jeden aufregend, wenn Gaukler und fahrendes Volk anwesend waren, denn damit wurde das triste Leben auf dieser Burg mal wieder so richtig durcheinander gewirbelt. Martin musste dabei immer an die Feste in Rom denken, wo der Vater ihn im letzten Jahr hingeschickt hatte. Es sollte eine Art von Pilgerreise sein, sicherlich in Vorbereitung des kirchlichen Amtes, für das der Vater ihn vorgesehen hatte, doch es war alles andere als eine Fahrt in Demut und

Frömmigkeit gewesen. Es war eine Wallfahrt durch Paläste, Schänken und Frauenhäuser geworden. La Dolche Vita! So nannten es die Römer und er hatte einen Teil der Feiern und der Lust in der Stadt am Tiber kennengelernt.

Natürlich hatte er niemanden sagen dürfen, wofür er die Münzen des Vaters ausgegeben hatte, aber die Römerinnen waren sehr schön. Und diese kleine Tänzerin kam diesen Frauen schon sehr nah.

Der Plan war einfach: Die Tänzerin würde den Bruder sicher anheizen, der würde mit ihr auf sein Zimmer gehen, dort würde Martin warten, bis die beiden von dem Liebesakt erschöpft einschliefen und er würde den Bruder mit der markanten Waffe töten. Damit hatte die Tänzerin die Schuld am Tod des Bruders. Er würde dies zufällig feststellen. Anschließend würde er die Frau festnehmen lassen und hinrichten. Der Vater würde ihm die Burg überlassen und dass er Genoveva heiraten würde, das wäre dann nur noch die Sahnehaube des ganzen Planes.

Ein einfacher Plan, der nicht misslingen konnte. Nicht misslingen durfte, oder er würde das Kreuz nehmen müssen! Schritt für Schritt nahm der Plan Gestalt an.

Der Schleiertanz der Frau war wirklich atemberaubend und denen ähnlich, die er in Rom gesehen hatte. Fast tat es ihm leid, die Kleine opfern zu müssen, doch der Tanz verfehlte seine Wirkung nicht. Stürmisch lief der Bruder mit ihr auf sein Zimmer und Martin wartete davor, dass das Schnaufen und Stöhnen in dem Raum verstummte.

Anschließend zählte er bis zwanzig und war sich sicher, dass nun beide schliefen, dann schob er die Tür auf und sah den Bruder nackt und alleine im Bett in seinem Blute liegen. Der Griff der Waffe ragte aus seiner Brust. Jemand war ihm zuvorgekommen! Die Tänzerin musste ihn getötet haben!

Die Tür zur Latrine öffnete sich und die Frau trat in den Raum. „Was hast du getan? Du Mörderin!", rief er aus. Sie versuchte ihre Schuld zu leugnen und erklärte „Ich war das nicht. Glaubt mir, gnädiger Herr! Ich bin unschuldig!" Aber ihre Schuld war ja offensichtlich. „Es ist doch dein Dolch!", rief Martin und zeigte auf den auffälligen Griff. Dann lief er zur Tür und rief in den Gang „Wachen! Ergreift die Mörderin!" Aus dem Augenwinkel sah er, wie die nackte Frau in das Zimmer zurückrannte. Die Männer eilten nach oben und er zeigte auf die Tür. Die Tänzerin hatte den Raum aber verschlossen. Dumpfe Schläge brachten die Tür zum Wanken, aber das dicke Eichenholz hielt stand.

Durch den Lärm kam Genoveva aus ihrem Zimmer, sah den toten Bräutigam und schlug sich die Hände vor ihr Gesicht. Martin zog die Frau an seine Schulter, während es den Wachen endlich gelang, die Tür aufzubrechen. „Sie ist fort!", rief einer der Männer. „Die kann da nicht raus!", antwortete Martin. Das war die einzige Tür! „Doch! Sie muss gesprungen sein! Das Fenster ist offen!", rief der Anführer der Wachen.

Da Martin Genoveva im Arm hatte, konnte er nicht in den Raum hinein. „Hier hängt ein Seil! Sie ist hinab geklettert. Jemand muss ihr geholfen haben!", rief der Mann von dort und Martin sagte nur einfach „Findet sie!" Er versuchte Genoveva zu beruhigen und dann erschien der Vater, der durch den Lärm in der Burg zu diesem Raum geleitet worden war. Er sah den toten Sohn und sah Martin vorwurfsvoll an. „Du hast ihn mit dieser Mörderin zusammen gebracht! Finde sie lebendig! Ich will sie auf ein Rad flechten und ausweiden lassen! Ihre Schreie sollen zum Himmel hinauf schallen! Erst wenn du sie gefangen und gerichtet hast, dann kann ich mich zur Ruhe setzen! Und deckt ein Tuch über meinen toten Sohn!"

Dann verschwand der alte Mann vor Gram gebeugt. „Findet sie und ihre Helfer!", schrie Martin und die Wachen liefen nach unten in den Hof. Er führte Genoveva zu ihrem Zimmer, dass eine Verbindungstür zum Zimmer seines Bruders hatte. Dort sagte er „Halte deine Tür verschlossen, nicht dass diese Mörderin auch noch nach deinem Leben tratet!" Die Frau nickte ihm zu und verschloss den Durchgang. Nun wendete sich Martin wieder seinem Bruder zu. Fast tat es ihm leid, ihn dort so liegen sehen zu müssen. Er trat an den Leichnam, zog den Dolch aus seinem Herzen und deckte ein Tuch über den toten Bruder.

Aus dem Hof war Kampfeslärm zu hören, dann kam der Anführer der Wachen zurück. „Wir haben sie nicht in der Burg gefunden. Drei der Gaukler sind tot. Nur eine Frau hat überlebt. Sie ist in Gewahrsam!" „Sperrt sie in das Verlies und sucht die andere! Sie darf euch nicht entkommen!", sagte Martin. Der Anführer der Wachen verbeugte sich und eilte davon. Von der Ergreifung dieser Frau hing nun sein Erbe ab! Zumindest ein schnelles Erbe! Der Vater konnte sicher noch zwanzig Jahre leben! Oder etwa nicht? Martin sah auf den blutigen Dolch in seiner Hand.

24. Kapitel

Seillaufen oder sterben

Ebbas Tanz war wirklich atemberaubend gewesen. Während sie mit dem Ritter auf sein Zimmer eilte, ging Gustav nach draußen. Er wollte nicht mit ihr unter einem Dach sein, wenn sie es tat. Gustav erklomm die Burgmauer und setzte sich auf die Brüstung. Den Palas mit den erleuchteten Fenstern hatte er direkt vor sich. In Gedanken ging er den Tag noch einmal durch und die letzte Nacht, die er bei Sieglinde gewesen war. Er kannte die Freundin nun schon viele Jahre und immer war sie zu ihm wie eine Mutter gewesen, trotzdem hatte er ihr diesen letzten Wunsch nicht abschlagen können. Ebbas Tanz am Vorabend beim Feuer hatte dann die letzten Zweifel verscheucht und Sieglinde war glücklich in seinen Armen eingeschlafen. Die letzte Nacht würde nun Konrad bei ihr sein. Vermutlich gerade jetzt, denn nach Ebbas Tanz würde wohl nicht viel Zeit verstreichen, bevor jede Frau in dieser Burg beglückt werden würde.

Und bei Karola war ihm der Narr um einen Wimpernschlag mit der Frage zuvor gekommen. Sonst wäre Hans jetzt vielleicht hier oben und er da unten bei Karola am Wagen, den er von seinem Platz aus sehen konnte.

Sein Blick glitt über die Burg, als im Palas ein Geschrei einsetzte. Worte, die wie „Mörderin!" klangen, flogen zu ihm. Was war geschehen? Gustav sprang auf und sah hinüber. Ihm gegenüber wurde ein Fenster geöffnet und Ebba kletterte nackt auf den Sims. Sie sah nach unten in die dunkle Tiefe. „Ebba!", rief er hinüber und sie sah zu ihm. Sie hob die Hand, wie zum Abschied. Wollte sie springen? „Warte!", rief er und sah sich um. Wenige Schritte entfernt lag ein Seil, als hätte es jemand extra für ihn dort

hingelegte. Als Gustav es anhob, stellte er fest, dass es zwei Seil-
stücken waren. Er nahm das Längere und warf ein Ende davon zu
Ebba hinüber. „Binde es bei dir fest!", rief er und sie tat es, dann
spannte er seine Seite und hielt diese fest.

„Komm! Wie bei der Übung im Wald! Erinnerst du dich?", rief
er und hinter ihr waren schon die Schläge der Wachen an einer Tür
zu hören. „Schritt für Schritt! Und sieh nicht nach unten!", sagte
Gustav, als sie ihren Fuß auf das Seil gesetzt hatte.

Es waren nur fünf Schritte. Zögerlich balancierte sie über das
Seil, immer in der Gefahr, nach unten zu fallen. „Sieh zu mir!",
rief er ihr wieder zu, als sie die Mitte erreicht hatte. „Noch zwei
Schritte!"

Dann war sie bei ihm und er ließ das Seil los. Dieses fiel in die
Tiefe und er umarmte Ebba. Zusammen hockten sie sich hin und
blickten über die Brüstung zurück zum Gebäude. Die Wachen erschienen am Fenster und sahen das nach unten hängende Seil. „Sie
ist nach unten geklettert!", hörten sie. „Du musst verschwinden!",
flüsterte Gustav und sie schlichen zu dem zweiten Seilstück.

Er verknotete es und ließ es nach außen fallen. „Klettere hinab
und verstecke dich bei der kleinen Brücke, unten am Bach. Die,
welche wir heute Mittag überquert haben!", sagte er, küsste sie
und sie schwang sich über die Brüstung. Vorsichtig kletterte sie im
Mondschein die Burgmauer hinab.

Als sie unten angekommen war, zog er das Seil wieder herauf.
Nur kurz sah er ihr nach, wie sie im Wald verschwand, dann setzte
sich der Tumult im Burghof fort. Gustav eilte zur anderen Seite

zurück und sah in den Burghof. Vermutlich dachten die Wachen, dass Ebba in den Hof geklettert war und beim Wagen Schutz suchen würde. Hans versuchte sich zu wehren, aber mit bloßen Händen gegen Schwerter hielt sein Widerstand nur kurz. Konrad griff ohne Hose in den Kampf ein, aber gegen zwanzig Männer hatte auch er schnell verloren und starb unter zahlreichen Schwerthieben.

Blieben nur die zwei Frauen! Karola wurde schreiend zur Seite gezerrt und im Burghof gefesselt. Sieglinde war noch im Wagen und als einer der Männer den Karren erklimmt hatte, da rief er „Hier ist nur eine tote, alte Frau!" Ein anderer Mann rief „Findet die Tänzerin und bringt sie mir lebendig. Der Herr will sie ausweiden, auf ein Rad flechten und langsam sterben sehen!"

Nun begannen die Knechte alles zu durchsuchen und es würde nicht mehr lang dauern, bis sie auch hier herauf kommen würden. Gustav schwang sich über die Brüstung und kletterte, mit Fingerspitzen und Zehen abgestützt, die Wand hinab.

Noch wusste er nicht, was überhaupt in der Burg geschehen war. Er wusste nur, dass die Hälfte der Gruppe tot war. Konnte Ebba eine Mörderin sein? Er glaubte es nicht. Flink erreichte er den Erdboden und nun brauchte er Sachen für Ebba.

Auf nackten Sohlen huschte er durch den Wald zum Dorf hinab und sah sich bei den Hütten um. Der Mond verschwand hinter einer Wolke und half ihm damit, verborgen zu bleiben. Keiner der Hofhunde nahm von ihm Notiz. Von Haus zu Haus schlich Gustav.

Bei einer Mühle stand ein Fenster offen. Dort hinauf kletterte er und schlich durch das Haus. Der Müller war bestimmt zu dick für Ebba, aber die Müllerknechte hatten sicher genau die richtige Größe bei ihren Sachen. Gustav folgte dem Schnarchgeräusch. Wenig später hatte er die Knechtekammer erreicht, wo die Sachen auf einem Haken hingen. Schnell hatte er die Kleider und Schuhe an sich genommen und in ein großes Tuch gewickelt. Mit dem Bündel auf dem Rücken schlich er vorsichtig hinaus. Jedes knarrende Brett konnte ihm jetzt zum Verhängnis werden. Doch alles ging gut. Erleichtert schwang sich der Mann durch das Fenster nach draußen.

Nun musste er nur noch Ebba finden. Würde sie am vereinbarten Treffpunkt auf ihn warten? Er legte sich an dem Weg, der zur Burg hinauf führte, in das Unterholz und lauschte in die Nacht. Wurden sie schon verfolgt? Unüberlegt hatte er Ebba an diesen Weg geschickt, denn wenn die Knechte und Ritter auch außerhalb suchten, dann war die Freundin in Gefahr. Aber alles war ruhig.

Beruhigt rannte Gustav zur Brücke hinauf und rief dort nach ihr. Verstört tauchte sie unter der Brücke auf und sie liefen gemeinsam schweigend in den Wald. Weit entfernt von jedem Waldpfad.

25. Kapitel

Ein Hosenteufel

Nackt, frierend und völlig verängstigt saß Ebba unter der Brücke. Und sie zitterte nicht nur vor Kälte. Nachdem sie das Seil hinab geklettert war, war sie hier heruntergelaufen und hatte sich versteckt. Nun blieb ihr nur noch übrig, auf Gustav oder den Tod zu warten. Was war in dem Raum geschehen? Sie wusste es nicht, aber es war ihre Waffe gewesen, die dem Ritter den Tod gebracht hatte. Jeder in der Burg kannte diesen Dolch und wie hätte sie ihre Unschuld beweisen sollen? Flucht oder Tod, das war der einzige Ausweg. Der Ritter würde sie sofort töten lassen, das hätte er jetzt sicher schon, wenn sie nicht hier auf diesen kalten Steinen an dem Bach kauern würde.

Es würde ein kurzer Prozess sein, denn jeder in der Burg hatte gesehen, dass sie den Ritter begleitet hatte. Mit dem Dolch in der Hand. In dem Raum mit der Latrine hatte sie im Mondlicht eine Kiste stehen sehen, wenn dort Münzen oder Geschmeide darin waren, dann könnte jeder sofort denken, sie hätte den Mann berauben wollen. Und nur sie alleine wusste, dass sie unschuldig war. Die Tränen liefen ihr über die Wangen. Am nächsten Morgen würde man sie verfolgen und wie einen tollwütigen Hund erschlagen.

Warum war sie nicht einfach gesprungen? Warum diese Flucht? Ebba beugte sich nach vorn, zu dem Bach, der vor ihren Füßen über die Steine lief, die im Mondlicht glänzten. Sie sah ihr Gesicht im Wasser. Das Gesicht einer Mörderin! Zumindest glaubten das alle anderen! Mit beiden Händen griff sie hinein, das Abbild verschwamm, und sie klatschte sich das kalte Wasser in ihr Gesicht. Es wusch ihre Tränen fort, ihre Schuld konnte es nicht

120

von ihr abwaschen. Nut Gott wusste, dass sie unschuldig war! Zu ihm betete sie nun verzweifelt. Aber würde das etwas nutzen? Sollte sie einfach zurückgehen und sich ihrem Schicksal stellen? Sich ihren Häschern selbst ausliefern?

Wie lange konnte es schon dauern, eine nackte Frau zu finden? Nicht lange! Eine leise Stimme drang durch das Gemurmel des Baches an ihr Ohr. Angestrengt lauschte sie in die Nacht hinaus. War sie schon gefunden? „Ebba?", fragte die Stimme wispernd. Es war Gustav! „Hier!", gab sie erleichtert zurück und stieg zur Brücke hinauf. Der Freund umarmte sie und sagte „Wir müssen schnell von hier fort. Sie suchen dich schon überall." Danach nahm er sie bei der Hand und lief los.

Unweigerlich musste sie ihm folgen. Ein letzter Blick zur Burg zurück, dann stolperte sie durch die Nacht. Gustav hatte ein Bündel mit Sachen unter dem Arm, aber sicher keine Zeit, diese ihr schon an der Brücke zu geben, damit sie sich ankleiden konnte.

Eine ganze Weile liefen sie durch einen dunklen Wald, bis sie auf einer Lichtung anhielten. „Ich war es nicht! Ich bin unschuldig!", sagte sie schnaufend. „Ich glaube dir!", entgegnete Gustav und sie setzten sich schweigend unter einen der Bäume, um nach dem schnellen Lauf wieder zu atmen zu kommen.

Nach ein paar Augenblicke gab er ihr das Bündel und Ebba rollte es im Mondlicht auf. Bei dem Durchsehen des Inhaltes sah sie Gustav erschrocken an. „Männersachen? Wo ist mein Kleid?" „Sie suchen eine Frau mit langen, dunkelblonden Haaren. Du musst das da anziehen!" „Aber das darf ich nicht!", entgegnete Ebba und sah auf die Hose in ihrer Hand. Sie würde in die Hölle kommen dafür! Das hatte zumindest der Pfarrer mehr als ein Mal gesagt, denn jede Frau, die Hosen trug, würde vom Teufel geholt werden!

„Ich will ein Kleid! Oder ich bleibe nackt! Ich darf keine Hose anziehen! Niemals!", schluchzte sie und warf Gustav das Beinkleid wieder zu. „Du musst das jetzt anziehen!", sagte Gustav und drückte sie zu Boden. Trotz ihres Strampelns gelang es ihm, ihr die Hose über die Beine zu streifen. Als die Hose ihre Scham berührte, da erstarrte Ebba, denn nun war sie wirklich verflucht und der Teufel würde sie holen kommen. Sie erwartet, dass der Teufel mit einem Knall und Schwefelgestank erscheinen würde, aber nichts geschah! Noch nicht!

Die Tränen liefen ihr wieder über die Wangen. Schluchzend drehte sie sich von Gustav fort, der ihr gerade die Jacke geben wollte. Der Mann berührte sie an der Schulter und sagte leise „Es muss sein! Sie wollen dich rädern!" „Und ich komme in die Hölle. Dank dir und dieser Hose!", entgegnete sie schluchzend.

„Das ist nicht wahr! In Italien tragen auch Frauen Hosen!", erklärte er und sie drehte sich zu ihm um. „Wirklich?" „Wirklich!", antwortete er und setzte hinzu, „Was machen wir nun aber mit deiner Brust? So sieht jeder, dass du kein Mann bist!" Ebba zog sich die Hose im Sitzen hoch. „Bisher war ich vielen Männern als Frau zu flach!", stellte sie fest. „Ja! Aber als Mann hast du eindeutig zu viel. Vielleicht können wir da ein Tuch drum schlagen, das alles zusammen presst!"

Schnell nahm er ein langes Stoffstück und wickelte es so straff um Ebbas Oberkörper, dass sie für einen Moment keine Luft bekam, aber nun war sie völlig flach. Wie ein Mann. Sie zog sich die Jacke über und stand auf. „Deine Haare!", sagte Gustav und zog sein Messer. Ein paar dutzend Schnitte später lagen die meisten Haare zu ihren Füßen.

„Schade!", sagte Ebba. „Die wachsen wieder nach, aber deine Stimme kann dich immer noch verraten. Ab jetzt bist du stumm", erklärte Gustav, während sie sich mit der Hand durch das kurze Haar fuhr. „Wir sind zwei Gesellen auf Wanderschaft und einer davon ist eben stumm!", legte Gustav fest. „Wie möchtest du heißen?" „Ebba!" „Nein! Als Mann!", fragte Gustav und die Frau dachte kurz nach „Knuth! So hieß mein Vater!" „Also dann Knuth, wir ziehen los!" „Wohin?" „Nach Italien!"

Sie folgten dem Pfad durch den Wald und es würde sicher noch Stunden dauern, bis die Sonne aufgehen würde.

Nach einer Weile blieb Gustav stehen. „Dein Gang! Das geht so nicht! Jeder Mann kann auf hundert Schritte Entfernung sofort sehen, dass du kein Mann bist!", sagte er und Ebba sah an sich herab. „Ich laufe doch ganz normal." „Ja! Normal wie eine Frau. Schau mal, so musst du laufen", erklärte er und ging ein paar Schritte. Sie folgte ihm und er sagte „Mache große Schritte. Bewege deine Schultern und lass deine Hüften ruhen!"

Erneut versuchte sie es. „Schon besser!", sagte er, „Aber es sieht immer noch so aus, als ob du tanzt!" „Bis vorhin hat mein Tanz dir noch gefallen!" „Ja! Aber jetzt bringt er dir den Tod! So wie er dem Ritter den Tod gebracht hat!" „Das war nicht meine Schuld und nicht mein Tanz!", rief sie aufgebracht und stützte die Hände in die Hüften. „Und das macht auch kein Mann!", sagte Gustav und machte diese Geste nach. Es sah wirklich seltsam aus an ihm.

„Was ist da überhaupt passiert?", fragte er sie und Ebba begann das Geschehen der Nacht noch einmal zu schildern. Erzäh-
lend gingen sie nun wieder durch die dunkle Nacht.

„Dein Tanz war wirklich atemberaubend", sagte Gustav, nachdem sie zu Ende erzählt hatte. Ebba nickte und fragte „Was ist
nach meiner Flucht noch passiert?" „Ich habe deine Spuren ver-
wischt und bin geflohen." „Und die anderen?" „Die haben ja nichts
gemacht. Denen wird sicherlich nichts passieren, aber bei ihnen
würden sie dich als Erstes suchen. Wir treffen sie bestimmt in Florenz!" „Hat sich Sieglinde wirklich geirrt? Sie hat meinen Tod
gesehen! Nicht den ihrigen!", sagte Ebba zuletzt, bevor sie
schweigend in die Morgendämmerung gingen.

26. Kapitel

Am Ziel aller Wünsche?

eorg war tot! Der Plan war aufgegangen. Oder etwa nicht? Martin hatte seinem Vater angesehen, dass er nur schwer seine Burg an den nun noch verbliebenen einzigen Sohn übergeben wollte. Aber hatte der alte Mann eine andere Wahl? Eigentlich nicht, aber er konnte sich immer noch so lange Zeit dafür nehmen, wie er wollte und das konnten im schlimmsten Fall noch zwanzig Jahre sein. Heimlich gruselte es Martin davor, noch so lange unter der Herrschaft seines Vaters zu handeln. Im Moment hatte er genauso viel zu sagen, wie der Anführer der Wache.

Er durfte auf der Burg bleiben und würde nicht in das Kloster müssen. Dieser Teil hatte schon mal geklappt, aber wie ging es nun weiter? Und auch die Hochzeit mit Veva war noch nicht sicher, denn der Vater konnte sie immer noch zu ihrem Vater zurückschicken und in ein paar Jahren entscheiden, dass Martin nun endlich heiraten durfte. Wen er dann zur Frau bekam, das würde der alte Mann entscheiden.

Und eigentlich waren Martin auch noch anderweitig die Hände gebunden, denn die Burg gehörte dem Kurfürsten. Sie war nur an die Familie als Lehen vergeben worden. Der Fürst konnte sie jederzeit wieder zurücknehmen und wenn der Vater sie ihm nicht übergab, dann würde der Herrscher dies beim Tode des Vaters tun und dann hatte Martin die Möglichkeit, sie zurückzuverlangen. Aber ob der Kurfürst ihm diesen Wunsch gewähren würde, das stand auf einem anderen Blatt, denn er konnte die Burg auch an einen anderen Ritter vergeben und damit wäre Martin obdachlos und nur noch ein Ritter auf Wanderschaft.

Der Weg zum Raubritter wäre dann der nächste Schritt und damit auch die baldige Enthauptung. Es würde also nicht lange dauern, bis er dem Bruder folgen würde. Der Vater würde ihm die Burg nur geben, wenn er diese Frau finden würde. Die Suche nach der Mörderin hatte nun oberste Priorität.

Jeden Tag würde er reiten, bis sie die Frau endlich in Gewahrsam haben würden. Vielleicht konnte er da auch mit seinem Eifer den Vater beeindrucken. Ihm zeigen, dass er etwas unternahm und dass der alte Mann sich auf ihn verlassen konnte. Für den nächsten Morgen hatte er fünfzehn Knechte dazu abgeordnet, durch die Dörfer zu reiten und dort zu suchen und jedem zu sagen, dass sie nach der Mörderin suchten. Er konnte auch noch ein kleines Fanggeld als Belohnung für denjenigen Aussetzen, der die Frau dingfest machen würde. Über die Höhe konnte er sich noch eine Nacht Gedanken machen.

Martin dachte daran, wie sie am Vorabend jeden Winkel der Burg nach der Frau durchsucht hatte. Es hatte stundenlang gedauert, bis auch der letzte begriffen hatte, dass sie die Burg auf irgendeine Weise verlassen haben musste. Nur wie, das war ihm vollkommen unklar. Die Mauer war hoch, das Tor zu und bewacht.

Zuerst hatten sie gedacht, dass sie sich bei dem Wagen der Gaukler versteckt hatte, doch nachdem sie den Widerstand der Gruppe gebrochen hatten, hatten sie die Frau nicht finden können. Nur eine der Frauen hatte überlebt und zu der ging er nun nach unten. In der Nacht hatte er sie noch ewig befragt, bis die Sonne am Morgen aufgegangen war und er einfach auf gut Glück mit den Männern losgeritten war. Den ganzen Tag war er nicht aus dem Sattel gekommen, aber die Frau hatten sie trotzdem nicht.

Irgendetwas musste die Metze im Keller doch wissen. Wenn er doch nur jemanden mit Erfahrung bei der Befragung auf der Burg gehabt hätte. Doch seine Männer waren keine Folterknechte. Sie waren Männer des Kampfes, nicht Männer der Folter.

Martin näherte sich der Zelle. Die Frau saß mit dem Rücken zu Wand und starrte ihn böse an. So blieben sie einfach eine Weile, Auge in Auge, durch das Gitter der Zelle getrennt. Alle Schläge der Nacht hatten die Frau nicht gebrochen. Was konnte er tun? Der Starrsinn stand ihr ins Gesicht geschrieben. „Was mache ich nur mit dir?" fragte er laut und erwartete keine Antwort von ihr, doch sie entgegnete ihm frech „Lassen sie mich einfach frei! Ich habe doch gar nichts gemacht!" „Es mangelt dir eindeutig an Respekt! Die Jahre beim fahrenden Volk haben dich offensichtlich vollkommen verdorben!", stellte er erbost fest.

Am nächsten Morgen würden sie wieder aufbrechen müssen und nach der Mörderin suchen. Damit hatten sie also nur die Nacht Zeit, um etwas aus dieser verstockten Person herauszubekommen. Bloß wie? Er spürte, wie die Wut in ihm aufstieg. Diese Frau war alles, was zwischen ihm und der Burg stand. Wenn er sie zum Sprechen brachte, dann würde er die andere Frau fangen und diese dem Vater präsentieren können. Dann musste der Vater ihm die Burg übergeben.

Der Ritter winkte einen der Knechte zu sich und ließ diesen die Tür aufschließen, dann betrat er die Zelle und kniete sich vor die Frau. „Wir sind Männer des Kampfes, aber wir wissen auch, wie man einem Feind Schmerzen zufügt. Bist du unser Feind?", fragte er lauernd und sie schüttelte den Kopf. „Gut! Wenn du nicht unser Feind bist, dann sagst du mir jetzt alles, was ich wissen muss!" „Ich weiß von nichts!", sagte sie trotzig. „Du lässt mir also keine andere Wahl? Du willst den Schmerz?", fragte er nun drohend und wartete nicht die Antwort der Frau ab. Schnell griff er zu und drückte das gebrochene Bein zu Boden. Die Frau schrie vor Schmerz auf. „Gut so! Sprich und der Schmerz wird vergehen!", sagte er, aber sie redete nicht. „So etwas verstocktes!", stellte der Ritter fest.

Er erhob sich und ging nach draußen vor die Zelle. Von dort sagte er „Soll denn deine Gefangenschaft zu so gar nichts nutze sein?" Der Knecht schloss die Zelle wieder zu und Martin sah den Blick des Mannes, den dieser der Frau zuwarf. Schlagartig hatte er einen Einfall, der wohl helfen konnte.

Martin drehte sich noch einmal zu der Frau um und sagte gleichzeitig zu dem Knecht „Morgen früh müssen wir wieder losreiten, aber die Nacht gehört euch. Und sie gehört euch! Macht mit ihr, was ihr wollt. Solange sie dabei am Leben bleibt!"

Einen Moment lang sah er sie an, dann sagte er zu ihr „Und wenn du redest, dann hört es auf! Sonst werden das für dich lange Nächte werden. Hier sind zwanzig Knechte, die der Tanz deiner Freundin wild gemacht hat!" Er sah die erschrocken aufgerissenen Augen der Frau und ging. Nun würden die Knechte den Rest übernehmen.

27. Kapitel

Erlöst?!

M it dem Tode von Georg war sie praktisch erlöst. Sie hatte ihn dort gesehen, mit dem Dolch im Herzen, aber die anderen Bilder waren dennoch nicht aus ihrem Gedächtnis verschwunden. Und nun würde sie, auf Wunsch von Georgs Vater, Martin heiraten. Den mochte sie ganz gern, aber sie waren Kinder gewesen, als sie das letzte Mal länger zusammen gewesen waren. Damals war Martin mit seinem Vater fast einen Monat bei ihnen gewesen. Obwohl Jungen und Mädchen selten miteinander spielten, hatten sie es dennoch heimlich getan.

Ihre Gedanken gingen wieder all die Jahre zurück. Schön war es gewesen, aber Martins Vater wäre damals sicher nicht begeistert gewesen, zu erfahren, dass sein Sohn, den er zum Ritter ausbilden wollte, mit Puppen und Mädchen spielte. Daher waren sie nacheinander in den großen Park bei ihres Vaters Burg gelaufen und hatten sich dort „zufällig" getroffen. Nie wieder war es so schön gewesen, wie in diesen vier Wochen. Danach hatte sie Martin erst vor ein paar Tagen auf dieser Burg wiedergesehen und er nannte sie immer noch Veva, auch wenn sie das damals schon nicht hatte leiden können.

Nun war Martin mit den Männern auf der Jagd nach der Mörderin. Seit drei Tagen waren sie von Sonnenaufgang bis Sonnenuntergang unterwegs, um die Frau zu finden. Konnte das wirklich so schwer sein?

Am kommenden Sonntag sollten sie nun heiraten. Nachdem Georg beerdigt worden war und Georgs Vater wollte bis dahin diese Mörderin gerichtet sehen, aber das schien noch etwas auf sich warten zu lassen. In der Zwischenzeit lag Georgs Leiche aufgebahrt im Keller. Neben der Zelle, in der die einzige Überlebende der Gauklertruppe auf ihr Ende wartete. Sie war mit ihrem gebrochenen Bein nicht dazu gekommen, sich zu wehren, die anderen der Gruppe hatten die Knechte in wilder Raserei niedergemacht. Offensichtlich war Georg bei ihnen sehr beliebt gewesen.

Und mit jedem Tag der erfolglosen Suche wurde der Zweifel in ihr größer. War Martin wie sein Bruder geworden? Für eine Weile würde sie sich vor ihm, mit Verweis auf die Trauer um Georg, verweigern können, doch was war danach? Die Ehe wollte vollzogen sein und der Vater wollte einen Erben! Die dunklen Bilder und der Schmerz stiegen erneut in ihr auf.

Konnte sie das? Wollte sie das? Sie musste, denn es gab keinen Ausweg!

Nur ein Kloster konnte sie jetzt noch aufnehmen. Oder ein Stift. Aber wie sollte sie dahin gelangen? Sollte sie sich nicht lieber dem Schmerz stellen? Langsam stieg sie in den Keller hinab. An der Leiche von Georg verweilte sie nur einen Moment, dann sah sie in die Zelle der Frau. Die lag mit wild zerzausten Haaren in einem leinenen Unterkleid in dem Raum und sah apathisch zur Kerkerdecke hinauf. Was würde mit der Frau geschehen, wenn sie die Mörderin fingen? Eigentlich hatte diese Frau hier nichts gemacht, aber sie gehörte zum fahrenden Volk. Ehrlos, rechtlos und jeder konnte mit ihr machen, was er wollte.

Sicher würde sie diese Gruft nicht mehr lebend verlassen. Genoveva stieg zu der kleinen Kapelle hinauf. Sie setzte sich in eine Ecke auf eine der Bänke und sah zum Altar. Gott hatte sie vor

Georg bewahrt. Konnte er ihr auch ein besseres Schicksal bringen? Sie erhob sich, faltete die Hände, ging nach vorn und kniete sich auf die Steine vor dem Altar. „Was ist dein Wille?", fragte sie Gott und hoffte, eine Antwort zu erhalten. Ewig kniete sie dort, bis sie zur Seite kippte und einen Traum bekam. Dabei sah sie sich zwischen Georg und Martin. Während sie Georg einen Dolch in sein Herz stieß, küsste sie Martin.

Dann erwachte sie, lag vor dem Altar und Martin beugte sich über sie. War das noch Teil des Traumes? Es war doch noch Tag. Doch offensichtlich war er schon zurück und nahm sie fürsorglich auf seine Arme. „Die Männer suchen weiter!", sagte er und trug sie auf ihr Zimmer. Sie klammerte sich an seinen Hals und das gute Gefühl aus Kindertagen kam zurück. Vielleicht war Martin der Richtige?

Hatte Gott ihr nicht gezeigt, dass sie ihn geküsst hatte? Wenn es Gottes Wille war, dann durfte sie sich diesem nicht verweigern. Der Mann legte sie in dem Bett ab, zärtlich strich er ihr eine Haarsträhne aus dem Gesicht und ging. Georg hätte vielleicht die Situation ausgenutzt, Martin nicht. Nun konnte sie es nicht mehr erwarten, dass endlich Sonntag wurde.

Während die Männer überall weiter suchten, bereiteten sich Martin und Genoveva auf den Tag der Trauung vor. Der Vater hatte zugestimmt, dass diese auch stattfinden sollte, wenn die Mörderin noch nicht gefangen war. Irgendetwas hatte sich in ihr gewandelt. Hatte sie zuvor mit ihrem Schicksal gehadert und gehofft, dass es vorbei ging, so konnte sie es nun nicht mehr erwarten, die Frau von Martin zu werden.

Trotzdem hatten sie in all der Zeit in der Burg sicher noch keine hundert Worte wechseln können. Sie wollte so vieles von ihm wissen und so vieles von sich erzählen, aber immer war der Vater dabei und vor ihm traute sie sich nicht, nach Dingen aus Kindertagen zu fragen. Also blieb nur zu warten, dass Sonntag wurde.

Zuvor sollte Georg beerdigt werden. Dazu trafen sich alle Bewohner der Burg zuerst in der Kapelle, wo ein kurzer Gottesdienst abgehalten wurde, danach zog die kleine Prozession zum Friedhof. Der Sarg wurde von den Knappen getragen und nur eine minimale Besatzung war auf der Burg geblieben. Das Grab war schon ausgehoben und wurde auch schnell verschlossen. Sie konnte im Gesicht des vor Gram gebeugten Vaters sehen, wie groß dessen Schmerz war. Der Verlust des Sohnes hatte ihn schwer getroffen und innerhalb von Tagen um Jahre altern lassen. Vermutlich hielt ihn nur der Gedanke an diese Rache überhaupt noch auf den Beinen. Als sie den Friedhof wieder verließen, musste Martin seinen Vater stützen. Das wäre eine Woche zuvor für den alten Mann noch undenkbar gewesen.

Der Zug der Männer, und Genoveva, traf wenig später wieder auf der Burg ein. Sie stieg die Treppe hinauf und betrat ihr Zimmer, in dessen Nachbarzimmer nun Martin eingezogen war. Es war ein seltsames Gefühl, wenn sie daran dachte, dass er in dem Bett schlief, in welchem sein Bruder den Tod gefunden hatte. Nun musste nur noch eine Nacht vergehen, bevor es Sonntag sein würde!

In mancher Nacht hatte Genoveva einfach nur mit dem Rücken an der Tür gesessen. Wie um mit ihrem Körper diese Pforte verschlossen zu halten. So war sie in mehreren Nächten auch eingeschlafen. Doch nun war es die letzte Nacht, wo diese Tür verschlossen sein würde. Mit dem folgenden Abend wäre kein Holz mehr zwischen ihr und Martin. Und es war auch nicht nötig, denn sie stand doch unter Gottes Schutz.

Trotzdem hatte sie in dieser Nacht kaum geschlafen und von der Zeremonie in der Kirche bekam Genoveva vor lauter Aufregung kaum etwas mit. Die Feier danach war, in Anbetracht des Todes von Georg, ziemlich schlicht und einfach. Nach dem Mahl hob Martin sie auf seine Arme und trug sie nach oben. Genoveva schlang ihre Arme um seinen Hals. Einstmals hatte Martin sie so durch den Park getragen. Jahre war das her, aber diese Geste aus der Kindheit beruhigte sie wieder, dennoch würde sie sich nun in das Unvermeidliche fügen müssen.

Sollte sie Martin noch vertrösten? Wie lange konnte sie das Unabwendbare hinauszögern? Was würde ihr Mann dazu sagen? Noch war die Ehe nicht vollzogen. Die Angst verschloss ihren Mund und die Augenblicke auf der Treppe verstrichen ungenutzt, dann waren sie in ihrem Zimmer, nicht in seinem. Er stellte sie vor dem Bett ab und wie von selbst streifte sich Genoveva ihr Kleid über den Kopf.

Martin streichelte sie und sie legte ihren Kopf in seine Hand. Sie zärtlich küssend schob er die Träger ihres Unterkleides zur Seite und der Stoff rutschte über ihre Hüften zu Boden. Nackt und schutzlos stand sie vor ihm. Auch Martin streifte nun seine Kleidung ab, hob sie erneut auf seine Arme und legte sie in das Bett.

Mit einer sanften Handbewegung teilte er ihre Schenkel und glitt auf ihren Bauch. Sie spürte den Schmerz dort, wo Georg sie entehrt hatte. Ein Stück drang Martin in ihren Schoß ein, doch das Bild des Mannes über sich sorgte dafür, dass sie sich verkrampfte.

Das gepresste Schnaufen des um Einlass suchenden Mannes machte es für sie nicht leichter, denn es erinnerte viel zu sehr an die Geräusche, die Georg damals von sich gegeben hatte.

Die dunklen Bilder kamen zurück. Schmerz, Scham und Schande sausten durch ihren Leib. Genoveva wollte den Mann von sich stoßen, doch dann sah sie in sein Gesicht. Es war Martin und nicht Georg!

Sie entspannte sich und alles wurde gut. Er erreichte sein Ziel und glitt in ihren Schoß. Sein Schnaufen wurde schneller und glücklicher.

28. Kapitel

Zwei Teile derselben Seele

Einen Teilerfolg hatte Martin zumindest zu verzeichnen. Zwar hatte er die Mörderin immer noch nicht gefangen, aber der Vater hatte darauf verzichtet, Genoveva wieder zu ihrem Vater zurückzuschicken und sie Martin zur Frau gegeben. Damit hatte er als Anfang schon mal die Frau für sich gewinnen können. Nun blieb nur noch die Burg zu erobern und das ging nur, indem er diese Mörderin endlich in Ketten legen konnte.

Danach würde der Vater hoffentlich mit seiner Rache ausgesöhnt sein und bestimmt das Papier unterzeichnen, mit dem Martin der Herr des Lehens wurde. Das musste er dann nur noch vom Kurfürsten beglaubigen lassen, aber das war eine reine Formalität. Solange er sich nichts zuschulden kommen ließ, solange würde der Kurfürst Friedrich II., genannte der Sanftmütige, ihm sicher sein Siegel nicht verwehren.

Mittlerweile hatten seine Leute auch die Gefangene zum Sprechen gebracht und sie hatte alles ausgesagt, was er von ihr wissen wollte. Das Dorf, in welchen die Mörderin früher gelebt hatte, lag mehr als zwei Tagesritte entfernt. Er hatte vier seiner besten Männer dorthin geschickt, aber sie waren unverrichteter Dinge zurückgekehrt. In ihr Heimatdorf war sie also nicht zurückgegangen. Blieb ihm also nur die Suche, in welche Richtung sie sich wohl entfernt hatte. Aber auch da konnte ihr das Geständnis der Gefangene sicher helfen. Sie hatte von Italien erzählt und da gab es praktisch nur eine Straße, auf der sie dorthin gelangen konnte.

Nach Süden, in Richtung Prag!

Wie weit konnte sie aber nun in dieser einen Woche gekommen sein? Mit Pferd und Wagen sicher schon weit, aber sie war zu Fuß, allein und eine Frau. Da konnte sie weder einen Reisenden anhalten, noch selbst auf der Straße gehen. Sie würde im Wald unterwegs sein oder nachts. Oder sie hatte sich in dieser Richtung erst einmal einen Unterschlupf gesucht.

Er hatte eine Fangprämie von zehn venezianischen Dukaten auf die Frau ausgesetzt und dies auch überall durch seine Männer verkünden lassen. Diese schier gewaltige Summe würde jeden Mann sofort nach der Frau Ausschau halten lassen. Seinen eigenen Männern hatte er die erste Nacht mit der Mörderin versprochen, denn der Tanz war bei allen noch in guter Erinnerung. Das heizte die Suchstimmung der Männer noch weiter an.

Dass er dabei seine junge Frau etwas vernachlässigte, das musste er dabei leider so hinnehmen. Er hatte nur die Nächte mit ihr, aber das waren so wundervolle Stunden. Sie redeten auch viel über die vergangene Zeit und das war fast noch besser, als der Rest. Mit Veva, wie er sie immer noch, trotz ihres Protestes, nannte, hatte er jemanden gefunden, der fast so wie er dachte und fühlte. Es war, als hätte er einen fehlenden Teil wieder zurückerhalten. So sehr ähnelten sie sich.

Mit ihr konnte er sogar über die eigene Mutter reden, die er viel zu früh verloren hatte. Weder der Vater noch Georg hatten ihn auch nur einmal dazu ausreden lassen. Nun hatte er jemanden, der ihm zuhören konnte.

Hatte er sich früher, mit Minna zusammen, vorgestellt, wie es wohl mit Veva sein würde, so war das nun alles ganz anders. Sie gingen locker miteinander um und scherzten sogar miteinander.

Allerdings nie in der Nähe seines Vaters, denn der alte, verbitterte Mann war ganz in seiner Rache aufgegangen. Es war für den Mann wie ein eigener Kreuzzug. Wenn er noch im Sattel hätte sitzen können, dann wäre er wohl kaum noch vom Pferd heruntergekommen. Doch ein Sturz vor Jahren zwang ihn dazu, untätig auf seinem Sessel zu sitzen und eben die Männer mit Martin durch das Land zu hetzen.

Wie lange konnten sie dies noch aushalten? Würde die Suche jemals ein Ende nehmen? Zwanzig Männer, jeden Tag, von Sonnenaufgang bis zur Abenddämmerung im Sattel! Nach der ersten Woche hatte er fast nicht mehr sitzen können. Zwar war das doch genau das gewesen, was er haben wollte, aber nicht in dieser gebündelten Form. Er liebte es zu reiten und zu jagen, aber in diesem Übermaß wurde selbst solch eine geliebte Sache zur Qual.

Jedenfalls freute er sich jeden Abend darauf, die vertraute Burg wiederzusehen, weil er dort die Frau seines Herzens wusste. Die Frau mit der er dann das Bett und seine Erlebnisse teilen konnte. Wenn sie so in der Nacht wach nebeneinander lagen, dann war es, als ob sie zwei Teile derselben Seele waren. In der Nacht vereint und am Tag getrennt. Fast wollte er die Sonne aufhalten, dass sie nicht über den Horizont stieg, aber dann schien sie doch wieder in seinen Raum und Veva verabschiedete ihn mit einem Kuss, bevor er sich wieder in den Sattel schwang. So sehr er der Mörderin auch in Gedanken dafür dankte, dass sie ihn von Georg erlöst hatte, so sehr hasste er sie dafür, dass sie ihn nun jeden Tag von Veva losriss.

Tag für Tag die Suche, Nacht für Nacht das Finden!

Immer zwei Seiten, Suchen und Finden, Liebe und Hass. Immer die gleiche Zweiteilung. Was würde geschehen, wenn er die Mörderin endlich hätte? Würde das etwas auslösen? Würde sich der Vater dann endlich damit zufriedengeben? Dann hätte er gefunden und er konnte sich der Liebe zu seiner Frau hingeben. Den Hass auf die andere Frau konnte er dann dem Vater überlassen.

Ein neuer Tag des Suchens folgte und wieder kein Tag des Findens. Dann endete der Tag des Hasses und es begann die Nacht der Liebe. Wieder eine Zweiteilung: Tag und Nacht. Nach einem köstliche Mahl, bei dem der Vater nicht anwesend war, wodurch es Martin und Veva gemeinsam einnehmen konnten, führte sie ihn in die gemeinsamen Gemächer, wo Minna schon eine große Wanne mit warmen Wasser vorbereitet hatte.

„Hier kannst du den Schmutz der Straße von dir waschen", erklärte Veva und half ihm aus seinen Sachen. „Nur, wenn du dich zu mir gesellst. Die Wanne ist ja groß genug für uns beide!", legte er fest und nur zu gern kam sie seinem Wunsch nach. Wenig später saßen sie zusammen in dem großen Zuber. Minna brachte Wein und zwei Becher.

Ein paar Augenblicke später zog er die geliebte Frau auf seinen Schoß und nun wurden aus zwei Menschen nur noch einer. Zwei Teile derselben Seele verschmolzen in einem Kuss, zu einer gemeinsamen Seele, vereinigt an ihrer Körpermitte in einem gemeinsamen Körper.

29. Kapitel

Mühlenburschen

Ein paar Tage waren sie nun schon unterwegs, aber weit waren sie in dieser Zeit noch nicht gekommen. Immer noch waren sie, fast in Sichtweite der Burg, im Wald unterwegs. Gustav hatte versucht, Ebba den Tod der Freunde schonend beizubringen, doch das war ihm wohl nicht so ganz gelungen. Aber vielleicht war das auch normal und er war unnormal. Er war jahrelang mit ihnen umhergezogen und ihr Tod hatte ihn kaum getroffen. Ebba jedoch war noch Stunden später in Tränen aufgelöst gewesen, obwohl sie die Anderen nur Wochen gekannt hatte.

Auch diese Tat, die zum Tode der Freunde geführt hatte, die gab ihnen beiden immer noch Rätsel auf. Wer hatte den Ritter getötet? War noch jemand anderes im Zimmer gewesen, der ihn berauben wollte? Hatte sich der Ritter Feinde auf der Burg gemacht, die seine Hilflosigkeit ausgenutzt hatten, um ihn zu töten? Alles Grübeln führte sie zu keinem Ergebnis. Allerdings mussten sie immer noch vorsichtig sein. Sicherlich suchten sie noch nach ihnen.

Immer noch hatte Gustav die Worte des Mannes auf dem Burghof im Ohr „Findet die Tänzerin und bringt sie mir lebendig. Der Herr will sie ausweiden, auf ein Rad flechten und langsam sterben sehen!" Solch einen grausamen Tod wollte er der Freundin nicht zukommen lassen und er hatte auch noch nicht den richtigen Zeitpunkt dafür gefunden, ihr zu sagen, was sie erwarten würde, falls die Männer sie einfingen. Vielleicht wäre es besser gewesen, sie wäre in den Tod gesprungen. Doch das hätte sicher weder ihn noch die Freunde gerettet.

Nun irrten sie also durch den Wald und versuchten, so weit wie möglich von der Burg fortzukommen. Auf Straßen wollte Gustav noch nicht gehen, solange Ebba immer noch nicht gelernt hatte, sich wie ein Mann zu bewegen. Allerdings wurde hier langsam die Nahrung knapp und sie besaßen ja nur das, was sie bei der Flucht auf dem Leib getragen hatten.

Die Beeren im Wald reichten nicht, um davon satt zu werden, auch wenn es reichlich gab. Über kurz oder lang würden sie unter Menschen gehen müssen. Damit stieg dann aber das Risiko für Ebba, gefasst zu werden. Der Burgherr würde sicherlich nicht so schnell aufgeben. Auch wurde es im Wald nachts schon empfindlich kalt und sie wagten es aus Angst, vor den Verfolgern nicht, ein Feuer anzuzünden. Meist kuschelten sie sich irgendwo im Wald zusammen und hielten sich gegenseitig warm. Die ständige Angst zerrte an ihren Nerven und als dann eines Abends auch noch ein Regenguss einsetzte, der ihre Sachen völlig durchnässte, da hatten sie keine andere Wahl, als zu den Behausungen der Menschen zurückzugehen.

Aber sie waren noch nicht so weit von der Burg entfernt, wie Gustav gehofft hatte. In einer Mühle kamen sie unter und die geheizte Gesellenkammer hatte genau zwei Betten. Eigentlich perfekt, aber niemand durfte erfahren, dass der stumme Mühlengeselle in Wirklichkeit eine Frau war. Daher hatte Gustav ihr absolutes Schweigen verordnet und sie sofort in eines der Betten gesteckt, während ihre Sachen am Feuer trockneten.

Diese Mühle hatte gerade keine Gesellen und da traf es sich ganz gut, dass er und Ebba diesen Platz gefunden hatten. Der Müller und seine junge Frau hätten sonst alles in der Mühle alleine machen müssen. Und dass in einer Jahreszeit, in der in den Mühlen besonders viel zu tun war, denn die Ernte musste gemahlen werden.

Um die beiden wichtigen Hilfen zu behalten, brachte der Müller an diesem Abend sogar Wein, Brot und Wurst. Dass einer davon bis zur Nasenspitze zugedeckt im Bett lag und anscheinend schon schlief, störte den Mann nicht. Als Gustav die Tür wieder verschlossen hatte, gab er Ebba von dem Brot und Wein. Gierig verschlang die Frau die Speisen. Offensichtlich war sie viel ausgehungerter als er gewesen. „Wir bleiben hier und helfen erst einmal, die Ernte zu mahlen!", erklärte er ihr. Als Ebba etwas entgegnen wollte, da legte er ihr die Hand auf den Mund und schüttelte den Kopf, denn wenn sie auch nur ein einziges Wort sagte, dann würde er sie nicht mehr vor dem Tode erretten können.

Ebba nickte verstehend und hüllte sich wieder in die Decke. Er selbst lief, nur im Unterhemd, zum Feuer hinüber und prüfte die Sachen, aber die waren noch feucht.

Gustav streifte sich das noch klamme Unterhemd über den Kopf, hing es zum Feuer, blies das Licht aus und schlüpfte zu Ebba unter die Decke. So konnten sie sich gegenseitig wärmen. Ihm fiel dabei ein, dass sie zum ersten Mal in einem Bett lagen. Ihre Körper rieben sich aneinander und sie gab ihm einen Kuss, aber das bei jeder Bewegung knarrende Lager verhinderte all das, was Gustav sich vorgestellt hatte, wenn er zum ersten Mal mit seiner Freundin in einem Bett liegen würde. Der Wein schloss schnell ihre Augen und es wurde eine geruhsame Nacht für die beiden Liebenden, die beisammen unter der Decke lagen.

Der Müller und das Geräusch des Mühlrades weckten sie wieder. Schnell holte Gustav die Sachen und gab Ebba die ihrigen, die sie sich schnell überstreifte. Dann gingen sie nach unten. Der grauhaarige Müller war schon bei seiner Arbeit und seine junge Frau hatte das Frühstück für die beiden Gesellen gemacht. „Guten Morgen", begrüßte sie die beiden. „Dir auch einen guten Morgen", entgegnete Gustav und Ebba nickte nur. „Mein Freund Knuth ist leider stumm, aber ein guter Arbeiter!", erklärte Gustav und sie setzten sich an den Tisch. Es gab Brot, Haferbrei und leichtes Bier. Zu dritt ließen sie es sich schmecken, während die Mühle schon das erste Getreide des Tages mahlte.

Dann folgte ein arbeitsreicher Tag. Kornsäcke wurden von den Fuhrwerken der Bauern abgeladen, in die Mühle gebracht und das gemahlene Mehl wieder zu den Fuhrwerken getragen. Selbst für Gustav waren die Säcke schwer, aber Ebba, oder jetzt eben Knuth, trug ohne einen Ton von Sonnenaufgang bis Sonnenuntergang Sack für Sack. Den anerkennenden Schlag des Müllers auf ihre Schulter quittierte sie nur mit einem nicken.

Nach dem Abendmahl, das sie zu viert in der Müllerstube einnahmen, gingen alle in ihre Kammern. Wenig später lagen Gustav und Ebba wieder unter der Decke. Die Geräusche aus dem Nebenraum zeigten an, dass die Müllersleute gerade das taten, was auch er gern mit Ebba gemacht hätte. Seine Fantasie ging auf Reisen, doch wenn er die Beiden hören konnte, dann würden die Müllersleute auch ihn hören, denn das Bett knarrte bei jeder Bewegung.

Und dann wären sie wieder in Gefahr! Vorsichtshalber rückte er ein Stück von Ebba ab, doch sie begriff nicht den Zweck dieses Versuches und rückte ihm hinterher. Damit rieb ihr Körper wieder an seinem.

Auch wenn diese Situation zu verlockend war, drehte er sich zu ihrem Ohr und flüsterte hinein „Wir sind zwei Müllerburschen! Jedes Geräusch würde uns verraten!" Die Laute aus der Nachbarkammer wurden immer deutlicher und sie taten eine Wirkung, denen sich die beiden im Bett nicht entziehen konnten, aber sie durften nicht.

Ebbas Finger tasteten sich voran und streiften seine Haut, dabei seufzte sie und sofort hielt ihr Gustav den Mund zu. Das Geräusch nebenan verstummte und beide hofften nun, schlafen zu können, doch der Schlaf ließ lange auf sich warten.

30. Kapitel

Frauengespräche

Genoveva kniete vor der Schüssel und ließ sich von Minna die Haare waschen. Ihre Gedanken flogen dabei zu ihrem Mann Martin, der erst kurz zuvor den Raum verlassen hatte. In den letzten Tagen hatten sie viel miteinander geredet und die Erinnerungen waren alle wieder da. Erinnerungen an eine Zeit der Unschuld. Eine Zeit vor Georg! Dieser dunkle Schatten lag immer noch als Geheimnis auf ihrer Seele und würde da sicher für immer verschlossen bleiben. Genoveva hatte geglaubt, dass der Schmerz mit Georgs Beerdigung vergehen würde, doch da hatte sie sich getäuscht. Diese Angst war immer noch in ihr, lachte in der Dunkelheit und wartete nur darauf, zurückzukommen. Vorsichtig trocknete ihr Minna die Haare ab und rieb diese dann mit einem duftenden Öl ein. Das war ihr alltägliches Morgenritual, bevor die Magd ihr noch beim Ankleiden half. In der Burg ihres Vaters hatte sie eine Ankleidemagd gehabt, die sie sich zwar mit ihren Schwestern teilen musste, die aber nur für sie da gewesen war. Hier war Minna auch für die Küche zuständig und damit für Genoveva den Rest des Tages nicht mehr verfügbar.

Doch diese eine Stunde am Morgen hatte sich die junge Frau die Magd ausgeborgt und weder Martin noch sein Vater hatten etwas dagegen gehabt. Allerdings hatten sie eben nur diese eine Stunde unter Frauen, in der sie „Frauendinge" besprechen konnten. Eine Gesellschafterin für den ganzen Tag wäre nicht schlecht gewesen, ging vermutlich wegen der Größe der Burg nicht. Hingegen lag ja noch eine Frau unten im Kerker!

Zwar brauchte sie es gar nicht erst versuchen, den alten Mann um diese Frau zu bitten, doch wann immer sie Zeit hatte, stieg sie in die Kapelle hinab, die sich über dem Keller befand, und gelegentlich führte sie ihr Weg auch in den Keller. Und Zeit hatte sie viel, denn die Männer waren den ganzen Tag unterwegs, um die geflohene Mörderin zu fangen. Nachdem Minna ihr auch an diesem Tag das Kleid übergestreift und die gerade gewaschenen Haare, kunstvoll geflochten, unter der Haube versteckt hatte, stieg Veva also wieder hinab und diesmal wollte sie etwas länger im Keller bei der Frau bleiben.

Mittlerweile war die Frau nicht mehr so apathisch, wie die letzten Tage, sondern saß mit dem Rücken zur Wand auf dem Fußboden. Das gebrochene Bein weit von sich gestreckt. Trotzdem dauerte es eine ganze Weile, bevor ein Gespräch durch die Gitterstäbe hinweg zustande kam. Die Frau hieß Karola und sie stellten nach ein paar Sätzen fest, dass sie damals in Augsburg bei denselben Festen gewesen waren. Nur, dass sich Veva damals nicht für die Tänzerinnen interessiert hatte.

Die Frau war viel weiter herumgekommen, als sie. Aber das war wohl beim fahrenden Volk normal. Sogar in Italien war sie schon gewesen und Veva hatte davon bisher nur Erzählungen gehört. Aufmerksam lauschte sie den Schilderungen der Frau, die öfters dabei in Tränen ausbrach. Offensichtlich war ihr schon bewusst, dass sie dieses südliche Land wohl nie wieder bereisen und auch ihre Freunde nicht wiedersehen würde.

Die anderen Mitglieder der Gauklertruppe hatten die Knechte, nachdem sie diese niedergemacht hatten, irgendwo im Wald vergraben. Nur der Esel war noch übrig. Karola erzählte auch, dass die Männer ihr in den ersten Tagen Gewalt angetan hatten und sie auch noch gequält hatten, nur um aus ihr herauszubekommen, wo die Mörderin zu finden sein würde. Sie hatte ihnen unter Schmerzen alles erzählt und nun war Martin mit seinen Leuten unterwegs, um die Frau zu finden, von der Karola gesagt hatte, dass sie Ebba hieß. „Und jetzt wollen sie mich offensichtlich darben lassen", jammerte die Frau und zeigte auf den Napf, der neben ihr auf dem Kerkerboden stand. Ein Stück Brot lag darin, dass auch schon bessere Tage gesehen hatte. Karola hob es an und ließ es in den Napf fallen. Das Geräusch war das eines Steines, der zur Erde fiel. „Aber ich habe doch alles gesagt und getan!", klagte sie, mit Tränen in der Stimme.

Sie raffte sich stöhnend auf und kam zum Gitter gekrochen. „Ich will nicht langsam verhungern! Ich halte es nicht mehr aus! Sie haben mir das Bein erneut gebrochen! Kannst du mich töten? Bitte!", begann sie und Veva zuckte zurück. „Nein! Das kann ich nicht tun! Aber ein Stück gutes Brot kann ich dir bringen!", erklärte sie. „Danke. Aber das verlängert mein Leiden nur!", entgegnete Karola und ließ sich weinend am Gitter heruntersinken.

„Vielleicht kann ich mir mal dein Bein ansehen?", fragte Veva und sah zur Tür. Ein großes Schloss sicherte das Gitter und den Schlüssel dazu hatte bestimmt einer der Knechte! Vielleicht konnte sie diesen dazu bewegen, mal kurz die Tür zu öffnen. Aber zuvor lief sie zu Minna in die Küche, holte von der Magd etwas Brot und eine Scheibe vom Braten, welches sie in ein Tuch einschlug, und eilte damit zurück in den Keller.

Dort wickelte sie vor Karola das Brot aus und legte den Braten darauf. Sie sah die großen Augen der Gefangenen. Dann schob sie das Bratenbrot durch das Gitter. Ausgehungert stürzte sich Karola auf das Essen und verschlang das Brot mit drei Bissen. „Und jetzt dein Bein!", sagte Veva, aber da sie nicht hineingehen konnte, musste sie durch die Gitterstäbe hindurch das Bein abtasten. „Sieglinde hatte es geschient und es war schon fast geheilt", stöhnte Karola bei der Berührung. „Aber du darfst es sicher nicht schienen! Denn damit würdest du mir ja einen Knüppel geben!", setzte sie hinzu und versuchte ein Lächeln durch den Schmerz. „Du hast doch aber nichts gemacht!", stellte Veva fest und die andere Frau nickte. „Wir haben alle nichts gemacht. Weder Konrad, noch Hans, noch Sieglinde oder Gustav. Wir sind fahrende Leute. Vogelfrei. Oder Vögel im Käfig!", erklärte sie und schlug mit der Hand gegen die Gitterstäbe.

„Ich werde mit meinem Mann wegen deines Beines reden!", versprach Veva und hörte im Hof die Pferdehufe. „Ist es denn schon wieder so spät?", fragte sie und sah die angstvollen Augen der anderen Frau. Schnell stand sie auf. „Bis morgen!", sagte Karola im Käfig und Veva nickte ihr zu. Danach lief sie die Treppe hinauf zur Kapelle, blieb aber auf der halben Treppe stehen und sah zurück zum Käfig. Ein Knecht kam wutschnaubend in den Keller gelaufen, schloss das Gitter auf und brüllte Karola an „Du führst uns sicher absichtlich in die Irre! Du hilfst dieser Mörderin!"

Danach vernahm Veva Schläge aus dem Kerker und Schreie von Karola. Ein Zerreißen von Stoff war zu hören. Veva stieg wieder hinab und sah, wie der Knecht sich gerade auf die, nun halbnackte, Frau stürzen wollte, um ihr wieder Gewalt anzutun. „Lass sie in Ruhe!", sagte Veva. „Herrin! Sie hilft der Mörderin!", entgegnete der Mann, der sich schnell die Hose wieder schloss. „Sie sitzt hier im Keller! Wie sollte sie da der anderen Frau helfen können?", fragte Veva. Der Knecht sah zwischen ihr und Karola hin und her.

Karola hielt sich das zerfetzte Unterkleid vorn mit einer Hand zu. „Verschwinde!", sagte Veva ziemlich eindeutig und der Knecht verließ die Zelle, schloss ab und eilte davon. „Ich danke dir. Aber nicht, dass du damit Ärger bekommst!", erklärte Karola mit zitternder Stimme und zeigte neben sich. „Eine Zelle ist hier noch frei!", setzte sie hinzu und kroch zur hinteren Zellenwand zurück.

Es war sicher als Scherz von ihr gemeint, aber im Moment war Veva ziemlich mulmig zumute. Hatte sie zu viel gewagt? Der Vater von Martin war immer noch der Herr in dieser Burg! Und damit auch ihrer! Wenn er es sagen würde, dann wäre dieser vergitterte Raum sicher sofort ihrer. Mit Martin hätte sie darüber reden können, mit seinem Vater niemals!

Langsam ging sie auf den Hof hinaus und zitterte fast bei jedem Schritt. Der Knecht stand bei Martin und wedelte wild mit den Armen.

31. Kapitel

Schmaler Grat

Irgendwann hatte Martin einfach keine Lust mehr gehabt, tagelang im Sattel zu sitzen. Hatte er dazu nicht seine Leute? Dazu kam auch noch, dass er zusehens seine Frau vernachlässigte. Ein halber Tag im Sattel reichte vollkommen aus. Zu Beginn der zweiten Woche ritt er nur noch in das direkte Umland der Burg, um die Frau weiterzusuchen und wenn er es nicht gemusst hätte, so hätte er die Suche schon lange eingestellt, denn es war eigentlich aussichtslos. Eine Frau, die sich irgendwo im Wald versteckt hielt, die konnten sie in den Dörfern nicht finden und in die Dörfer würde sie nicht gehen, denn jeder Mann hielt nach ihr Ausschau. Die von ihm gebotenen Dukaten waren der Verdienst eines halben Jahres für einen guten Zimmermann. Mancher Hof in der Gegend hatte einen weit geringeren Wert. Damit hätte er sich eigentlich in der Burg zurücklehnen und nur noch warten brauchen, bis sie irgendwo in die Falle tappte. Aber das würde der alte Mann nicht verstehen.

Auch die halben Tage der Suche ließen den Vater schon zürnen. Doch was sollte der alte Mann machen? Schließlich war Martin nun sein einziger Sohn. Viel schwieriger war die Situation für Veva in der Burg mit dem Vater. In Ermangelung einer Gesellschaft zog es seine Frau immer öfter zur Kapelle und damit in die Nähe der gefangenen Frau. Wenn es nach ihm gegangen wäre, so hätte die Frau den Kerker schon lange verlassen können, denn sie hatte ihnen ja alles schon gesagt. Doch der Vater sah das natürlich alles ganz anders. Für ihn war diese Frau genauso schuldig, wie die Mörderin. Auch, wenn die Frau mit einem gebrochenen Bein im Karren gelegen hatte und nur humpeln konnte. Aber solange die andere Frau nicht gefasst war, solange war diese eben, die sich in seinem Gewahrsam befand, für ihn ein Ersatz. Auf sie konnte er seinen Hass schleudern. Da war es gefährlich, dazwischen zu geraten, zu leicht konnte man dabei getroffen werden.

Eine Tages kam er dazu, wie einer der Knechte zornig aus dem Keller gelaufen kam und in den Palas wollte. Er hielt ihn an und der Mann berichtete ihm, das Veva in aufgehalten und die andere Frau beschützt hatte. Nur mit Mühe konnte er den Mann davon abbringen, zu seinem Vater zu laufen, um sich dort über Veva zu beschweren. Doch er musste nun noch besser auf sie aufpassen. Im Moment wandelte sie auf einem sehr schmalen Grat.

Ein Schritt in die falsche Richtung, ein falsches Wort oder eine falsche Handbewegung und er würde sie nicht mehr vor dem Zorn des rachsüchtigen alten Mannes beschützen können. Der Hass hatte ihn blind gemacht! Dann sah er, wie sie aus dem dunklen Durchgang auftauchte und langsam zu ihm herüberkam. Als sie bei ihm angelangt war, nahm er sie zur Seite, um ihr kurz die Gefahr zu verdeutlichen, in die sie sich unbewusste gebracht hatte. Doch offensichtlich hatte sie dies auch schon erkannt, nur eben zu spät für eine entsprechend Reaktion.

Trotzdem fragte sie „Kannst du ihr nicht wegen des gebrochenen Beines helfen?" Doch auch da waren ihm die Hände gebunden. Jede Hilfe für die Frau würde der Vater sofort als Verrat an Georg werten. Auch, wenn beides nichts miteinander zu tun hatte. Über der Burg war eine Stimmung der Angst aufgezogen, die auch noch dadurch deutlicher wurde, dass sich dunkle Wolken über dem Berg zusammenzogen.

Viel früher, als in den Jahren zuvor, begannen die Herbststürme mit ihren Regengüssen. Allerdings würden diese auch die Frau aus den Wäldern in seine Arme treiben. Nun setzte er alles daran, die Mörderin zu finden, um seine Frau damit zu beschützen, denn jeder weitere Tag brachte nicht nur sie, sondern auch ihn einen Schritt näher zur zweiten Kerkerzelle. Schließlich verdoppelte er das Fanggeld und ließ auch dies unter den Leuten verkünden. Ein ganzer Jahreslohn für nur ein Wort!

Diese Münzen gab er aus seinem eigenen Besitz und trotzdem war es dem Vater immer noch nicht genug Einsatz. Nur was sollte er tun? Das ganze Land umpflügen, bis er sie irgendwo unter einem Stein finden würde? Hingegen würde jedes Widerwort nur gefährlich werden, denn auch er wandelte auf dem schmalen Grat, auf der Schneide eines Schwertes. Und er konnte auch nichts daran ändern. Weder konnte er die Leute weiter antreiben, noch intensiver suchen lassen. Ein höheres Fanggeld wäre auch zu nichts weiter nutze, es war ja jetzt schon hoch genug.

Doch für rationale Argumente war der Vater schon lange nicht mehr zugänglich. Wenn Martin ihn so ansah, wie er in der Zeit der Suche langsam zu einer gebeugten und grauen Version des einst so starken Vaters wurde, dann konnte er ihn eigentlich nur Bemitleiden.

Anscheinend hielt ihn nur noch seine Rache am Leben. Was würde geschehen, wenn er die Frau hatte? Hätte er da noch lang genug Zeit, die Burg an ihn zu übergeben? Sollte Martin nach vorn preschen und den Vater einfach dazu befragen? Er entschloss sich, zuerst mit Veva darüber zu sprechen, auch wenn Frauen da im Allgemeinen nichts dazu zu sagen hatten. Doch sie hatten sich, sozusagen in ihrer Hochzeitsnacht, entschieden, sich immer alles gegenseitig zu sagen. Und so lagen sie wieder in der folgenden

Nacht lange nebeneinander wach und überlegten, ob es wohl klug wäre, den alten Mann mit dieser Frage zu reizen.

Sollten sie warten, bis der Vater die Suche aufgab? Oder sollten sie ihn zu einer Entscheidung zwingen? Wie konnte die aussehen? Eine Kerkerzelle war noch frei und da würden sie dann wenigstens zusammen sein können.

Oder warten und damit immer das Schwert über sich zu haben, das jederzeit über ihnen heruntersausen konnte? Martin hatte schon bemerkt, dass diese dunkle Energie des alten Mannes seine Knechte beeinflusste. Eine gereizte Stimmung hatte sich auf der Burg breit gemacht. Im Moment entlud sich diese gegen die gefangene Frau im Kerker, aber sie konnte sich auch jederzeit gegen die Männer, oder Martin, oder, noch schlimmer, gegen Veva richten.

Auf Martins Rat hin versprach Veva, sich in den nächsten Tagen von der Gefangenen fernzuhalten. Damit war sie nun aber wieder einsam und alleine, wenn er die Burg verließ. Es musste enden oder es würde alles zerstören!

32. Kapitel

Gebrochenes Herz

Sie saß in der dunklen Zelle und nur ein flackernder Schein einer Fackel fiel zu ihr herab, doch er konnte die Dunkelheit nicht verdrängen. Weder die in dem Raum, noch die in Karolas Herzen. Alles war in ihr gestorben, an jenem Abend, an denen sie Konrad vor ihren Augen getötet hatten. Es hatte ihr das Herz gebrochen und wenig später hatten sie ihr das Bein erneut gebrochen, als sie die Äste von ihrem Bein gerissen und sie in dieses dunkle Kellerloch geworfen hatten. Wie lange mochte das nun schon her sein? In der ständigen Dämmerung hatte sie jedes Zeitgefühl verloren. Aber es musste Tag sein, weil die Knechte nicht bei ihr waren. Tagsüber suchten sie nach Ebba, der Karola nun die ganze Schuld an der Situation gab. Nachts kamen sie dann in den Keller. Alleine, zu zweit oder noch mehr, um ihren Zorn an ihr auszulassen.

Die Männer schlugen sie, quälten sie und vergewaltigten sie. Meist ohne ein Wort. Nur ihre Schreie waren zu hören. Am Tag saß sie in der Ecke und fühlte in sich hinein. Die Gewalt der Nacht und die Einsamkeit des Tages zerstörten den letzten Rest von Menschlichkeit in ihr. Da war keine Liebe mehr in ihr, wie sie all die Jahre in ihr gewesen war, da war nur noch Zorn und Hass, den die Männer in sie hineingeschleudert hatten.

Am liebsten wäre auch sie gestorben, aber die Magd, die ihr das Essen brachte, hielt sie am Leben. Und ein kleiner Funken Lebenswille tief in ihr! Wofür das gut sein sollte, das wusste Karola nicht. Vielleicht um weiter zu leiden oder was hatte Gott mit ihr vor? Bei diesem Gedanken fiel ihr ein, dass sie schon ewig nicht mehr gebetet hatte, darum faltete sie ihre Hände, doch ihr Kopf hatte den Text des Gebetes nicht mehr. Verzweifelt versuchte sie die Worte zu finden, aber vermutlich waren diese in ihrem zerbrochenen Herzen gefangen.

Tränen der Angst liefen ihr die Wange herab. Nun war sie wirklich von Gott verlassen! Sie hörte Schritte auf der Treppe und zuckte zusammen. Kamen die Knechte doch wieder zurück? Ängstlich blickte sie zum Gitter, doch dann sah sie einen Rock die Treppe herab kommen. Es war die junge Herrin! Jemand, mit dem man reden konnte, aber seit die Herrin sie vor dem zudringlichen Knecht gerettet hatte, war sie immer nur sehr kurz bei ihr hier unten gewesen. Zu kurz, für einen langen Tag.

Die schöne Frau kniete sich an das Gitter und Karola kroch, das gebrochene Bein nachziehend, zu ihr hinüber. „Könnten sie mit mir beten?", flehte Karola die Frau an und zusammen gelang das Vater-Unser, doch danach ließ ein Geräusch die Frau auch schon wieder davon eilen.

Eine neue Einsamkeit sank über Karola herein. „Mein Gott, warum hast du mich verlassen?", stöhnte sie und sah zur Kerkerdecke. Vielleicht konnte er sie hier unten nicht sehen. Sie war es all die Jahre gewohnt gewesen, unter freiem Himmel zu sein. Diese Steine schienen auf sie herabzustürzen und sie unter sich zu begraben, doch Karola wusste, dass dies wohl nicht passieren würde. So schnell würde die Erlösung wohl nicht kommen! Das Essen war auch nicht besser geworden. Die eine Brotscheibe mit Braten, die ihr die Herrin besorgt hatte, hatte ihr die Hoffnung auf die Liebe zurückgegeben, auf die Nächstenliebe! Doch auch das war nun vorbei.

Die Herrin hatte ihr gesagt, dass der alte Herr es nicht dulden würde, dass sie zu ihr in den Kerker kam. Aber immer noch wusste sie nicht, warum er sie nicht einfach frei ließ. Was hatte sie ihm getan? Ebba war die Verbrecherin gewesen und sie hatte alles gesagt, was sie über Ebba wusste. Karola zerbrach sich den Kopf, machte Selbstgespräche und saß weiterhin grübelnd in der dunklen Ecke des Kellers. Das Schlimmste war aber die Einsamkeit. All die Jahre lang war sie immer unter Menschen gewesen und nun drückte die Stille auf sie herab. Karola versuchte gegen die Angst anzusingen.

Jedoch gab sie bei all dem immer nur Ebba die Schuld an ihrer Lage. Nicht den Knechten oder dem Ritter! Sie verfluchte oft die ehemalige Freundin, obwohl sie das nur in Gedanken tat, denn für öffentliches Fluchen konnte man auf den Scheiterhaufen kommen und in ihrer derzeitigen Lage wollte sie das nicht riskieren. Offensichtlich steckte noch ein tiefer Lebenswillen in ihr drin, von dem sie nicht wusste, woher er kam.

Es schien ihre Seele zu zerreißen.

Auf der einen Seite wollte sie Leben und auf der anderen Sterben. Sie wollte aus diesem Loch heraus und sie wollte mit Konrad wieder vereinigt sein. Seine starken Hände spüren, seine Stimme hören. Nur fünf Jahre hatten sie sich gekannt. Es waren die besten Jahre ihres Lebens gewesen! Mit ihm hätte sie sogar den Schritt gewagt und wäre sesshaft geworden. In irgendeiner kleinen Stadt. Manche Nacht hatten sie heimlich davon erzählt, wenn die anderen geschnarcht hatten.

Nun war alles aus! Der Tod des Freundes hatte sie vollkommen aus der Bahn geworfen. Und der Tod Sieglindes traf sie da umso mehr. Sie war zu ihr wie eine Mutter gewesen und ihr Rückhalt in der Gruppe. Sie, Sieglinde und Konrad waren der Kern der kleinen Gemeinschaft gewesen und in nur einem Augenblick war alles zerstört. Es gab keine Gemeinschaft mehr.

Karola schlug mit dem Hinterkopf gegen die Wand, damit der Schmerz den Kummer vertrieb. „Ebba! Das wirst du mir büßen!", zischte sie vor sich hin und augenblicklich war es ihr, als ob sie tief in sich drin Sieglindes Stimme hörte. „Lass nur Liebe in deinem Herzen sein! Gott ist Liebe!" Das war es, was die alte Freundin immer zu ihr gesagt hatte, aber dieses liebende Herz war zerbrochen. Sie war gestorben, als Sieglinde und Konrad den Tod gefunden hatten.

Jetzt saß sie in dieser Gruft, wie eine lebende Tote. Nur der nächtliche Schmerz zeigte ihr, dass sie noch am Leben war, denn Tote fühlten keinen Schmerz. So musste sie den Knechten wohl dafür dankbar sein, dass sie ihr mit ihrer Gewalt zeigten, dass der Tod noch fern war. Aber wieder kam die Frage zurück, wie lange das wohl so weitergehen sollte. Natürlich hatte sie immer gewusst, dass sie vogelfrei war. Niemand würde für ihre Freiheit auch nur einen Finger rühren. Konrad hätte sie retten können, aber er war nur noch in ihrem Herzen. In ihrem zerbrochenen Herzen.

Erneut blickte sie zur Kerkerdecke. Warum holte Gott sie nicht zu sich? Was hatte er noch mit ihr vor? Sie hörte das Geräusch von Pferden im Hof. Es wurde Abend und schon bald würden die Knechte wieder zu ihr kommen. Voller Angst zog sie das unverletzte Bein vor ihren Unterleib. Schritte auf der Treppe verkündeten den Beginn der Nacht.

33. Kapitel

Stumme Blicke

ie Arbeit in der Mühle war schwer und ungewohnt, aber sie hatte ein Dach über dem Kopf. Dass sie nichts sagen konnte, das störte sie am meisten, denn sie war es gewohnt gewesen, den ganzen Tag zu singen und zu erzählen. Ebba musste sich auf die Lippe beißen, um nicht aus Versehen bei der Arbeit zu singen. Aber ihre Stimme würde sie sofort verraten, da hatte Gustav schon recht damit. Das Essen war gut und der Müller und seine Frau waren freundlich zu ihnen.

Hier könnte man es auch länger aushalten, wenn man ein Mann war. Sicherlich würden die zwei auch eine tüchtige Magd bei sich beschäftigen wollen, aber es wäre ein gefährlicher zeitlicher Zusammenhang, zwischen dem Verschwinden der Tänzerin Ebba und dem Erscheinen der Magd Ebba gewesen und die Burg war nicht weit entfernt. Gelegentlich hörte Ebba, wie die Bauern sich mit dem Müller über sie unterhielten, während sie die Säcke in die Mühle trug.

Offensichtlich waren die Knechte immer noch auf der Suche nach einer jungen Frau mit langen, blonden Haaren. Sie konnte nur hoffen, dass die Veränderung, die Gustav an ihr vorgenommen hatte, lang genug dafür sorgten, dass sie hier bleiben konnten, bis die Suche eingestellt wurde. Das konnte aber noch einen Monat dauern und die Knechte hatten sie in der Burg auch gesehen. Wobei allerdings die wenigsten wohl in ihr Gesicht gesehen hatten.

Bei ihrer Arbeit fragte sich Ebba manchmal, warum die beiden vorherigen Gesellen die Mühle so schnell verlassen hatten, wo es ihnen doch eigentlich hier ganz gut ging. Das Essen war gut und die Arbeit nicht zu schwer. Die Mühle lag an einem kleinen Bach am Rande des Dorfes. Eine ganze Reihe von Häuser konnte Ebba sehen, wenn sie die Säcke verlud. Es gab sogar eine Schänke und eine Kirche. In dieser hatte Ebba stumm für die Vergebung ihrer Sünden gebetet und hoffte, dass auch dieses stumme Gebet erhört werden konnte.

Dabei hatte sie an Sieglindes Worte über Gott denken müssen. Und warum hatte die Freundin ihren eigenen Tod vorhergesehen, aber nicht den der ganzen Gruppe? Hatte Sieglinde da etwas falsch verstanden? Ebba wusste es nicht und sie konnte auch niemanden fragen.

Gern hätte sie auch gebeichtet, aber der Pfarrer hätte sicher nicht verstanden, dass eine Frau Hosen trug und Männerarbeit machte. Und einen Mord würde er ihr auch nicht mit zwei Vater-Unser als Buße durchgehen lassen. Auch wenn sie eigentlich durch das Beichtgeheimnis geschützt wäre, konnte dennoch ein falscher Ton ihr Ende sein. Ihr jetziges Leben war ziemlich schwer geworden und so manche heimliche Träne vergoss Ebba dabei.

Am schwersten war es aber, in der Nacht die körperliche Nähe zu Gustav zu spüren und sich dennoch nicht berühren zu können. Doch seine geflüsterten Worte in der ersten Nacht trafen vollkommen zu. Das Bett knarrte bei jeder Bewegung und wie sich das anhören konnte, das vernahmen sie jede Nacht aus der Nachbarkammer. Dieses Knarren und Stöhnen aus der Kammer der Müllersleute, es war die reinste Folter und vielleicht waren ihre Vorgänger auch deshalb geflohen. Dann dachte sich Ebba hinüber.

158

Die Müllerin war sehr hübsch. Sie war nur ein paar Jahre älter als Ebba und sicherlich nicht wirklich glücklich mit dem mehr als doppelt so alten Müller. Zumindest ließ ihr Gesichtsausdruck mitunter darauf schließen. Zu gern hätte sie mit der Müllerin gesprochen, doch das ging nun Mal nicht. So blieben nur die Arbeit und ab und zu ein aufmunterndes Nicken zu der anderen Frau. Nur stumme Blicke konnten sie tauschen.

Ebba konnte nichts sagen und die Müllerin durfte nichts sagen, denn es hätte sofort ein Geschrei gegeben, wenn eine verheiratete Frau mit einem unverheirateten Mann vertraulich geredet hätte. Das konnte schon als Ehebruch ausgelegt werden. Nicht schlimm für den Mann, gefährlich für die Frau.

So arbeiten sie einfach stumm Hand in Hand, weil die Müllerin die Säcke abfüllte und Ebba danach auf den Rücken legte. Stunde um Stunde, Tag um Tag ging die Arbeit so dahin. Nicht anders, als an jeder anderen Wassermühle auch. Abgesehen davon, dass sich die beiden Gesellen liebten und hinter verschlossener Kammertür so manchen Kuss austauschten. Aber es blieb bei den Küssen. Alles andere war zu riskant und an den Gesprächen der Bauern konnte Ebba auch nach zwei Wochen immer noch hören, dass sie verzweifelt gesucht wurde.

Und nach diesen zwei Wochen änderte sich etwas. Schleichend und am Anfang von Ebba unbemerkt. Die Wurstscheibe auf ihrem Brot war auf einmal doppelt so dick, wie die auf dem von Gustav. Der Händedruck zur Begrüßung war länger und die Müllerin nickte ihr öfters freundlich zu. Sie hatte erwähnt, dass sie Gerda hieß und sicherlich hätte sie nun erwartet, dass Ebba sie auch so nennen würde, wenn sie gewusst hätte, dass Ebba doch sprechen konnte.

Diese Vertraulichkeit konnte nun ebenfalls in eine gefährliche Richtung gehen, denn wenn der Müller dies sehen würde, so wäre eine schallende Ohrfeige für Gerda und Ebba wohl das mindeste gewesen, was sie zu erwarten hätten.

Doch Ebba ließ sich nichts anmerken und sie versuchte die Zeichen zu ignorieren, denn was konnte die Müllerin ihr schon tun, wenn sie nicht auf deren plumpe Annäherungsversuche einging!

Ebba hoffte, dass Gerda irgendwann mal das Interesse an ihr verlieren würde und dann sich vielleicht zu Gustav hingezogen fühlte. Der würde ihr dann schon beweisen können, was ein richtiger Mann war. Offensichtlich war Ebba aber nun schon so in ihrer Rolle als Mann aufgegangen, das eine andere Frau nicht mal aus der Nähe mitbekam, dass Ebba eben kein Mann war. Aber Ebba war eben auch zu viel Frau, um zu bemerken, dass die Müllerin immer verzweifelter um ihre Aufmerksamkeit warb.

Das war dem Müller sicher auch nicht entgangen und daher schickte der Müller auch nicht die Müllerin mit einem der Knechte zum Holz sammeln in den Wald, sondern die beiden Knechte. Damit hatten die beiden Liebenden endlich ein paar unbeobachtete Momente, um ihre Leidenschaft aneinander zu stillen.

Ebba konnte es nicht schnell genug gehen, bis sie endlich im Wald waren. Fast wäre sie gerannt, aber beim Rennen konnte ein jeder sofort sehen, dass sie kein Mann war. Immer noch musste sie sich bei jedem Schritt konzentrieren. Nur zehn Schritte nach dem Waldrand lag ihre Kleidung dann im Moos und sie lag daneben. Über zwei Wochen der Abstinenz trieben Gustav in ihren Körper, noch bevor sie den Boden mit dem Rücken berührt hatte. Erst die dritte Vereinigung war so, dass ihrer beider Lust gestillt war und sie das Streicheln auf der nackten Haut gegenseitig genießen konnten.

Glücklich, entspannt und mit vier Armen voller Holz gingen sie viel später zurück zur Mühle, wo die Arbeit schon auf die beiden Gesellen wartete. Und natürlich auch die Müllerin, die besonders auf Knuth gewartet hatte, oder eben auf Ebba.

Die verkleidete Magd stürzte sich sofort wieder in die Arbeit, denn der erste Sack stand schon für sie bereit und während Ebba sich den Mehlsack auf die Schulter hob, da griff Gerda ihr von hinten über die Hüfte und schob die Hand vorn in die Hose. Sie berührte Ebbas Haar und griff dann erwartungsgemäß ins Leere. Ebba ließ den Sack fallen und fuhr herum, dabei sah sie in die erschrocken Augen der Müllerin.

Dann wechselte das Erschrecken in eine Erkenntnis. „Du bist Ebba, die Mörderin!", sagte Gerda und schrie plötzlich, „Siegfried! Wir haben hier die Mörderin des Ritters vom Bärenberg!"

Ebba drehte sich zum Ausgang der Mühle um. Der große Müller stand mit einem dicken Knüppel in der Tür und versperrte diese Fluchtmöglichkeit. Gerda griff von hinten in ihre Jacke und hielt Ebba so fest. Der breitschultrige Müller kam näher und schlug sich mit dem Knüppel in die Hand. Es klatschte laut und sie saß in der Falle!

34. Kapitel

Einsamkeit

Seit mehr als einer Woche hatte sich Veva nun schon in ihrem Zimmer verkrochen. Sie wäre so gern nach unten gegangen, um mit der anderen Frau zu reden, aber dazu hätte sie über den Burghof gemusst und damit direkt unter dem Fenster des alten Herrn vorbei. Da sie nicht wissen konnte, inwiefern der Knecht nun doch noch zu ihm gegangen war, hielt sie dies für zu riskant. Nur die eine Stunde mit Minna blieb ihr und die Nachmittage mit ihrem Mann. Mit ihm hatte sie den Seelengefährten gefunden, den sie sich immer gewünscht hatte, aber trotz dieser Nähe wagte sie es dennoch nicht, mit ihm über das dunkle Geheimnis zwischen ihr und seinem Bruder zu sprechen. Zu tief saß dieser Schmerz und auch die Scham davor, es auszusprechen. Jedoch mehr als die Scham schmerzte es immer mehr, dass sie sich niemanden anvertrauen konnte.

Drei Jahre hatte der Schmerz tief in ihr gehockt und durch das Zusammentreffen mit Georg war er nach oben gekommen. Und nun konnte sie ihn nicht wieder zurück in die Dunkelheit bringen. Aber er durfte auch nicht heraus! Niemals. Und das machte sie noch einsamer. Selbst in Martins und Minnas Nähe war sie einsam. Vielleicht hätte sie mit der Gefangenen reden können, aber sie war nun selbst eine Gefangene. Eingeschlossen in ihrem Zimmer, dass sie nur zum Mahl und zum Gang zur Latrine verließ. So wie die andere Frau unten in ihrer Zelle saß, so saß sie in dem gut vier Mal so großen Zimmer fest. Das brachte sie auf seelischer Ebene näher an den Kerker heran, als ihr das lieb war.

Eine innere Zerrissenheit spürte sie. Sie fühlte sich Martin so nah, würde ihn aber sicher verlieren, wenn sie ihm die Wahrheit über seinen Bruder erzählen würde und sie fühlte sich Karola unten im Keller so nah, würde aber neben ihr sitzen, wenn sie zu ihr hinunterging. Ihr Leben hätte so schön sein können! Hätte! Aber es hätte auch viel schlimmer sein können, wenn Georg noch am Leben wäre. Noch immer lief ihr ein Schauer über den Rücken, wenn sie nur daran dachte, wie er ihr im Burghof unten zur Begrüßung die Hand gegeben hatte.

Eigentlich alles nur, weil sie sich geschämt hatte, damals die Wahrheit zu sagen.

Veva trat an das Fenster und sah hinab in den Hof. Genau unter ihrem Fenster war die Stelle, an der sie aus der Kutsche gestiegen war. Ihre Gedanken reisten zurück zu jenem Tag, der ihr Leben zerstört hatte. Auch damals hatte sie sich in die Einsamkeit geflüchtet. Auf dem Dachboden der väterlichen Burg hatte sie sich ein Versteck gesucht, wo sie ungehört und ungesehen ihren Schmerz hatte herausschreien können. Doch es hatte nichts geholfen. Was geblieben war, war die Kälte in ihrer Seele und die Einsamkeit in ihrem Versteck.

Nach einem Tag war sie wieder hervorgekrochen und Georg war zum Glück schon abgereist. Sie war danach wieder unter Menschen gewesen, doch die Einsamkeit ihres Versteckes war in ihrer Seele geblieben. Oder war ihre Seele in dem Versteck geblieben? Solange, bis Martin sie wieder erweckt hatte? So konnte es sein! Er hatte sie an eine Zeit vor dem Schmerz und vor der Einsamkeit erinnert. Und nun war es wieder da, dieses dunkle Versteck, in welchem sie vor Angst und Schmerz gezittert hatte. Selbst unter tausend Menschen war sie einsam gewesen. In Augsburg in so mancher Nacht.

Sie hatte zum Schutz aus ihrem Gesicht eine Maske gemacht, damit niemand sehen konnte, wie es wirklich um sie stand. Nach außen lächelnd, nach innen weinend! Das war ein paar Wochen gut gegangen, dann hatte sie zurückgemusst, denn die selbst gewählte Maske hatte Risse bekommen! Sie erinnerte sich wieder an jenen Abend, an dem sie in Augsburg ein junger Mann angesprochen hatte. Schon mehrmals hatten sie getanzt und dann wollte er mit ihr am Abend durch den Garten des Schlosses spazieren. Nur drei Schritte hatte sie es an seiner Hand in dem Fackelschein ausgehalten, dann hatte sie flüchten müssen und er hatte ihr nur verdutzt hinterher gesehen.

Etwas an ihm hatte sie an Georg erinnert, sie hätte nicht sagen können, was es war, aber es hatte gereicht, dass sie die Flucht ergreifen musste. Und das war mehr als ein Jahr nach jenem verhängnisvollen Tag gewesen. Sie hatte geglaubt, es überwunden zu haben, doch es war immer noch in ihr. Damals genauso, wie jetzt. Und dann blieb Martins Suche nach der Frau, der sie eigentlich dankbar sein musste, denn sie hatte getan, was eigentlich Veva hätte tun sollen.

Vielleicht wäre dann der Schmerz gewichen. Zumindest wäre sie dann jetzt erlöst, denn der alte Herr hätte wohl keinen Wimpernschlag gezögert, sie auf dem Altar seiner Rache zu opfern. Vermutlich hätte ihre adlige Herkunft nur dafür gesorgt, dass das Urteil in Köpfen statt in Rädern ausgefallen wäre. Aber mit ihr wäre auch diese Schande gestorben. Fast körperlich bohrte sich der Schmerz wieder durch sie hindurch, nur das dieses Versteck hier etwas gemütlicher war, als der damals gewählte Verschlag.

Die Einsamkeit der Seele war geblieben und selbst die Maske. Vor Martin versuchte sie stark zu sein. Hatte er dann unten im Hof das Pferd bestiegen, dann brach sie jeden Tag zusammen. Dann lähmte sie wieder diese Angst.

Alles, was sie gebraucht hätte, um diese Angst zu bezwingen, das war eine andere Frau zum Reden. Über alles Mögliche, was sie ablenken konnte. Doch Minna war beschäftigt und die andere durfte sie nicht sehen. Sie konnte in das Kissen heulen, aber das Kissen lenkte sie nicht von dem Schmerz ab. Das konnte nur jemand, mit dem sie reden konnte. Und der sie nicht verriet!

Nach langen verzweifelten Überlegungen hatte Veva die rettende Idee. Ein Tier! Ihm konnte sie alles anvertrauen und es würde sie nicht verraten! Am besten ein Pferd, mit dem sie aus der Burg fliehen konnte!

Als Martin dann zu ihr zurückkam, da unterbreitete sie ihm den Vorschlag und er war sofort dafür, ihr diesen Wunsch zu erfüllen. Unverzüglich brach er auf und war schon wenig später mit einer wunderschönen Schimmelstute zurück, wo auch immer er dieses bezaubernde Tier in der kurzen Zeit gefunden hatte. Veva fiel ihm auf dem Burghof dankbar um den Hals.

„Erinnerst du dich an dein Pony? Damals?", fragte Martin und Veva musste nicken. Damals war das Pferd kleiner, aber auch sie war kleiner gewesen. Sie umarmte nun ihre Stute und schwang sich in den Sattel. Wie damals galoppierte sie einfach los. Den Rock vorn hochgezogen, breitbeinig auf dem Pferd, auch, wenn sich das für eine Dame nicht gehörte.

Lachend jagte sie den Burgberg hinab und auf der Hälfte des Weges nach unten hatte Martin sie eingeholt. Nebeneinander ritten sie durch die Gegend. Nun hatte sie jemanden, dem sie alles sagen konnte. Und es war auch noch eine Frau, eine Pferdefrau! Die Stute konnte nichts von dem verraten, was Veva ihr erzählen würde. Dieses schöne Pferd würde die Angst und die Einsamkeit besiegen.

35. Kapitel

Am Ende?

iegfried, der Müller, kam immer näher. Ebba hatte schützend ihre Arme gehoben, um die drohenden Schlägen irgendwie abzuwehren, doch der drohend erhobene Knüppel näherte sich ihr immer weiter. Von hinten wurde sie von Gerda umklammert und somit konnte Ebba nicht ausweichen. Hoffnungslos war sie dem großen Müller ausgeliefert. Schon sauste der Knüppel herab, als Gustav dem Mann in den Arm fiel und nun seinerseits den Müller niederrang. Das wiederum löste Ebbas Starre und somit versuchte sie, der Umklammerung durch die Müllerin zu entgehen. Im Inneren der Mühle kämpften nun zwei Männer und zwei Frauen miteinander. Gustav hatte schon bald den Müller zu Boden gerungen und Gerda zerriss die Jacke von Ebba. Nur noch das Tuch, welches Gustav ihr täglich fest um den Brustkorb gewickelt hatte, bedeckte nun noch Ebbas Oberkörper.

„Gib endlich auf, du Mörderin!", kreischte die Müllerin, doch Ebba dachte gar nicht daran. Nun kämpften sie um ihre Jacke, aber die ging immer mehr in Fetzen. „Komm schon!", schrie nun Gustav und Ebba riss sich los, schubste die Müllerin zurück und lief, den am Boden liegenden Müller überspringend, nach draußen. „Wohin?", fragte sie Gustav und der Freund zeigte in Richtung des nahen Waldes. Nun waren sie wieder auf der Flucht und Ebba trug nur noch die Hose und das schmale Tuch oben rum. Aber die Hose sorgte wenigstens dafür, dass sie gut rennen konnte.

Der Wald kam immer näher, doch gleichzeitig hörte sie hinter sich Pferdehufe. Waren die Verfolger schon hinter ihr her? So schnell? Ebba hetzte weiter. Dabei hörte sie es hinter sich brüllen „Bleibt endlich stehen!" und „Ich brauche die Frau lebend!" Unmittelbar darauf sah sie, wie ein Pfeil Gustavs Rücken traf und er zu Boden fiel. Schützend warf sie sich über den Freund, der sich allerdings nicht mehr rührte. Einen Augenblick später kamen zwei Knechte und rissen sie auf die Füße, fesselten ihr die Hände und banden sie mit einem Seil an eines der Pferde. Ebba sah zurück zu Gustav, der sich aber immer noch nicht bewegte. Der Pfeil ragte weit aus seinem Rücken heraus. „Warte auf mich! Ich werde dir folgen!", flüsterte Ebba, dann wurde sie nach vorn gerissen und fiel hin.

Ein ganzes Stück wurde sie hinter dem Pferd her über die Wiese geschleift, bevor sie wieder auf die Beine kam. Nun musste sie dem Pferd hinterherrennen.

Es ging an der Mühle vorbei, die Straße zum Dorf hinunter. Danach an der Kirche vorbei und dort standen viele Menschen, die ihr mit erhobener Hand drohten und Beschimpfungen riefen, die Ebba nicht verstand. Der Ritter, an dessen Pferd sie gebunden war, drehte sich um und sagte „Endlich haben wir dich! Nun wirst du für den Mord an meinem Bruder büßen!" „Aber ich war es nicht!", rief Ebba, trotz dessen, dass sie durch das schnelle Laufen völlig außer Atem war.

Immer weiter näherten sie sich der Burg und sie konnte dem schnellen Lauf des Pferdes immer schwerer folgen. Aller paar Schritte stürzte sie zu Boden, wurde mitgeschleift und kam wieder auf die Beine, wenn der Ritter kurz das Tempo drosselte. Er wollte sie offensichtlich lebend, denn sonst hätte er sie sicher zu Tode geschleift.

Erst an der kleinen Brücke vor der Burg hielt er sein Pferd an und Ebba stand keuchend hinter ihm. Der Ritter stieg ab und kam

168

zu ihr nach hinten. „Es ist eigentlich viel zu schade, so eine schöne Frau zu opfern!", sagte er und schlug ihr mit der flachen Hand in ihr Gesicht. „Du sollst so in die Burg zurück, wie du aus ihr geflohen bist!", sagte er und riss ihr das Tuch von der Brust. Danach zerrte er ihr die Hose herunter und Ebba musste aus den Hosenbeinen heraussteigen. Achtlos warf der Mann ihre Kleidung in den Wald hinter sich. Dann saß er wieder auf und ritt los.

Ebba musste wieder hinterher. Nackt rannte sie den Burgberg nach oben. Ihre Brust brannte von dem rasselnden Atem und sie glaubte nicht, dass sie lebend oben ankommen würde, doch der Mann ritt genau in dem Tempo, dass sie es rennend schaffen konnte, hinter dem Pferd herzukommen.

Das Tor kam näher und der Mann zerrte sie auch dort hindurch. Dann war sie im Burghof. „Ich habe sie!", rief der Ritter triumphierend und zog so heftig am Strick, dass sie nach vorn gerissen wurde und der Länge nach auf die Steine des Burghofes fiel. Sie blickte liegend auf und sah in das hasserfüllte Gesicht eines alten Mannes. „Endlich! Schickt nach dem Scharfrichter. Ich will sie morgen sterben sehen!", rief dieser und einer der Reiter brach sofort wieder auf. Danach zog der Ritter sie auf die Füße und schob sie in den Keller, wo er Ebba in eine Zelle sperrte.

In der Nachbarzelle saß Karola, die zum Gitter gekrochen kam. Ebba kroch ihr entgegen, doch statt einer freundlichen Begrüßung spuckte die Freundin ihr in ihr Gesicht. „Warum hast du das gemacht? Hat er dir zu wenig gezahlt? Alle sind tot!", schmetterte ihr die Freundin entgegen. „Aber ich war es nicht! Glaube mir!", flehte Ebba die Freundin an. Doch der Hass funkelte in Karolas Augen. Konnte es sein, dass das Band der Freundschaft für immer zerrissen war? Eigentlich konnte es ihr egal sein, denn am nächsten Tag würde sie sterben! Aber sie kroch in die Zellenecke und weinte wie ein Kind.

Einer der Männer, die den Ritter begleitet hatten, kam über die Treppe zu der Zelle und schloss diese auf. Der Mann trat auf Ebba zu, packte sie an den Oberarmen und zog sie auf die Füße. Deutlich konnte sie die Wut in seinen Augen sehen. „Ritter Georg war mein Freund! Wie konntest du so etwas nur tun!", brüllte er sie an und schlug ihr mit der Hand in ihr Gesicht. „Ich war es nicht!", beteuerte Ebba erneut und erhielt daraufhin einen zweiten Schlag auf ihre Wange.

Der Knecht stieß sie zurück, warf sie zu Boden und ließ sich auf sie fallen. Brutal drang er in sie ein und Ebba schrie vor Schmerz. Karola rief aus der Nachbarzelle „So ist es richtig. Nimm sie mal ordentlich ran, diese Metze. Sie hat es nicht besser verdient!" Die Schmerzen der Schändung waren groß, aber noch mehr als die körperliche Gewalt des Mannes taten Ebba die Worte der ehemaligen Freundin weh. Wie Peitschenhiebe trafen diese ihre Seele.

Durch ihre Schreie hindurch hörte sie eine andere Frauenstimme, die rief „Lass sie in Ruhe!" Der Mann zog sich aus ihr zurück und stand auf „Herrin! Sie hat es verdient für ihr Verbrechen!", sagte der Mann und Ebba sah eine schöne Frau in einem kostbaren Kleid vor der Zelle stehen. „Sie wird einen Prozess bekommen und hingerichtet werden. Du musst sie nicht noch vorher quälen! Und besorge ihr ein Kleid, womit sie sich ihre Blöße bedecken kann!"

Der Knecht verbeugte sich, schloss seine Hose und verließ die Zelle. „Danke Herrin", sagte Ebba mit Tränen in der Stimme. Der

Schmerz war kaum auszuhalten und Karolas Blicke gingen wie Giftpfeile in Ebbas Herz.

Die Herrin ging und der Mann kam wieder. Er warf ihr einen bösen Blick und ein leinenes Unterkleid durch das Gitter. „Du kannst ja später noch mal wiederkommen! Und bringe deine Freunde mit! So wie ihr es mit mir all die Tage gemacht habt!", sagte Karola von der Seite zu ihm. „Das werde ich tun!", zischte der Mann durch die Zähne und verschwand.

Ebba streifte sich das Kleid über und zog sich in die hinterste Zellenecke zurück. Dort hockte sie sich hin, mit dem Rücken zur Wand und umklammerte ihre Knie mit den Händen. Der körperliche Schmerz ließ langsam nach, der seelische blieb.

36. Kapitel

Das Unglück des Einen...

Es war pures Glück gewesen, dass er sie hatte fangen können. Martin war mit seinen Knechten zum Mittag in der Dorfschänke gewesen, denn so wirklich suchte nach der langen Zeit, immerhin war es schon einen Monat her, wohl keiner seiner Männer die Frau noch. Nur der Vater trieb sie jeden Morgen alle aus der Burg. Vermutlich fanden sich alle Trupps wenig später in den Dorfschänken des Umlandes ein, nur um später wieder zur Burg zurückzureiten. Zum Glück konnte der Vater die Burg nicht mehr verlassen, sonst hätte er wohl gesehen, dass seine Männer in Sichtweite um die Burg blieben und nur zurück im vollen Galopp unterwegs waren, damit der alte Mann nicht die ausgeruhten Pferde sehen würde, die den ganzen Tag irgendwo angebunden gestanden hatten.

Der junge Ritter hatte also mit drei seiner Männer gerade das Mahl beendet, als aus der nahe gelegenen Mühle Geschrei gemeldet worden war. Eines der Klatschweiber hatte es gehört und sofort überall herumerzählt. Als dann der Name Ebba fiel, da war er aufgesprungen und hatte dabei den Stuhl umgeworfen. Dieser Name war zwar nicht unüblich, aber es konnte die lange gesuchte Spur sein. Schnell hatte er einen Dukaten auf den Tisch geworfen, nach dem der Wirt sofort gesprungen war, um ihn zu erhaschen. Dann waren sie auf den Pferden die Dorfstraße entlang gejagt.

Vor ihnen liefen zwei Menschen aus der Mühle heraus und rannten zum nahen Wald. Offensichtlich zwei Männer, denn sie trugen beide Hosen, allerdings trug der eine etwas, was kein Mann auf der Welt tragen würde: Ein Tuch war um seinen Oberkörper geschlungen, der Schultern und Bauch frei ließ. Das konnte nur eine Frau sein, die sich verkleidet hatte!

Mit donnernden Hufen flogen die Pferde hinter ihnen her. Martin schrie den beiden Fliehenden zu „Bleibt endlich stehen!" Dann zeigte er auf den Bogen seines Begleiters, der einen Pfeil nahm. Mahnend rief er noch „Ich brauche die Frau lebend!" und der Pfeil flog los. Der fliehende Jackenträger wurde getroffen und stürzte. Die Frau warf sich über ihn und wurde von zwei seiner Männer gepackt und zu ihm gebracht. Er sah in ihr Gesicht und sie war es! Er hatte die Mörderin gefasst! Zwar hatte sie nun kurze Haare, aber das Ziehen in seinen Lenden sagte Martin alles, was er wissen musste. Die Männer banden sie an sein Pferd und schon ging es los. Zurück zur Burg und die Dukaten hatte er auch noch gespart.

Jetzt, da er sie gefangen hatte, war seine Wut auf sie verflogen. Trotzdem blieb da so ein Rest von Zorn, der noch gestillt werden wollte und daher stieg er direkt vor der Burg von seinem Pferd ab und ging zu der Frau, die schnaufend hinter seinem Hengst hing. „Es ist eigentlich viel zu schade, so eine schöne Frau zu opfern!", sagte er und schlug der Frau mit der flachen Hand in ihr Gesicht. „Du sollst so in die Burg zurück, wie du aus ihr geflohen bist!", sagte er und riss ihr die Kleidung vom Leib. Dann saß er wieder auf und ritt los. Würde damit die Rache des Vaters gestillt sein und wieder Normalität in die Burg einziehen? Martin hoffte es.

Wenig später war die nackte Frau in der Zelle verschlossen. Nun konnte er Veva sagen, dass sie erlöst waren. Er ging sofort zu ihr, bevor er zu seinem Vater gehen würde, aber der hatte die Frau ja schon gesehen. „Wir haben sie!", sagte er triumphierend, als er das Zimmer betrat, in welchem Veva gerade eine Handarbeit gemacht hatte. „Endlich!", entgegnete sie, offensichtlich ebenfalls erleichtert. Er nickte ihr zu. „Ich gehe zu meinem Vater und frage, wann der Prozess stattfinden soll", sagte er und Veva erhob sich. „Ich muss sie sehen!", sagte sie. „Sie ist unten im Kerker!", entgegnete er, gab Veva einen Kuss und verließ den Raum.

Als er das Zimmer des Vaters betrat, empfing dieser ihn mit den Worten „Ist es dir endlich gelungen!" Denn er hatte sie ja schon im Hof gesehen, als er die Frau hinter sich her in den Burghof gezogen hatte. „Ja Vater! Wir waren erfolgreich!" „Ich dachte schon, du bist noch nicht mal dazu nütze, eine Frau zu fangen, die nackt durch den Wald irrt!", entgegnete der Vater und es war, als hätte er Martin mit einer Keule getroffen.

Hatte er nicht die Frau gefangen? Warum beleidigte der Vater ihn nun auch noch dafür? Der alte Mann trat zum Fenster und sah hinab. Martin trat neben ihn und wartete. War das alles, was der Vater dazu zu sagen hatte? Im Hof konnte er Veva sehen, die gerade aus dem Kerker kam.

Vielleicht würde der Vater ja wieder normal werden, wenn das Urteil gesprochen war und die Mörderin endlich hingerichtet sein würde. „Wann soll der Prozess stattfinden?", fragte Martin. „So schnell wie möglich! Lass den Saal vorbereiten!" „Kann Genoveva auch mit teilnehmen?", fragte Martin. „Wozu sollte das gut sein?", entgegnete der alte Mann. „Weil sie meine Frau ist! Und weil sie Georgs Braut war!", antwortete Martin und hatte alle Not, seinen aufsteigenden Zorn vor dem Vater zu verbergen.

„Ich weiß noch nicht mal, ob ich dich dabei haben will!", antwortete der alte Mann kalt, zeigte hinab zu Veva und setzte fort, „Sie war unten bei der Gefangenen und sie hat die andere Frau beschützt. Ihr Herz ist weich und sie hat dich angesteckt. In deiner Brust schlägt auch das Herz eines Weibes!"

Martins Hand zuckte zum Schwert, aber zum Glück sah der Vater nicht zu ihm. Warum musste der alte Mann ihn so beleidigen? War das der Gram? Der Zorn? Oder der Hass, der ihn blind machte und sein eigenes Herz zu einem Stein gemacht hatte? „Lieber das Herz eines Weibes, als einen Stein in der Brust!", hätte er ihm am liebsten in sein Gesicht geschleudert, aber der alte Mann war der Herr über Leben und Tod in seinem Leben und in ein paar Stunden wäre unten wieder eine Zelle frei!

Martin biss sich auf die Lippe und sagte „Dann gehe ich mal den Saal vorbereiten!" und der Vater drehte sich zu ihm um. „Gut! Ihr beide dürft dabei sein", dann hob er den Finger, „Aber kein Wort! Ich bin der Herr!" Martin machte eine schnelle Verbeugung und eilte nach unten. Viel war ja nicht vorzubereiten. Der Tisch musste zur Seite geschoben werden und an die Stirnseite des Raumes kamen drei Stühle.

Dann lief er nach oben, wo er Veva in dem Zimmer vorfand. „Wir dürfen am Prozess teilnehmen", sagte er. „Das klingt nach einem Aber!", entgegnete seine Frau, worauf er sich setzte und auf den Platz neben sich zeigte. „Wir dürfen dabei sein, aber wir dürfen nicht ein Wort sagen. Sonst landen wir vermutlich in der leer werdenden Zelle", sagte er verbittert, aber er traute sich nicht, Veva die ganze Wahrheit zu sagen. Doch offensichtlich hatte sie schon bemerkt, wie es in ihm brodelte, denn sie nahm seine Hand und alles sprudelte aus ihm nur so heraus.

Zum Schluss küsste sie ihn und sagte „Vielleicht wird durch den Tod der Frau alles wieder gut. Vielleicht wird ihr Unglück unser Glück" „Vielleicht! Lass uns nach unten gehen!", entgegnete er und fühlte sich schon viel besser, aber das Schwert ließ er im Zimmer zurück.

37. Kapitel

Gerechte Strafe?

eit einer gefühlten Ewigkeit hockte Ebba nun schon in diesem vergitterten Kellerloch. Bei jedem Geräusch zuckte sie zusammen, weil sie dachte, die Männer würden über sie herfallen, wie es Karola dem Knecht vorgeschlagen hatte. Die ehemalige Freundin saß noch immer schweigend nebenan und Ebba wagte nicht, zu ihr hinüber zu sehen. Offensichtlich hatte der Schmerz und die erlittene Gewalt die Freundin verändert. Die einst so fröhliche Frau war zu einer verbitterten Feindin geworden. Irgendwann kamen zwei Männer zu ihrer Zelle und betraten den Raum, doch statt sich sofort auf sie zu stürzen, zogen sie Ebba an den schützend erhobenen Armen auf die Füße. Einer sagte „Unser Herr will dich sehen!" Die beiden schoben Ebba hinaus und zogen sie über den Hof zum Palas.

In dem Gebäude stiegen sie über die Treppe in den Saal hinauf, in welchem sie ihren Auftritt gehabt hatte. Ebba musste schlucken, als sie von den Männern in den Saal geschubst wurde. Der Ritter, der sie gefangen hatte, die Frau, die sie gerettet hatte, und ein älterer Mann saßen dort auf drei Sessel nebeneinander. Einer der Männer hinter ihr sagte „Knie nieder, wenn du vor unseren Herrn trittst!" und Ebba ließ sich auf die Knie fallen. Sie zog die Hände nach oben, als wolle sie beten und eigentlich war es auch ein Gebet. Die Bitte um ein schnelles Ende.

Der Blick des alten Mannes schien sie durchbohren zu wollen, dann richtete er das Wort an sie. „Endlich habe ich dich gefangen. Du hast mir meinen Sohn genommen! Und wofür? Warst du mit der Menge an Münzen unzufrieden?" „Gnädiger Herr. Nein! Ich bin unschuldig! Ich habe den Ritter nicht getötet!", brachte Ebba nur flehend heraus. „Schweig! Dein Dolch steckte in seinem Herzen! Erkennst du ihn wieder?", fragte der Mann und schleuderte ihr den Drachendolch vor die Füße. Ebba musste Schlucken und nickte zur Bestätigung.

Sollte sie die Waffe aufheben und sich die Klinge selbst in ihr Herz stoßen? Sie zögerte einen Augenblick zu lang, denn einer der Wachen schob die Waffe mit dem Fuß zurück. Weit fort von ihr. Kniend konnte sie den Dolch nicht mehr erreichen und aufstehen konnte sie auch nicht mehr, da die Hand des Knechtes schwer auf ihrer Schulter lag.

Dann setzte der alte Mann fort „Ich habe meinem Sohn auf seinem Totenbett versprochen, dass du für diese Tat leiden wirst. Gott helfe mir, bei dir dieses Urteil zu vollstrecken. Wenn morgen der Scharfrichter kommt, so wirst du gerädert, auf ein Rad geflochten und ausgeweidet werden. Dein Todeskampf soll lange gehen und ich will dich schreien hören! Hier vor meinem Fenster!" Bei diesen Worten zeigte er zu einem der Fenster des Saales.

Zornig funkelte er sie an. „Du hast mir das Wichtigste genommen und du sollst dafür büßen!", beendete er seine Worte. Ebba war starr vor Schreck. Zwar hatte sie mit dem Tod gerechnet, aber das der Herr so grausam zu ihr sein würde, das hatte sie in Starre versetzt. „Schafft sie mir aus den Augen!", rief er noch und die Wache zog Ebba aus dem Saal. Sie war zu keiner Regung und zu keiner Reaktion fähig. Wenig später lag sie in dem Kellerloch und stierte zur Decke, aber sie sah sie nicht.

War das ein gerechtes Urteil? In der Bibel stand Auge um Auge, da hätte der Galgen völlig gereicht. Tot war tot! Aber diese Quälerei? Das war nicht im Sinne Gottes. Doch der Herr durfte auf seinem Land Gericht halten und sein Urteil war hier Gesetz! Sie richtete sich auf und kroch in die Ecke zurück. Dort schlug sie sich die Hände vor ihr Gesicht und weinte wie ein Kind. „Hast du endlich dein Urteil für deine schändliche Tat erhalten?", fragte Karola hämisch. „Ja! Sie wollen mich Rädern und ausnehmen!", schluchzte Ebba. „Das geschieht dir ganz recht!", entgegnete die andere Frau. Ebba blickte durch die Tränen zu ihr hinüber. „Wie kannst du nur so grausam sein? Die Karola, die ich kannte, die hatte ein mitfühlendes Herz!" „Diese Karola gibt es nicht mehr! Du hast ihr einen Dolch in ihr Herz gestoßen. Und Hans! Und Konrad!", sagte Karola und begann zu weinen.

„Aber ich war es doch nicht!", schluchzte Ebba wieder. „Wer denn sonst?", fragte Karola und wischte sich die Tränen ab. Die alte Freundin kam wieder zum Vorschein und selbst ihre Stimme wurde weicher. „Ich kann es dir nicht sagen. Ich war auf der Latrine, weil mir die Blase wehtat. Der Ritter war so stürmisch gewesen und wollte noch ein zweites Mal meine Dienste in Anspruch nehmen. Als ich zurück in das Zimmer kam, da war er tot!" „Und das ist die Wahrheit?", fragte Karola, immer noch zweifelnd nach. „Ich schwöre bei Gott! So war es!", entgegnete Ebba und wischte sich nun ebenfalls die Tränen fort.

Sie krochen aufeinander zu und Ebba sagte, als sie beide am trennenden Gitter waren, „Es tut mir alles so leid!" Dann umarmten sich die beiden Frauen durch das Gitter hindurch.

„Und Gustav?", fragte Karola. „Er hat einen Pfeil in den Rücken bekommen, als sie uns gejagt haben!", antwortete Ebba schluchzend. „Morgen werde ich ihm folgen!", setzte sie hinzu und ließ sich am Gitter herabsinken. „Dann sind nur noch wir zwei übrig!", sagte Karola. „Nein! Nur du! Mich werden sie morgen hinrichten."

Schritte waren auf der Treppe zu hören und Ebba zuckte zusammen. Kamen die Männer zurück, um sich an ihr zu vergehen? Sie hörte Schlüssel klappern und dann wurde die Tür aufgeschlossen. Die Männer blieben aber draußen und einer der beiden sagte „Unser Herr will dich sehen!" „Schon wieder?", fragte Ebba zurück. Die junge Magd erhob sich und trat zur Tür. Von dort aus liefen sie denselben Weg, nur diesmal gingen sie eine Etage höher.

Ein kalter Schauer lief über Ebbas Rücken, als sie sich dem Zimmer näherten, in dem der Ritter ermordet worden war. Die Wache klopfte und schob die Frau dann in den Raum hinein. Die beiden blieben draußen und Ebba sah sich um. Alles war noch so, wie am Mordabend und nur der junge Ritter befand sich mit ihr im Raum. Er stand vor dem Bett und zeigte darauf „Hier hast du meinen Bruder ermordet!" „Ich war es nicht!", antwortete Ebba und erhielt dafür einen Schlag in ihr Gesicht. Sie schmeckte Blut auf ihrer Lippe. „Mein Vater will dich ganz langsam umbringen. Du weißt, dass das bis zu einem Tag unter Höllenqualen dauern kann, bis du endlich erlöst bist?", fragte der Mann und begann Ebba zu umrunden. „Schade um dein Haar. Es war wirklich schön!", erklärte er und griff in die kurzgeschnittenen Haare.

„Ich könnte dir einen schmerzhaften, aber schnellen Tod bieten!", setzte der Mann fort, als er wieder vor ihr stand. „Warum solltet ihr so etwas tun?", fragte Ebba überrascht nach. „Weil ich mit dir Mitleid habe und weil es auch ein bisschen meine Schuld war. Schließlich habe ich dich mit Georg hier alleine gelassen", entgegnete der Mann und setzte fort, „Ich habe aus Italien ein Gift mitgebracht, das dir einen schnellen Tod bringt. Möchtest du es haben?" „Ja! Aber was muss ich dafür tun?", fragte die Frau, der natürlich sofort bewusst war, dass der Mann das Gift an eine Bedingung koppeln würde. „Nichts, was du nicht könntest!", entgegnete er.

Der Mann stellte sich vor Ebba und sagte „Knie dich hin und öffnen deinen Mund. Ich kenne das aus Italien, aber hier habe ich es nie wieder erlebt." Unter ihrem seelischen Zwang tat Ebba, was der Mann von ihr wollte. Er öffnete seine Hose und zog sie, mit einem Griff in die Haare, zu sich. Es war widerlich und abstoßend, aber sie wollte unbedingt dieses Gift haben.

Nachdem der Mann von ihr abgelassen hatte, durfte sie sich wieder erheben und wischte sich mit dem Handrücken den Mund ab. „Du darfst jetzt gehen", sagte er. „Und das Gift?" „Lasse ich dir in deine Zelle bringen!" Danach war sie auf dem Weg zurück zur Zelle. Kurz nach ihr kam ein Knecht mit einem Becher Wein.

Ebba stellte den Becher vor sich, verabschiedete sich von Karola, betete und flüsterte „Gustav, mein Liebster, gleich bin ich bei dir!" Sie sah in die schillernde Flüssigkeit, dann trank sie den Wein in einem Zug aus.

Das Getränk brannte wie Feuer in ihrem Hals. Sie bekam keine Luft mehr und ließ den Becher fallen. Alles krampfte sich in ihr zusammen. Wenn sie gekonnt hätte, dann hätte sie geschrien! Sie fiel zur Seite und wurde von Krämpfen geschüttelt, dann erlosch das Licht. Alles war ruhig um sie herum und ihr letzter Gedanke war „Gustav!"

38. Kapitel

Ein tragisches Ende

Karola hatte den Todeskampf der Freundin in der Nachbarzelle gesehen und schämte sich nun für ihr Verhalten. Nun war sie wirklich die letzte der Gruppe. Ebbas Leiche lag zudem noch ein paar Ellen zu weit von ihr entfernt, wodurch sie die Freundin nicht berühren konnte. Natürlich wusste sie, dass es für sie besser gewesen war, den schnellen Tod zu wählen, als sich einen Tag lang mit aufgeschlitzten Bauch und gebrochenen Gliedmaßen auf dem Rad in den Tod zu quälen, aber trotzdem war sie maßlos entsetzt über das Ende der Frau. Gleichzeitig fragte sie sich aber, warum der Ritter ihr nun offensichtlich diese Gnade des schnellen Todes gewährt hatte, denn zuvor hatte er ja noch anders entschieden.

Sollte sie nun aber die Wachen rufen, damit sie die tote Freundin aus der Zelle holen konnten? Eine Nacht neben ihr konnte sie sich nicht vorstellen. Es gruselte ihr bei dem Gedanken. Sie nahm sich noch ein paar Augenblicke des stummen Abschiedes und gab ihr ein Gebet mit auf die Reise. Dann machte Karola Krach und schrie nach der Wache.

Genervt erschienen zwei der Knechte, um sie ruhig zu stellen, doch sie zeigte nur in die Nebenzelle und erklärte „Ebba ist tot!" Die beiden Männer öffneten die Tür und traten vorsichtig ein, denn es hätte ja auch eine Falle sein können, aber trotzdem musste Karola den Kopf schütteln. Zwei starke Männer traten vorsichtig an eine schwache Frau heran, weil sie Angst vor einer Falle hatten. Wenn der Tod von Ebba nicht so tragisch gewesen wäre, dann hätte sie nun sicher laut losgelacht.

182

Einer der Männer drehte Ebba auf den Rücken und stellte den Tod der Freundin fest. Nun kam Aufregung in die Burgbesatzung und Karola wunderte sich, dass offensichtlich niemand etwas von dem Becher mitbekommen hatte, den die Freundin kurz zuvor bekommen hatte und der nun unbeachtet in der Zellenecke lag. Auf einmal war der Kelch verschwunden und Karola hätte schwören können, dass einer der Knechte gerade dort vorbei gegangen war.

Der alte Herr erschien nun ebenfalls vor der Zelle und für Karola wurde es immer rätselhafter. War Ebba nicht kurz zuvor bei ihm gewesen? Sie saß stumm in ihrer Zellenecke und beobachtet das Treiben nebenan. „Wie konnte das geschehen?", fragte der alte Mann und keiner hatte eine Antwort. Alle betasteten den Körper der Freundin, zogen und zerrten daran herum. „Vielleicht hat sie Gott schon zu sich genommen. Er hat offensichtlich das Urteil sofort vollstreckt!", sagte der junge Herr, der nun zu der Zelle kam. „Und er hat mich um meine Rache gebracht!", tobte der alte Mann herum. „Wir können sie ja immer noch ausweiden und rädern!", entgegnete der jüngere Mann. „Das ist doch nicht dasselbe! Ich wollte sie schreien hören! Was wir nun noch täten, das wäre Leichenschändung! Willst du das wirklich?", wütete der alte Mann weiter. „Und wie sollen wir nun mit ihr verfahren? Beerdigen?", fragte der Jüngere zurück. „Steckt sie in einen Käfig und hängt sie an einen Baum vor meinem Fenster auf. Dann kann ich wenigstens noch zusehen, wie ihre Knochen langsam zu Staub zerfallen!", sagte der ältere Mann im fortgehen.

„Ihr habt es gehört! So, wie es mein Vater angeordnet hat, so soll es geschehen!", erklärte der Ritter und zwei der Männer trugen Ebbas Leiche auf den Hof. Dann sah Karola, dass der Ritter nun den Kelch in der Hand hatte. Langsam setzte sich ein Bild vor ihren Augen zusammen. Der jüngere Mann hatte ihr den schnellen Tod gewährt. Nun kroch Karola zu ihrem Gitter und rief hinaus

„Gnädiger Herr. Bitte!" Der Mann kam zu ihr an das Gitter und sah zu ihr herunter. „Du willst was von mir?", fragte er und die Frau begann, „Jetzt, da Ebba tot ist, braucht ihr mich doch nicht mehr. Bitte lasst mich aus diesem Käfig heraus!" „Wo willst du denn hin mit deinem gebrochenen Bein? Davon tanzen?", fragte er hämisch, doch da trat die junge Herrin an ihn heran. „Warum gibst du sie mir nicht als meine Gesellschafterin? Ich kann sie gesund pflegen lassen und hätte dann eine Zoffmagd. Bitte!" „Na, wenn das dein Wunsch ist, dann schenke ich dir diese Frau. Mache mit ihr, was du willst!"

Der junge Ritter sah sich zu den Knechten um und winkte zwei davon zu sich. Er zeigte auf die Zelle und befahl, sie aufzuschließen. Dann ging er und die junge Herrin wies die Knechte an, Karola in die Mägdekammer nach oben zu tragen. Aus dem Keller in das Dachgeschoss.

Die beiden Männer waren nicht gerade zimperlich mit ihr und sie biss unterwegs die Zähne zusammen. Schließlich lag sie oben unter dem Dach, hatte einen Strohsack unter sich und nach dem harten Zellenboden kam ihr das wie ein fürstliches Himmelbett vor, so wie die, in denen sie in Italien gelegen hatte. Aber trotz ihrer neu gewonnenen Freiheit war sie immer noch an diesen einen Raum gefesselt. Mit dem Bein würde sie keine Treppen steigen können.

Wenige Augenblicke später erschien die Herrin mit einem Knüppel und etwas Schnur. Karola biss die Zähne zusammen, als sie gemeinsam das Bein schienten, so wie es Sieglinde damals gemacht hatte. „Ich danke ihnen. Herrin", sagte Karola und deutete im Sitzen eine Verbeugung an. „Kannst du lesen?", fragte die junge Frau und Karola sagte „Ein bisschen. Nicht genug, um ihnen vorlesen zu können." „Aber du bist weit herumgekommen", antwortete die Herrin und Karola stimmte dem zu. „Dann können wir uns über deine Reisen unterhalten", erklärte die junge Herrin erfreut und wollte die Kammer verlassen. „Wartet bitte", hielt Karola sie auf.

Als die Frau sich wieder zu ihr zurückdrehte, begann sie zu fragen „Bitte haltet mich nicht für vermessen. Ihr habt mir ja schon die Freiheit geschenkt, aber ich hätte noch einen Wunsch." Die Herrin nickte ihr wohlwollend zu und somit setzte Karola fort „Könntet ihr bitte für Ebba, meine Freundin, in der Kapelle eine Kerze anzünden und ein Gebet für sie mit auf den Weg geben?"

Nach diesen Worten sah sie das Erschrecken im Gesicht der Herrin. Hatte sie unbedarft ihre Freiheit schon wieder verloren? Schnell setzte sie deshalb hinzu „Bitte entschuldigt. Vergesst meinen frevelhaften Wunsch." Doch die junge Herrin kniete sich zu ihr und sagte leise „Das ist es nicht. Ich bin nur erschrocken, weil ich selbst nicht auf diesen Gedanken gekommen bin. Dein Wunsch sei dir gewährt, aber sage niemanden etwas davon." Die Frau erhob sich, verabschiedete sich von ihr und Karola schlief fast sofort vor Erschöpfung ein.

Im Traum sah sie Ebba wieder, die in ein weißes Licht gehüllt war. Ihr tragisches Ende hatte sie bestimmt mit Gott wieder versöhnt.

39. Kapitel

Mein ist die Rache

Dieser Prozess galt zwar nicht ihm und trotzdem hatte sich Martin wie auf der Anklagebank gefühlt. So, als ob der Vater über ihn Gericht hielt. Die Bemerkung des Vaters, dass Ebba ihm das wertvollste genommen hatte, hatte Martin dann einen zusätzlichen Stich ins Herz gegeben. Er war froh gewesen, dass er das Schwert in seinem Zimmer gelassen hatte, denn sonst hätte er nicht dafür garantieren können, dass es in der Scheide blieb. Warum machte der Vater dies mit ihm? Warum musste er ihn ständig beleidigen und demütigen? Er hatte nur stumme Blicke mit Veva ausgetauscht, die auf der anderen Seite des Vaters gesessen hatte. Sie hatte wohl gemerkt, wie schlimm es in ihm aussah, doch sie hatten sich verpflichtete, kein Wort zu sagen. Wenn er sein Schwert bei sich gehabt hätte, dann hätte er auch kein Wort gebraucht!

Nun war das Urteil also gesprochen, aber er wollte den Vater nicht diese Genugtuung geben, seine Rache zu bekommen. Er wollte es ihm heimzahlen, dass er ihn so behandelt hatte und das ging nur, wenn er das Urteil etwas „umgestaltete". Natürlich würde die Frau dafür bezahlen müssen, dass sie Georg getötet hatte. Das war er seinem Bruder schuldig, auch, wenn er ihn nur zu gern von eigener Hand getötet hätte.

Martin hatte sich in sein Zimmer zurückgezogen und überlegt, wie er dem Vater die Genugtuung dieser Rache nehmen konnte und dann war ihm das Gift aus Italien wieder eingefallen. Wenn die Frau einfach so starb, dann konnte der Vater sie nicht einen Tag lang schreien hören. Martin ging an das Schränkchen, in welchem er die Dosen nach seinem Besuch in Italien sicher verwahrt

186

hatte. Es waren einige, die er mitgebracht hatte, und in jeder befand sich etwas anderes. In einer davon ein Pulver, welches die Manneskraft stärkte. In einer weiteren ein Pülverchen, dass die Frauen wild und ekstatisch machte. Und dann war noch eine Dose, die das Gift enthielt. Ein Totenkopf befand sich zur Kennzeichnung auf dem Deckel.

Vorsichtig nahm er die kleine Dose in die Hand. „Bella Donna" nannten es die Römer, denn es machte die Augen der Frauen glänzend und die Pupillen groß, wie es gerade so in Mode war, allerdings nur, wenn man höchstens ein oder zwei Krümel davon nahm. In größeren Mengen führte es zu einem qualvollen Tod, das hatte ihm der Alchimist in Venedig gesagt, bei dem er diese Dose, zusammen mit vielen anderen, gekauft hatte. Ein kleines Vermögen war dabei von ihm dafür ausgegeben worden.

Nun öffnete er zum ersten Mal die silberne Büchse. Ein unscheinbares Pulver war darin. Ungefährlich sah es aus und doch lauerte hier drin der Tod. Dann ließ er die Frau holen, um ihr den Vorschlag zu unterbreiten, den er zuvor nicht mit Veva abgestimmt hatte. Es war sein eigener Entschluss und je weniger es wussten, desto besser war es.

Es dauerte eine Weile, bis sie zugestimmt hatte und die kleine Gegenleistung für den tödlichen Becher auf sich nahm. Und so hatten sie beide etwas davon. Die Frau würde nicht so lange Leiden müssen und er erhielt im Gegenzug das, was er in Italien so oft bekommen hatte und wozu er hier nie eine Frau überreden konnte.

Seit ihrem Tanz wollte er diese Frau haben, aber er durfte mit Ebba nicht das Lager teilen, da er ja nun verheiratet war. Sie hatte ihm trotzdem die erhoffte Befriedigung zuteilwerden lassen. Und zusätzlich würde die Rache des Vaters ins Leere laufen und das war seine Rache an dem alten Mann. Er hatte nur noch warten müssen, bis das Gift wirken würde. Doch dann war er überrascht, wie schnell die Wirkung eingetreten war.

Der alte Mann hatte getobt und geschrien, aber an dem Ende der Frau war nun mal nichts mehr zu ändern gewesen. Sie war tot! „Steckt sie in einen Käfig und hängt sie an einen Baum vor meinem Fenster. Dann kann ich wenigstens noch zusehen, wie ihre Knochen langsam zu Staub zerfallen!" Das hatte der alte Mann festgelegt und so war es auch geschehen. Die zweite Gefangene hatte er auf eigene Entscheidung frei gelassen und seiner Frau als Gesellschafterin geschenkt, auch wenn das den Vater vielleicht erneut erzürnen würde.

Und nun hing dieser Käfig direkt vor seinem Fenster an einer langen Leine von einem Baum herab. Eine große Schar Raben hatte sich schon um dieses makabre Mahl versammelt und es würde wohl nicht lange dauern, bis sie diese Leiche Stück für Stück verzehrt haben würden. Ein großes Schloss hatte er anbringen lassen, um die in der Gegend leider oft tätigten Leichenfledderer von dem toten Körper fernzuhalten. Martin sah noch eine Weile zu ihr hinüber, bevor er das Fenster schloss.

Veva kam in den Raum und fiel ihm um den Hals „Danke dir für die Magd!", sagte sie und Martin wusste für einen Moment nicht, was sie meinte, bis ihm wieder die andere Frau einfiel, die er Veva geschenkt hatte. „Wollen wir noch einen Ausritt machen? Ich würde für eine Weile meinem Vater aus dem Wege gehen, wegen deiner Magd?", fragte er die Frau und Veva stimmte schnell zu. Zu zweit liefen sie die Treppe hinab zu den beiden Pferden im

Stall und wenig später verließen sie mit donnerndem Hufschlag die Burg im wilden Galopp.

Veva war eine sehr gute Reiterin, auch wenn es nicht sehr Damenhaft aussah, wie sie auf dem Pferd saß. Aber Martin hatte Mühe, seine Frau wieder einzuholen, die vor ihm lachend bis zu dem kleinen Waldteich geritten war, an dem sie schon so oft in den letzten Tagen gewesen waren.

Dort saßen sie im Gras und ließen die Pferde auf der Wiese grasen. Erst jetzt fragte Veva, was Martin mit seiner Bemerkung die andere Frau betreffend gemeint hatte. „Wenn es nach meinem Vater gegangen wäre, dann wäre die andere Frau sicher in einem zweiten Käfig gelandet. Er ist so blind von seiner Rache." „Aber sie hat doch nichts getan und nach dem Tode der Mörderin wäre es doch unrecht, sie im Keller zu belassen", entgegnete Veva. „Eigentlich war es schon vorher unrecht", gab Martin nachdenklich zu und überlegte, was er dieser Frau so alles zugemutet hatte, aber sie war ja eine Vogelfreie gewesen.

Jeder hatte mit ihr machen können, was immer er gewollt hatte. Nun war sie Vevas Eigentum und die Frau entschied. Er gab Veva einen Kuss und fragte „Reiten wir wieder zurück?" „Lass uns noch den Sonnenuntergang sehen, dann reiten wir", antwortete Veva und gab ihm ebenfalls einen Kuss.

40. Kapitel

Tod oder Lebendig?

ie zuckte zusammen und stieß gegen irgendetwas. Ein Schmerz durchzog sie, Ebba riss die Augen auf und wurde von der Sonne geblendet, die gegenüber gerade unterging. Ein schwarzer Schatten flatterte direkt vor ihren Augen. War das der Teufel, der sie holen wollte? Sie wollte schreien, aber der Schrei blieb ihr im Halse stecken. Immer noch brannte ihre Kehle, als ob ein Feuer dort glühen würde. Das verschwommene Bild wurde schärfen und sie erkannte einen Raben, der mit ausgebreiteten Flügeln direkt vor ihrem Gesicht saß. Die junge Magd blickte sich um. Ebba steckte in einem Käfig, der so eng war, dass sie kaum die Arme bewegen konnte. Von hinten bohrten sich zwei Dornen in ihren Rücken und der Schmerz war kaum zum Aushalten, aber konnte eine Tote noch Schmerzen empfinden? Und tot musste sie doch sein, denn sie hatte das Gift doch getrunken? Oder war dies ein Traum? Konnten Tote träumen? Alles fühlte sich so echt an, dass dies kein Traum sein konnte.

Mit so wenigen Bewegungen wie nur möglich sah die Frau an sich herunter. Sie hatte sich übergeben und ihr Kleid stank von dem Erbrochenen, aber bis auf die beiden Dornen, die sich in ihre Schultern bohrten, schien sie unverletzt zu sein. Sie konnte sich wegen der Enge nur kaum bewegen.

Doch offensichtlich war sie weder gerädert noch ausgeweidet worden. Eine große Gruppe Raben saß auf dem Käfig und versetzte diesen in Bewegung. Es schaukelte und Ebba wurde wieder schlecht. Erneut musste sie sich übergeben. Mühsam befreite sie einen Arm, den sie aber nur unter Schmerzen bewegen konnte. Der Käfig war abgeschlossen und hing weit über dem Boden an einer

Schnur von einem Baum. Ebba gelang es, an das Schloss zu kommen, aber alles daran rütteln nützte ihr nichts. Es war zu und damit war dies wohl der Platz, an dem sie langsam verhungern und verdursten würde. Sie wagte nicht, zu schreien, weil die Burg nur einen Steinwurf entfernt war und wenn der Ritter erfahren würde, dass sie noch lebte, so würde er sicher sofort die über sie verhängte Strafe vollziehen lassen und Ebba hatte keine Lust, sich alle Knochen brechen und dann auch noch den Bauch aufschlitzen zu lassen! Da wollte sie lieber verdursten! Trotzdem sah sie sich um, wie sie dieser misslichen Lage irgendwie entkommen konnte.

Vorn drückte die Käfigtür sie nach hinten, wo sich die beiden Dornen bis zu ihren Schulterblättern in ihren Körper gebohrt hatten. Vermutlich sollten sie dafür sorgen, dass die Leiche, die sie ja sein sollte, so lange wie möglich aufrecht stehen blieb. Bis jetzt war der Schmerz gerade noch so auszuhalten, aber lange würde das wohl nicht mehr gehen. Was tun? Wenn sie noch ihre langen Haare gehabt hätte, dann wäre noch die Haarnadel in ihren Locken gewesen, doch die war zusammen mit dem Haar von Gustav abgeschnitten worden.

Ebba sah erneut an sich herab, was hatte sie, was ihr dabei helfen konnte, sich aus diesem Gefängnis zu befreien? Nichts! Sie trug nur das leinene Unterkleid. Keine Schuhe und auch sonst nichts. Alles hätte ihr nichts genutzt. Wie konnte man entkommen? Eigentlich nur, wenn die Tür offen war, und das ging nur von außen! Dazu würde sie schreien müssen, dass wiederum würde die Knechte auf sie aufmerksam machen und sie würde dem Käfig entkommen, nur um wenig später auf dem Rad ihr Leben auszuhauchen.

Immer noch zerbrach sie sich dabei ihren Kopf, wie sie überlebt haben konnte. Hatte das Gift nicht gewirkt? War die Dosis zu
gering gewesen? Zumindest musste sie tot gewesen sein, als die
Männer sie hier hineingesteckt hatten. Sonst wäre sie wohl jetzt
immer noch im Keller und würde die Ankunft des Scharfrichters
abwarten müssen. Der sollte ja am nächsten Morgen kommen und
vielleicht würde der Burgherr das Urteil trotzdem noch an ihr vollstrecken wollen und hatte sie nur über Nacht hier hingehängt.

Die Abenddämmerung setzte langsam ein und immer noch
fragte sie sich, was sie tun sollte. Zwei Reiter ritten zur Burg, einer
davon offensichtlich eine Frau. Ein Schrei und Ebba wäre wieder
im Keller, doch ihr Mund blieb geschlossen. Etwas glänzte an der
Seite im Licht der untergehenden Sonne. Mühsam drehte Ebba den
Kopf dorthin und sah etwas Metallisches in einem der Raben stecken. Es schien ein dünner Nagel zu sein. Wo auch immer das Tier
sich diese Verletzung zugezogen hatte, sie konnte Ebbas Befreiung
sein. Nun musste sie nur noch an das Tier heran kommen, ohne
dass dieses flüchten würde. Die Gelegenheit würde sicher nicht so
schnell wieder kommen. Vorsichtig hob sie den Arm und versuchte das Tier zu erreichen. Aber es fehlte ein kleines Stück.

„Bitte komm zu mir!", flüsterte sie dem Tier zu, um es nicht
doch noch mit ihrer Stimme zu verscheuchen. Der schwarze Vogel
legte seinen Kopf schief und sah sie an. „Bitte! Ich will dich von
deinem Schmerz befreien, damit ich mich von meinen Schmerzen
befreien kann!", flehte sie das Tier an, das immer noch etwas zu
weit entfernt auf dem Käfig hockte. Dann breitete der Vogel die
Flügel aus und wollte sich abstoßen. Mit einer letzten Kraftan-
strengung riss sich Ebba zusammen und erreichte das Ende des
Nagels. Das wegfliegende Tier zog sich selbst das Metall aus dem
Körper und Ebba hielt die Rettung zwischen ihren Fingerspitzen.

„Jetzt nur nicht fallen lassen!", dachte sie und hob trotz der Schmerzen auch ihren zweiten Arm. Dabei spürte sie, wie ihr das Blut über den Rücken lief. Vorsichtig betastete sie den Nagel und erinnerte sich, wie ihr Gustav vor einiger Zeit mal erklärt hatte, wie man mit einem Dietrich eine Kiste öffnen konnte. Sie hatte das sehr befremdlich empfunden und es war ihr fast wie Diebstahl vorgekommen. Bis gerade eben hatte sie nicht verstanden, warum ihr der Freund das gezeigt hatte. Nun wusste sie es.

In einer Spalte des Käfigs bog sie sich den Nagel zurecht. Ohne hinzusehen, versuchte sie blind, das Schloss zu öffnen. Es war nicht ganz so einfach, ohne zu sehen, was man machte, doch nach einigen Versuchen schnappte das Schloss auf. Ebba hätte vor Freude jubeln können. Das Schloss fiel nach unten, die Tür glitt nach vorn und gab sie frei. Ebba riss sich von den Dornen los, zog sich nach vorn, kletterte auf den Käfig und von dort über den Strick nach oben auf den Ast.

An den Stamm gelehnt saß sie einen Moment und sah, wie die Sonne gerade hinter dem Horizont versank. Ebba umklammerte den Baum mit Händen und Füßen und ließ sich am Baumstamm herunterrutschen.

Im Grase stehend blicke sie sich um, dann lief sie hinunter zum Bach, an dem sie damals auf Gustav gewartet hatte. Im Dämmerlicht fand sie auch das Tuch wieder, dass der Ritter dort in den Wald geworfen hatte. Vorsichtig wusch sie sich die Wunden auf den Schultern aus und verband sich diese mit dem Tuch. Am Bach kniend wusch sie sich das Gesicht und das Kleid. Wohin sollte sie nun ihr Weg führen? „Italien!", sauste es durch ihren Kopf.

41. Kapitel

Leichendiebe und Leichenhändler

eva war es gewesen, die als erste bemerkt hatte, das mit der toten Frau etwas nicht stimmen konnte. Als sie am Morgen, wie jeden Tag, das Fenster geöffnete hatte, war ihr Blick auf den makabren Käfig direkt vor der Burg gefallen. Die Morgensonne hatte hindurchgeschienen und das hätte sie ja nicht, wenn die Mörderin noch darin gewesen wäre. Wenig später wusste es jeder in der Burg, dass die Leiche verschwunden war. Die Knechte liefen zum Baum hinaus und fanden das geöffnete Schloss direkt unter dem Käfig, aber sonst war keine Spur von der Frau zu finden. Als Martin zurück zu ihr in das Zimmer kam, er-klärte er, dass er auch in Italien schon so etwas erlebt hatte. In vie-len Universitäten lernten die Ärzte das Sezieren von Menschen, um den Lebenden besser helfen zu können. Da es aber dazu nicht genug Leichen gab, wurden diese einfach auf den Richtplätzen geraubt. Diese Toten waren ja, nach Auffassung der Kirche, keine Menschen, denen ein ehrenvolles Begräbnis zustand. Gehenkte, Enthauptete, Selbstmörder und andere Leichen landeten somit auf den Seziertischen der Studenten.

Der jungen Frau fröstelte es bei dem Gedanken daran, dass da jemand an Toten herumschnitt, aber Martin erklärte ihr „Woher sollen es die Ärzte sonst wissen? Ich habe lieber einen Medicus, der schon vorher mal geübt hat, wie er eine Wunde wieder ver-schließen kann." Und da musste sie ihm wohl zustimmen. Trotz-dem fand sie es furchtbar, dass nun fremde Menschen in den Ein-geweiden der Frau herumstocherten. Aber auch darauf wusste Martin eine Antwort, denn er sagte ihr, dass ja sein Vater dies so-gar bei der lebenden Frau machen wollte.

Bei diesem Gedanken alleine stellten sich Veva noch mehr die Nackenhaare auf. Schließlich zeigte sie auf den leeren Käfig und fragte „Können wir denn den dann irgendwie dort wieder fort nehmen?" Martin nickte und rief zwei Knechten zu, dass der Käfig wieder verschwinden sollte. Als die zwei Männer vom Hof nach draußen liefen, sah Veva den Vater von Martin am Nachbarfenster stehen. Der alte Mann hielt sich verkrampft am Fensterbrett fest und starrte den leeren Korb an. So hatte er sich seine Rache wohl kaum vorgestellt. Nach einer Weile blickte er zu Veva und die Kälte seiner Augen durchdrang die Frau. Da war nur noch Hass in diesem Blick gewesen. Unwillkürlich zuckte sie zurück und prallte dadurch gegen Martin, der neben ihr stand.

Nun sah auch Martin zu dem Mann, der erbost herüber zischte „Findet sie! Oder solltest du nicht in der Lage sein, eine Leiche zu finden?" Veva sah ihren Mann an, der nickte und dann nach hinten in das Zimmer verschwand. Er bedeutete ihr, dass Fenster zu schließen und sie kam danach auf ihn zu. „Jetzt ist er vollkommen verrückt geworden!", sagte Martin leise, dann setzte er hinzu „Wenn die Spitzbuben die Leiche heute Nacht dort herausgeholt haben, so können die jetzt schon wer weiß wie weit entfernt sein!"

Er setzte sich auf den Stuhl und überlegte. „Wohin könnten sie gefahren sein? Wo braucht man frische Leichen?", fragte er sich selbst leise. Nach einer Weile murmelte er „Leipzig, Magdeburg oder Prag." Aber Prag war sicherlich zu weit entfernt. Eine ganze Woche mit einer Leiche auf dem Wagen? Blieben nur noch zwei Orte, die in der entsprechenden Entfernung lagen. Offensichtlich war der Mann zur selben Erkenntnis gekommen, denn er fragte sie „Leipzig oder Magdeburg?" „Die medizinische Fakultät in Leipzig ist berühmt. Ich denke, sie sind dorthin gezogen. Da werden sicher die besten Preise gezahlt!", entgegnete Veva, die von dieser Universität schon mal etwas gehört hatte.

„Also Leipzig!", sagte ihr Mann und sprang auf. Er gab ihr noch einen Kuss und stürmte aus der Tür. Wenig später hörte sie, wie die Pferde den Burghof verließen. Langsam stieg sie nach oben zu der anderen Frau, die ja von all dem noch nichts mitbekommen hatte. Karola saß auf ihrem Strohsack und zog den Strick an ihrem Bein fest, mit welchem die beiden Holzbretter vom Fuß bis zum Knie an ihrem Bein angebracht worden waren. Wie sollte Veva beginnen? Sie lehnte an der offenen Tür und suchte nach den passenden Worten. „Was ist passiert?", fragte Karola und mühsam konnte Veva ihr erklären, was wohl mit der Leiche von Karolas Freundin geschehen war.

Die Frau schlug sich die Hand vor den Mund, um nicht vor Entsetzen aufzuschreien. „Das darf doch nicht wahr sein! Kann sie denn niemals Ruhe finden?", fragte Karola schluchzend und Veva musste dabei daran denken, dass sie ja in dem Käfig auch keine Totenruhe finden würde. Um sie abzulenken, beugte sich Veva über das Bein der Frau. Es war dick und geschwollen. Sicherlich wäre es besser, wenn sich ein Medicus mal dieses Bein ansehen würde. Sie rief einen der Knechte zu sich und beauftragte ihn, einen Medicus zu finden. Der Mann verbeugte sich und eilte davon.

Nach etwa einer Stunde rumpelte ein Wagen auf den Burghof, auf dem einer der fahrenden Ärzte saß. An seiner Kleidung war er gut zu erkennen. Veva eilte zu ihm hinab und stieg anschließend, nicht ohne vorher einen Blick in seinen Wagen geworfen zu haben, mit ihm die Treppe hinauf zu Karola. Was hatte sie erwartet, in dem Wagen zu finden? Eine frische Leiche? Aber er war leer gewesen.

Der Mann betrachtete das Bein, drückte darauf herum, wodurch Karola doch noch aufschrie, dann rührte er einen Trank an und gab diesen der Frau zu trinken. Danach erklärte er Veva die Zubereitung und gab ihr einen Beutel mit den Kräutern, woraufhin er die Hand aufhielt und mit einem Gulden aus Martins Geldkiste bezahlt wurde, den Veva schnell aus dem Zimmer geholt hatte. „Und das Bein?", fragte sie noch, bevor der Medicus sich verabschieden konnte. „Das wächst noch zusammen. In etwa sechs Wochen wird sie wieder durch die Burg humpeln." „Nur humpeln?", fragte Karola und der Mann nickte. „Wenn ich es richtig sehe, dann ist durch die zwei Brüche das Bein etwa eine Fingerbreite kürzer, als das andere. Da wird wohl nur Humpeln übrig bleiben."

Karola legte die beiden Beine nebeneinander und wirklich war das eine Bein etwas kürzer, als das andere. „Dann ist das Tanzen jetzt für mich vorbei", sagte sie und Veva setzte hinzu „Aber du wirst leben!"

Danach begleitete sie den Medicus nach unten in den Burghof und der Mann fuhr mit seinem Wagen wieder ab. Nun musste sie auf ihren Mann warten. Würde es ihm gelingen, die Leichenhändler zu stellen? Sie konnte es nur hoffen, denn der hasserfüllte Blick des alten Mannes lag direkt zwischen ihren Schultern. Es fröstelte ihr dabei.

42. Kapitel

Totenwege

Schon fast einen Tag waren sie unterwegs und hatten die Hälfte der Stecke nach Leipzig geschafft. Die Nacht hatten sie in einer schäbigen Herberge verbracht, in der er lieber nicht schlafen wollte, sondern er hatte im Wirtsraum bis zur Morgendämmerung gewartet. Auf der ganzen bisherigen Strecke hatten sie mehrere Wagen durchsucht, manche Kaufleute hatten sich nur der Waffengewalt gebeugt und ihre Karren geöffnet. Martin und seine Männer waren sich der Gefährlichkeit ihres Unterfangens wohl bewusst, denn schließlich waren sie hier auf fremdem Land und schnell war da der Vorwurf des Raubrittertums ausgesprochen. Da war die Schlinge schon fast um ihren Hals zugezogen. Daher suchten sie auch sehr vorsichtig. Trotzdem waren sie bisher nicht fündig geworden.

So eine weite Strecke konnte kein Wagen in der Zeit gekommen sein! Waren sie wirklich auf der richtigen Spur? Oder hätten sie doch lieber in Richtung Magdeburg suchen sollen? Dafür war es nun aber zu spät. Kurz bevor Martin die Suche abbrechen und zurückreiten wollte, hielten sie einen Karren an, auf dem, gut verschnürt, zwei Leichen lagen. Aber es waren Männer, wie die Untersuchung schnell zeigte. Zumindest hatte sie damit einen der Leichenhändler gefunden.

Mit dem Dolch an seinem Hals erzählte der Mann schnell, vor Angst schlotternd, wo er die beiden Leichen her hatte. Der Scharfrichter einer kleinen Stadt hatte ihm die beiden Gehenkten für ein kleines Handgeld überlassen und der Mann wollte sie in Leipzig bei der Universität gegen ein etwas höheres Geld wieder verkaufen. Das machte er einmal in der Woche und bis dahin lagerte er die toten Körper in einer Scheune.

Augenblicklich kam Martin eine Idee. „Hast du auch Frauen?", fragte er und der Händler zuckte zurück. „Seid ihr etwa Leichenschänder?", fragte er, doch Martin winkte ab. Er hatte schon davon gehört, dass es Männer gab, die sich in Ermanglung einer Frau an Leichen vergriffen. Aber darauf stand die Todesstrafe wegen Sodomie. Nachdem er dem Mann etwas vorgelogen und einen Gulden versprochen hatte, führte dieser die Männer zu seiner Scheune, die etwa noch eine Stunde entfernt war.

Von außen sah das Gebäude ganz normal aus, außer dass es mitten auf einem Feld stand. Der Bauernhof, zu dem sie einst gehörte, war schon lange verfallen. Der Leichenhändler schob die Tür auf und ein unbeschreiblicher Gestank schlug ihnen entgegen. Einer von Martins Männern musste sich neben der Scheunentür übergeben. „Hier drüben sind die Frauen!", sagte der Händler und zeigte auf fünf verschnürte Bündel. Zweien davon fehlte der Kopf, eine war zu dick und eine zu groß. Blieb nur eine, die in etwa die richtigen Proportionen hatte. Martin trat an sie heran und der Händler sagte „Die habe ich gestern erst hereinbekommen. Eine Selbstmörderin, die sich in einem Weiher ertränkt hat!" Schnell löste er die Schnur und schlug die Plane zurück.

Die Frau war schwarzhaarig und bei weitem nicht so hübsch, wie die Mörderin, aber mit kurzen, etwas helleren Haaren, aus der Entfernung, konnte die Täuschung gelingen. „Kurze, dunkelblonde Haare?", fragte Martin und sah sich um. „Wir könnten sie färben?", erklärte der Händler. Martin schnitt mit seinem Dolch der Leiche die Haare kurz und der Händler hatte schnell ein paar Kräuter in einem Topf mit Wasser aufgekocht „Ein helles oder dunkles blond?", fragte er und Martin überlegte. „Eher so ein Mittleres, wie diese Holztür da!", antwortete er und zeigte auf die Eingangstür der Scheune. „Wie der Herr wünschen!", entgegnete der Händler und wenig später passte die Haarfarbe. Er wickelte die Leiche wieder ein und übergab diese an zwei der Knechte, die sie nach draußen trugen. Danach drückte Martin ihm zwei Gulden in die Hand, woraufhin sich der Mann tief vor ihm verbeugte. Anschließend gab Martin jedem seiner Knechte einen weiteren Gulden „Schweigegeld" und dann flogen sie mit ihren Pferden im Galopp zurück zur Burg.

Die Leiche war, in den Leinensack verpackt, vor Martin auf dessen Pferd gebunden. Sie blieben über Nacht in einem Wald, denn mit ihrer auffälligen Fracht wollten sie in keiner Herberge bleiben. Gegen Mittag hatten sie die heimatliche Burg wieder erreicht und die Leiche unter dem Baum ausgepackt, in den Käfig gestellt, die Tür diesmal mit zwei Schlössern gesichert und danach den Käfig mit dem Seil nach oben gezogen.

Nach dieser makabren Tätigkeit ging Martin, mit dem Pferd hinter sich am Zügel, in die Burg hinein. Er stieg auf der Treppe langsam hinauf zum Zimmer seines Vaters, dort zeigte er durch das Fenster auf den Käfig und sagte „Da habt ihr sie zurück!" Der alte Mann nickte fast dankbar und Martin verschwand aus dem Zimmer, bevor sich die Laune des alten Mannes wieder verschlechtern würde.

Er ging zu Veva hinüber, die ihn schon sehnsüchtig erwartete und mit einem Kuss begrüßte. „Du bist wieder zurück und hast sie gefunden!", sagte sie stolz und er beließ sie in ihrem Glauben. „Manche Tote legen weitere Wege zurück, als die meisten Lebenden!", erklärte er und schloss das Fenster wieder.

Konnte er aber vielleicht die jetzige gute Laune des Vaters nutzen, um ihn das Schriftstück unterzeichnen zu lassen, dass schon so lange darauf wartete, dass der alte Herr sein Zeichen darunter machte? Martin nahm das Blatt und ging zurück in das Zimmer des Vaters. Allerdings war die Stimmung schon wieder umgeschlagen.

Noch bevor er das Blatt dem Manne geben konnte, hatte dieser ihn aus dem Raum geworfen. Zähneknirschend schritt Martin zurück zu Veva. „Ihm kann keiner etwas recht machen!", erklärte er und legte das Blatt zurück in den Schrank. „Irgendwann wird er unterschreiben!", sagte die Frau und versuchte ihn zu trösten. „Vielleicht sollte er auch den Weg der Toten gehen!", dachte Martin und sah zur Wand, hinter der sich der Raum des Vaters befand. Er legte den Gürtel ab und warf das Schwert lautstark auf den Tisch.

Offensichtlich hatte Veva schon erkannt, wie es um ihn stand, wodurch sie nun ihrerseits alles Mögliche unternahm, um ihn wieder zu beruhigen. Doch all ihre Anstrengungen halfen nichts. Also blieb ihr wohl nur eine Möglichkeit und schon wenig später saßen sie zusammen in der Wanne.

Das warme Wasser und der kalte Wein sorgten schließlich dafür, dass Martin den Ärger vergaß und sich nur noch seiner Frau und der Entspannung widmete. Die Toten waren vergessen, es wurde eine Zeit der Lebenden und der Liebenden.

43. Kapitel

Südwärts, so weit die Füße tragen

Rings um sie herum fiel langsam das Laub von den Bäumen. Für eine Flucht durch den Wald hatte sich Ebba die denkbar schlechteste Jahreszeit ausgesucht. Seit Tagen war sie unterwegs, barfuß und nur nachts. Tagsüber versuchte sie unter irgendwelchen Bäumen versteckt zu ruhen. Die häufigen Regengüsse sorgten dafür, dass das leinene Unterkleid praktisch immer entweder Nass oder Klamm war. Feuer durfte sie nicht machen, denn das hätte jemand sehen und sie fangen können. Immer noch war sie auf der Flucht. Sie hatte beschlossen, so weit nach Süden zu laufen, wie es nur irgend möglich war, aber bis Italien würde sie niemals gelangen können.

Es war Wochen her, dass Sieglinde gesagt hatte „Jetzt!" und selbst, wenn sie unmittelbar nach der Nacht des Verbrechens losgelaufen wäre, sie hätte nicht gewusst, wo der beschrieben Pass über dieses ferne Gebirge war und einen Bergführer hätte sie ohnehin nicht bezahlen können, denn sie besaß nichts mehr. Nicht einmal Schuhe.

Dazu kam auch noch, dass die Felder abgeerntet waren und im Wald nur noch Dinge wuchsen, von denen sie nicht wusste, ob man sie bedenkenlos essen konnte. Die Pilze rochen gut, aber die Mutter hatte sie mehr als einmal davor gewarnt, diese zu essen. Die meisten waren giftig und Ebba wusste nicht, welche davon.

Somit zog der Hunger sie weiter vorwärts. Manche Nacht konnte sie nicht einschlafen, weil ihr Magen so knurrte. Eigentlich hätte Ebba wieder unter Menschen gemusst, aber im Unterkleid und mit den kurzen Haaren würde sie sofort auffallen und vielleicht gegen die Belohnung ausgetauscht werden. Sicherlich hatte sich noch nicht bis in das letzte Dorf herumgesprochen, dass der Ritter sie schon gefangen und getötet hatte. Das wäre auch schlecht jemanden zu vermitteln. Also blieb sie lieber für sich. Die beiden Wunden an der Schulter hatten sich zu allem Übel auch noch entzündet und brannten nun, als ob die Eisenstifte ihr immer noch im Rücken steckten.

Es war abzusehen, dass es wohl nicht mehr lange dauern würde, bis sie vollkommen entkräftet irgendwo im Wald liegen blieb. Auch hatte sie keine Ahnung, wie lange und in welche Richtung sie durch den Wald geirrt war. Mochten es schon zwei Wochen sein? Wenigen? Wahrscheinlich nicht mehr. Als dann der Hunger vollkommen unerträglich wurde und sie unter Krämpfen an einem der Bäume saß, ging es einfach nicht mehr weiter. Ebba musste eine Entscheidung treffen, die selbst mit klarem Kopf schwierig gewesen wäre. Doch nun, unter dem Zwang des Hungers und der Schmerzen, war es aussichtslos, richtig abzuwägen.

In ihrem Kopf war nur noch, dass sie wieder unter Menschen musste, denn sonst würde sie die nächsten Tage nicht überleben. Was danach kommen würde, das war ihr im Moment völlig gleichgültig. Nur diese furchtbaren Krämpfe sollten endlich verschwinden!

Von Baum zu Baum schleppte sie sich bis zum Waldrand und brach dort in die Knie. Vom Dickicht aus blickte Ebba auf die freie Fläche hinaus. Dorthin musste sie, auch, wenn sie das bisher aus Angst vermieden hatte.

Ein abgeerntetes Stoppelfeld lag vor ihr und nicht weit entfernt sah sie ein einzelnes Licht. Da musste es Menschen geben! Durch die einsetzende Abenddämmerung zog sie dieses Licht an. Ebba zog sich am Baum neben ihr hoch und stapfte vorwärts.

Schritt für Schritt tapste sie über das freie Feld. Wie weit mochte das Licht entfernt sein? Es schien nicht näherzukommen. War es ein Irrlicht? Oder gab es dieses Zeichen nur in ihrem Kopf und die Schmerzen zeichneten es vor ihr in den Himmel? Taumelnd lief sie weiter. Umdrehen war nun nicht mehr möglich.

Sie musste dieses Haus erreichen. Immer enger zog sich ihr Gesichtsfeld zusammen, bis nur noch dieser eine leuchtende Punkt darin zu sehen war. Ebba stolperte, fiel hin, raffte sich wieder auf und fiel wieder hin. Sie war mehr am Boden, als dass sie ging.

Dann erlosch das Licht und Ebba brach zusammen. Wohin nun? Sie lag mit dem Bauch auf dem Feld und hatte vollkommen die Orientierung verloren. Wenig später ging der Mond auf und beleuchtete mit seinem silbernen Licht die Frau auf dem Feld. Es war so hell, als wenn es Tag wäre und schlagartig sah Ebba, dass das Haus keinen Steinwurf entfernt vor ihr stand. Mit der letzten, ihr noch verbliebenen, Kraft, zog sie sich vorwärts.

Trotzdem dauerten diese letzten hundert Schritte sicher mehr wie eine Stunde. Und die Zeit dehnte sich ins Unendliche!

Als der Mond hinter den Wolken verschwand, da brach sie vor der Haustür erneut zusammen. Ein letzter mühsamer Schritt trennte sie von dem rettenden Holz der Tür. Vollkommen erschöpft und entkräftet zog sie sich mit den Fingern zu dieser Tür. Schob diese auf und sah den Himmel über sich.

Das Haus war nur noch zur Hälfte vorhanden! Nur die Vorderseite stand noch, die Rückseite und das Dach waren eingestürzt. „Das ist das Ende!", jagte es durch Ebbas Kopf. Der letzte wache Gedanke, dann blieb sie in der offenen Hüttentür liegen. Erneut setzte ein Regenguss ein. Ihre obere Hälfte lag in der Hütte und war durch einen Dachrest geschützt. Der Rest ihres Körpers, ab der Hüfte abwärts, wurde wieder völlig durchnässt. Doch sie hatte keine Kraft mehr, ihre Beine in das Trockene zu ziehen.

Auf dem Bauch liegend wartete sie auf ihr Ende. Dann setzte auch noch ein Gewitter ein. Vor ihren Augen sah sie die Blitze herunter zucken. Wo vorher der Mond alles beleuchtet hatte, da waren nun die Blitze ihre Beleuchtung. Im zuckenden Schein sah sie eine weitere Hütte. Auch diese war nur einen Steinwurf entfernt, aber in ihrem derzeitigen Zustand hätte sie auch auf dem Mond sein können. Niemals würde sie diese hundert Schritte mehr schaffen. Sie war ja nicht mal mehr in der Lage, ihre Beine nach innen zu ziehen.

Einer der Blitze traf die Hüttenreste über ihr. Es knallte, als hätte man eine Kanone vor ihrem Ohr abgefeuert. Ebba zuckte zusammen, aber zu mehr war sie nicht in der Lage.

Nun brannte der Rest des Schilfdaches über ihr und sie sah den Flammenschein. Die ersten brennenden Schilfhalme fielen von oben auf sie herab, aber sie hatte keine Kraft mehr, sich davor zu schützen.

Hier würde sie verbrennen und in der Hölle landen. Zum zweiten Male blickte sie dem Tod ins Auge. Ebba begann zu beten und schloss die Augen, dann spürte sie, wie sie jemand an den Beinen packte und fortzog.

Als sie auf den Rücken gedreht und an Händen und Füßen gepackt wurde, da öffnete sie die Augen wieder. Sie sah eine ältere Frau vor sich, die ihre Füße trug. Dann wurde es schwarz vor Ebbas Augen. Das Feuer verschwand.

44. Kapitel

Handlanger des Medicus?

Das Rütteln eines Wagens weckte ihn wieder auf. Er schlug die Augen auf, eine braune Plane flatterte über seinem Kopf und Gustav konnte in dem freien Bereich am hinteren Ende der Abdeckung ein paar graue Wolken sehen. „Karola? Ebba?", fragte er leise, weil er für den Moment gedacht hatte, auf dem Eselskarren der Gemeinschaft zu liegen, dann traf ihn die Erkenntnis, dass es die Gruppe nicht mehr gab. Der Wagen hielt und ein bärtiger Mann beugte sich über ihn. „Na da bist du ja doch wieder aufgewacht. Ich dachte schon, ich müsste deine Leiche zur Universität bringen." „Wo bin ich?", fragte Gustav. „Bei mir!", entgegnete der andere Mann, was nicht wirklich sehr hilfreich war, denn das hatte Gustav auch so schon erkannt. „Ich bin Marcus, ein reisender Medicus und habe dich im Wald gefunden", erklärte der Fremde, holte einen Becher und gab Gustav etwas zu trinken, was fürchterlich schmeckte. „Willst du mich vergiften?", fragte er und spukte das Gebräu wieder aus. „Um dennoch deine Leiche verkaufen zu können?", fragte Marcus und lachte. „Nein! Du brauchst das gegen das Fieber! Trink!", erklärte der bärtige Mann. Gustav richtete sich auf, trank den Becher leer und ließ sich zurücksinken.

Marcus hob ihn wieder an und betastete Gustavs Rücken. Ein Schmerz durchzuckte ihn und er schrie auf. „Wenn noch Gefühl drin ist, dann besteht noch Hoffnung!", erklärte der Medicus. Der Spruch hätte auch von Hans stammen können. Langsam setzte sich das Bild wieder vor Gustavs Augen zusammen. Er dachte wieder an die Flucht mit Ebba, wie ihn etwas im Rücken getroffen hatte und zwei Knechte die Frau von ihm weggeschleift hatten. „Wie lange liege ich schon hier?", fragte er schnell. „Drei Wochen."

„Drei Wochen? Dann muss sie schon tot sein!", sagte er verzweifelt. Ebba war für immer aus seinem Leben verschwunden. Er würde sie nun nicht mehr retten können, denn so lange würde der Ritter sie wohl kaum am Leben gelassen haben! „Wer ist tot?", fragte Marcus. „Ebba!" „Die kleine Mörderin?" „Ja! Ihr wisst etwas von ihr?", fragte Gustav nach und setzte sich nun auf. „Alle Welt spricht von ihr!", begann Marcus und erzählte, wie die geliebte Freundin gefangen genommen wurde, verurteilt und trotzdem dem Urteil entgangen war.

„Also ist ihr durch Gottes Gnade wenigstens die Hinrichtung erspart geblieben", stellte Gustav erleichtert fest, aber es war nur ein schwacher Trost für ihn. Mittlerweile hatte Marcus ein paar Kräuter auf die Wunde an Gustavs Rücken aufgebracht und mit einem breiten Tuch festgebunden. „Wohin fahrt ihr?", fragte Gustav und Marcus zeigte nach vorn. „Nur das Pferd kennt den Weg!", sagte er lachend und setzte hinzu. „Aber wenn alles klappt, dann sind wir in zwei Wochen in Augsburg!" „Augsburg? Darf ich euch begleiten?" „Ja! Aber wir sollten beim Du bleiben. Ich bin kein hochgeborener Herr. Nur ein studierter Medicus", erklärte Marcus und gab ihm die Hand. „Gustav", sagte er und Marcus nickte. „Willst du nach vorn kommen?", fragte er und zeigte auf den freien Platz auf dem Bock. „Gern", entgegnete Gustav, setzte sich stöhnend nach vorn und schon begann sich der Wagen wieder zu bewegen, ohne dass Marcus irgendetwas gemacht hätte. Offensichtlich wusste das Pferd wirklich alles viel besser, als die Menschen.

„Ich ziehe von Dorf zu Dorf und biete meine Dienste feil", begann Marcus zu erzählen. „Zähne reißen, Tinkturen verkaufen, Furunkel stechen. Was so im Herbst eben anfällt, wenn die Bauern das Zipperlein plagt." „Und Pfeile aus dem Rücken ziehen?", fragte Gustav und deutete auf seinen Rücken. „Auch dies! Es war schön, mal wieder etwas zu tun, was mich wirklich gefordert hat." „Dann bin ich ja froh, dass ich dir helfen konnte", sagte Gustav und der andere Mann lachte. Er griff in den Beutel an seinem Gürtel und zog eine Pfeilspitze heraus. „Hier! Als Andenken!", sagte er und drückte Gustav das Metallstück in die Hand. „Einen Fingerbreit tiefer und ich hätte dir nicht mehr helfen können", beschloss er seine Rede. Gustav sah das Metall in seiner Hand an. Offensichtlich ein Jagdpfeil. Mit einem anderen, schwereren Pfeil wäre sein Leben auch so verwirkt gewesen.

„Was hast du denn früher so gemacht?", fragte Marcus nach einer Weile des stummen nebeneinander Sitzens. „Ich war beim fahrenden Volk." „Das bin ich auch!", unterbrach ihn Marcus. „Ich habe alles gemacht, was man so machen konnte. Jonglieren, Seillaufen, Kunststücke eben." „Mit dem Jonglieren wäre ich an deiner Stelle erst mal etwas vorsichtiger!", setzte Marcus nach und beide lachten. Jonglieren mit nur einem Arm war wohl wirklich etwas schwierig. Den zweiten hatte Marcus ihm in das Tuch eingebunden, damit er ihn nicht so oft bewegen musste. Gustav musste an Sieglinde denken, die bei ihnen für die Heilung und die Kräuter zuständig gewesen war. Seine Gedanken gingen erneut zurück zu Ebba und offensichtlich fiel dies auch dem Medicus auf. „Du denkst an sie?", fragte er und Gustav konnte nur nicken. „Sie wartet auf dich", setzte er fort. „Aber sie wurde doch hingerichtet. Wie kann sie da auf mich warten? Nicht mal im Himmel werden wir vereint sein können", brach es aus Gustav heraus.

Marcus beugte sich zu seinem Ohr herab und flüsterte „Du darfst nicht alles Glauben, was dir die Kirchenmänner sagen!" Das hätte genauso auch von Sieglinde stammen können. Vielleicht hatte der Mann ja damit recht. Wer wusste schon, wie es da drüben aussah? Keiner war bisher von dort zurückgekommen. „Ja. Aber was kann ich den nun tun? Mit nur einem Arm?", fragte Gustav und sah nach vorn, über die Ohren des Pferdes. „Bleib doch eine Weile bei mir. Du kannst mir helfen und die Männer festhalten, während ich mit der Zange ihnen die Zähne ziehe!" Gustav nickte und sagte „Warum nicht!" „Und du bist auch noch das beste Beispiel meiner Leistungen auf dem medizinischen Gebiet", setzte Marcus lachend hinzu.

„Abgemacht?", fragte Marcus und hielt ihm die Hand hin. „Abgemacht!", entgegnete Gustav und schlug in die Hand ein. Nun war er also der Handlanger eines Medicus, auch wenn er im Moment nur eine Hand benutzen konnte. Es war nicht das Schlechteste, was ihm hätte passieren können, und die Aussicht, den Winter in Augsburg zu bleiben, versöhnte ihn mit seinem Schicksal.

Ein Gebet für Ebba flog zum Himmel hinauf, dann blickte er wieder auf den Weg, der zwischen den Ohren des Pferdes zu sehen war. Die Häuser eines Dorfes kamen langsam auf sie zu.

45. Kapitel

Dankbarkeit?

Mit dem ersten Schnee war Ebba wieder auf den Füßen. Es hatte ewig gedauert, bis das Fieber endlich gesunken gewesen war. Ihr Hunger und die Entkräftung hatten noch zusätzlich dazu geführt, dass sich die Zeit so lange gedehnt hatte. Sie war auf einem Bauernhof untergekommen. Die beiden älteren Bauern hatten im Herbst ihre Magd durch eine Krankheit verloren und nur ein paar Tage später war Ebba direkt vor ihrer Tür zusammengebrochen. Die Bäuerin hatte dies als ein Zeichen von Gott gesehen, dass Ebba nun die neue Magd sein sollte. Die beiden Bauern waren nur in etwa doppelt so alt, wie Ebba und doch hatte die harte Arbeit auf dem Feld schon deutliche Spuren in ihre Gesichter gegraben.

Tiefe Furchen zogen sich über das Gesicht der Bäuerin. Sie hieß Magda und hatte sich die ganze Zeit rührend um Ebba gekümmert. Mit Brühe, Brot und Haferbrei hatte sie Ebba zuerst mal wieder zu Kräften gebracht. Den Rest hatte dann Ebbas Körper von selbst geschafft. Mehr als einmal hatte es wohl auf Messers Schneide gestanden, aber sie hatte überlebt.

Von ihrem Platz aus hatte sie mit verschwommenen Blick meist nicht viel von ihrer Umgebung wahrgenommen. Nur die Bäuerin und deren Mann. Siegbert. Der Bauer hatte immer nur kopfschüttelnd an der Tür der Mägdekammer gestanden und dem, seiner Meinung nach, sicher unnützen Tun seiner Frau zugesehen. Eine tote Magd durch eine kranke ersetzen? Das sah er sicherlich nicht ein, zumindest hatte Ebba das Gefühl. Doch nun konnte sie wieder gehen.

Damit versuchte sie von da an, etwas von dem wieder zurückzugeben, was Magda in all der Zeit Gutes an ihr getan hatte. Aber im Winter gab es nun mal nicht ganz so viel auf einem Bauernhof zu tun. Ebba wusste das noch von früher, vom Hof, auf dem sie mit der Mutter gewohnt hatte. Holz hacken, Essen machen und Tiere versorgen, mehr gab es nicht an Arbeit. Der größte Teil der Tätigkeiten auf einem Bauernhof fiel nun mal im Frühjahr, Sommer und Herbst an. Der Winter war zum Ausruhen und Erholen da. Das war vermutlich schon seit tausenden von Jahren so gewesen. Wenn nichts wuchs, hatte man auch nichts zu tun.

Dieser Bauernhof lag so ziemlich alleine auf dem Feld und die Ruine des anderen Hofes war wirklich nicht viel mehr als einen Steinwurf von der Tür entfernt. Nun ragten die verkohlten Reste, in denen Ebba fast den Tod gefunden hatte, drohend zum Himmel hinauf und zeigten, wie schnell es mit einem Hof zu Ende gehen konnte. Ein Blitz und alles war vorbei! Hier, in dieser Abgeschiedenheit, konnte auch niemand zum Löschen kommen. Nur wenn man sich selbst half, so konnte es gehen.

Auch der Weg bis zur Kirche war für die drei in dem Haus viel zu weit und daher gab es eine Art von kleiner Kapelle, die mehr ein umgebauter alter Stall war, in dem gerade mal sie drei Platz hatten. Ein hölzernes Kreuz stand auf einer Bank und bildete den Altar. Alles war ein kleiner Komplex von Häusern. Mit zehn Schritten war man von der Haustür in der Kapelle, im Stall oder in der Scheune.

Im Winter, wenn der Schnee dann höher liegen würde, wäre das ganz praktisch. Jetzt hatte Ebba damit aber auch einen Platz, wo sie am Morgen und am Abend ihr Gebet verrichten konnte. So schön das Leben im Sommer bei der kleinen Gruppe auch gewesen war, dieses Gefühl, in einer Kirche unter Gottes Schutz zu stehen, das hatte ihr gefehlt.

Zu dritt hatten sie sich die Aufgaben geteilt. Der Bauer kümmerte sich um den Mist, die Bäuerin ging die zwei Kühe melken und Ebba hatte dafür zu sorgen, dass das Herdfeuer im Winter nicht ausging. Mit allem, was dazu gehörte. Holz sammeln, hacken und den Herd heizen. Die Fenster der Hütte waren im Herbst vernagelt worden, und es war dunkel in dem Hause. Nur drei Räume gab es hier. Die Küche, die Kammer der Bauersleute und die Kammer der Magd. Nur die Küche war warm und nur dort konnte man sich ohne Mantel aufhalten. In Ebbas Raum war an einer der Wände sogar etwas Raureif zu sehen, der am Abend glitzerte, wenn sie mit dem Kienspan in ihren Raum ging. Dort deckte sie dann nachts ihren Mantel über die dicke Decke, die sie über sich gezogen hatte. Nur die Nasenspitze schaute dann heraus und selbst das war an manchen Tagen zu viel.

Ebba war froh, dass sie ein Dach über dem Kopf hatte und die beiden anderen sie nicht gefragt hatten, warum sie wohl im Unterkleid und mit kurzen Haaren durch die Nacht gelaufen war. Das abgeschnittene Haar war ein Zeichen für eine entlaufene Nonne oder eine verurteilte Verbrecherin, denn keine ehrbare Frau ließ jemanden ungestraft an ihre Locken. Es würde sicher noch ein Jahr dauern, bis ihre Locken wieder auf die Schulter fallen konnten.

Auch für das Ausbleiben dieser Fragen war sie den beiden Bauersleuten dankbar. Die Arbeit war ja auch nicht so schwer. Nur beim Holz hacken tat ihr dann und wann noch die Schulter weh. Die beiden tiefen Wunden waren lange nicht verheilt gewesen, und in der Kälte des Winters schmerzten sie noch. Damit erinnerten sie Ebba immer wieder daran, wie viel Glück sie gehabt hatte, als sie sich hierher durchgeschlagen hatte. Es war vermutlich der einzige Platz gewesen, an dem sie hätte bleiben können. Und auch dies konnte kein Zufall sein.

Alles schien einem vorherbestimmten Plan zu folgen: Das Gift, das sie nicht getötet hatte, der Nagel in dem Raben, der ihr das Schloss zur Freiheit geöffnet hatte, und nun dieser kleine Bauernhof, irgendwo im nirgendwo. Schon eines der drei Dinge zu finden, das grenzte an ein Wunder, aber dreimal Glück zu haben, da hatte jemand eindeutig seine Hände im Spiel. Und das dies so blieb, dafür dankte und bat sie jeden Tag in der Stallkapelle.

Und dann kam der Tag, an dem ein anderer ihre Dankbarkeit einforderte. Als der Schnee so hoch lag, dass Ebba unmöglich aus dem Hause wieder verschwinden konnte, kam Siegbert eines Abends in ihre Kammer. Trotz der Kälte ließ er die Hose fallen und ihr war klar, was er wollte. Er war der Herr über Haus, Hof und Magd. Da sie sein Eigentum war, gab sie sich seinem Drängen hin.

46. Kapitel

Zukunftsängste

D er Winter war anscheinend die furchtbarste Zeit auf dieser winzigen Burg. Das Pferd stand im Stall und Veva konnte die Burg nicht verlassen. Rund um das Gemäuer lag so viel Schnee, der durch den Wind auch noch an der Mauer hoch geweht worden war, dass das Tor nicht mehr zu öffnen ging. Hätte sie nun Karola nicht gehabt, sie wäre schreiend gegen eine der Wände gelaufen. Zwar war nun auch Martin jeden Tag bei ihr, aber das ständige Zusammenleben auf engsten Raum zerrte an den Nerven. Dazu kam nun auch noch, dass sich unter ihrem Kleid ein kleines Bäuchlein abzeichnete und die dadurch verursachten Stimmungsschwankungen nicht unbedingt zum einträchtigen Zusammenleben zwischen Mann und Frau führten. In der Burg des Vaters hätte Genoveva jetzt in den Park gehen können oder sonst wo hin. Die Burg war riesig im Vergleich zu diesem kleinen Steinhaufen hier, der jetzt ihr zu Hause war. Und der verbitterte, griesgrämige alte Mann im Nachbarzimmer machte es nur noch schwerer.

Zusammen mit Martin hatte sie gehofft, dass mit dem Verschwinden der Leiche auch die schlechte Stimmung des Mannes gehen würde. Aber dem war nicht so gewesen. Es war abscheulich gewesen, mit ansehen zu müssen, wie die Raben die Leiche Stück für Stück zerlegt hatten. Direkt vor dem Fenster, keine fünfzehn Schritte entfernt. In all der Zeit, in welcher der Gitterkäfig dort gehangen hatte, hatte sie sich nicht getraut, hinauszusehen. Nun war der Schnee da, der Käfig fort und die Laune des alten Mannes nur noch viel schlimmer geworden.

Sie zwang sich regelrecht dazu, jeden Abend beim gemeinsamen Mahl dem alten Mann gegenüberzusitzen. Manchmal sagte sie, dass ihr schlecht sei, nur um dem Essen zu entgehen. Mit Karola hatte sie wenigstens eine Freundin gefunden, soweit dies zwischen Herrin und Magd überhaupt möglich war. In ein paar Monaten würde sie sich dann als Amme um das Kind kümmern, während Veva und Martin mit dem nächsten Kind die Erbfolge auf der Burg sichern sollten. Das waren zumindest die Worte des Vaters gewesen „Mindestens drei Kinder, davon mindestens zwei Jungen!", war der Auftrag des alten Sturkopfes, unmissverständlich und klar, wo doch noch nicht mal geregelt war, ob Martin die Burg überhaupt bekam.

Natürlich hatte sie gewusst, dass dies ihre Aufgabe gewesen war und auch noch immer ist, aber dass der alte Mann nun jeden Tag zu Beginn des Mahls darauf verwies, das war ihr zuvor nicht bewusst gewesen. Vielleicht verstärkten ihre beginnenden mütterlichen Gefühle ihr Gespür für die Stimmungen des alten Mannes. Jedoch die Aussicht darauf, damit die nächsten sechs Monate leben zu müssen, die trieb ihr in mancher Nacht die Tränen in die Augen.

Allerdings erst, wenn ihr Mann neben ihr eingeschlafen war, denn sie wollte ihm gegenüber stark sein. Dabei dachte sie immer daran, wie sie gemeinsam durch den Park geschlichen waren. Zu der Zeit, lang war es her, war sie mehr Junge als Mädchen gewesen. Immer wieder hatte ihre Mutter geschimpft, wenn sie mit aufgeschlagenen Knien in die Kammer zurückgekommen war. Mit Martin hatte sie mit Holzschwertern gekämpft und nun war alles anders. Als Frau sollte sie nur hübsch aussehen, sich benehmen können und für einen Stammhalter hatte sie auch noch zu sorgen.

Hübsch war sie, wenn sie ihrem Mann vertrauen konnte, das mit dem benehmen war da schon eher so eine Sache, aber hier auf dieser Burg stand das eher weit unten, und den Stammhalter würde es auch noch geben.

Sie liebte ihren Mann und wollte ihm gern diesen Sohn oder diese Tochter schenken. Allerdings blieb da ein kleiner Rest von Angst in ihr zurück, denn sie war nicht wirklich breit in den Hüften gebaut und wenn sie sich hinter Karola oder, noch schlimmer, hinter Minna stellte, dann wurde ihr angst bei dem Gedanken an die folgende Geburt. Oder eben die Geburten. Von Minna hatte sie im Sommer noch immer wieder irgendwelche Schauergeschichten beim Waschen der Haare gehört. Wer bei welcher Geburt gestorben war. Damals hatte ihr das nicht viel ausgemacht, doch nun drangen diese Worte erst so richtig bis zu ihr durch.

Natürlich hatte sie gewusst, dass jede Schwangerschaft ein Risiko war, aber nun ging sie mit großen Schritten und unaufhaltsam auf die Geburt zu. Es würden sechs Monate der Angst werden. Und noch dazu fehlte ihr im Winter die Ablenkung davon. Da traf es sich ganz gut, dass Karola ihr von Italien erzählte. Wo es selbst im Winter schön warm war. Da konnte man selbst im Dezember noch ohne Mantel im Park spazieren gehen.

Diese Stunden des Erzählens brachten ihr die Sonne zurück in ihr Herz und danach musste sie zu dem Mahl hinunter und den griesgrämigen, alten Mann ansehen.

Martin hatte von ihren Gesprächen mit Karola erfahren und versuchte nun, abends im gemeinsamen Bett, ihr auch etwas von seiner Reise dorthin zu erzählen. „Vielleicht kommen wir ja alle noch mal in dieses Land", begann Veva. „Ich, du, Karola und unser Kind. Ich wäre zu gern schon vorher in diese Schlossparks gegangen", setzte sie seufzend hinzu, lehnte sich an seine Schulter und lauschte weiter auf seine Beschreibungen. Im Dunkel der Nacht sah sie die Gebäude und fremdländischen Bäume vor sich. Martin beschrieb diese so plastisch, dass sie die Bilder sehen konnte, ohne wirklich schon mal solch eine Zypresse gesehen zu haben.

Irgendwann hörte sie an den Schlafgeräuschen, dass Martin eingeschlafen war und wieder kam die Angst zurück.

Könnte nicht alles wieder so schön einfach sein, wie es damals gewesen war? Als der größte Schmerz das aufgeschlagene Knie gewesen war? Da hatte sie noch keine Angst vor dem Morgen gehabt. Jeder Tag war ein Abenteuer gewesen, die Welt war bunt und jeder Vogel ihr Freund. Veva legte die Hände auf das kleine Bäuchlein und fragte still in sich hinein „Willst du auch mein Freund sein? Freunde tun sich doch nicht weh!" Ein wohliges Gefühl durchflutete sie und zeigte ihr, dass sie wohl verstanden worden war.

Die Ängste vor der Zukunft wurden etwas kleiner, ganz verschwanden sie aber nicht. Doch es reichte aus, um einzuschlafen und von den Bäumen in Italien zu träumen. Von den Maskenbällen, den schönen Kleidern und den Gondeln in Venedig.

47. Kapitel

Ein Werkzeug der Vorsehung?

Der Medicus hatte recht behalten. Das eine Bein war wirklich kürzer geblieben, als das andere und damit hinkte Karola nun in der Burg umher. Aber sie war froh, sich endlich wieder aus eigener Kraft vorwärts bewegen zu können. Wochenlang hatte sie zuerst auf dem Wagen gelegen, dann in der Zelle und schließlich oben in der Mägdekammer. Die sechs Wochen, die es am Anfang, nach Sieglindes Schätzung, hatte dauern sollen, waren zu fast sechs Monaten geworden. Nun begann für sie jeder Tag mit einem Gebet in der Burgkapelle. Ein Dankgebet für sich und ein Bittgebet für die Seele von Ebba. Das zweite Gebet allerdings nur stumm. Es würde auch so gehört werden und es war zu gefährlich, für die Freundin laut zu beten. Hier in der Burg hatten die Wände Ohren und es wäre durchaus möglich, dass einer der Knechte etwas aufschnappte, was er dann irgendwie gegen sie verwenden konnte.

Als Magd war sie der Herrin unterstellt. Damit war sie nun auf einer Stufe mit den Knechten und den anderen drei Mägden. Nur der Ritter und sein Vater standen noch über ihr. Dem alten Herrn hatte sie auf dessen Schwert ewige Treue schwören müssen, auch wenn das als Frau so ziemlich komisch ausgesehen hatte, wie sie dort vor ihm gekniet hatte, die Schwurfinger auf der Klinge. Die unmissverständliche Warnung lag dabei über ihr, dass dieses Schwert ihr Leben beenden würde, wenn sie in irgendeiner Form gegen diesen Treueeid verstoßen würde.

Zu ihrer Herrin hatte sie ein fast freundschaftliches Verhältnis, was den anderen drei Mägden allerdings nicht sonderlich gefiel. Nach Ansicht der Mamsell sollte man sich als Magd vornehm zurückhalten, aber das konnte sie einfach nicht! Da steckten sicher noch das freie Leben und die Zeit der Gemeinschaft in ihr. Damals waren alle gleich gewesen und es dauerte eben seine Zeit, bis sich Karola wieder an ein „Diener und Herr" Verhältnis gewöhnt haben würde, das sie eigentlich nie kennengelernt hatte.

Manchmal, wenn sie von der Kapelle zurückkam, dann sah sie, wie Franka oder Minna mit einem der Knechte in irgendeiner dunklen Ecke verschwanden. Da sie den Männern gleichgestellt war, hätte auch sie einem der Knechte durchaus ihr Wohlwollen zeigen können, aber in ihr steckte immer noch die Angst vor den Männern.

In jenen ersten Tagen in dieser Burg hatte ein jeder von ihnen ihr in irgendeiner Form Gewalt angetan und das war tief in ihre Seele eingebrannt. Sicherlich würde es noch eine Weile dauern, bis die alte Gelassenheit wieder zurück zu ihr kommen würde. Diese Art, mit der sie früher mit den Männern gespielt hatte, diese Leichtigkeit war ihr verloren gegangen. Mit Angst dachte sie daran, was wohl geschehen würde, wenn der Ritter oder sein Vater von ihr genau dies fordern würden. Die beiden Männer konnten dies Fordern! Alle anderen konnten sie höchstens darum bitten! Lehnte sie die Forderung ab, so konnte der alte Herr dies als Bruch der Treue sehen und dann war ihr Hals in Gefahr. Zu ihrem Glück hatten die beiden Männer bisher noch nicht daran gedacht.

Aber mit dem Maße, wie Vevas Bauch langsam an Umfang zunahm, wuchs in Karolas Kopf die Angst vor genau dieser Frage. Oder vor dieser Anweisung: „Gib dich mir hin!" Nur vier Worte, auf die sie nur mit „Ja" antworten durfte. Da der junge Ritter mit der Herrin verheiratet war, war es wohl eher unwahrscheinlich, dass er sie fragen würde, aber der alte Herr war Witwer und damit wäre sein Wunsch selbst vor der Kirche legitim gewesen. Wann immer möglich ging sie dem Manne deshalb aus dem Weg. Er sah meist nur griesgrämig durch sie hindurch oder stieß sie an, wenn er irgendwo an ihr vorbei musste.

Seiner Wut wollte sie sich lieber nicht ausgesetzt wissen, denn immer noch hatte sie das Urteil gegen Ebba im Ohr. Selbst einer Mörderin gegenüber war dieses Urteil unwahrscheinlich grausam gewesen. Hängen, köpfen und ertränken, das waren Urteile für Frauen, die zu Mörderinnen geworden waren. Alles davon ging schnell und man musste nicht zu lange leiden. Aber sein Richtspruch? Rädern und auch noch ausweiden? Selbst beim Rädern gab es die Gnade, dass der Scharfrichter den Verurteilten nach der Vollstreckung die Gnade eines schnellen Todes gewährte, indem er ihn erwürgte. Nur ganz selten ließ man den Verurteilten wirklich so auf dem Rad, denn es konnte einen Tag dauern, bis der Tod endlich eingetreten war.

Und diesem jähzornigen Mann war sie auf Gedeih und Verderb ausgeliefert. Für Karola gab es nur die Möglichkeit, ihm so oft wie möglich aus dem Weg zu gehen. Da allerdings sein Zimmer an das der Herrin grenzte, war auch das schwierig. Schon ein paar Male war sie auf dem Gang auf ihr getroffen. Und da er selbst dabei immer sein Schwert an seiner Seite trug, war ihr gesenkter Blick auch immer noch auf das Werkzeug der Vollstreckung gerichtet.

War es ein Werkzeug der Vorsehung? Oder war es nur ihre Angst, die dieses Bild in die Waffe hinein brachte? Von Minna hatte sie erfahren, dass der Herr sie in all den Jahren hier oben auf der Burg immer in Frieden gelassen hatte. Und Karola hoffte, dass dies auch bei ihr so bleiben würde. Doch sie konnte darüber noch nicht mal mit jemanden reden. Weder mit den Mägden, noch mit der Herrin. Keiner würde diese Frage von ihr verstehen. Er war der Herr! Was er sagte, das war zu befolgen. Jeder in seinem Lehen war ihm mit seinem Leben verpflichtet und hatte ihm den nötigen Respekt zu zollen. Schon alleine diese Frage würde einen Zweifel an ihrer Treue nach sich ziehen und das konnte sie wiederum den Kopf kosten.

So blieb ihr nur ein stummes Gebet, in der Kapelle, mit dem gehauchten Wunsch „Bitte lass diesen Kelch an mir vorübergehen!" Zumindest so lange, bis es ihr nichts mehr ausmachen würde. Vielleicht sollte sie ja auch ihren Wunsch an Gott genau so formulieren?

„Bitte lass es mir egal sein?" Das klang irgendwie komisch und sie fühlte in sich, dass es irgendwann zu einer Konfrontation mit diesem Wunsch kommen würde. Tief in sich fühlte sie, dass sie selbst ein Werkzeug der Vorsehung Gottes war. Aber noch hatte sie nicht verstanden, was er mit ihr vorhatte. Das würde sie sicher erst in dem Moment begreifen, wenn es dann so weit sein würde.

48. Kapitel

Neue Freunde

Eigentlich mochte er Marcus und diese Arbeit, aber es war so gar nicht das, was er liebte. Leute unterhalten, das war sein Lebenszweck gewesen. Nun hielt er sie fest, während der Medicus seine Zange schwang. Augsburg war zwar auch nicht zu verachten gewesen, aber von Anfang an war sowohl ihm, als auch seinem neuen Freund, klar gewesen, dass der Zeitpunkt des Abschiedes irgendwann kommen würde. Spätestens mit dem neuen Frühjahr würde er sich eine neue Gauklertruppe suchen, denen er sich anschließen konnte. Und damit das etwas werden konnte, hatte er begonnen zu trainieren. Der lahme Arm musste wieder funktionieren, denn mit nur einem Arm konnte er weder jonglieren, noch Handstände oder Kunststücke machen. Was sollte die Gruppe mit einem Invaliden? Damit konnte er nur noch betteln gehen.

Der Anfang war sehr holprig gewesen und mehr als einmal hatte Marcus ihn damit geneckt, dass es sicher zum Narren reichte, aber Gustav war eben nun mal kein Narr, sondern ein Artist. Er liebte es, wenn ihm die Menschen mit offenem Mund zusahen und sich fragten, wie er diese Kunststücke so machte.

Mit der Zeit kam die alte Geschicklichkeit zurück und er konnte sich langsam nach neuen Freunden umsehen. Hier in Augsburg schien im Winter jede Gruppe der Gaukler zu sein, die es nicht nach Italien geschafft hatte. Praktisch an jeder Ecke stand einer der bunten Wagen, denn in dieser Stadt gab es genug Feste und Feiern, wodurch alle satt werden konnten.

Zu seinem Leidwesen musste Gustav feststellen, dass viele Menschen aus der Stadt genau wie er nach einer der Gruppen suchten, denen sie sich anschließen konnten. Die Freiheit des Lebens auf der Straße schien so manchem erstrebenswerter, als die drückende Enge der Stadt. Trotz der Sicherheit des Stadtlebens wollten viele hinaus und waren damit Gustavs Konkurrenten. Damit musste er mehr bieten und besser sein, als alle anderen.

Nur die Besten konnten sich den Wagen aussuchen, mit dem sie mitfahren wollten. Die Letzten würden das Nachsehen haben! Natürlich würde er auch mit Marcus weiterziehen können, aber das wollte er eben nicht.

Täglich schlenderte er durch die Gassen und sah nun auch seinerseits den anderen zu, was diese so vorführten und wo seine Kunststücke noch fehlen würden. Es wäre ja schlecht gewesen, wenn in einer Gruppe zwei Männer dasselbe machten. Die Gruppen lebten von ihrer Vielfältigkeit. Die Bauern wollten etwas geboten bekommen und je mehr dabei war, desto eher war eben für jeden das passende zu sehen. Schon lange hatte Gustav das erkannt und in der alten Gruppe hatten sie es ja auch so gemacht.

Daher suchte er nach einer der Gruppen, die in etwa der glich, aus der er gekommen war. Natürlich gab es die nicht noch ein zweites Mal, aber vielleicht kam sie nah an die Freunde heran. Mehr als einmal hatte Gustav in diesem Winter bittere Tränen vergossen bei der Erinnerung an Sieglinde, Hans, Konrad, Karola und natürlich seine Ebba. Wenn es noch jemanden von ihnen gab, dann war es am ehesten noch möglich, dass Karola überlebt hatte. Sie war zäh gewesen und hatte vielleicht die Gefangenschaft im Kerker überstanden. Die anderen hatten ja alle den Tod gefunden.

224

Schließlich half ihm der Zufall weiter. Eines Tages sah er, wie eine Gruppe betrunkener Männer einen Narren verfolgte, der an seiner auffälligen Kleidung schon vom weiten zu erkennen gewesen war. Kurz bevor die Männer den Narren erreichen konnten, hatte Gustav sie mit einem schnellen Kunststück und einem Salto aus dem Stand von dem anderen Mann abgelenkt. Der bunte Narr nutzte den Moment der Ablenkung, um zu verschwinden. Da die Männer ja nun schon mal bei ihm standen, begann Gustav ein paar seiner Kunststücke vorzuführen. Dafür erhielt er dann auch später ein paar kleine Münzen und den Beifall des Narren, der sich aus seinem Versteck heraus traute, nachdem Gustav wieder alleine in der Gasse gestanden hatte.

„Suchst du eine Gruppe?", fragte der Narr, was Gustav schnell bejahte. Gemeinsam liefen sie danach durch die Gassen und standen nach einer halben Stunde vor einem großen Wagen, der von zwei Pferden gezogen wurde. Diese Gruppe musste sehr gut sein, wenn sie sich sogar Pferde und einen großen, vierrädrigen Wagen mit geschlossener Plane leisten konnten. Bei ihnen hatte es damals nur zu einem Esel gereicht. Der Narr kletterte hinauf, schlug die Plane zur Seite und eine junge Frau sah zu Gustav herunter. Sie mochte wohl in Karolas Alter sein und blickte ihn fragend an.

„Ich suche eine Gruppe!", erklärte Gustav schnell und machte ein paar seiner Kunststücke. Zwei weitere Frauen, beide aber schon älter, sahen nun ebenfalls von dem Wagen zu ihm herunter. Sonst war niemand zu sehen. Eine Gruppe mit drei Frauen und einem Narren? „Warum nicht!", dachte sich Gustav, verbeugte sich und lächelte hinauf. „Das war sehr gut", sagte die junge Frau mit einem schönen Akzent.

Behände sprang sie herab, machte einen Überschlag, den er wohl auch nicht besser hinbekommen hätte. Kurz hatte er dabei ihre nackten Beine in ihrer ganzen Länge gesehen, dann stand sie lächelnd wieder aufrecht vor ihm und sagte „Gisel." Er ergriff die Hand und sagte seinen Namen. Die anderen beiden Frauen stellten sich von oben herab vor. Johanna und Radunta. Auch der Narr nannte seinen Namen. Seltsamerweise hieß auch er Hans.

Doch Gustav war enttäuscht, denn die Gruppe brauchte wohl kaum zwei Artisten. „Du bist auch Artistin?", fragte er trotzdem, aber Gisel schüttelte den Kopf. „Ich bin Tänzerin aus dem Frankenreich. Meine Heimatstadt liegt südlich von Orleans." „Tänzerin?", fragte Gustav zurück und begann Hoffnung zu schöpfen. „Nur Tänzerin?" „Ja! Nur Tänzerin! Die Männer scheinen das zuweilen nicht akzeptieren zu können. Die Hälfte unserer Gruppe ist im Herbst diesem Missverständnis zum Opfer gefallen", erklärte die Frau und setzte fort. „Nun suchen wir noch zwei Männer, die mit uns mitziehen. Nur wir Frauen alleine, das wäre uns zu gefährlich." „Ich würde gern mit euch mitkommen. Auch ich habe im Hebst meine Gruppe verloren." „Gern! Dann suchen wir jetzt nur noch einen Mann", sagte Gisel glücklich und sah zu Hans hinauf. „Ich schaue mich noch mal um!", rief der Narr und sprang herab.

Flöte spielend verschwand Hans im Dunkel der Gasse. „Ich hole meine Sachen und bin bald wieder zurück", erklärte Gustav und verabschiedete sich von den drei Frauen. Schnell war auch er im Gewimmel der Menschen in der Gasse verschwunden.

Genauso schnell hatte er sich von Marcus verabschiedet und seine Sachen gepackt. Die Zweifel, sich der Gruppe anzuschließen, schob er zur Seite. Was wusste er von der Gruppe? Das Gisel die

Tänzerin und Hans der Narr war. Was machten die beiden anderen Frauen?

Mit einer wegwerfenden Handbewegung schob er die Bedenken zur Seite. Ein neuer Schritt in seinem Leben begann. Ein Schritt mit neuen Freunden! Fröhlich und voller Tatendrang erreichte er später wieder den Wagen.

49. Kapitel

Vaterfrage

Mit dem Frühling kam die Arbeit auf dem Feld auf Ebba zu. Den ganzen Winter hatte sie dem Bauern ihre „Dankbarkeit" zeigen müssen und das war offensichtlich nicht ohne Folgen geblieben. Der Trank, den ihr Sieglinde immer gegeben hatte, war auf dem Karren in der Burg geblieben und Ebba hatte es versäumt, die Freundin damals nach der Zusammensetzung des Gebräus zu Fragen. Ganz davon abgesehen, dass sie im Winter sowieso nicht alle Zutaten dafür zusammen bekommen hätte. Nun zeichnete sich ein Bäuchlein deutlich unter ihrem Kleid ab und der Bauer ließ von ihr ab. Aber vermutlich nur, weil sie nun zu Dritt jeden Tag von früh bis spät auf dem Feld waren und danach erschöpft in eine kurze Nacht gingen.

Wie es Ebba von früher gewohnt gewesen war, so arbeiteten auch hier alle Hand in Hand. Die Bäuerin führte den Ochsen, der Bauer den Pflug hinter ihr und Ebba hatte sich ein Tuch über die Schulter gehängt, in welchem sich das Saatkorn befand, das sie hinter dem Pflug in die Erde streute. Die nächste Furche deckte das Korn dann wieder zu. Es war eine monotone und zugleich schwere Arbeit. Trotzdem fand Ebba immer noch die zwei Augenblicke, um zu Beginn und am Ende des Arbeitstages in der Stallkapelle zu beten, auch wenn ihr gelegentlich dabei schon die Augen zufielen.

Bei einem dieser Gebete kam ihr dann schließlich eine Eingebung. Es konnte auch sein, dass nicht der Bauer der Vater ihres ungeborenen Kindes war. Es gab drei Möglichkeiten. Bis zu jener verhängnisvollen Nacht hatte sie immer den Trunk der Freundin genommen. Danach nicht mehr. Damit blieben also der tote Ritter, ihr Freund Gustav und natürlich der Bauer übrig. Es würde noch eine Weile dauern, bis sich herausstellen würde, wer wohl dafür infrage kam. Da sie etwa immer im Monatsabstand mit den Männern das Lager geteilt hatte, würde erst der Termin der Geburt zeigen, welcher der Männer der Vater war.

Nach dem Ende der Aussaat kam der Bauer dann nachts trotzdem wieder zu ihr und forderte bei ihr sein Recht ein. Eigentlich verstieß der Mann damit gegen drei Regeln der Kirche, die ihnen allen von Kindes Beinen an gepredigt worden waren: Nicht am heiligen Sonntag, nur zur Zeugung eines Kindes und nicht, wenn man mit jemanden anderes verheiratet war. Was eine Frau an den Galgen gebracht hätte, das wurde für einen Mann meist nur mit der Zahlung eines Geldbetrages geahndet.

Und auch etwas anders wurde ihnen von klein auf so beigebracht: Der Bauer hatte immer das Recht in seinem Haus! So war es und so würde es in tausend Jahren noch sein. Über ihm standen der Lehnsherr und darüber der König. Eine geordnete Welt, in der eine Frau nicht viel zu sagen hatte. Auch das hatte ihr die Mutter von Anfang an beigebracht und nur die Zeit beim fahrenden Volk hatte ihr gezeigt, dass es auch anders ging. Da hatte sie niemanden über sich gehabt! Nur Freunde um sich herum! Aber eben auch niemanden, der sie beschützt hätte. Was auch immer das gegen den Lehnsherren genutzt hätte.

Ebba sah wohl, dass das alles Magda nicht gefiel, doch was sollten sie tun? Sich gegen den Bauern auflehnen? Da hätte die Frau noch mehr Möglichkeiten, als die kleine Magd. Doch der Hof war so abgeschieden vom Rest der Welt, das Ebba eigentlich schon seit Monaten niemand anderes mehr gesehen hatte, als diese beiden Menschen, mit denen sie jeden Abend am Tisch in der Küche saß. Sie wusste nicht, ob da draußen überhaupt noch jemand anderes war. Was ihr am Anfang wie ein Geschenk Gottes vorgekommen war, das entwickelte sich nun langsam zu einem Gefängnis für sie. Eines, aus dem sie nicht mal weglaufen konnte. Unverheiratet und schwanger! Dieses Brandzeichen würde sie nicht mehr loswerden können. Damit konnte sie auch gleich in den nächsten Weiher springen, wie es viele Mägde in ihre Verzweiflung taten. Sie selbst hatte damals in dem anderen Dorf von zwei jungen Frauen erfahren, die nur noch diesen einen Ausweg gefunden hatten. Wie groß musste wohl deren Verzweiflung gewesen sein?

Und wieder wälzte sich Ebba auf ihrem Lager hin und her. Der Bauer hatte seinen „Dank" für die Unterkunft erhalten, war wieder in sein Bett gegangen und sie sah zu der geschlossenen Tür. Nur wenn das Kind von ihm sein würde, dann konnte Ebba in dem Hause bleiben. Der Mann war bisher kinderlos geblieben und vor Gott hätte er damit seine Frau verstoßen und Ebba heiraten können. Zumindest, wenn sie ihm einen Sohn und Erben für den Hof schenkte.

Insgeheim hoffte sie natürlich, dass es das Kind von Gustav war, das sie an jenem verhängnisvollen Tag im Wald empfangen haben konnte. An jenem, an dem sie gefangen genommen und er getötet worden war. Eine weitere Erkenntnis fraß sich mit einem Male durch ihre Seele. Sowohl der Ritter, als auch Gustav, waren getötet worden, kurz nach dem sie mit ihr das Lager geteilt hatten. Lag da ein Fluch auf ihr? Wenn ja, warum lebte dann der Bauer noch?

Bei dem Gedanken zuckte sie zusammen. War dieser Fluch mit ihrem Tode von ihr genommen worden? Oder wirkte er immer

230

noch? Ebba sprang aus dem Bett, lief in die kleine Kapelle hinüber und kniete sich vor den Altartisch. Es war mitten in der Nacht und sie hatte nur das Unterkleid an. Frisch und dunkel war es in dem ehemaligen Stall. Durch die offene Tür beleuchtete der Mond das Kreuz an der Wand. Nur Gott konnte diesen Fluch von ihr nehmen.

Sie kniete und betete lange vor dem Kreuz und als sie sich wieder erhob, sah sie, dass Magda in der offenen Tür stand. Im Mondlicht sahen sich die beiden Frauen an und keine von beiden konnte etwas sagen. Schließlich rang sich Ebba zu einer Entschuldigung durch „Bitte verzeih mir", sagte sie und die andere Frau umarme sie. Leise sagte sie „Ich weiß, dass du nichts dafür kannst!"

Sich haltend standen sie noch eine Weile in der Tür der Kapelle. Zwei Frauen im Unterhemd im Mondlicht. Wenn das jemand aus der Entfernung gesehen hätte, er hätte wohl an Gespenster oder Geister gedacht. Dann lösten sie sich voneinander und gingen in das Haus zurück. Sie nickten sich zu und jede schlüpfte in ihr Bett. Die Vaterfrage würde noch ein paar Monate ungeklärt bleiben.

50. Kapitel

Drei Frauen

Nach der Schneeschmelze waren sie vor ein paar Tagen aus Augsburg aufgebrochen. Der Wagen war so groß, dass niemand aus der Gruppe laufen musste. Alle saßen oben auf dem Wagen. Hans hatte vor dem Aufbruch noch einen kräftigen Mann gefunden, der in etwa die Statur von Konrad hatte und auch fast dasselbe wie der ehemalige Freund konnte. In der Stadt hatte Gustav schon ein paar Auftritte mit den Frauen gehabt. Auch jetzt noch hatte er nicht begriffen, was die Rolle von Johanna und Radunta bei ihnen war. Sie spielten Musik, aber sonst hielten sie sich immer im Hintergrund. Doch das würde sich in den nächsten Tagen sicher auch noch klären. Niemand konnte bei solch einer Gruppe sein, der nicht auch etwas dafür tat.

So früh im Jahr fuhr sonst keine Gruppe auf das Land hinaus. Frühestens am Palmsonntag waren sie in den Jahren zuvor immer losgezogen, damit sie zu Ostern und danach die Feste der Bauern und die Hochzeiten der Herren auf den Burgen und in den Städten begleiten konnten. Zuvor war ja Fastenzeit und damit war den meisten Menschen selten nach Feiern zumute. Aber er war von der Gruppe überstimmt worden und damit waren sie nun unterwegs.

Gustav saß vorn auf dem Bock mit den Zügeln in der Hand. Neben ihm saß Gisel und hatte den Rock bis zu den Knien herauf gezogen. Sie blinzelte in die ersten Sonnenstrahlen des Tages und strich sich durch ihr Haar. Hinten lag der Rest der Gruppe und schnarchte noch, trotz der holprigen Fahrt. So richtig schlau war Gustav aus Gisel noch nicht geworden. Die Frau tanzte wie ein Engel, kicherte wie ein kleines Kind und bewegte sich auch wie eine vierzehnjährige. Allerdings war sie schon einundzwanzig. Am

Meisten überraschte ihn, dass sie trotz ihrer offenherzigen Art eher prüde war. So etwas hatte er bisher noch bei keiner Gruppe erlebt oder gesehen. Diese drei Frauen blieben ihm ein Rätsel.

Mit Hans und Michael kam er gut zurecht. Gefährten verstanden sich oft ohne ein Wort. Männer aus dem fahrenden Volk sowieso. Ein Blick oder ein Handzeichen genügte.

Von Zeit zu Zeit ließ er seinen Blick zur Seite wandern, wo Gisel nun mit geschlossenen Augen saß und anscheinend im Sitzen noch schlief. „Fall nicht runter!", sagte er leise als Scherz. Sie öffnete die Augen und sah ihn groß an. Vielleicht war das jetzt die Gelegenheit, mit ihr zu reden, denn die anderen waren ja noch im Schlafland und sonst war immer jemand in der Nähe, der zuhört, wenn man sich über etwas unterhielt. Das war bei ihren Gruppen gut und auch gleichzeitig wieder schlecht. Jeder wusste alles von allen. Keine Geheimnisse! Sie lachte ihn an und auf ihren Wangen zeigten sich kleine Grübchen. „Danke Gustav. Ich pass schon auf", sagte sie mit ihrem unvergleichlichen Akzent. Jedes G klang bei ihr nach einem SCH. Sogar ihrem Namen setzte sie diesen Zischlaut voran. Daher klang es immer wie Schisel, wenn sie sich vorstellte und an den lustigen Schustav würde er sich auch noch gewöhnen. Irgendwann.

Nun suchte er nach Worten, um das Gespräch zu beginnen, aber zuerst war er in ihren Augen gefangen. Die Sonne glänzte darin, so wie diese auch auf ihren blonden Haaren glänzte. Er begann, sie in Gedanken mit Ebba zu vergleichen, aber das ging nicht. Die zwei Frauen waren so unterschiedliche Menschen. Bei dem Gedanken an seine Freundin lief ihm eine Träne über die Wange. Gisel wischte sie ihm fort und fragte „Was ist los?" „Ich musste gerade an Ebba denken." „Deine Freundin?", fragte die

Frau und Gustav nickte. Kurz erzählte er von ihr und ihrem grauenvollen Schicksal. Betreten sah die Frau nach vorn. „Da habe ich wohl im letzten Jahr Glück gehabt", begann sie und setzte hinzu, „Es muss ungefähr zur selben Zeit gewesen sein. Es sollte der letzte Auftritt vor dem Zug nach Augsburg sein. Was mit einem kleinen Tanz begonnen hatte, das endete in einer Orgie aus Gewalt, Schmerz, Tod und Verderben. Nur weil der Dorfschulze ein Nein nicht akzeptieren konnte!" Dabei lief auf ihrer Wange eine Träne herab, die nun Gustav wegwischte.

„Bist du deshalb so?", fragte er vorsichtig nach. Gisel nickte und setzte hinzu, „Fünf Männer auf eine Frau. Es war furchtbar. Hätte ich Radunta nicht gehabt, dann hätte ich diesen Tag wohl auch kaum überlebt!" Sie blickte sich zu den anderen in der Gruppe um, die aber immer noch schliefen. Dann beugte sie sich zu Gustav herüber und sagte ihm leise in sein Ohr „Die beiden sind geflohene Nonnen. An jenem schlimmen Tag haben sie beide ihr Jungfräulichkeit verloren und unsere drei Begleiter haben den Tod gefunden." „Und dennoch zieht ihr wieder hinaus und setzt euch der Gefahr erneut aus?", fragte Gustav nach. Gisel zuckte mit den Schultern „Was kann ich tun? Ich kann nur tanzen! Soll ich betteln gehen?"

Mit einer Handbewegung warf sie sich die blonde Mähne nach hinten und strich sie sich glatt. Nachdenklich sah das aus, aber sicher hatte sie recht. In ihrem Leben waren sie jeden Tag in Gefahr. Machte er es nicht genauso?

Gustav sah sich zu den Anderen um und blickte in die schlafenden Gesichter der beiden Frauen. Bis gerade eben hatte er noch nicht wirklich verstanden, was sie hier machten, nun sah er sie, zusammengekuschelt unter einer Decke, auf dem Wagen liegen.

Mit dem, was ihm Gisel gerade verraten hatte, hatten die beiden Frauen gar keine andere Wahl, als beim fahrenden Volk zu sein. Offensichtlich war es bei ihnen so, wie bei Sieglinde und ihrer Freundin. So oft hatte die alte Frau am Feuer von ihrer großen Liebe geschwärmt. Hier schien es offenbar gut gegangen zu sein, denn beide waren noch am Leben.

Gustav und Gisel sahen nun beide nach hinten, der Wagen ruckelte und sie stießen mit den Köpfen zusammen. Dabei lachten beide und weckten damit Hans, der wiederum mit seiner Flöte dafür sorgte, dass auch der Rest der Gruppe sich den Schlaf aus den Augen wischte.

„Können wir mal irgendwo halten, damit wir uns waschen können?", fragte Radunta von hinten und setzte sich auf. „Und ich muss mal!", setzte Gisel lachend hinzu. „Da vorn ist ein Bach. Da halte ich den Wagen an", erklärte Gustav und zog langsam an den Zügeln, da die Pferde in der Aussicht auf den erfrischenden Trank etwas schneller wurden. Offensichtlich war es bei den beiden Pferden so, wie bei dem Esel damals. Sie wussten, was der Kutscher dachte. Direkt an der Tränke brachte er den Wagen zu stehen und schirrte die Pferde für die Rast aus, welche die drei Frauen, im Bach stehend, zu ihrer Körperpflege nutzten. Alles wie immer.

51. Kapitel

Ein treuer Knecht

Als der Schnee endlich das Burgtor wieder frei gegeben hatte, da hatte es Martin nicht mehr innerhalb der Mauern ausgehalten. Monatelang mit dem Gesicht des alten Griesgrams vor sich! Das konnte nicht gut gehen und mehr als einmal war seine Hand unbewusst zum Schwert gezuckt. Der Vater hatte es wohl bemerkt, aber ignoriert. Er war der Herr und was er sagte, das war Gesetz. Aber er konnte eben nicht mehr auf ein Pferd steigen und damit hatte er außerhalb der Burg schon mal die Gerichtsbarkeit auf seinen Sohn übertragen, was der natürlich ausgiebig zu nutzen wusste. Jeder Moment, den er nicht bei dem alten Mann war, der war ein guten Moment. Nur seine Frau hatte eben darunter zu leiden, dass er jeden Tag die seltsamsten Dinge zu entscheiden hatte.

Selbst Prozesse, die bisher die Nachbarn unter sich geklärt hatten, die nahm er sich nun vor. Wer wem einen Apfel gestohlen hatte und warum, das konnte schon mal ein paar Stunden dauern. Und es gab einige Siedlungen, die dem Vater als Lehen unterstanden. Sein Grund, sein Gesetz, seine Gerichtsbarkeit. Er konnte selbst festlegen, welche Strafen er für was verhängte und im Moment nutzte dies Martin vollständig aus. Natürlich hatte er mitbekommen, wie die Menschen unter seinen Prozessen stöhnten, aber darauf konnte er keine Rücksicht nehmen. Er wollte entscheiden, ob ein Junge als Strafe eine Backpfeife bekam, oder ob ihm der Hosenboden versohlt wurde. Bisher hatten das die Väter und Nachbarn meist untereinander geklärt.

Mit zweien der Knechte ritt er immer los und für die weiter entfernten Siedlungen übernachteten sie auch dort in einem Gasthof. Einer der beiden Knechte war Gerold, der schon weit über sechzig war. Er war der Knecht, der ihm am treusten ergeben war. Und er war auch einer der Männer, die wohl sicherlich mit sich und dem Vater gehadert hätten, wenn dieser Martin in das Kloster gegeben hätte. Selten hielt er dabei mit seiner Meinung hinter dem Berg und auch mit Georg hatte er damals im Streit gelegen. Das wusste natürlich jeder in der Burg. An einem dieser Abende, an denen sie in dem kleinen Gasthof waren, saßen sie zu dritt an dem Tisch, an dem sie nun fast jede Woche saßen. Wie jedes Mal, so redeten sie auch diesmal ziemlich laut und tranken auch ordentlich, wie sich das eben in einer Männerrunde so gehörte. Das störte aber ein paar fremde Reisende, die nicht wussten, dass er hier der Herr war.

Schnell war der Streit ausgebrochen. Die anderen waren zu fünft! In dem beengten Raum der Schänke kam es zu einem Handgemenge, bei dem die unbeteiligten Gäste schnell unter den Tischen verschwanden. Die Reisenden waren ebenfalls bewaffnet und so ging es Schwert gegen Schwert. Die Waffen klirrten und nach ein paar Augenblicken griffen auch noch der Müller und der Wirt in das Geschehen ein. Allerdings auf Martins Seite. Damit waren die Kräfte ausgeglichen und schnell der Sieg errungen. Nachdem der Wirt die Störenfriede hinausgeworfen hatte, bemerkte Martin, dass sein treuer Knecht an der Seite blutete. Er selbst hatte noch gar nichts davon bemerkt. Schnell ließ Martin ihn auf eines der Zimmer bringen und sie versuchten, die Blutung zu stoppen, doch der Dolchstich war tief gegangen. Immer mehr verließ den Mann die Kraft. Zum Schluss waren nur noch Martin und er in dem Raum, als er für immer die Augen schloss.

Wutentbrannt lief der Ritter hinaus, nahm den verbliebenen Knecht, den Wirt, den Müller und noch drei kräftige Männer mit und begab sich auf die Suche. In der Nacht konnten die Männer ja noch nicht weit gekommen sein. Schließlich erwischte sie der Müller in einer der Scheunen. Erneut kam es zu einem Handgemenge, doch diesmal kannte Martin keine Gnade. Er selbst tötete zwei der Angreifer mit dem Schwert und die anderen ließen daraufhin die Waffen fallen und wollten sich ergeben. Martin ließ den drei Männern die Hände auf dem Rücken fesseln und befragte sie, da es aber nicht klar war, wer von ihnen wohl den tödlichen Stich ausgeführt hatte, verurteilte er sie alle zum Tode und wenig später hingen die fünf Männer, er hatte auch die beiden Toten mit aufgehängt, zur Abschreckung am Dorfausgang an einer großen Kastanie.

Nun erst konnte er zu seinem Knecht zurückgehen und seinen Tod betrauern. Von allen war er ihm der Liebste gewesen und schon seit Jahren hatte er ihm alles beigebracht, was der Vater ihm eigentlich hätte beibringen sollen. Er dachte daran, wie er ihm das Reiten und Fechten gelehrt hatte. Wie der Knecht ihm das mit dem Bogen schießen erklärt und mit ihm geübt hatte. Lange saß er an seinem Bett und ging mit seinen Gedanken durch eine lange Zeit zurück. Als dann der nächste Morgen anbrach und die Sonne ihr erstes Licht durch das Fenster hereinwarf, stand er von seinem Platz auf und ging zum Wirt hinunter.

Zusammen mit ihm und dem Müller bereitete er alles für die Beerdigung vor. Hinter der kleinen Kirche, auf dem Friedhof des Dorfes, wurde eine Grube ausgehoben, bei der er auch selbst mit zur Schaufel griff. Das war ihm der tote Freund wert. Als sie ihn dann zu Grabe trugen, da war, auf seine Anweisung hin, das ganze Dorf auf der kleinen Fläche versammelt.

Nach der Ansprache des Pfarrers und dem Gebet schlossen sie das Grab und Martin verkündete, dass er das ganze Dorf zum Leichenschmaus einlud. Das freute natürlich den Wirt und damit der Müller nicht ganz leer ausging, gab er ihm noch einen Gulden. Diesen würde dann irgendwann sicher auch der Wirt bekommen. Während die Menschen schon zum Gasthof strömten, blieb er noch am Grab des Freundes stehen.

Still bedankte er sich für die Hilfe und versprach dem alten Mann, ein gerechter Herr zu werden, wie es der Knecht ihm immer gelehrt hatte. Gerecht gegenüber den Menschen. Martin kniete sich hin und nahm eine paar Krümel von der Erde in seine Hand. Diese tat er in seinen nun leeren Beutel und verwahrte diesen in seinem Hemd. Nun wäre der Freund für immer bei ihm. Die Tränen des Ritters konnte keiner sehen, alle waren schon mit der Feier beschäftigt.

52. Kapitel

Am Ende der Geduld

Der Frühling hatte ihr keine Linderung gebracht. Nun hätte sie die Burg verlassen können, aber mit dem Bauch ließ sie Martin nicht mal in die Nähe ihre Schimmelstute und zu Fuß war es nun auch schon zu mühselig, die Burg nur zu umrunden. Zwar war ihr Mann meist unterwegs und sie hätte sich heimlich zu dem Pferd schleichen können, aber Martin hatte die Stallknechte angewiesen, sie nicht mal in die Nähe des Stalles zu lassen. Bisher hatte Martin ihnen noch nichts zu befehlen, sein Vater war ja immer noch der Herr, aber die Männer nahmen ihre Arbeit sehr ernst und irgendwann würde er ja mal der Ritter und Herr sein. Wer konnte es den Männern da verdenken, dass sie gehorsam jedes seiner Worte befolgten.

Damit blieb ihr als Freundin nur Karola, aber da sorgte nun wiederum der alte Mann dafür, dass sie nicht zu viel Zeit mit der Magd zubringen konnte. Ständig scheuchte er die Frau irgendwo herum und Veva hatte dabei eben das Nachsehen. Und mit dem alten Griesgram wollte sie sich nicht abgeben, selbst, wenn es der letzte Mensch auf diesem Haufen von Steinen gewesen wäre. Vielleicht wäre er freundlicher zu ihr gewesen, wenn das Kind in ihrem Bauch von Georg gewesen wäre, aber das war es nun mal eben nicht!

Somit saß sie dann fast den ganzen Tag in ihrem Zimmer, sah aus dem Fenster oder machte Näharbeiten. Was eine hohe Frau eben tun sollte, nach Meinung des alten Mannes nebenan. Nähen, Sticken, Beten und schön aussehen. Aber sie konnte sich einfach nicht damit zurechtfinden. Sie fühlte sich gefangen in dem Zimmer. Wieder mal! Mit Martin hätte sie wegen Karola reden können, mit dem alten Herrn nicht. Schon im Ansatz der Frage machte der Mann eine wegwerfende Handbewegung. Herren und Diener sollten strikt getrennt sein.

Dabei war sie doch ihr ganzes bisheriges Leben immer gut mit ihrem Personal ausgekommen. In der väterlichen Burg war sie jeden Tag bei ihrem Pony im Stall gewesen und dort traf man nun mal zwangsläufig auf die Knechte. Als junges Mädchen war ihr das damals egal gewesen. So manchen derben Spaß hatten die Männer mit ihr gemacht und sie hatte ihnen schlagfertig eine Antwort gegeben.

Später war sie bei den Mägden in der Küche gewesen und der Ton der Mägde war bisweilen sogar rauer, als der, den die Pferdeknechte im Stall gebrauchten. Da war ihr oft die Antwort im Halse stecken geblieben.

Und nun war sie hier. Nicht nur seelisch eine Gefangene, sondern auch noch von jedem anderen Menschen isoliert. So konnte es nicht weiter gehen! Und so durfte es auch nicht! An manchem Abend war sie am Ende der Geduld und Martin konnte sie nur schwer wieder beruhigen. Als dann sein Knecht ums Leben gekommen war, war auch er wieder öfter bei ihr. Nach diesem Zwischenfall wollte sie ihn nicht mehr aus ihren Armen lassen. Und ganz im Gegensatz zu früher, akzeptierte er ihre Entscheidung und ihren Wunsch, nach seiner Nähe.

Aber auch er hatte eben nicht viel mehr zu sagen, als sie. Nun verließen sie aber täglich zu Fuß die Burg und umrundeten den Burgberg. Das dauerte mitunter drei Stunden, wenn man langsam lief und sie gingen sehr langsam. In tiefsinnige Gespräche vertieft verging die Zeit trotzdem wie im Flug.

Gemeinsam überlegten sie, wie sie die Laune des alten Mannes verbessern konnten, aber wenn noch nicht mal die Freude auf das erste Enkelkind dem Mann ein Lächeln in sein Gesicht zaubern konnte, dann waren ihnen irgendwie die Hände gebunden. Mit nichts konnte man dem alten Griesgram eine Freude machen. Der Tod von Georg schien ihn schwer getroffen zu haben. Natürlich war es für einen Vater schlimm, das eigene Kind zu Grabe zu tragen, aber er hatte ja noch einen Sohn! Und eine Schwiegertochter, die ihm fast jeden Wunsch sofort erfüllt hätte, wenn er dafür nur ein einziges Mal gelächelt hätte. Aber seit jener furchtbaren Nacht hatten seine Mundwinkel nur noch nach unter gezeigt.

Zum Glück hatte sie ja nun ihren Seelengefährten wieder an ihrer Seite, der ihr mit seinen starken Armen die Angst vor der Geburt nehmen konnte. Allerdings hätte sie auch gern mit Karola, sozusagen von Frau zu Frau, gesprochen. Über Themen, welche die Männer nicht interessierten, oder die sie nicht hören wollten. Doch der Herr gab ihnen nur zwei Stunden täglich. Eine am Morgen zum Haarewaschen und ankleiden und eine am Abend, um sie wieder zu entkleiden und für die Nacht fertig zu machen. Dabei war dann meist auch noch Martin in der Nähe, wodurch dabei die Frauenthemen einfach zu kurz kamen. Danach musste die Magd und Freundin auch schon wieder davoneilen, denn irgendwie bekam sie alle Aufgaben, die nur irgend in der Burg anfielen, und die bisher in Ermangelung einer weiteren Magd einfach liegen geblieben waren. Den Hof fegen. Die Fenster putzen und alles, was eine Hausmagd eben machen musste. Die anderen drei Mägde waren in der Küche beschäftigt.

Dabei hatte Martin ihr die Magd eigentlich, mit Zustimmung seines Vaters, geschenkt. Doch das interessierte den alten Mann schon lange nicht mehr. Sein Wort galt. Aber das von heute, das konnte eines von gestern wieder aufheben.

So ging der Frühling Woche für Woche dahin und der Sommer begann. Vevas Bauch wölbte sich immer weiter nach vorn und trotzdem war die Nachfolge des alten Mannes immer noch nicht geklärt. Immer wieder hatte er eine Ausrede gefunden, um nur nicht sein Zeichen unter das Papier zu setzen. Damit kamen zusätzlich zu ihrer Angst vor den Schmerzen der Geburt auch noch die Sorgen um ihre Zukunft und die ihres Kindes. Diese Sorgen fraßen sich durch ihren Körper hindurch.

Schließlich kam dann auch noch dazu, dass sie jede Nacht von Albträumen aus dem Schlaf gerissen wurde. Sie träumte, dass sie Blut an den Händen hatte und einen Dolch. Schreiend wachte sie davon auf und brauchte immer erst die Umarmung ihres Mannes und seinen Trost, um sich wieder zu beruhigen.

Diese Albträume brachten sie letztendlich an den Rand des totalen Zusammenbruchs. Sie konnte tagelang nicht das Bett verlassen und nun erst gestattete ihr der Herr die Magd zur täglichen Betreuung. Damit war Karola ständig in ihrer Nähe und Veva hatte endlich jemanden, mit dem sie reden konnte. Veva dehnte die Zeit so lange aus, wie es nur irgend ging und sie spielte sogar noch eine Woche lang die Kranke, nur um Karola bei sich haben zu dürfen.

Doch dann durchschaute der alte Mann ihren Trick und jagte Karola zurück an ihre Arbeit. Veva schrie er an, dass es vermutlich die ganze Burg hörte. Ihre Tränen sah er nicht. Die Verzweiflung brachte sie an den Rand der Geduld. Es musste sich was ändern! Nur was? Und wie?

53. Kapitel

Mann und Frau

Immer noch zuckelte er mit dem Wagen durch das Land. Mittlerweile war es Sommer, wodurch sie in der Nacht weder Feuer noch Decken brauchten. In den mehr als drei Monaten bisher hatten sie so viele gemeinsame Auftritte gehabt, dass nun jeder wusste, was der andere konnte, was er dachte und wie er sich verhielt. Gustav wusste nun, wann er Hans lieber in Ruhe ließ und wann der Narr für einen Spaß zu haben war. Die drei Frauen waren ihm nun ebenfalls nicht mehr so fremd, wie es noch in Augsburg gewesen war. Sie waren sich in der Zwischenzeit näher gekommen, ohne sich aber so nah zu sein, wie er es mit Ebba gewesen war.

Gustav musste daran denken, dass es nun fast ein Jahr her war, das sie aufeinander getroffen waren. Die Freundin fehlte ihm jeden Tag und er setzte sich dann meist etwas weiter von den anderen entfernt hin, damit keiner seine Tränen sehen konnte. Höchstens Gisel wollte er sie zeigen, denn sie hatte ihn schon von Anfang an verstanden. Aber da war noch etwas zwischen ihnen, was sie den nötigen Abstand wahren ließ.

Sie waren beide Freunde. Wenn es so etwas zwischen Mann und Frau wirklich gab. Enge Freunde, die sich alles sagen konnten. Sie hatte ihm alles über ihre Schmerzen erzählt, die sie auch jetzt immer noch hatte und er ihr über seinen Kummer. Und nun würde der Kummer vermutlich größer werden, denn sie waren auf dem Weg nach Sachsen. Bisher hatte er versucht, diesem Land irgendwie aus dem Weg zu gehen, denn da waren ja seine Freunde geblieben. Doch nun ging es eben nicht mehr anders. Erneut war er überstimmt worden und wenn er nicht zu Fuß oder bei einer anderen Gruppe weiterziehen wollte, dann musste er sich dem Entschluss der Gruppe beugen.

Drei Monate, mehr als neunzig Tage, waren sie nun schon zusammen und sicherlich hatte er an sechzig davon Gisel in den Dörfern tanzen sehen. Michael hatte bisher immer dafür gesorgt, dass der Tanz auch nur ein Tanz blieb, auch wenn das manchmal das Murren der anwesenden Männer nach sich zog. Sie waren es gewohnt, dass die Tänzerinnen auch das Lager mit ihnen teilten. Bei seiner alten Gruppe war das auch so gewesen, doch hier eben nicht. Von Gisel hatte er erfahren, dass es schon vor jenem schlimmen Tag bei ihr so gewesen war. Sie wollte nur tanzen und das hatte ja zu jener Bluttat geführt, wegen der sich die Frau immer noch Vorwürfe machte. Drei Menschen waren gestorben, nur weil sie „Nein!" gesagt hatte.

Gleichzeitig war es für Gustav auch schwierig, wie ein Mönch zu leben. Die drei Männer zogen mit drei schönen Frauen umher, sahen sie jeden Abend Tanzen und musizieren und dann legte sich jeder auf sein eigenes Lager. Alleine! Oft sah er, wie bei Hans oder Michael die Hose spannte und er selbst spürte ebenfalls bei dem Tanz der Freundin dieses verräterische Ziehen in der Leistengegend. Aber Radunta und Johanna hatten nur Augen füreinander und Gisel war praktisch ihre Anführerin. Was sie sagte, das war Gesetz und wenn sie „Nein!" sagte, dann hielten sie sich eben alle daran. Zumindest in der Gruppe!

Wieder kamen ein neues Dorf und wieder derselbe Ablauf. Täglich eingeübt, jeder Handgriff, jeder Tanzschritt bis zur Perfektion einstudiert. Jeder Ton der Leier, der Flöte und der Trommel, die Radunta schlug, saß. Es gab nur wenige Münzen, dafür aber ein festliches Mahl und einen guten Wein, von dem sie auch noch ein kleines Fässchen für unterwegs bekamen. Danach beschlossen sie, für die Nacht in dem Dorf zu bleiben. Die Dorfbewohner verzogen sich in ihre Häuser und ließen die kleine Gruppe am Rande des Dorfplatzes zurück. Dort saßen sie noch eine Weile, bis das Feuer langsam niederbrannte. Einer nach dem anderen ging auf den Wagen hinauf und legte sich dort zum Schlafen hin.

Zum Schluss waren nur noch Gisel und Gustav an den letzten Glutresten des niedergebrannten Feuers Sie saßen sich gegenüber und die Glut ließ ihre Augen leuchten. Nur schwach und in Rot wurden sie beleuchtet.

Mit einem Mal stand Gisel auf, beugte sich über dem Feuer zu Gustav herüber und flüsterte „Ich wäre jetzt bereit für dich!" „Und deine Schmerzen?" „Die sind im Moment fort und ich will nicht daran denken! Komm!", sagte Gisel und griff nach seiner Hand. Einen Moment zögerte Gustav, dann sah er sich zum Wagen um, stand auf und trat zu der Frau auf die andere Seite hinüber. Hand in Hand liefen sie in die Dunkelheit der mondlosen Nacht.

Nach etwa fünfzig Schritte blieb Gisel stehen und er prallte auf sie auf, weil es so dunkel war. Für einen Augenblick standen sie so, bevor sich ihre Lippen zu einem langen Kuss trafen.

Dann zog sie ihn hinter sich her zu Boden und mit einem Mal war Gustav wie gelähmt. Hatte er zuvor noch diese Gelegenheit ausnutzen wollen, so konnte er sich nicht mehr bewegen und spürte den Körper der Frau unter sich. Sie wartete einen Augenblick, dann fragte sie leise „Was ist los?" „Ich kann nicht!", gab er zurück. „Wegen Ebba?", fragte sie leise zurück und Gustav rollte sich zur Seite, wonach er nun auf dem Rücken neben Gisel lag. „Es fühlt sich an, als würde ich sie betrügen!", erklärte er leise.

„Aber sie ist tot. Du betrügst sie nicht!" „Das weiß ich. Aber es fühlt sich so an!" Die Frau gab ihm einen Kuss und er spürte, wie sich neben ihm aufsetzte „Entschuldige", sagte er leise. Dann standen sie auf und gingen langsam zum Feuer zurück.

Wenig später saßen sie wieder an dem Glutrest. Diesmal nebeneinander und mit dem Gesicht zum Wagen. Leise erzählten sie Geschichten von früher, wieder wie Freunde. Nicht wie Mann und Frau. Auf einmal spürte Gustav einen Luftzug und beugte sich zur Seite. Ein Knüppel traf seine Schulter und im selben Moment riss jemand Gisel nach hinter von ihm fort. Er konnte noch erkennen, wie sich eine Hand auf dem Mund der strampelnden Frau legte.

Für einen Wimpernschlag konnte er sich nicht bewegen, dann sprang er auf. Allerdings konnte er seinen rechten Arm nicht mehr bewegen. Gisel stieß irgendwelche Laute aus, während zwei Gestalten sie zu Boden drückten. „Lasst sie in Ruhe!", brüllte Gustav durch die Nacht. Nur einen Augenblick später stand Michael ohne Hose neben ihm und prügelte die finsteren Gestalten in die Nacht zurück.

Gustav kniete sich neben die weinend am Boden liegende Frau. „Nichts passiert", schluchzte sie und er half ihr auf. Das Kleid war zerrissen und vorn offen. Mit dem einen Arm zog er sie an sich. „Ich bin bei dir!", flüsterte Gustav, während der schnaufende Michael neben sie trat und der Rest der Gruppe aus dem Wagen zum Feuer kletterte.

54. Kapitel

Sommerwind

Je weiter es in das Jahr ging, desto dicker wurde Ebbas Bauch. Wie nicht anders zu erwarten war, nahm die Arbeit trotzdem nicht ab. Mit Magda hatte sie nun eine Freundin gewonnen, auch wenn es da mitunter Spannungen gab. Aber das blieb eben nicht aus, wenn man sich zwangsmäßig einen Mann teilen musste. Siegbert hatte auch nicht von ihr abgelassen, als sie schon hochschwanger gewesen war. War er auch noch nie besonders zärtlich gewesen, so war er nun fast ruppig und brutal ihr gegenüber. In mancher Nacht hatte sie sich in den Schlaf geweint. Da sie im November das erste Mal mit dem Bauern zusammen gewesen war, konnte ein Kind von ihm nicht vor dem August auf die Welt kommen. Im Juni von dem Ritter und im Juli, wenn es von Gustav sein würde.

Als dann der Mai, und damit der Sommer begann, da war schon deutlich zu sehen, dass es wohl keine drei Monate mehr dauern würde, bis das Kind auf die Welt wollte. Nur der Fürsprache von Magda verdankte es Ebba, dass der Mann sie nicht in ihrem Zustand sofort aus dem Hause warf, sondern ihr bis zur Geburt Zeit gab. Immerhin hätte es ja sein können, dass es doch erst im August so weit war.

Nun begann eine Zeit der Angst und des Überlegens. Was tun, wenn das Kind da war? Dass der Mann sie loswerden würde, das war klar, denn er hatte ihr schon mehr als deutlich zu begreifen geben, dass er nicht für ein fremdes Kind sorgen würde. Ebbas Gedanken gingen dabei zur Mutter zurück. Wie hatte diese es wohl gemacht, dass sie die Stelle bei dem Bauern bekommen hatte, obwohl sie da schon Ebba bei sich gehabt hatte. Aber vermutlich war das der Unterschied gewesen. Ebbas Vater war ja damals schon umgekommen und die Mutter damit Witwe. Nicht unverheiratet schwanger, wie sie es war.

In den Nächten, in denen sie nun nicht mehr schlafen konnte, grübelte sie. Jede Nacht derselbe Gedanke: was wird sein? Es gab eigentlich nur zwei Wege. Am Leben bleiben und irgendwo mit dem Kind betteln, oder mit dem Kind irgendwo in einen Fluss springen. Leben oder sterben? Da Gott ihr bisher jede Form des Sterbens verweigert hatte, würde er sicher auch auf irgendeine Form dafür sorgen, dass sie nicht in den Fluss springen konnte. Blieb damit nur leben und betteln.

Als es nun mitten im Juni so richtig warm geworden war, setzten auch schon die Wehen bei ihr ein. Mitten am Tag und auf dem Feld. Unter Magdas Hilfe brachte sie das Kind schreiend am Feldrand auf die Welt und zu ihrem Glück hatte es nicht so lange gedauert. Nach nur zwei Stunden, die allerdings trotzdem endlos schienen, war es geschafft und Ebba hielt eine wunderschöne Tochter im Arm.

Mit der Tochter war nun für Ebba zweierlei klar, erstens, dass es das Kind des Ritters war und zweitens, dass dieser Tag ihr letzter auf dem Hof des Bauern sein würde. Magda versuchte alles, ihren Mann umzustimmen, aber mehr wie eine Nacht zur Erholung von den Strapazen der Geburt wollte ihr der Mann nicht zugestehen. Da es ja nun sowieso ihr letzter Tag war, setzte sie sich einfach mit dem Rücken an einen Baum und sah den beiden Bauersleuten zu. Es war komisch, so untätig zu sitzen und die angefangene Arbeit nicht zu vollenden, aber sie brauchte diese Zeit, um die Schmerzen zu verarbeiten.

Ebba sah in das Gesicht des kleinen Wesens in ihrem Arm und versuchte sich den Vater vorzustellen, den sie ja aber nur eine Stunde gekannt hatte. Sie strich mit dem Fingern über die Stirn des Mädchens und überlegte sich einen Namen für dieses zarte Geschöpf. Aber sie fand keinen. Nachdem sie die Tochter gestillt und die Nachgeburt unter dem Baum vergraben hatte, ging sie daher mit dem Mädchen in die Stallkapelle, um den göttlichen Rat zu erfragen. Dort legte sie das kleine Geschöpf auf den Altar und kniete sich davor. Sie betete und bat dabei um einen Namen, welchen sie dem Kind geben konnte. Schließlich vernahm sie eine Stimme in sich, die „Maria" sagte. Erstaunt sah Ebba auf und fragte noch einmal laut nach, ob das wirklich der gewünschte Name war. Aber sie erhielt kein Zeichen mehr, weder dafür, noch dagegen und damit war der Name wohl genau in dieser Form gewünscht.

Ebba beugte sich über ihre Tochter, flüsterte „Maria" und strich dem Mädchen über die Stirn. „Im Angesicht Gottes erhältst du diesen Namen. Er soll dich beschützen", setzte Ebba leise hinzu und nahm die Tochter wieder an ihre Brust.

Nachdem sie die Kapelle verlassen hatte, kam Magda auf sie zu. „Sie soll Maria heißen", erklärte Ebba und Magda strich nun ebenfalls dem Kind über den Kopf. „Ein sehr schöner Namen für eine sehr schöne Tochter", sagte die Freundin, setzte aber zugleich hinzu „Aber mein Mann hat nicht zugestimmt. Morgen früh müsst ihr sein Haus verlassen." „Ich danke dir trotzdem", entgegnete Ebba und sie gingen zu dritt zum Haus hinüber.

Sofort packte sie ihre wenigen Sachen zusammen. Es war nicht sehr viel, was sie noch besaß, und Magda gab ihr noch ein paar Stoffstücke für das Kind mit. Daraus konnte man später mal ein

Kleid machen. Mit der Dunkelheit kam die letzte Nacht und Ebba schlief mit dem Kind im Arm ruhig ein.

Wie an jeden der vergangenen Tage fanden sie sich mit dem ersten Hahnenschrei, nun zu viert, am Tisch in der Küche für ein letztes gemeinsames Mahl ein. Anschließend verabschiedete Magda Ebba an der Tür des Hauses und der Bauer ging ohne ein Wort und ohne einen Blick an ihnen vorbei.

Hinter seinem Rücken gab Magda ihr schnell einen Beutel mit Brot, den sie hinter sich gehalten hatte und sagte „Viel Glück. Gehe nach Westen. Dort ist Magdeburg. In der Stadt findest du sicherlich ein Auskommen." Ebba bedankte sich, dann umarmten sich die beiden Frauen und schließlich zog Ebba, mit der Sonne im Rücken, den Weg entlang.

Ein warmer Sommerwind spielte in ihren kurzen Haaren, die nun aber schon so lang waren, dass sie damit wohl niemand fragen würde, aus welchem Kloster sie geflohen war. Und das Kind an ihrer Brust würde sicherlich ebenfalls dafür sorgen, dass diese Frage nicht kam. Schuhe hatte sie zwar immer noch nicht, aber durch das Laufen auf dem Feld waren ihre Fußsohlen so hart geworden, dass sie eigentlich keine Schuhe brauchen würde.

Ebba blickte nur noch nach vorn. Von Zeit zu Zeit setzte sie sich an den Straßenrand, wenn die Tochter Hunger hatte. Wie lange würde der Weg bis Magdeburg sein? Zumindest würde sie in der Nacht nicht frieren, denn der warme Wind des Sommers hüllte sie beide ein.

55. Kapitel

Hölle auf Erden?

Offensichtlich hatte der Herr etwas gegen sie! Er scheuchte Karola schon seit Monaten umher und ein Ende war nicht abzusehen. Jede noch so schmutzige oder erniedrigende Arbeit war nun ihre. Humpelnd fegte sie den Hof unter seinen Augen. Karola mistete den Stall aus, während er die Stallknechte mit Kampfübungen beschäftigte, die endeten, nachdem sie den Stall wieder sauber gemacht hatte. Vermutlich hatte er ihr immer noch nicht verziehen, dass sie mit Ebba befreundet und mit ihr zusammen zu dieser Burg gekommen war. Jahrelang hatte sie im Freien gelebt, war umhergezogen und nun durfte sie das Tor nicht passieren. Der Posten dort hatte es ihr heimlich gesagt, als sie dort gefegt hatte. Wohin sollte sie aber auch gehen? Was konnte sie? Tanzen! Mit einer Krücke?

Karola liebte die Momente mit der Herrin und sie lebte für diese paar Augenblicke. Am Anfang war es aus Dankbarkeit dafür gewesen, dass die Frau sie aus dem Kerker befreit hatte, in welchem sie jetzt ohne sie sicher immer noch sitzen würde. Danach war so etwas wie eine Freundschaft entstanden. Sie war ja dieses Herrin-und-Magd Gehabe nicht gewohnt und der anderen Frau schien es ähnlich zu gehen. Sie waren sich vermutlich viel zu ähnlich. Karola war keine richtige Magd und die Herrin keine richtige Herrin.

Das entfernte Karola aber immer mehr von den anderen drei Mägden. Die Mamsell ließ sie das dann auch jeden Tag spüren. Zwar war die Herrin die Einzige, die ihr Weisungen geben durfte, aber durch die Anweisung des alten Herrn gab die Mamsell ihr

252

dann doch Befehle, die Karola nicht ignorieren durfte, wenn sie nicht im Hof vor aller Augen ausgepeitscht werden wollte.

Und die boshafte alte Frau fand immer wieder eine andere erniedrigende Arbeit. So arbeiteten die beiden fast gleich alten Menschen jeden Tag daran, dass dieser Tag immer noch schlimmer wurde, als der jeweils vorherige. Doch Tränen hatte Karola schon lange keine mehr, sondern nur die Zuversicht, dass ihre jetzige Tätigkeit im Himmel vergolten werden würde und dasselbe erbat sie sich auch für die beiden anderen Menschen. Und das bei jedem Gebet, dass sie in der kleinen Burgkapelle von sich gab. Mitunter fünf Mal am Tag.

Mag es nun an ihrem Wunsch oder am Alter der Mamsell gelegen haben, jedenfalls stürzte die alte Frau eines Morgens die Treppe hinab und brach sich dabei das Genick. Für Karola änderte sich zuerst nur, dass nun Minna die Mamsell wurde und das tägliche Gebet um eine Person kürzer, da Minna sie in Ruhe ließ, dafür aber der Herr die Aufgaben für sie verdoppelte. Offensichtlich traute der Mann Minna nicht und nahm die „Bestrafung durch Arbeit" selbst in die Hand. Allerdings war Karola zu schlau, um ihm eine Handhabe zu geben, aufgrund derer er über sie Gericht halten konnte. Schon lange hatte sie erkannt, dass das wohl seine Absicht war.

Es wurde ein Sommer, der für sie wie die Hölle auf Erden war. Ohne Möglichkeit zur Flucht. Sie hätte nur von der Burgmauer in den Tod springen können, aber dann wäre sie in die Hölle gekommen, wo die Selbstmörder hinkamen, und wäre dort sicher wieder mit der Mamsell aneinander geraten, denn vermutlich war diese Frau nun dort und trieb die Teufel an.

Ihr schien es so, als ob es dem alten Herrn eine Freude war, sich immer wieder Dinge auszudenken, mit denen er sie schikanieren, demütigen und eventuell zu einer unüberlegten Bemerkung verleiten wollte.

Er hielt sie sogar von der Herrin fern. Nur wenige Augenblicke hatten sie am Tage zusammen. Manchmal sah sie die bedauernden Blicke des jungen Herrn, aber auch er konnte nichts für sie tun. Zumindest ließ der Herr sie körperlich in Ruhe, wodurch sich ihr, durch die vielen Vergewaltigungen geschundener, Körper wieder erholt hatte. Lange waren die körperlichen Schmerzen ihre täglichen Begleiter gewesen. Nun waren diese endlich fort. Monate hatte es gedauert! Die seelischen waren geblieben und die würden auch sicher bleiben!

Gegenüber dem jungen Herrn, der diese ja angeordnet und ausgelöst hatte, hegte sie schon lange keinen Groll mehr. Durch die Freundschaft zu Genoveva hatte sie sich auch mit deren Mann in ihrem Innersten wieder ausgesöhnt. Vielleicht würde das auch mal mit dem alten Herrn geschehen, wenn dieser sich dann mal endlich zur Ruhe gesetzt haben würde, denn damit verlor er ja seine Herrschaft über die Magd.

Gelegentlich redete sie heimlich mit der Herrin darüber, was sich da wohl ändern würde. Fast träumte sie davon. Sehnte sie sich danach? Vielleicht. Aber sie wünschte dem alten Herrn deshalb trotzdem nichts Schlechtes. Sicherlich war der alte, griesgrämige Mann es einfach nicht anders gewohnt. Vielleicht liebte er es, sein Personal herumzuscheuchen und sie war nun mal sein „Opfer".

Und dann änderte sich doch etwas. Nicht beim Verhältnis des alten Herrn zu ihr, sondern Minna trat eines Tages auf sie zu, reichte ihr die Hand und fragte „Freunde?" Offensichtlich hatte die kluge Frau begriffen, wie eng das Verhältnis zwischen Karola und der Herrin war. Und da die junge Herrin ja irgendwann mal auch die Herrin von Minna werden würde, konnte es sicher nichts schaden, es sich nicht mit Karola zu verderben.

Von diesem Tag an ging es Karola besser. In ihrer Suppe war nun öfters ein Stück Fleisch und bisweilen war es sogar größer, als das, welches in Frankas Suppe schwamm. Das Schicksal schien ihr langsam wieder gewogen zu sein.

Und nun kam noch weiterhin erfreulich hinzu, dass mit wachsendem Bauchumfang der Herrin ihre Besuche zunehmend länger werden durften. An manchen Tagen konnten sie nun Stundenlang wie Gleichgestellte reden. Sie tauschten sich aus und Karola kam sogar wieder dazu, von Italien zu erzählen. Die Hölle auf Erden wandelte sich langsam zu einem Ort, an dem Karola gern leben wollte.

Vielleicht freute sie sich schon mehr auf das Kind, als Genoveva sich darauf freute. Bald würde sie als Amme für dieses kleine Würmchen sorgen müssen, das nun gerade im Bauch der Freundin heran wuchs. Für dieses Kind wollte sie diese Burg in den Himmel auf Erden verwandeln.

56. Kapitel

Vertraute Klänge

Seit zwei Wochen war Ebba nun schon in Magdeburg und es ging ihr immer noch gut, denn es war Sommer und da brauchte man kein warmes Plätzchen für die Nacht. Innerhalb der Stadtmauer suchte sie sich jede Nacht einen Schlafplatz, meist in einem Stall einer der vielen Herbergen. In einige musste sie sich in der Finsternis heimlich hinein schleichen, in anderen durfte sie mit Duldung der Wirte bleiben. Tagsüber saß sie dann mit der Tochter auf den Stufen vor dem Dom. Am ersten Tag hatte sie sich auf dem Markt mit der ersten Münze eine Haube gekauft, wie sie Frauen und Witwen trugen. Im engeren Sinne war sie ja Gustavs Witwe und für eine arme Witwe mit Kind gaben die Bürger gern mal eine Münze ab, mit denen sie sich Bier und Brot kaufen konnte. Für die Kleine hatte sie ja genug Milch. Wie das mal im Winter werden sollte, darüber zerbrach sie sich noch nicht den Kopf, denn dafür würde sie im Herbst sicher noch genug Zeit zum Grübeln haben.

Weglegen konnte sie jedenfalls nichts von den Münzen, denn sie musste essen, damit sie für ihre Tochter genug Milch haben würde. Erneut streifte sie durch die Gassen und Straßen der Stadt. Dabei hing sie in den Gedanken an Gustav und dem Vater von Maria fest. Es war schon seltsam, dass Maria am selben Tag geboren worden war, wie sie auch. Nur eben siebzehn Jahre nach ihr. Und sie hatte damit auch beide Bauernhöfe am selben Tag in zwei aufeinanderfolgenden Jahren verlassen. Sehnsüchtig dachte Ebba an den vergangenen Sommer zurück. An Konrad, Hans, Sieglinde, Karola und natürlich an Gustav. Der tote Geliebte schlich sich jede Nacht in ihren Traum.

Seine starken Arme vermisste sie am meisten. Seine Küsse und zärtlichen Berührungen. Nie mehr würde sie ihn sehen können. Eine leise Träne tropfte auf den Kopf der Tochter. In diese Gedanken an vergangenes versunken, folgte sie weiter der Straße, die zwischen den hohen Häusern entlang führte. Im letzten Sommer hatte sie auch in einigen großen Städten getanzt, aber Magdeburg war damals nicht dabei gewesen. In den paar Monaten war sie weit in Sachsen herumgekommen und der Traum an Italien, so wie es ihr Gustav einst in den Nächten erzählt hatte, der steckte auch noch in ihr. Aber sie würde wohl die fernen Städte des Südens nie sehen können. Das Überleben der Tochter war wichtiger. Die Kleine weinte und riss sie damit aus ihren Gedanken.

Ebba zog sich in eine der schäbigeren Gassen zurück, um die Tochter zu stillen. Hier war es für eine einsame Frau nicht ganz ungefährlich und manchmal wünschte sie sich den Dolch wieder an ihre Seite. Die Augen der Männer hier waren kalt und abschätzend. Wenn es sich lohnen würde, so würden sie vermutlich jemanden sofort die Kehle durchschneiden. Dies hier waren die Armenviertel, die sie eigentlich zu meiden versuchte und in denen sie aber trotzdem oft war, denn sie war nun eine von ihnen, eine Bettlerin! Ausgestoßen und mit Kind. Ebba besaß nur noch das, was sie auf dem Leibe trug und nicht mal zu Schuhen hatte es bisher gereicht. So hockte sie in der Gasse auf dem dreckigen Boden, das Kind lag schmatzend an ihrer Brust und sie sah auf die paar Münzen in ihrer Hand.

Es war Markttag und sie hatte am Dom drei kleine Münzen erhalten. Ebba erhob sich, zog sich das Kleid vor die Brust und wickelte die Tochter, die nun nach einem lauten Rülpser eingeschlafen war, in das Tragetuch. Mit Maria in diesem Tuch vor ihrer Brust folgte sie dieser Gasse zu den aufgebauten Ständen auf dem freien Platz vor dem Dom. Eine bunte Menschenmenge war dort versammelt. Viele Menschen schrien durcheinander und feilschten um jede Münze. Die Frau schlenderte von Stand zu Stand, denn auch wenn sie nichts davon kaufen konnte, so konnte sie sich doch die schönen Sachen wenigstens ansehen. Kämme, Tücher und schöne Kleider.

Die Münzen würden nur für ein Brot und ein paar Äpfel reichen. Immer wieder zuckte ihre Hand nach den Schmuckstücken, doch dann legte sie diese meist sofort wieder zurück. Essen war wichtiger! Die drei kupfernen Münzen wurden in ihrer Hand warm und brannten fast wie Feuer. Die Verlockung war groß, sie auszugeben. Vielleicht sollte sie dann später noch mal zum Dom gehen und konnte dort noch eine oder zwei Münzen erhalten? Sollte sie auf das Brot verzichten? Ein kleiner Kamm fiel ihr auf, der auf einer der Auslagen für sie bereit lag. Es war ein Drache darauf abgebildet, der fast so aussah, wie jener, der einst diesen verhängnisvollen Dolch geziert hatte.

Ebba nahm ihn in die Hand und fragte „Was soll er den kosten?" „Zwei Heller!", antwortete die Frau am Marktstand und hielt schon die Hand auf. Ebba sah auf die drei Münzen. Damit hätte sie dann nur noch eine und das reichte dann höchstens noch für drei oder vier Äpfel, je nachdem, wie gut sie feilschen konnte. Schweren Herzens gab sie der Frau zwei kupferne Münzen und steckte den Kamm in ihren Beutel.

Von dem letzten Heller bekam sie dann, weil sie vermutlich so leidend aussah, sogar fünf der köstlichen Äpfel von einer älteren Bäuerin. Überschwänglich bedankte sie sich und aß den ersten gleich am Stand auf. „Was du im Bauch hast, das kann dir keiner mehr nehmen", sagte die alte Frau lachend und Ebba nickte ihr mit vollem Munde zu. Nun würde sie ihr Weg aber wieder zum Dom führen müssen, denn sie brauchte auch noch etwas Brot. Nur von den Äpfeln alleine konnte sie wohl kaum satt werden. Sie tat die leckeren Früchte zu Maria in das Tuch vor ihrer Brust und wendete sich der Straße zum Dom zu.

Als sie den ersten Schritt machen wollte, hörte sie Musik von der anderen Seite des Platzes herüberwehen. Es waren vertraute Klänge. Eine Drehleier und eine Flöte konnte sie deutlich hören und beschloss, noch etwas der Musik zu lauschen. Langsam schob sie sich durch die Menschenmassen und die Musik wurde lauter. Eine Frau spielt die Leier, ein Narr hatte eine Flöte und eine Frau tanzte auf dem Platz, den ihr ein größerer Mann frei hielt.

Wieder kamen die Erinnerungen hoch, denn so ähnlich hatten sie es auch gemacht, nur dass sie dort getanzt hatte. Ebba sah zu, wie die Frau herumwirbelte, ihr Haar nach hinten warf und lachte. Schließlich verstummte die Musik und die Menschen gingen wieder ihrer Wege. Daraufhin trat Ebba zu der Tänzerin. „Dein Tanz hat mir gefallen, aber ich kann dir nicht viel dafür geben. Nur einen Apfel, wenn du magst." „Gern", antwortete die Frau und Ebba angelte sich zwei der Früchte aus dem Tuch.

Einen gab sie der Frau und biss in den zweiten hinein. Auf einmal hörte sie hinter sich eine heißere Stimme, die fragte „Ebba? Bist du das?" Der Bissen blieb ihr im Halse stecken, wer kannte sie noch? Nur der Ritter, der sie verfolgt hatte. War sie nun wieder dem Tod nah? Sie verschluckte sich und musste husten.

57. Kapitel

Apfelbissen

***W**ieder hatte es dieselbe Schulter getroffen. Der Schlag mit dem Knüppel hatte gereicht, dass Gustav nun den Arm nur noch schlecht bewegen konnte. Aber was machte jemand, der jonglieren und Handstand machen sollte, wenn er nur einen Arm hatte? Jonglieren mit drei kleinen Kugeln mit einer Hand, während der andere Arm in der Schlinge hing. Das ging gerade noch so. In jedem freien Augenblick machte er nun die Übungen, die ihm Marcus im Winter in Augsburg beigebracht hatte. In Gisels Augen war er nun ihr Held, der sie gerettet hatte, auch, wenn das wohl eher Michaels Verdienst gewesen war. Er hatte zwar auch mit dem einen Arm gegen die drei Männer gekämpft, aber wenn der Freund ihm nicht zur Seite gesprungen wäre, so hätte es in jener Nacht für die Freundin schlecht ausgehen können. Nun zogen sie also schon wieder seit einer Woche umher und seine Aufgaben waren die, die man mit einem funktionierenden Arm machen konnte.

Holz holen, den Wagen lenken und das Geld der Zuschauer einsammeln. Der Zusammenhalt in der Gruppe war großartig und die Kräuter von Radunta wirkten gut auf seiner Schulter, wo er sie jede Nacht mit einem Tuch festband. In mancher Nacht hatten Gisel und er auf dem Wagen nebeneinander gelegen, aber so nah wie in jener Nacht waren sie sich nicht wieder gekommen. Er hatte sich viele Male bei ihr für sein Versagen entschuldigt und jedes Mal hatte sie ihn nur angelächelt. Vermutlich verstand sie ihn besser, als er sich selbst verstand. Was war da nur los gewesen? Ebba war doch tot. Warum konnte er da nicht auf das Angebot von Gisel eingehen? Vielleicht war sie seine neue Partnerin? Eine Freundin war sie ja sowieso schon für ihn.

Eine neue Stadt, namenlos, wie viele vor ihr. Schon lange hatte er aufgehört, sich die Namen der Ort zu merken, in denen sie auftraten. Es mussten hunderte gewesen sein. Jeder Tag ein neuer Ort und nur die, in denen sie länger geblieben waren, die waren noch in seinem Gedächtnis. Augsburg, Venedig, Rom, Mailand und natürlich dieser kleine Flecken mit der Burg, in der die Mittglieder der Gruppe den Tod gefunden hatte. Diese Burg würde wohl immer in seinen Gedanken eingebrannt bleiben, denn sie war mit Ebba verbunden. Wie immer begannen sie mit der Musik und mit den Vorführungen von Michael, dem Narren und seiner einarmigen Jongliererei. Danach schuf Michael etwas Platz für Gisel und Gustav nahm sich die kleine Dose, mit der er die Zuschauer um ein paar Heller bat.

Während die Freundin tanzte, sammelte er die Münzen ein. Es war Markttag und schönes Wetter, dazu waren die Menschen auch noch besonders freigiebig. Offensichtlich gefiel ihnen die Vorstellung.

Dann verstummte die Musik und er kletterte auf den Wagen. Dort zählte er die Münzen und Gustav kam dabei auf zehn Kreuzer, also vierzig Pfennige. Ganz ansehnlich, wenn sie auch schon bessere Tage gesehen hatten. Aber Augsburg war eben etwas anderes, da wurden keine Pfennige in die Dose geworfen, sondern Kreuzer und da konnte man an manchen Abenden auf zehn Gulden kommen.

Die Gruppe zehrte immer noch von der Reserve des Winters. Sorgfältig legte er die Münzen in die, fest mit dem Wagen verbundene, Kiste, die er danach wieder abschloss. Eine kleine Schatzkiste, auch wenn so mancher Kaufmann wohl darüber gelacht hätte. Gustav kletterte wieder hinab und ging um den Wagen herum. Bei

Gisel stand eine Frau mit dem Rücken zu ihm und unterhielt sich anscheinend mit der Freundin. Dann gab sie ihr einen Apfel und biss selbst in einen. Da lag etwas Seltsames darin. Gustav stutzte. Sie hielt den Arm so komisch und er begann zu grübeln, woher er diese Geste kannte. Jäh fiel es ihm wieder ein „Ebba? Bist du es?", fragte er, obwohl das unmöglich wahr sein konnte.

Die Frau zuckte zusammen und fuhr herum. Sie verschluckte sich und ließ den angebissenen Apfel fallen. Sie war es! Seine Ebba lebte noch! Wie konnte so etwas nur möglich sein? Sie würgte an dem Apfelbissen und bekam keine Luft mehr. Gisel schlug ihr auf den Rücken und Ebba spuckte das Stück aus. „Gustav! Du lebst!", brachte sie krächzend heraus, dann fielen sie sich beide in die Arme. Nun erst bemerkte er das Kind vor ihrer Brust und sah auf das kleine Köpfchen herab. „Wie ist es möglich, dass du überlebt hast?", fragte er und strich ihr über die Wange.

Beide konnten sie ihre Tränen nicht mehr zurückhalten. Sie setzten sich zum Wagen und erzählten sich alles, was sie in den letzten Monaten gemacht hatten. Dann unterbrach sie das Kind, das Ebba schnell stillte. „Meine Tochter", sagte sie und zog das Tuch schützend davor, wodurch nicht jeder ihre Brust sehen konnte.

„Mein Kind?", fragte er, doch Ebba schüttelte den Kopf. „Sie ist die Tochter des Ritters. Du erinnerst dich?", fragte sie. Wie konnte er jemals diese schreckliche Nacht vergessen. Aber es gab eben dort nicht nur den Tod, sondern es hatte auch ein neues Leben begonnen.

Gisel trat an sie heran und fragte „Wir müssen weiter ziehen. Kommst du mit uns mit?" Daran hatte Gustav bis gerade eben gar nicht mehr gedacht und nun hatte ihm die Frau die Entscheidung abgenommen. Ebba sah zu ihr herauf und fragte „Gern. Wenn ihr noch eine zweite Tänzerin braucht?" Gisel nickte und gab ihr die Hand. Sie beide standen auf und gingen zusammen hinter den Wagen. Er half Ebba hinauf und spannte danach, mit Michaels Hilfe, die Pferde an.

Jeder in der Gruppe kannte Ebbas Geschichte und begrüßte sie herzlich. Als sich jeder gesetzt hatte, da brachen sie auf und rollten aus dem Stadttor hinaus. Einen Teil der erworbenen Münzen mussten sie als Brückenzoll wieder hergeben und dafür rumpelte der Wagen über die hölzerne Brücke weiter nach Sachsen hinüber.

Vor der Stadt tauschte Gisel mit Ebba die Plätze, wodurch sie nun neben ihm auf dem Bock saß. An ihn angelehnt fuhren sie in das Land hinein. Die untergehende Sonne hinter ihnen warf ihren Schatten weit voraus. Stumm saßen sie so nebeneinander. Es war wie ein Wunder gewesen: Sie hatten sich wiedergefunden.

Nach einer Weile angelte sich Ebba einen Apfel aus dem Tuch und wollte ihn an Gustav übergeben, der aber mit nur einer Hand nicht gleichzeitig die Zügel und den Apfel halten konnte. So biss sie selbst hinein und ließ sich die Frucht schmecken. Immer wieder hielt sie ihm den Apfel hin, damit auch er ein Stück davon abbeißen konnte. So teilten sie sich den Apfel, wie damals Adam und Eva, aber es sollte kein Auszug aus dem Paradies werden, sondern ein neues, glückliches, langes Leben. Zumindest hoffen das die beiden Liebenden auf dem Bock.

58. Kapitel

Ein schlauer Plan?

eva hatte am Abend zuvor genau den wunden Punkt bei ihm getroffen: Es musste enden, denn der Vater hatte ihm seit Monaten das Leben zur Hölle gemacht! Sicherlich war es dem alten Mann nicht bewusst, wie er sich ihm gegenüber verhielt. Oder aber er tat es absichtlich, dann war es noch verwerflicher. Allerdings hatte der Vater eben immer noch die Macht. Noch hatte er das Lehen nicht an ihn übergeben und selbst danach würde er auch weiterhin das Recht haben, ihm „Vorschläge" zu unterbreiten. Entscheiden konnte er dann zwar nichts mehr, aber er war mit dem Kurfürsten befreundet und damit konnte er dann immer noch über diesen Weg auf die Entscheidungen von Martin Einfluss nehmen. Schließlich war der Kurfürst von Sachsen ihr Lehnsherr, so wie der König seiner.

Alles war über Treueschwüre und ritterliche Ehre miteinander verbunden. Der Kurfürst hatte dem König die Treue geschworen. Der Vater dem Kurfürsten und er, sowie alle Knechte und Mägde, hatte wiederum dem Vater die Treue geschworen und es gab nichts Verwerflicheres, als diese Treue zu brechen, denn dann würde er nie wieder bei irgendjemanden geduldet werden. Was konnte er also machen, um den Vater umzustimmen und dabei trotzdem die Ehre und Treue zu wahren. Das etwas passieren musste, das war sicher jedem hier in der Burg klar. Vermutlich sogar dem Vater, aber er zögerte das Unvermeidliche so weit wie möglich nach hinten hinaus.

Martin war es eigentlich seinem ungeborenen Kind schuldig, dass alles geklärt wäre, bevor es auf diese Welt kam. Und es war nicht mehr viel Zeit bis dahin, wenn er seine Frau so ansah, wie sie sich morgens, auf ihre Magd Karola gestürzt, aus dem Bett kämpfte. Vielleicht noch ein Monat? Sechs Wochen höchstens! Wochenlang hatte er gegrübelt, ohne sie darin einzuweihen, denn er wollte sie ja nicht durch eine eventuelle Mitwisserschaft gefährden, falls sein Plan zu riskant war. Aber er hatte keinen gangbaren Weg gefunden! Nur die Möglichkeit, abzuwarten, bis der Vater irgendwann mal sein Siegel auf das Blatt drückte. Und gerade dieses nichts tun können und abwarten müssen, das brachte ihn nicht weiter. Er war ein Mann der Tat und nun musste er warten!

Diese Warten machte ihn ungerecht seiner Frau gegenüber und es tat ihm leid. Mitunter hörte er sie nachts im Bett weinen und auch er selbst musste dann mit den Tränen kämpfen. Er wollte sie nicht weinen sehen! Aber er konnte dem Vater auch nicht befehlen, den Zettel endlich zu unterschreiben.

Um seiner Frau den Kummer zu nehmen begannen sie schließlich die ganze Nacht lang gemeinsam nach einer Idee zu suchen, wie sie den Vater umstimmen konnten. Auch Veva kam nur auf dieselben Ideen, die er schon selbst verworfen hatte. Ein Geschenk! Was sollte man ihm schenken? Wie konnte man ihm eine Freude machen? Was konnte das Herz des alten Mannes erfreuen? Was hatte ihm immer Spaß gemacht? Eine Jagd? Einen Ausritt konnte er wegen seines Rückens nicht mehr machen. Eine Fahrt in der Kutsche? Würde ihm das nicht zeigen, wie anfällig er geworden war?

Es würde seinen Zorn hervorrufen! Der Mann, der immer auf seinem Streitross in das Turnier geritten war, und dort so oft Sieger geblieben war, der sollte in eine Kutsche steigen? Niemals!

Schließlich war es die Magd Karola, die am Morgen, nachdem sie Veva die Haare gewaschen hatte, seufzend sagte „Also, wenn mein Konrad früher schlechte Laune gehabt hat, dann habe ich immer einen Weg gefunden, ihn umzustimmen!" Martin sah seine Frau an, die vermutlich gerade dieselbe Idee gehabt hatte, denn sie fragte „Wann war dein Vater eigentlich zum letzten Mal mit einer Frau zusammen?" „Das muss schon länger als fünfzehn Jahre her sein! Seit dem Tode meiner Mutter vermutlich nicht mehr", entgegnete Martin. „Das erklärt so einiges an ihm!", setze die Magd hinzu und das würde wohl die Wahrheit sein.

„Kann das die Lösung sein?", fragte sich Martin laut selbst. Veva stützte den Kopf in die Hand. „Was können wir tun? Wie bringt man den Reiter nach so vielen Jahren wieder auf das Pferd?", entgegnete Veva. Karola musste bei dieser Bemerkung lachen und sie beide sahen sie an. „Damals, in Italien, hätte ich einen Schleiertanz gemacht und er wäre mir binnen Augenblicken verfallen gewesen. Aber mit meinem Bein wird das wohl nichts werden!", sagte sie zur Erklärung. „Italien!", entgegnete Martin laut und sah zu dem kleinen Schränkchen hinüber. „Was hast du vor?", fragte ihn Veva und er erhob sich vom Stuhl, lief zu dem Schrank und öffnete ein Schubfach.

Da standen sie! Glänzende Dosen mit dem Pulver, die er in Italien gekauft hatte. Er zog die Dosen nach vorn und studierte bei einer nach der anderen die lateinischen Aufschriften. „Du willst ihn doch aber nicht vergiften!", sagte Veva und kam zu ihm herüber. Auch Karola schloss sich ihr an. Zu dritt sahen sie sich die silbernen Döschen an, bis er die Richtige gefunden hatte.

Martin klappte den Deckel auf und erklärte „Das ist ein wirklich ausgezeichnetes Pulver. Es stärkt die Manneskraft und weckt den Trieb! Ich habe es nur ein einziges Mal probiert und die Wirkung war überwältigend!" Dabei ließ er die beiden Frauen an dem Pulver schnuppern.

„Wie willst du es ihm aber geben?", fragte Veva, „Er nimmt niemals etwas zu sich, was nicht du oder ich ebenfalls zu sich nehmen! Er ist ziemlich misstrauisch." „Ich könnte es in den Wein mischen und mit ihm anstoßen", erklärte Martin. „Aber du wirst dann mit ihm auch trinken müssen und ich kann gerade nicht mit dir das Lager teilen!", erklärte Veva und strich sich über den Bauch. „Dann müssen wir eben warten!", sagte Martin, klappte die Dose zu und wollte sie wieder in das Schränkchen schieben.

„Herrin, was ist, wenn ihr es ihm erlaubt, dass er das Lager mit einer anderen teilt?", fragte die Magd und sah Veva an. „Da bleibt da noch ein weiteres Problem", begann Veva und setzte hinzu, „Welche Frau sollte es denn sein? Minna? Franka? Du? Und sein Vater braucht auch noch eine Frau!" Dabei sah sie Karola an. „Das war dann wohl doch kein so schlauer Plan. Oder?", fragte Martin und verschloss den Schrank.

59. Kapitel

Eine verhängnisvolle Bitte

WWie drei Verschwörer hatten sie an dem Schränkchen gestanden. So, als ob sie etwas Verbotenes planten, hatten sie die Köpfe zusammen gesteckt. Dabei hatten sie doch nur vor, dem alten Herrn etwas Freude zu schenken. Allerdings blieb immer noch eine wichtige Frage: Wie sollten sie es tun und sollten sie es wirklich tun? Karola rang mit sich selbst, ob sie wirklich zustimmen sollte, oder lieber nicht. Mit Genoveva gab es ja nur vier Frauen auf der Burg. Und weder Martin, noch dessen Vater, wollten sich sicherlich mit Franka abgeben. Damit würde zwangsläufig ihr der Teil zufallen, den Vater etwas fröhlicher zu machen! Monatelang hatte sie sich genau vor dieser Situation gefürchtet.

Schließlich fragte die Herrin ihren Mann „Wie schnell wirkt das Mittel?" wobei sie auf die Dose zeigte. „Innerhalb einer Stunde!", antwortete dieser und sah sie fragend an. Nun war vermutlich die Freundin diejenige, die diesen verwegenen Plan vorantrieb. Veva sah ihren Mann an und sagte „Ich erlaube dir, dass du unten mit Minna tust, was immer du tun musst!", danach blickte sie zu Karola herüber und setzte hinzu „Könntest du dich um den alten Herrn kümmern?" Damit bat Genoveva sie, diesen wichtigsten Teil des Planes zu übernehmen, vor dem sie immer noch zurückgezuckt war.

„Ich?", fragte Karola, fast ohne einen Ton. Veva nickte und erklärte „Er wird hier hochkommen und ich bin in diesem Bereich die einzige Frau. Wenn das Mittel wirklich so stark wirkt, so fürchte ich, dass er sich nicht mehr unter Kontrolle hat und dann vielleicht zu mir will!" Sie machte eine Pause und setzte fort

„Wenn du aber, zufällig, hier oben bist, um mir beim Entkleiden oder irgendetwas anderem zu helfen, dann würde er auf dem Flur auch dich treffen!" Karola musste schlucken und dachte an den alten Mann. „Das muss ich mir erst noch überlegen", sagte sie schließlich, immer noch in den Schmerz ihrer Seele gefesselt, und die anderen beiden nickten ihr zu.

Damit lag es also an ihr, wie sich die Zukunft dieser Burg gestaltete. Grübelnd verließ Karola das Zimmer und ging wieder ihren täglichen Arbeiten nach, aber sie war kaum mit ihren Gedanken dabei. Natürlich wollte sie der Freundin einen Gefallen tun, aber mit dem alten Mann das Lager teilen? Wollte sie das wirklich? Wenn es der Freundin half? In einem inneren Kampf rang Karola mit sich selbst. Wägte das Für und Wider ab. Hätte der junge Herr es nicht auch einfach befehlen können? Das hätte ihr diese Zweifel genommen.

Und obwohl die Entscheidung schon lägst gefallen war, so dauerte es dennoch einen ganzen Tag und eine Nacht, bevor Karola am nächsten Morgen der Freundin sagte „Gut! Ich mache es!" Genoveva nickte ihr zu und damit begann der Plan Gestalt anzunehmen. Nachdem sie nun ihr Wort gegeben hatte, gab es für sie kein Zurück mehr. An diesem Tage hatte sie ihre Arbeiten zu machen und ein paar Mal traf sie dabei auch auf den alten Herrn. Ihr Knicks war tief, wie sonst, der Blick gesenkt, wie es sich für sie als Magd gehörte und dennoch sah sie ihm hinterher. Konnte sie das? Sie musste! Trotzdem blieb der Zweifel in ihr.

Der Abend kam! Karola ging zu Genoveva, wartete dort mit ihr am offenen Fenster und sie hörten, wie die Männer sich in dem Raum unter ihnen zuprosteten.

Es dauerte eine ganze Weile, dann verstummten die Männer und Veva nickte ihr zu. Nun galt es, zu tun, wofür sie sich der Freundin gegenüber verpflichtet hatte. Karola erhob sich von der Fensterbank und trat auf den Flur hinaus. Der alte Herr kam ihr entgegen und wieder machte sie ihren Knicks. Allerdings hatte sie in seinen Augen gesehen, dass das Mittel schon in ihm zu wirken begann. Die Glut der Leidenschaft brannte in seinem Blut und sie wusste, was ihr bevorstand.

Vermutlich würde er nun jede Frau zu sich nehmen und selbst die alte Mamsell wäre jetzt nicht mehr vor ihm sicher gewesen, wenn sie noch am Leben und gerade hier gewesen wäre. Vielleicht wäre er auch zu Veva gegangen, wie diese es befürchtet hatte, doch nun hatte er sie getroffen.

Der Mann sagte nur ruppig „In mein Zimmer!" Sie erhob sich und trat in den Raum, in welchem Georg damals gestorben war. Bisher hatte sie das immer vermieden. Kurz sah sie sich in dem Raum um, aber es gab hier nur einen Tisch und ein großes Bett, das Mitten im Raum stand. Erneut musste sie Schlucken, denn auf diesem Bett würde sie sich jetzt für die Freundschaft zur Herrin opfern müssen, doch wenn sie jetzt weglief, so brachte sie damit Genoveva und das ungeborene Kind in Gefahr. Der alte Mann war schon lange zu keinem klaren Gedanken mehr fähig. Das hatte sie in seinen Augen gesehen. Die Tür schlug zu und Karola fuhr herum.

Mit einem Licht in der Hand war ihr der Mann in den Raum gefolgt. Er stelle den Leuchter auf ein kleines Tischchen, wodurch dessen Licht nun den ganzen Raum ausleuchtete. Der alte Mann sagte nur noch „Runter damit!" und zeigte auf ihr Kleid, während er sich schon selbst hastig das Wams vom Leibe zerrte. „Jetzt mach schon!", fuhr er sie gepresst an und zog sich die Hosen aus. Im Moment stand Karola vor dem Bett und war kurz davor, dass er sie Vergewaltigen und anschließend auch noch im Hof für ihren Ungehorsam auspeitschen lassen würde. Also kam sie dem nach, was er forderte und was sie der Freundin versprochen hatte. Schnell landeten Kleid und Unterkleid auf dem Fußboden.

Die Beule in seinem Unterhemd zeugte davon, dass ihr Plan wohl aufgegangen war. Der Mann schubste die nackte Frau rückwärts zum Bett, welches ihre Bewegung abrupt stoppte. Eiligst folgte er ihr, drückte sie nieder und warf sich auf sie. Karola öffnete sich für ihn. Sofort stieß er zu und schoss schon nach ein paar Stößen seine Ladung tief in ihren Leib, doch anstatt ihr eine Pause zu gönnen, machte er unvermittelt weiter.

Erbarmungslos stieß er immer und immer wieder schnaufend zu. Dabei nahm er auf ihre Wehlaute keine Rücksicht und Karola verfluchte im Moment diese Idee.

Erst nachdem er zum fünften Mal in ihr gekommen war, fiel er schnaufend auf sie und gönnte sich eine kurze Pause, aber er ließ nicht von ihr ab und blieb in ihr. Es würde wohl noch eine lange Nacht werden und schon jetzt tat ihr alles weh! „Habt erbarmen Herr! Bitte last ab von mir!", flehte sie dennoch, doch genau das schien er nicht zu wollen. Denn er nahm ihr Flehen zur Begründung, nun nur noch kräftiger zuzustoßen. Vielleicht wollte er der Magd einfach zeigen, wer hier der Herr war. Oder er hatte das schon lange vorgehabt, und das Mittel hatte diesem Wunsch nun erst Gestalt verliehen. Karola gab ein stummes Gebet ab „Lieber Gott! Bitte hilf mir! Lass es Enden!" Würde diese Bitte erhört werden?

60. Kapitel

Schuldig!

enoveva lehnte an der Durchgangstür zu dem anderen Zimmer und musste mit anhören, wie der Mann nebenan schnaufte, stöhnte und schrie. Sie musste auch mit anhören, wie die Frau um Erbarmen bettelte. War es das wert gewesen? Der Plan war zweifellos aufgegangen, aber dass Karola dafür ihren Körper hinhalten musste, das war ihr zwar zuvor auch bewusst gewesen, aber vermutlich hatte weder die Magd noch sie verstanden, was dieses Mittel bewirkte. Warum hatte Martin sie nicht gewarnt?

Vielleicht konnten sie dann später wenigstens, im Überschwang des Glückes, eine Unterschrift von dem alten Mann bekommen und Karolas Opfer wäre dann nicht ganz umsonst gewesen. Wieder hörte sie das Stöhnen des Mannes nebenan und augenblicklich traf sie eine Eingebung wie ein Keulenhieb. Ein Blitz durchzuckte sie. Genau so hatte sie damals hier gestanden und zugehört, wie Georg mit der kleinen Tänzerin dasselbe gemacht hatte, wie sein Vater nun mit Karola.

Und der Blitz setzte eine Erinnerung in ihr frei, die lange Verschüttet gewesen war. Ihre Knie gaben nach und die Beine wurden weich. Langsam rutschte sie mit dem Rücken an der Tür herunter, bis sie davor am Boden saß. Veva war wieder zurück in jener Nacht des Mordes an Georg. Die verschütteten Erinnerungen kamen zu ihr zurück.

Damals hatte sie eine Tür zuschlagen hören, hatte diese Tür geöffnet, war hineingegangen, hatte einen Dolch dort vorgefunden

272

und diesem mit beiden Händen in die Brust des nackten Schläfers in dem Bett gerammt. Anschließend war sie wieder gegangen. Die Erinnerung an das Schnaufen von Georg, an jenem verhängnisvollen Tag in der Burg ihres Vaters, hatte wohl diese grauenhafte Tat in ihr ausgelöst und gleichzeitig jede Erinnerung an den Mord in ihr gelöscht. Erst jetzt, durch das Stöhnen seines Vaters, war diese Erinnerung zurück.

Nun konnte sie wieder alles sehen. Die Tür, den Dolch in ihren Händen, den nackten Georg ausgestreckt in seinem Bett und das Blut an ihren Händen.

Veva blickte auf ihre Hände herab. Der Albtraum war wahr gewesen! Sie hatte das Blut von sieben Menschen an ihren Händen kleben. Mühsam erhob sie sich. Das Stöhnen und Schreien wurde überdeutlich laut. Genoveva hielt sich die Ohren zu, doch die Laute waren in ihrem Kopf. Es war Georg, der sie gemacht hatte. Veva blickte zum Tisch, wo das kleine Nachtlicht flackerte. In seinem Schein sah sie den Gürtel von Martin. Dolch und Schwert waren daran befestigt.

Mit wackeligen Schritten ging sie dort hin und zog den Dolch aus seiner Scheide. Langsam hob sie die Waffe und setzte die Spitze auf die Stelle, an der sie den Dolch in Georgs Brust gerammt hatte. Dabei sah sie hinab und erkannte ihren Bauch. Das durfte sie nicht tun, denn sie würde damit Martins ungeborenes Kind töten! Aber sie musste ihm und seinem Vater diese Tat eingestehen. Nach der Geburt würde sie dann sicher ihren Kopf verlieren.

Georgs Vater würde sie niemals am Leben lassen. Ein lauter Schrei holte sie aus ihren Gedanken. Das war eine Frau gewesen!

Karola! Was war ihr geschehen? Der Dolch fiel ihr aus der Hand und polterte zu Boden. Veva eilte zur Durchgangstür, schloss diese auf und stürzte hinein. Karola stand nackt neben dem Bett und hielt sich beide Hände vor dem Mund. „Das wollte ich nicht!", stammelte sie. Der Mann lag auf dem Rücken, hatte die Augen offen und blickte zur Zimmerdecke. Er bewegte sich nicht mehr! Schnell war Veva bei ihm, aber er war tot. Sein Gesicht zierte ein seltsames Grinsen. So hatte sie den Mann noch nie gesehen. „Er ist einfach über mir zusammen gebrochen und hat nichts mehr gesagt!", stotterte Karola. Die Zimmertür flog auf und Martin stürmte in das Zimmer. Vermutlich hatte er, da alle Fenster offen standen, unten im Saal ebenfalls Karolas Schrei gehört.

„Was ist passiert?", fragte er und Veva antwortete ihm „Sein Herz hat die Anstrengung wohl nicht verkraftet!" Danach schloss sie dem liegenden Toten mit einer Handbewegung die Augen, hob das Kleid und Unterkleid von Karola vom Boden auf, ging um das Bett herum und gab ihr die Kleidung. Schnell zog sich die Freundin wieder an. Hinter Martin erschien nun auch Minna, die erschrocken in das Zimmer sah. „Und nun?", fragte Veva ihren Mann. Der deckte eine Decke über die Leiche und sagte „Da kümmere ich mich morgen früh drum. Ich habe noch etwas Wichtiges zu tun!" „Herr! Bitte erbarmen! Ich bin schon ganz wund", flehte Minna aus dem Gang. „Na gut! Schicke mir Franka in den Saal!", sagte er. Minna machte einen Knicks und eilte davon. Sichtlich froh, dieser Pflicht entkommen zu sein. Martin nickte Veva zu und verschwand.

Nun standen sie zu zweit an dem Bett. „Komm mit zu mir!", sagte Veva zu Karola und verschloss die Türen hinter sich. Stumm saßen sie in ihrem Zimmer, bis Karola auf den am Boden liegenden Dolch zeigte. Vevas Schuld fiel ihr wieder ein. Sie hob die Waffe auf und steckte sie zurück. Am nächsten Tag musste sie es

Martin gestehen. Auch er würde sie sicher hinrichten lassen, denn schließlich hatte sie seinen Bruder getötet. Erneut sah Veva die Freundin an. „Es tut mir leid, dass du solche Schmerzen gehabt hast", erklärte sie, doch Karola winkte ab. „Nun seid ihr die Herrin!", sagte die Freundin. „Wir werden sehen", entgegnete Veva, beugte sich zu Karola herüber und legte ihre Hand auf das Knie der Magd. „Du darfst dich nun ausruhen und dich säubern. Dich trifft keine Schuld am Tod des alten Herrn!", erklärte sie und Karola hinkte aus dem Raum.

Nun hatte Genoveva Zeit zum Überlegen. Sie musste es unbedingt Martin gestehen, aber sollte sie das sofort? Hatten sie sich nicht einmal geschworen, sich immer alles zu sagen? Oder sollte sie warten, bis das Kind auf der Welt war? Das kam ihr falsch vor und auch das Verschweigen der Wahrheit, die sie ja nun kannte, kam ihr falsch vor.

Sie lehnte sich zurück und wartete auf ihren Mann. Dabei streichelte sie ihren Bauch, in dem sich ihr Kind schon bewegte. Aber sie würde vermutlich ihr Kind nie aufwachsen sehen. Die Tränen dieser Erkenntnis liefen über ihre Wangen und tropften auf ihren Bauch. Zittern vor der Konsequenz ihrer Entscheidung wartete sie auf Martin. Wo blieb er nur?

61. Kapitel

Was man nicht selbst macht!

Er stand am Totenbett seines Vaters und die Morgensonne leuchtete gerade durch das Fenster. Martin hatte die Decke zurückgeschlagen und sah in das Gesicht des alten Mannes. Zufrieden lächelnd und anscheinend glücklich war er entschlafen. Martin selbst war auch gerade erst von unten gekommen. Was war das für eine Nacht gewesen! Er hatte Minna am Abend zuvor die Dose gegeben, mit der Maßgabe, nur eine Prise in den Wein zu mischen. Offensichtlich hatte die Magd gemeint, viel hilft viel! Aber sie hatte für ihren Fehler genug gebüßt. Wenn man es nicht selber machte, dann konnte man sich eben nicht darauf verlassen, dass es richtig gemacht wurde! Franka war auch erst vor wenigen Augenblicken in ihre Kammer geschlichen. Die drei Mägde würden sicher den Tag zum Ausruhen und erholen brauchen.

Mit dem Tod des Vaters waren die Burg und das Lehen faktisch wieder an den Kurfürsten gefallen. Martin rief einen Boten, den er mit der Nachricht vom Tode des Vaters zum Kurfürsten schickte. Er selbst ließ sich mit der Ausrede der Beerdigungsvorbereitungen und der baldigen Geburt seines Kindes entschuldigen, er würde den Besuch bei ihm aber in einem Monat spätestens nachholen. Schließlich wollte er ja das Lehen behalten.

In den nächsten Tagen würde er allerdings weder reiten noch sitzen können. Höchstens in einer kühlenden Wanne mit Wasser. Solch eine Nacht hatte er noch nicht erlebt und auch noch nicht von einer solchen gehört. Martin zog das Tuch wieder über den Körper des Vaters und beauftragte zwei Knechte damit, den Leichnam für die Beerdigung fertig zu machen.

276

Dann verließ er das Zimmer und ging breitbeinig zu seiner Frau nach nebenan. Dort fand er Veva in Tränen aufgelöst vor. Dass der Tod des Vaters sie so mitnehmen würde, das hatte er nicht gedacht. Martin hockte sich zu ihr und nahm sie tröstend in den Arm. Es dauerte eine Weile, bevor sie, immer wieder stockend, zu erzählen begann, dass sie es damals gewesen war, die Georg getötet hatte. Sie erzählte auch von der Gewalt des Bruders an ihr und Martin konnte sie verstehen. Was sollte er nun tun? Eigentlich hätte er sie nach diesem Geständnis sofort in Ketten legen und dem Kurfürsten übergeben müssen, denn im Moment war dieser der Gerichtsherr des Lehens.

Doch er konnte nicht! Wie auch! Sie war seine Frau, seine Seelengefährtin. Wer konnte sich schon einen Arm abreißen? Zögerlich begann er ihr von seinem damaligen Plan zu erzählen. Veva hörte aufmerksam zu. „Wenn du ihn also nicht getötet hättest, so hätte ich es getan. Und eine Schuldige ist bereits verurteilt", erklärte Martin und wischte ihr die Tränen fort.

Anschließend gingen sie nach unten, um das Mahl am Morgen einzunehmen, aber die Mägde waren nicht zu sehen. Nun wieder lachend begab sich Veva zur Küche, auch wenn ihr Lachen nicht ganz dem traurigen Tag angemessen erschien. Martin wollte sich nicht setzen, doch Veva schob ihm ein Kissen auf die Holzbank und schmunzelte. „Das wird schon wieder!", stöhnte er und sah, wie Minna am Saal vorbei schlich. Ihr Gang sah seltsam aus, aber in Anbetracht des vergangenen Abends war das wohl zu erwarten gewesen.

Er rief ihr „Minna!" hinterher und sie kam mit einem gequälten Gesichtsausdruck zurück. „Gnädiger Herr. Sie wünschen?", fragte sie. „Karola ist ab sofort keine Arbeitsmagd mehr. Sie ist nun die

Zoffmagd meiner Frau. Sieh dich nach einer neuen Magd in den Dörfern um", legte er fest. Minna verbeugte sich und verschwand. Veva bedankte sich mit einem Kuss dafür. „Bevor wir zur Beerdigung gehen, solltest du ein Bad nehmen", sagte sie und ging lächelnd davon, um das Bad vorbereiten zu lassen. Ab und zu war es gut, wenn man einen Seelengefährten hatte, der wusste, wie es in einem aussah. Das war fast so, als ob man es selbst machte.

Dann war das Bad bereitet und der Schmerz in seinem Unterleib fiel im kalten Wasser langsam von ihm. Was war das für eine Nacht gewesen. Zweifelnd schüttelte er immer noch den Kopf. Veva wusch ihm den Rücken, da ja alle Mägde im Moment nicht wirklich gut zu Fuß waren. Vielleicht sollte er ihnen danach die Wanne überlassen! Diese Kühlung tat wirklich gut!

Als er zur Kapelle hinunterstieg, in welcher der Vater aufgebahrt war, traf er dort schon Veva und Karola an. Sie knieten vor dem Toten und beteten. Daher kniete er sich dazu. Als Veva mit dem Gebet fertig war, flüsterte sie ihm in sein Ohr „Ich glaube nicht, dass ich mit auf den Friedhof gehen kann." „Geht es dir nicht gut?", fragte er besorgt, doch sie flüsterte nur, „Dort müsste ich auch an das Grab von Georg!" „Du hast Angst vor der Bahrprobe? Dass der Grabstein zu bluten beginnt, wenn du dich ihm näherst?", flüsterte er in ihr Ohr und sie nickte, dann bekreuzigte sie sich schnell und stand auf.

„Ich werde dich entschuldigen. Mit dem Bauch ist der Weg für dich zu weit!", sagte er laut und erhob sich ebenfalls. Die Knechte kamen, um den Leichnam zu holen. Mit Karola folgte er und sah zu Veva zurück, die an der Kapellentür stehen geblieben war. Unten im Dorf wartete der Pfarrer am offenen Grab. Die Beerdigung war kurz und schön. Direkt neben Georg fand der Vater seine letzte Ruhe, so, wie er es sich sicherlich vorgestellt hatte.

Wenig später war er wieder auf der Burg. Minna hatte schon eine neue Magd gefunden. Eine sechzehnjährige aus ihrem Dorf. Martin redete nur kurz mit ihr und sie schien ihm ganz in Ordnung zu sein. Dann stieg er zu seiner Frau hinauf, die in dem Zimmer auf ihn wartete.

„Heute ruhe ich mich noch aus und ab morgen bin ich dann nur noch für dich da!", sagte er und zog sich das Wams aus. Veva half ihm und brachte ihn zum Bett.

62. Kapitel

Schwere Geburt

chon ein paar Tage war der alte Herr nun auf dem Friedhof. Immer mehr fühlte sich Veva schuldig, allerdings hatte sie Martin versprochen, mit niemandem über Georgs Tod zu reden, aber irgendwann würde der Moment kommen, da sie Georg und dessen Vater vor dem himmlischen Schöpfer wieder gegenüber treten würde. Das göttliche Gericht würde sicher zu Ungunsten einer Mörderin ausfallen. Daher betete sie nun fünf Mal an jedem Tag in der kleinen Kapelle. Für weiter als bis dahin reichten ihre Kräfte nicht und es wurde ihr Himmelangst, wenn sie an die bevorstehende Geburt dachte. Würde sie dort schon vor Gott und Georg treten? Sollte sie schon so bald für ihre Sünde bestraft werden? Nicht vor einem weltlichen Richter, sondern vor Gott? Sie konnte ihre Sünde auch nicht beichten, es sollte ja niemand erfahren.

Eine schwierige Situation, in welcher Karola ihr einziger Lichtblick war. Nun endlich hatte sie die Magd und Freundin ständig bei sich. So, wie sie es sich schon all die Monate gewünscht hatte und was der alte Herr ständig zu verhindern gewusst hatte. Nun war Karola an ihrer Seite, wenn sie früh aufwachte, woher die Magd das auch immer wusste, und blieb, bis Veva am Abend die Augen schloss. Nur nachts war die Magd oben in ihrer Kammer.

Das Zimmer nebenan, in dem dieser grauenhafte Mord begangen worden war, das wurde gerade komplett umgebaut. Es würde dann in einigen Tagen das Zimmer der Magd werden, wenn diese auf das Kind aufpassen würde. So richtig wohl war beiden Frauen nicht bei Martins Raumwahl, aber es gab nicht so viele Zimmer in der Burg und eigentlich lag das Zimmer mit der Verbindungstür ideal. So konnte sie jederzeit nach nebenan gehen und musste nicht auf den Gang. Damit konnte sie später vielleicht sogar im Unterkleid zu ihrem Kind gehen.

Zum Glück gab ihr Martin bei der Gestaltung des Raumes freie Hand. Die Handwerker hatten nichts in dem Zimmer gelassen und selbst die Wände waren nun mit hellen Wandteppichen behängt. Trotzdem blieb ihre Angst vor der Geburt. Schließlich fragte sie Martin, ob dabei ein Pfarrer anwesend sein konnte. Das war zumindest kein seltener Wunsch, aber die meisten anderen hohen Frauen würden sicher lieber einen Medicus an ihrer Seite haben wollen. Und eine Hebamme. Martin nickte und sagte „Ich werde mal meinen Onkel fragen. Er ist Abt im Kloster und schon ewig nicht mehr hier gewesen. Ich sollte ihn mal einladen!" Dann schickte er einen Knecht zu dem Kloster und Minna in das Dorf, um die Hebamme zu holen. Das kam Veva zwar etwas früh vor, denn nach ihrer Meinung würde es sicher noch ein oder zwei Wochen dauern, doch kaum war Minna mit der Frau zurück, durchzuckte Veva schon der erste Schmerz.

Es war wie ein Ziehen und kündigte die Geburt an. Auch Martins Onkel traf eine Stunde später ein, und während sich die beiden Männer im Hof begrüßten, zog die Hebamme Veva vom Fenster fort und drückte sie in das Bett. Nun kamen die Schmerzen immer schneller. Zwischen zwei Schmerzwellen lernte sie Martins Onkel kennen. Er war ein wirklich liebenswerter alter Mann, der lachte und mit seinem schelmischen Lächeln so ganz das Gegenteil seines griesgrämigen Bruders war. Vermutlich hatte er im Kloster diese Lockerheit gelernt, die sein Bruder auf dieser Burg verloren hatte.

Nach ein paar Augenblicken entfernte sich der Mann wieder, um Karola und der Hebamme Platz zu machen, doch es beruhigte Veva, dass sie wusste, dass der Abt in der Nähe war. Nur eine Treppe tiefer setzten sie sich an ein Mahl und das Lachen der Männer wehte durch das offene Fenster zu ihr herein. So, wie ihre Schmerzensschreie zu ihnen nach draußen flogen.

Unter all den Schmerzen wurde es draußen langsam Dunkel und Karola brachte einen Leuchter mit fünf Kerzen herein. Veva hätte fast geschrien, denn es war der Leuchter, der auch schon den Tod von Georg und dessen Vater gesehen hatte. Nun hatte sie also diesen Zeugen ihrer Bluttat im Zimmer und musste ihn immer ansehen, weil die Freundin ihn so gestellt hatte, dass er alles beleuchtete. War das schon ein Fingerzeig ihres göttlichen Richters? Wehe um Wehe, Schmerzenswelle um Schmerzenswelle warfen sie auf dem Bett umher und es war kein Ende der fürchterlichen Qual abzusehen.

Etwas schien sie innerlich zerreißen zu wollen, aber es war nur dieses kleine Wesen, das in ihr steckte und herauswollte. Oft hatte sie im Frühjahr mit Minna über Geburten gesprochen, aber das dies so wehtat, das hatte ihr die Magd nicht gesagt. Vielleicht hatte sie es auch nicht gewusst, denn Minna hatte ja noch keine Kinder. Und so blieb Veva nur übrig, auf das Beißholz zu beißen, das ihr die Hebamme gegeben hatte, damit sie nicht die ganze Burg mit ihren Schreien in Aufregung versetzte.

Die ganze Nacht ging das so weiter und manchmal dachte sie schon, dass es zu Ende ging, doch als die Sonne sich wieder vor dem Fenster zeigte, da presste sie das Kind aus sich heraus.

„Ein Junge!", rief Karola triumphierend und hob das blutver-
schmierte Kind in den Sonnenstrahl. Der Schrei des Jungen weckte
den Tag und rief die beiden Männer zu ihr, die ja die ganze Nacht
unten gefeiert hatte. „Mein Sohn!", sagte Martin und strich dem
Kind, das Karola ihm hinhielt, über den Kopf. Dann küsste er
Veva auf die schweißnasse Stirn. Kurz darauf war sie vor Erschöpfung eingeschlafen.

Aus diesem Schlaf holte die Freundin sie wieder heraus und
legte ihr das Kind an die Brust. „Du hast es geschafft bis zum
nächsten Kind", sagte sie lächelnd und Veva fiel mit Erschrecken
ein, dass sie das wohl mindestens noch zwei Mal über sich ergehen
lassen müsste! Die Hebamme war schon gegangen, aber sie hatte
einen Trank dagelassen, den ihr Karola nun gab. Das Zeug
schmeckte bitter und widerlich, war aber sicher notwendig. Sie sah
auf den schmatzenden Sohn, der jetzt schon sauber war.

Nachdem Karola mit dem Kind in das Nachbarzimmer gegangen war, da erschien Martin wieder und Minna brachte etwas zur
Stärkung. Der Mann sagte „Ich bleibe noch ein paar Tage bei dir,
dann muss ich zum Kurfürsten. Mein Sohn braucht sein Erbe!"
Danach küsste er Veva, die sich mit Minnas Hilfe aufsetzte. Die
Strapazen der Nacht hatten Veva schwer zugesetzt und da kam
eine Stärkung mit Brot, Wurst, Käse und Wein genau richtig. Veva
hatte gar nicht gemerkt, wie groß ihr Hunger gewesen war.

Die schwere Geburt hatte viel Kraft gekostet, aber sie war noch
am Leben!

63. Kapitel

Freie Liebe

eit einem Monat hatte die Gruppe nun zwei Tänzerinnen. Gustav passte in der Zeit des Tanzes auf Maria auf und es war schön, mit anzusehen, wie die beiden Frauen sich in der Bewegung verstanden, wie sie miteinander konkurrierten und sich gegenseitig ergänzten. So, als ob sie das schon immer gemacht hatten. Wenn sie tanzten, dann strahlten sie dieses Licht aus, was jede einzelne von ihnen nicht hätte erzeugen können. Schon ein paar Tage lang hatte sich Ebba soweit von den Strapazen der Geburt erholt, dass sie wieder in der Nacht das Lager miteinander teilen konnten. Um die anderen nicht zu stören, gingen sie dazu ein paar Schritte zur Seite. In dieser Zeit passte dann Gisel auf das Mädchen auf, wodurch sich Ebba wieder als Frau und nicht so sehr als Mutter fühlen konnte. Deutlich konnte er spüren, wie sie die Zweisamkeit genoss und er sah danach ihre strahlenden Augen am Feuer.

Daher beschlossen sie beide, zum Wohl der Gruppe, wieder die alte Tradition aufzunehmen, nach dem Tanz die Nacht mit Ebba zu versteigern. Zuerst waren alle in der Gruppe überrascht, als Gustav nach der Vorstellung auf die improvisierte Bühne kam, so wie Karola damals, um das Recht mit Ebba das Lager zu teilen an den meistbietenden Mann zu vergeben. Da Ebba eine schöne Frau war, und der Tanz der beiden Frauen die Männer noch zusätzlich angeheizt hatte, flogen wieder die Gebote zu ihnen herauf.

Als dann Ebba später wieder am Feuer eingetroffen war, rechneten sie alle die Erlöse des Abends zusammen. Dabei kam dann heraus, das Ebba alleine das Doppelte dessen eingenommen hatte,

284

was die anderen sechs mit ihren Darbietungen zusammen gebracht hatten. Damit wurde das nun in ihrer Gruppe zur Tradition.

Wenige Tage später kam Gisel zu ihnen und fragte, ob auch sie so ihren Beitrag leisten konnte. „Und deine Schmerzen?", fragte Gustav nach. Auch Ebba sah besorgt aus, doch die Freundin machte eine wegwerfende Handbewegung und setzt nur hinzu „Wenn ich es noch kann." „Das verlernt man nicht", hielt ihr Ebba mit einem Lachen entgegen und sie beide sahen, wie Gisel bei dem Gedanken rot im Gesicht wurde. „Ein bisschen Angst habe ich aber schon davor", begann sie und setzte sich zwischen die beiden an das Feuer.

Nach einer Weile setzte sie fort „Wie macht ihr beide das? Hast du keine Angst vor den Männern?" Dabei sah sie Ebba an und anschließend wendete sie Gustav ihr Gesicht zu und setzte fort „Und hast du keine Angst um deine Ebba?" „Es ist immer ihre Entscheidung, ob sie es macht oder nicht", erklärte Gustav ihr und Ebba nickte zustimmen. „Ich bin mir immer sicher, dass Gustav in meiner Nähe ist. Wenn ich rufe, so wird er mir helfen. So haben wir das all die Zeit gemacht." „Vielleicht solltest du dir mit Michael genau auch ein Zeichen ausmachen, dass er dir hilft, wenn du in Not kommen solltest?", fragte Gustav Gisel und die überlegte einen Moment.

„Ich weiß aber immer noch nicht, ob ich es kann. Es waren zu viele Schmerzen beim letzten Mal, zu viele dunkle Erinnerungen", setzte Gisel zweifelnd hinzu und stützte ihren Kopf in die Hände. Die Ellenbogen auf die Knie gestützt sah sie so in das Feuer, auf dem gerade ein Hase gebraten wurde. „Du musst dir wirklich sicher sein, dass du es willst!", erklärte ihr Ebba, während sie einen neuen Ast in das Feuer schob. Die glühenden Funken flogen nach oben und es knackte in den Flammen.

Schließlich sah Gisel Gustav an und fragte leise „Hilfst du mir, das Vertrauen zurückzubekommen?" „Wenn ich es vermag? Was soll ich tun?", fragte Gustav zurück und sie sah ihn an. „Ich bin immer noch bereit für dich. Du weißt noch? Unsere Nacht?" Gustav nickte und sah Ebba an. Die Freundin griff hinter sich und zog einen Pfennig aus dem Beutel, der am Gürtel über ihrer Hüfte hing, diese Münze drückte sie Gustav vor Gisel in die Hand. Auf den fragenden Blick von Gisel hin erklärte sie ihr das Vorgehen in der anderen Gruppe.

Gisel nickte verstehen, sie griff nach Gustavs Hand und er gab ihr das Geldstück. Still nickten sich die beiden zu, dann liefen sie ein paar Schritte vom Feuer fort, in die Dunkelheit hinein. Aber in diesem Moment ging der Mond auf. Ein herrlicher großer Vollmond beleuchtete die ganze Fläche rund um das Lager. Keine zwanzig Schritte von Ebba entfernt, die jetzt mit dem Rücken zu ihnen saß, zog Gisel ihn zu Boden.

Wieder spürte er den Körper der Frau unter sich. Da er um ihre Angst und Schmerzen wusste, ging er besonders behutsam mit ihr um. Vorsichtig schob er sich zwischen ihre Schenkel und bewegte sich langsam in ihrem Schoß. Doch schon bald kam sie ihm bei jedem Stoß fordernd entgegen. Sie umklammerte ihn mit ihren Beinen, immer lauter wurde dabei ihr Keuchen. Schließlich bäumte sie sich auf und biss ihm in die Schulter.

Ein paar glückliche Augenblicke später fiel sie zitternd in das weiche Gras zurück. „Was war das denn?", fragte sie ihn keuchend, nachdem auch er seinen Teil beendet hatte. „Das war ein

Teil der freien Liebe. Kein Dorfbursche kann dir das geben. Die wollen alle nur schnell fertig werden", antwortete er ihr schnaufend.

Streichelnd berührte er ihren Körper, bis sie zur Ruhe gekommen war. Danach half er ihr auf und sie gingen zurück zum Feuer. Dort gab Gisel Ebba den Pfennig zurück und verschwand zur anderen Seite, um mit Michael zu sprechen. Ebba sah Gustav von der Seite aus an. Obwohl sie ja ein Paar waren und das gerade eben nur freundschaftlich gewesen war, schätzte sie offensichtlich gerade dennoch ein, ob es da eine Gefahr für ihre Partnerschaft gab.

Langsam schob sie das Geldstück wieder in den Beutel und nahm Maria nach oben, die gerade in dem Tuch vor ihrer Brust anfing zu quengeln. Nach einer Weile kam Gisel zurück und sagte „Ich habe gerade mit Michael gesprochen. Ab morgen Abend bin ich mit dabei." Danach setzte sie sich mit leuchtenden Augen neben Ebba. „Radunta wird dir dann noch einen Trank zubereiten", sagte diese zu Gisel. „Einen Trank? Wozu?" „Damit das da folgenlos bleibt", erklärte Ebba und zeigte mit der Hand hinter sich, während sie mit der anderen Hand das schmatzende Kind an ihre Brust drückte.

„Schade eigentlich", antwortete Gisel und strich Maria über den Kopf. „Vorsicht!", sagte Ebba und hob lachend, sowie spielerisch drohend, den Zeigefinger.

64. Kapitel

Ertappt!

in neuer Tag, ein neues Dorf. Früh am Morgen waren sie mit ihrem Wagen losgerollt und gegen Mittag, als die Sonne direkt über ihnen stand, hatten sie das verschlafene Dörfchen erreicht. Zehn Hütten, genauso viele Ställe und ein paar Scheunen. Das versprach nicht allzu viele Münzen am Abend, aber vielleicht etwas Brot und Bier, um am nächsten Tag gestärkt weiterzuziehen. Ebba hatte auf dem Bock des Wagens vorn bei Gustav gesessen, während alle anderen noch innerhalb des Wagens geruht hatten. Es war schon praktisch mit dem großen Wagen. Mit dem Eselskarren des Vorjahres hatte nur Karola liegen können, die anderen waren dabei zu Fuß gewesen.

Hier konnte man sich auch auf den Strecken zwischen den Siedlungen etwas ausruhen. Aber manchmal, wenn es Ebba gepackt hatte, so, wie heute wieder mal, dann tanzte sie vor dem Wagen umher, während Johanna oben die Drehleier spielte. Die beiden zotteligen Pferde sahen ihr dabei zu und schienen sich über die Abwechslung zu freuen. Zumindest scheuten sie nicht, sondern nickten ihr ermunternd zu.

Mit dem Erreichen des Dorfes galt es also, alles für die Vorführung am Abend vorzubereiten, aber da wusste jeder sowieso, was er tun musste. In jahrelanger Routine kannte jeder seinen Handgriff und Gisel hatte sogar die Augen geschlossen, während sie eine Bank vom Wagen ablud. Dösend arbeitete sie ruhig dahin.

Einige Kinder belagerten sie schon und schauten interessiert zu. Auch das war normal und Ebba hatte es einst nicht anders gemacht. Von klein auf mussten die Kinder mit auf dem Hof oder dem Feld arbeiten. Jeder Bauer, jede Familie war auf die Hilfe selbst der Kleinsten angewiesen und wenn dann schon mal im Dorf was los war, dann nutzte jeder die Ablenkung, die sich ihnen dann bot.

Selbst das Streicheln der Pferde war für viele etwas besonders, denn die meisten Bauern hatten nur Kühe vor dem Pflug. Nur die reicheren von ihnen konnten sich ein Pferd leisten. Das war eben Dorfleben, wie sie es selbst ein Jahr zuvor noch gewohnt gewesen war und bis zur Geburt der Tochter ja ebenfalls erlebt hatte.

Und so, wie der Tag den Kindern gehörte, mit Spaß durch Hans und etwas Aufregung durch Michael, der vier der Kinder auf seinen Armen gleichzeitig herumtrug, so gehörte der Abend schon immer den Erwachsenen, auch wenn da immer noch das eine oder andere Kind irgendwo heimlich zusah. Es war eben viel zu aufregend und gerade das, was die Erwachsenen ihnen verboten, das war natürlich dasjenige, was jeder sehen wollte. Und da gab es so einiges zu sehen.

Da Gustav den einen Arm immer noch nicht richtig bewegen konnte, hatte er sich das Feuerspucken beigebracht. Und in der dunklen Abendzeit, auf dem dafür abgedunkelten Platz, sah das gewaltig aus. Auch die Vorführungen von Michael und die lustigen Beleidigungen von Hans kamen dabei gut an. Am Nachmittag war der Narr lustig gewesen, nun war sein Spott bissig und scharfzüngig. Er hatte bei den Kindern wie immer die Ohren offen gehalten und damit genug Material bekommen, das er nun gegen deren Eltern verwenden konnte.

Dann begann der Tanz. Wie immer wirbelten Gisel und sie über den Platz. Dass dabei die kurzen Tanzkleider hochwirbelten und so manchen ungeahnten Einblick gewährten, das war dabei von ihren beiden auch beabsichtigt. Denn das trieb den Preis bei der anschließenden Versteigerung noch etwas in die Höhe.

Schließlich verklang die Musik und Gustav trat auf die Bühne. So, wie einst Karola, gebot er der johlenden Zuschauermenge durch sein Handzeichen Einhalt. Als dann der letzte verstummt war, begann er wieder mit seiner Ansprache, die Ebba nun schon so oft gehört hatte. „Wir werden dann auch noch weiter für alle Musik zum Tanzen spielen, aber für zwei Männer von euch kann es heute noch etwas Besonderes geben!" Und auch Gustav machte die längere Pause, um die Spannung noch zu steigern, dann setzte er fort „Gisel und Ebba, unsere Tänzerinnen, möchte heute jeweils einen von euch besonders glücklich machen!" Ein Raunen ging durch die Gruppe der Männer, denn jeder hatte verstanden, worum es jetzt ging.

„Kommt zu mir Ebba und Gisel", sagte er und sie beide tanzten nach vorn. Sie nahmen den Mann in die Mitte, der nun wieder begann „Zuerst kommen wir zu Gisel." Er zeigte zu der Frau und sie trat einen Schritt vor. „Einer von euch, der dafür bezahlen kann, darf das Lager mit ihr teilen. Wer möchte? Der Meistbietende bekommt sie für diese Nacht!", erklärte er und die ersten Gebote flogen über den Platz. Bei zehn Kreuzern bekam einer der Männer den Zuschlag. Er kam nach vorn, zeigte die Münzen vor, holte die Frau ab und ging mit ihr in die Dunkelheit davon. Aus der Distanz von Michael, der ihnen unauffällig folgte, überwacht.

Damit würde nun ein niedrigeres Gebot für Ebba gemacht werden müssen. Sie tauschten aber jeden Tag und heute war sie nun mal die Zweite. „Und nun zu Ebba. Wer bietet für sie?", begann Gustav und wieder wurde geboten.

Als die Summe bei acht Kreuzern angekommen war, da rief jemand aus der hintersten Reihe „Zehn Gulden!" Schlagartig war Stille. Hatte da jemand einen Scherz gemacht? Das war eine Menge Geld und manche Hütte in diesem Dorf war im Moment samt Vieh nicht so viel Wert. „Habe ich richtig verstanden? Hier bietet jemand zehn Gulden?", fragte Gustav zur Sicherheit noch einmal nach. „Ja! Ich biete zehn Gulden für sie. Oder auch zehn Dukaten!", tönte es über der Menge.

Gustav sah zu ihr herüber und im Moment war Ebba ganz schlecht. Das war die Summe, die einst auf ihre Ergreifung ausgesetzt gewesen war. Sie blickte über die Männer hinweg in die Dunkelheit und der Mann erhob sich. Über die Entfernung von zwanzig Schritten erkannte sie ihn dennoch, trotz des schlechten Lichtes. Die junge Frau zuckte zusammen und schlug sich die Hände vor den Mund, um nicht laut aufzuschreien, denn es war der Ritter, der ihr den Tod gebracht hatte. Wollte er nun vollenden, was das Gift nicht erreicht hatte? Mit zitternden Knien und Angst in ihrer Seele blickte sie erneut zu Gustav, der wohl jetzt auch den Mann erkannt hatte. „Was soll ich tun?", fragte Ebba leise, mehr sich selbst, als den Freund. Innerlich schloss sie dabei schon mit ihrem Leben ab.

Der Ritter kam nach vorn und warf Gustav den Beutel zu. Im Reflex fing er ihn auf und dann stand sie Auge in Auge mit dem Mann. An seiner Seite hing der Drachendolch. „Alles aus!", sauste es durch ihren Kopf, bevor ihre Knie nachgaben und der Ritter sie auffing, als sie in sich zusammen rutschte.

65. Kapitel

Fürstliche Wege

Der Weg zum Kurfürsten war weit. Martin würde sicher drei Tage mit dem Pferd brauchen. Beim ersten Sonnenstrahl am Morgen hatte er sich von Frau und Kind verabschiedet und war alleine losgeritten. Noch gehörte ihm keiner der Männer und selbst das Bett, in dem Veva lag, gehörte im Moment dem Fürsten. Das sollte sich schnell ändern und so trieb Martin sein Pferd entsprechend an. Da er alleine ritt, würde er in Herbergen und Bauernhäusern am Wegesrand übernachten müssen. Mindestens zwei Mal auf dem Hinweg und zwei Mal auf dem Rückweg. Der Fürst war ja durch seinen Boten über das Ableben des Vaters informiert worden, doch nun lag es an Martin, vor ihn zu treten und ihm die Treue zu schwören.

Eine der ursprünglichsten ritterlichen Tugenden war die Treue zu dem Lehnsherrn. Auch wenn es Ritter fast nur noch im Turnier gab, so war doch die Treue zwischen Herr und Ritter sehr wichtig! Ohne sie ging gar nichts. Schon immer hatte ihn das Ritterhandwerk fasziniert und nun war er kurz davor, nicht nur Knecht, wie er es bei seinem Vater gewesen war, sondern Ritter zu werden. Das beflügelte sein Pferd noch viel mehr.

Für den Weg hatte er keinen Blick, seine Gedanken flogen voraus. Was sollte er sagen? Was würde der Fürst ihn fragen? Er hatte den Herrscher über Sachsen erst einmal gesehen, und das war Jahre her. Konnte dieser sich noch an ihn erinnern?

Der erste Tag flog dahin und die Nacht verbrachte Martin in einer rauchigen Schänke. Am nächsten Morgen brach er mit einem wehmütigen Gedanken an Veva und seinen Sohn wieder auf. Erst am nächsten Tag würde er am Ziel seines langen Weges sein. Eines fürstlichen Weges.

Nach einem langen und staubigen Weg war er dann endlich angekommen und wurde, nachdem er sich kurz gesäubert hatte, in den Saal geführt, wo der Kurfürst mit einigen älteren Männern redet. Aufgeregt wartete Martin, bis er nach vorn gebeten wurde. Er machte eine tiefe Verbeugung und der Fürst nickte ihm zu. „Martin von Bärenberg! Ihr wollt also das Lehen eures Vaters weiterführen?", fragte der Mann und Martin antwortete, „Ja! Das will ich, in eurem Sinne!" Der Fürst nickte und zeigte vor sich, wo sich Martin hinkniete. „Willst du mir ewige Treue schwören und mir beistehen, wenn ich dich brauche?", fragte der Kurfürst und Martin antwortete „Ja! Mit Gottes Hilfe! Das schwöre ich!" Danach legte ihm der Kurfürst die Hand auf die Schulter und gab ihm das gesiegelte Schriftstück mit dem Lehen. Martin erhob sich und war nun Ritter. Gleicher unter Gleichen! Der Fürst stand auf und auch die anderen Ritter gratulierten ihm.

Mit dem Kurfürsten ging er anschließend ein Stück im Saal umher. „Ich habe euren Vater sehr geschätzt. Die Nachricht von seinem Tod hat mich sehr getroffen. Ein Mann sollte nur auf zwei Weisen sterben. Erstens auf dem Schlachtfeld, mit dem Schwert in der Hand. Oder zweitens zwischen den Beinen einer schönen Frau." „Mein Vater hat den zweiten Weg gewählt, aber wenn ich an seinen Gesichtsausdruck bei der Beerdigung denke, so war er wohl sehr glücklich, als er vor seinen Schöpfer trat."

Der Kurfürst lachte und schlug ihm auf die Schulter „Ihr gefallt mir, Martin, und wie ich gehört habe, habt ihr nun auch schon einen Sohn." „So ist es, mein Fürst, und morgen breche ich wieder

zu Frau und Kind auf!" „So sei es! Aber heute Abend feiern wir!",
entgegnete der Fürst und da es schon auf den Abend zuging, blieb
Martin in dem Saal.

Bei der Feier saß er zwei Plätze neben dem Fürsten. Für einen
jungen Ritter ein ganz passabler Platz, den er mit seiner Treue zu
behalten gedachte. Die Feier wurde lang, mit Braten, Bier, Wein
und Musik. Und es wurde eine lange Nacht. Martin kam nur wenige Stunden in sein Bett, aber er brach mit der Sonne auch wieder
auf. Dabei trieb er sein Pferd zur Eile, um so weit wie möglich zu
kommen.

Zum ersten Mal in seinem Leben trug er das Schwert zu Recht
an seiner Seite. Martins Gedanken flogen zurück zum Kurfürsten,
dem er die Treue geschworen hatte, und nach vorn zu seiner Burg.

Mit donnernden Hufen jagte er über das Land. Die Häuser flogen an ihm vorbei und sein Lehen kam auf ihn zu. Als die Dämmerung hereinbrach, musste er sich eine Unterkunft für die Nacht
suchen. Er blieb in einem Dorf und es traf sich gut, dass ein paar
Gaukler abends für Ablenkung sorgen würden.

Nachdem es dunkel geworden war, ging er die paar Schritte
von der Herberge zum Dorfplatz, wo schon Musik gespielt wurde.
Zwei Frauen tanzten und bei der einen davon blieb ihm fast das
Herz stehen. Das konnte unmöglich wahr sein, denn diese Frau
war doch praktisch vor seinen Augen gestorben. Doch dann begann die Versteigerung und sogar der Name stimmte. Er musste
mitbieten!

66. Kapitel

Mord und Totschlag?

Ebba schlug die Augen auf und lag im Wagen. Neben ihr saß aber nicht Gustav, wie sie es erwartet hätte, sondern der Ritter. Ihr hatte es bei seinem Anblick die Sprache verschlagen und so sehr sie es auch versuchte, nur ein heißeres Krächzen kam aus ihrer Kehle. Was wollte der Mann von ihr? Sie starrte auf den Dolch, den er immer noch an der Seite trug. Würde nun ihr letztes Stündlein folgen, aber wo waren die anderen? Warum half ihr den keiner? Gustav, Gisel, Michael, Hans? Keiner war hier bei ihr. Dann fiel ihr ein, dass Gisel und Michael ja beschäftigt waren.

Erneut wollte sie etwas sagen, aber der Mann brachte sie mit einer Handbewegung zum Schweigen. Dann begann er „Ich habe euch allen großes Unrecht getan. Nicht du hast meinen Bruder getötet, sondern es war einer der Knechte, der mit meinem Bruder im Streit gewesen war. Er hat deine Abwesenheit genutzt, um sich an ihm zu rächen. Dies hat er mir auf seinem Sterbebett gebeichtet." Nun erst fand Ebba die Stimme wieder „Wirklich?", fragte sie heißer nach und der Mann nickte. Er zog den Dolch nach vorn und löste ihn von seinem Gürtel „Ich möchte ihn dir wieder zurückgeben", sagte er und drückte ihr die Waffe in die Hand.

Ihre Finger strichen über das Drachenmotiv am Griff des Dolches, den die Mutter so lange für sie verwahrt hatte. Dann legte sie ihn zu ihren Sachen. Nun war ihre Stimme wieder vollkommen normal. Der Mann hatte ihre Unschuld bestätigt und alles würde wieder gut werden. Sie setzte sich auf und sagte „Mein Herr. Ihr habt eine Nacht mit mir ersteigert und ich werde meine Pflicht euch gegenüber gern erfüllen." Sie machte eine kurze Pause „Aber ich werden nicht wieder vor euch knien!", erklärte sie danach und der Mann stimmte ihr nickend zu.

„Bevor ich meiner Pflicht nachkommen werde, möchte ich euch jemanden vorstellen", setzte sie hinzu und rief nach Gustav, der mit der Tochter an der hinteren Seite des Wagens erschien. „Das ist Maria. Sie ist die Tochter eures Bruders. Gezeugt in jener verhängnisvollen Nacht!" Der Ritter beugte sich nach vorn und strich dem Kind über den Kopf. „Dann hat deshalb das Gift nicht gewirkt. Weil du schon mit ihr schwanger warst", setzte er erklärend hinzu und sah zu ihr zurück. Genau wusste sie es natürlich nicht, aber es konnte so sein.

„Du willst also nicht vor mir knien?", fragte er sie und sie bestätigte dies. „Da ich verheiratet bin, kann ich das Lager nicht mit dir teilen. Aber da ich für dich bezahlt habe, habe ich auch einen Wunsch von dir frei." „Gnädiger Herr. Sprecht euren Wunsch aus und soweit es in meiner Macht steht, so will ich ihn euch erfüllen", gab Ebba mit einer Verbeugung im Sitzen zurück. „Dein Schleiertanz! Ich möchte ihn noch einmal sehen! Tanze ihn für mich und das ganze Dorf!" Ebba erschrak über diesen Wunsch. „Bitte Herr! Nicht! Als ich ihn das letzte Mal getanzt habe, hat es danach Mord und Totschlag gegeben! Bitte!" „Ich habe dir zehn Dukaten gegeben! Und ich werde mit meinem Schwert dafür sorgen, dass es heute keinen Mord geben wird!"

Ebba atmete tief ein und überlegte. Dabei sah sie Gustav an, der den Beutel hochhielt. Zehn Gulden für einen Tanz. Und es würde bei dem Tanz bleiben, dafür wollte der Ritter ja sorgen. Schließlich nickte sie und der Mann kletterte vom Wagen. Nun war sie mit Gustav alleine. „Ich brauche einen Schleier", sagte sie und hörte schon, wie der Ritter vor dem Wagen den Tanz ankündigte.

Da die Männer nicht wusste, was für ein Tanz es sein würde, war das Murren wegen der Unterbrechung ihres eigenen Tanzes und des Biertrinkens groß, dann wurde es leiser. Ebba streifte sich das kurze Tanzkleid ab und Gustav brachte ihr einen Schleier zum Wagen, den er irgendwo herbekommen hatte. Sie griff zu dem halbdurchsichtigen Stoffstück und fragte sich in Gedanken, wo der Mann den wohl gefunden hatte und das in dem kurzen Augenblick. Aber zu mehr Gedanken war keine Zeit mehr, denn die Musik setzte wieder ein und Ebba kletterte vom Wagen herunter.

Sie setzte die nackten Füße auf die gestampfte Erde des Dorfplatzes. Auf dem Weg nach vorn verhüllte der Stoff ihren Körper von den Schultern bis zu den Knien. Trotzdem sorgte das Licht der Fackeln dafür, dass die Männer in den ersten Reihen schon unruhig auf ihren Plätzen herumrutschten und sich gegenseitig anschubsten. Dann begann sich Ebba zu dem alt bekannten Rhythmus zu bewegen. Obwohl sie vor über einem Jahr diesen Tanz zuletzt gemacht hatte und auch nur ein paar Mal geübt hatte, saß immer noch jede Bewegung, jede Geste und der Schleier flog durch die Nacht.

Es waren nur wenige Runden vor den Männern und dann verstummte die Musik wieder. Mit einem letzten Windstoß legte sich der hauchdünne Stoff um ihre nackten Schultern. Die Reihen der Zuschauer leerten sich sehr schnell und in dieser Nacht würde wohl jede Frau in diesem Dorf ihr Glück finden können. Nach wenigen Augenblicken waren nur noch die Gaukler und der Ritter auf dem Platz.

„Ich danke dir", sagte der Mann und Ebba machte eine Verbeugung. Danach wendete er sich an die ganze Gruppe „Ich lade
euch zur Taufe meines Sohnes auf meine Burg ein!" Nun erschrak
Ebba erneut. „Und euer Vater?", entgegnete sie und der Schleier
rutschte von ihrer Schulter ab. Der Ritter griff zu und fing den
Stoff auf, bevor er zu Boden fallen konnte. Er hielt diesen der nun
nackte Ebba hin und sagte „Mein Vater ist gestorben. Es ist nun
meine Burg. Ich garantiere für euer freies Geleit!"

In Gedanken versunken zog sie sich das Tuch wieder um die
Schultern und entgegnete schließlich „Wenn dem so ist, so wollen
wir gern zu euch kommen. Ich spreche da sicherlich für uns alle."
Dabei sah sie sich um und alle in der Gruppe nickten zustimmend.
Auch Gisel, die gerade mit Michael zurückgekommen war und den
Schluss des Tanzes noch gesehen hatte. „Dann erwarte ich euch
am Sonntag in zwei Wochen. Und ich wünsche mir, dass du diesen
Tanz noch einmal für mich tanzt. Meine Frau wird sich freuen",
erklärte der Ritter und zwinkerte ihr zu.

67. Kapitel

Zweifel

ie Nachricht, dass die Tänzerin noch lebte, hatte Veva wie ein Keulenhieb getroffen. Gerade hatte sie sich mit der neuen Situation einigermaßen arrangiert, da riss ihr die Neuigkeit die Füße wieder unter dem Körper fort. Dazu kam auch noch, dass Martin die Frau zur Taufe auf die Burg eingeladen hatte. Sie würde also der Frau Auge in Auge gegenüber stehen, der sie solch eine Ungerechtigkeit angetan hatte. Zwar nur unwissentlich, aber trotzdem schmerzte es. Gleichzeitig fragte sie sich, wie die Frau eigentlich noch leben konnte, wenn doch ihre Leiche wochenlang vor dem Fenster gehangen hatte. Erst zögerlich gab Martin den Betrug zu und schon fragte sich Veva, was er ihr noch so alles verheimlicht hatte.

Ein Zweifel fraß sich in ihr Herz. War er wirklich der Seelengefährte, für den sie ihn immer gehalten hatte? Sagte man sich da nicht immer alles? Sie selbst hatte ihm ja auch den Mord gestanden, nachdem er ihr wieder bewusst geworden war.

Für einen Moment zweifelte sie an allem auf der Welt, bevor Martin sie wieder in den Arm nahm und ihr erklärtem, dass er die Schuld an Georgs Tod auf seinen treuen Knecht schieben würde. Damit würde aber schon wieder ein Unschuldiger unter ihrer Lüge leiden müssen. Auch wenn dieser schon tot war und, wenn er noch leben würde, sicher gern die Schuld auf sich genommen hätte, denn so kannte sie den Mann. Er war auch ihr ein treuer Freund gewesen, so, wie man eben zwischen Knecht und Herrin eine Freundschaft halten konnte. Wie weit würde sich diese Lüge noch durch ihr Leben ziehen? Vermutlich bis zu ihrem Ende. Und dann?

Wenn sie vor ihrem Schöpfer stehen würde, dann würde diese Lüge offenbar werden. Vor Gott konnte sie es nicht verheimlichen.

Der einzige Trost war ihr Sohn, dem sie nun so viel Liebe geben wollte, wie nur irgend möglich. Zumindest so lange, wie das möglich war, denn Martin würde ihn zu einem Ritter machen wollen, der einst die Burg und das Lehen weiterführen konnte und da würde die Liebe einer Frau vielleicht nur stören. Doch darüber konnte sie in ein oder zwei Jahren noch mal mit Martin reden.

Was hatte den Mann eigentlich bewogen, die Gaukler auf die Burg einzuladen? Martin hatte ihr gesagt, dass er das an ihnen begangen Unrecht wieder gutmachen wollte. Veva dachte zurück an den Mann, den sie vor fast einem Jahr kennengelernt hatte. Da wäre es Martin nie im Leben in den Sinn gekommen, sich für irgendetwas zu entschuldigen. Offensichtlich hatte sie bei ihm schon etwas bewirkt. Trotzdem blieb der Zweifel in ihr zurück. Er hatte ihr gesagt, dass er selbst auch seinen Bruder hatte töten wollen. Da gab es also auch noch eine dunkle Seite in ihrem Mann. Und diese Seite wollte sie lieber nicht kennenlernen.

Auch Karola war zuerst geschockt gewesen, dass ihre alte Freundin noch am Leben war. Sicherlich hatte sie es schon immer tief in sich gespürt, dass Ebba, wie die Tänzerin hieß, noch am Leben war. Nun erzählte sie ihr schon eine Stunde lang, wie sie sich kennengelernt hatten und wo sie überall gewesen waren.

Veva hörte dabei nur mit einem halben Ohr hin. Sie sah zum Fenster hinaus und der nächste Herbst war da. Bald würde es wieder Winter sein. Eine Idee durchzuckte sie. Jetzt, wo sie nicht mehr schwanger war, wollte sie noch mal mit ihrem Pferd ausreiten. Sie gab Karola ihr Kind und lief die Treppe hinab in den Hof.

Diesmal hielt sie niemand vom Stall zurück. Schnell war ihre Schimmelstute gesattelt und sie schwang sich auf das Tier. Im Galopp jagte sie über den Burghof und die Straße hinab in das Tal.

Das Pferd lief so schnell und sie konnte deutlich spüren, wie sich das Tier darüber freute, nach der ganzen Zeit mal wieder laufen zu können. Aber lief sie hier dem Zweifel davon? Auf den Hals des Tieres herab gebeugt, jagte sie dem Ziel entgegen, von dem im Moment nur die Stute wusste, wo dieses war, denn Veva ließ das Tier einfach laufen. Die Bäume flogen nur so an ihr vorbei und der Wind zerrte an der Kappe, die ihr Haar verdeckte. Wenig später war das Tier an dem kleinen See angekommen und hielt fast abrupt davor an.

Veva stieg ab und klopfte dem Tier auf den Hals. Die Stute nickte ihr zu und Veva band sie mit dem Zügel an einen der Bäume, die am Rande des Sees standen. Die Frau ging die letzten Schritte bis zum Wasser und setzte sich an das Ufer. Dabei wanderte ihr Blick über das Gewässer, in welchem sich die ersten bunten Bäume spiegelten. Dort, im Gras sitzend, dachte sie über sich nach und stellte dabei fest, dass durch die Erkenntnis, dass sie Georg getötet hatte, die dunkle Stunde im Hause ihres Vaters gänzlich getilgt worden war.

Hatte die Erkenntnis ihre Rache die Schmach der Schändung getilgt? Genoveva beugte sich nach vorn und sah ihr Spiegelbild im Wasser an. Ihre Augen waren anders. Erst jetzt fiel ihr das auf. Vermutlich war ihre Seele nun befreit worden. Der tiefe Schmerz war verschwunden. Vielleicht war es dann ganz gut, sich der Tänzerin entgegen zu stellen. Sie hatte die Frau ja nur zweimal kurz gesehen. Einmal im Kerker und dann ein weiteres Mal bei jenem schrecklichen Prozess.

Diese Gegenüberstellung würde entweder den Schmerz zurückbringen, oder ihn für immer lösen. War es das Risiko wert? Veva wischte mit der Hand durch die Wasseroberfläche und das Spiegelbild verschwamm. Sie hörte ein zweites Pferd kommen und drehte sich um. Martin ritt auf die Wiese und sprang in das Gras. „Wusste ich es doch, dass ich dich hier finde", sagte er und setzte sich neben sie an das Ufer. „Die Stute hat mich hierhergeführt", entgegnete Veva und lehnte sich an die Schulter ihres Mannes. Seine Anwesenheit vertrieb den letzten Zweifel aus ihrem Herzen.

Gemeinsam saßen sie einfach nur dort am See und sahen den Blättern zu, die von einer neben ihnen stehenden Eiche in das Wasser fielen. Irgendwann setzte dann langsam die Dämmerung ein und Martin sagte „Wir müssen zurück!" Veva nickte und verschloss seine Mund mit einem Kuss. Nach diesem langen Kuss erhoben sie sich, brachen wieder auf und erreichten mit den letzten Sonnenstrahlen das Burgtor.

Der Zweifel war im See geblieben. Zuversichtlich sah Veva voraus in die Zukunft.

68. Kapitel

Pfade der Gaukler

War das wirklich solch eine gute Idee von Ebba, sich auf das Angebot der Ritters einzulassen? Gustav wusste es nicht. Er hatte einfach nur Angst um die Freundin, die sich wieder in diese Burg begeben wollte. Woher nahm sie diese Kraft? Er selbst wäre sicher nie im Leben auf die Idee gekommen, sich wieder dorthin zu begeben, wo die Freunde unter den Schwertern der Knechte niedergemacht worden waren, aber die Frau wollte sicher mit diesem Teil ihres Lebens abschließen und das ging eben nur auf dieser Burg.

Noch lange hatten sie an jenem Abend nebeneinander am Feuer gesessen. Da waren die anderen aus der Gruppe schon lange schlafen gegangen und der Ritter war auch verschwunden gewesen. Ebba hatte den Dolch betrachtet, den ihr der Mann wiedergegeben hatte. Offensichtlich wollte sie stark sein, aber in ihren Augen hatte er trotzdem diese Angst gesehen. Doch auf seine Nachfrage sagte die Freundin nur, dass sie sich der Vergangenheit stellen musste. Gleichzeitig würde sie damit ihre Tochter wieder dorthin bringen, wo deren Leben begonnen hatte. Zurück auf die Burg ihrer Ahnen. Konnte das gut gehen? Ebba hatte ja noch nicht mal einen Beweis, dass Maria wirklich die Tochter des Ritters war. Doch von wem hätte sie sonst sein können?

Und so näherten sie sich im Zickzack langsam von Dorf zu Dorf der Burg. Es würde wieder, wie im letzten Jahr auch, das letzte Mal sein, dass sie zu einer Feier fuhren. Danach wurde es Zeit, sich Gedanken über den kommenden Winter zu machen. Wo sollten sie hin? Augsburg oder Italien? Oder wurde es sogar langsam Zeit, sich irgendwo endgültig niederzulassen und eine Familie zu gründen? Nur wo? Was konnte er? Vieles und doch nichts! Er hatte Marcus geholfen und in der Mühle gearbeitet. Er konnte als Knecht und Ebba als Magd in einem Dorf arbeiten oder in einer Stadt bleiben.

Gustav sah zu, wenn Ebba jede Nacht am Feuer ihren Tanz übte. Da waren die anderen schon auf dem Wagen verschwunden. Und sie tanzte nun auf den Wegen wieder vor dem Wagen, wie sie es im vergangenen Jahr gemacht hatte. Mit Maria vor ihre Brust.

Konnte er einfach so über die beiden bestimmen? Was würde sie sagen? Liebte sie dieses Leben? Oder war sie nur der Not gehorchend dabei, weil sie nicht wusste, was sie sonst machen sollte? Er hatte von ihr gehört, wie sie in Magdeburg gebettelt hatte. Das klang nicht so, als ob sie das jemals wieder machen wollte. Doch was konnte er tun, um sie abzusichern? Zumindest musste er sie erst mal fragen, was sie wollte. Gustav hatte gesehen, wie sie das Kind ansah. Da lag etwas Mütterliches und liebevolles darin, was sich mit den Wegen, die sie hier machten, nicht wirklich vereinbaren ließ.

Jede Nacht teilte sie mit einem anderen Mann ihr Lager und auch das war sicher nicht etwas, was sie wirklich gern tat. Dabei ging es nur um das Geld, was sie dafür bekam. Vielleicht endete hier auch sein Weg, mit ihr zusammen, denn er sah es nicht gern, wie sie mit den anderen Männern verschwand. Sein Herz krampfte sich dann immer zusammen und ihr schien es ähnlich zu gehen, denn danach suchte sie seine Nähe und schmiegte sich, Trost suchend, in seine Arme.

Damit er nun endlich Gewissheit haben würde, holte er sie einfach an einem Abend, an denen sie keinen Auftritt gehabt hatten, zu sich. Gemeinsam gingen sie in die Nacht hinaus und redeten über alles. Erfreut stellten sie fest, dass sie fast beide dasselbe dachten und sich auch schon die ganze Zeit dieselben Fragen gestellt hatten. Ebba hatte ja mehrere Monate auf dem Hof gearbeitet, bevor sie von dort vertrieben wurde. Sie hätte sich das auch länger vorstellen können und auch er kam nun in ein Alter, wo das unstete Herumtreiben sich dem Ende näherte.

Sie brauchten beide eine Zukunft und die lag nicht auf der Straße. Die Pfade der Gaukler, die sie beide beschritten hatten, die endeten nun langsam. Aber was lag dahinter? Ebba brachte es auf den Punkt und sagte „Ich glaube nicht, dass ich nächstes Jahr wieder auf die Straßen gehe. Ich möchte noch ein Kind und ich möchte es von dir." Ein Satz, dem er nicht widersprechen konnte. Er sah sich bestätigt in seiner Ansicht und gleichzeitig fragte er sich, was kommen sollte. Vielleicht brachte der Winter die Antwort.

69. Kapitel

Paartanz

Seit ein paar Tagen wollte nun auch Gisel den Schleiertanz erlernen. Die Freundin hatte ihn bei der Aufführung in dem Dorf gesehen und war davon so begeistert gewesen, dass sie Ebba einfach danach gefragt hatte, ob sie ihr den Tanz beibringen konnte. Natürlich hatte Ebba ihr dies gern zugesagt. So, wie es Karola ihr ein Jahr zuvor beigebracht hatte, so brachte sie ihn ihr bei. Jede Nacht übten sie zuerst einzeln und dann zusammen, denn Ebba hatte sich vorgenommen, diesmal diesen Tanz nicht alleine auf der Burg aufzuführen, sondern zusammen mit der Freundin. Da Gisel schon oft getanzt hatte, war es für sie auch kein Problem, die Schritte zu erlernen. Aber die Schritte waren ja nicht das Schwerste an diesem Tanz. Es war diese Balance zwischen der Nacktheit und dem gleichzeitigen Bedeckt sein. Der Reiz lag darin, nicht zu viel von sich zeigen zu wollen und doch die Männer wissen zu lassen, was sie verbarg. Das war es, was Gisel erst nach drei Abenden begriffen hatte.

Eigentlich hätte man den Tanz auch angezogen machen können, aber die Gewissheit, was sich hinter dem Schleier versteckte, die war es, die diesen Tanz seinen Zauber gab. Nach dieser Erkenntnis bewegte sich Gisel anders und mit jedem Tag, den sie näher auf die Burg zukamen, wurde es immer besser.

Schließlich waren sie beide bereit, dass sie eines Abends vor den Freunden ihren Tanz zeigen konnten, damit diese beurteilen konnten, wie gut er wirklich war. Als Gisel sich ihren Schleier greifen wollte, hielt Ebba sie auf und zeigte auf das Kleid der Freundin „Runter damit!", sagte sie nur und streifte sich ihres ebenfalls ab. „Wirklich? Muss ich?", fragte Gisel, während sich

Ebba den Schleier um die nackten Schultern zog. „Es geht nicht anders! Du bewegst dich dann ganz anders und wenn es wirklich eine Probe werden soll, dann geht das nur so", antwortete Ebba und Gisel nickte verstehend. Schnell hatte auch sie sich des Kleides entledigt und den Schleier noch schneller um die Schultern geworfen.

Ebba sah Gisel zweifelnd an. Schämte sich die Freundin ihrer Nacktheit? Dann würde das auch bei dem Tanz zu sehen sein! „Bist du dir sicher, dass du das willst?", fragte sie daher die Freundin und Gisel nickte. „Na gut!", sagte Ebba und dabei dachte sie an das erste Mal, dass sie selbst diesen Tanz vor den Freunden aufgeführt hatte.

Gemeinsam gingen sie um den Wagen herum nach vorn, wo die beiden anderen Frauen schon mit den Instrumenten warteten und die Freunde gespannt ihren Auftritt entgegen fieberten. Gustav nickte ihr aufmunternd zu. Ebba sah, das Hans zur Flöte griff und sagte leise zu Gisel „Solange Hans noch Flöte spielen kann, solange ist dein Tanz noch nicht perfekt!" Die Freundin sah sie verständnislos an und Ebba gab Radunta ein Handzeichen. Die Musik setzte ein und sie begannen ihren Tanz.

So, wie sie es geübt hatten, machten sie ihre Schwünge, Schritte, Tritte und Bewegungen. Nach ein paar Augenblicken setzte die Flöte aus und der Narr stöhnte leise „Ich halte es nicht mehr aus!" Ebba nickte Gisel zu, die nun auch verstanden hatte, was sie gemeint hatte.

Gemeinsam setzten sie lachend zum Schluss des Tanzes an, bis sie voreinander standen, sich ihrem Publikum zuwendeten und verbeugten. Beide umarmten sich und Ebba flüsterte Gisel in ihr

Ohr „Schau doch mal, was du für Hans tun kannst!" Dann eilte sie zu Gustav und zog ihn hinter sich her in die Nacht.

Später, als sie beide schnaufend nebeneinander im Gras lagen, sagte Gustav zu ihr „Ich hoffe, du tanzt später auch noch für mich!" Sie zog den Schleier über sich und küsste ihn im Mondlicht. Eine erneute stürmische und trotzdem zärtliche Vereinigung bahnte sich an.

Schließlich standen beide auf und gingen zurück zu der Gruppe. Als sie sich wieder an das Feuer setzten, kamen auch Gisel und Hans von der anderen Seite zu der Gruppe zurück.

Nun waren sie bereit für ihren großen Auftritt in der Burg. Es wurde eine kurze Nacht und am Morgen danach brachen sie auf, um die Burg zu erreichen.

Mit jedem Schritt, den die Pferde machten, rutschte Ebbas Herz ein Stück tiefer. Sie saß vorn auf dem Kutschbock neben Gustav und sah auf die Straße herunter. Was würde diesmal passieren? Konnte sie dem Ritter trauen, der ihr freies Geleit zugesichert hatte? Aber wozu hätte er ihr eine Falle stellen sollen? Er hätte sie gleich dort töten können, schließlich war sie rechtskräftig verurteilt und eine geflohene Verbrecherin. Praktisch im doppelten Sinne vogelfrei.

Dann erreichten sie wieder den kleinen Bach und bogen in die Straße ein, die zur Burg führte. Immer näher kamen die Burg und das schwarz gähnende Tor. Die Angst schnürte ihr augenblicklich den Hals zu und offensichtlich spürte das auch Gustav, denn er legte seinen Arm schützend um ihre Schultern. Seine Nähe und

Wärme holte sie wieder aus der Angst heraus. Ebba zog Maria ein Stück höher und sah zu den anderen, die hinter ihnen im Wagen saßen. Sicherlich war sich keiner von ihnen bewusst, was Ebba damit riskierte. Zwar hatte sie Gisel von jener Nacht im Kerker erzählt, aber selbst die Freundin konnte es wohl nicht ermessen, was für eine Überwindung Ebba dieser Schritt kostete.

Auf dem Burghof hielt Gustav die Pferde an und Ebba stieg vom Wagen ab. Augenblicklich kam Karola humpelnd auf sie zu geilt, sie umarmten sich und die Anderen der Gruppe stiegen ebenfalls ab. Von einigen Knechten wurde Ebba misstrauisch beäugt, denn der Dolch an ihrer Seite war noch allen wohlbekannt. Doch sicherlich hatte der Ritter mit allen gesprochen, denn sonst wäre sie nun schon in der Zelle gewesen.

Die junge Herrin, die sie damals im Kerker vor der Vergewaltigung gerettet hatte, erschien mit einem Kind auf dem Arm und kam zu ihr herüber. Die beiden Mütter traten voreinander und gaben sich die Hand. „Ich habe gehört, dass deine Tochter auch Georgs Tochter ist. Dann sind unsere Kinder wohl Vetter und Base?", fragte die Herrin und Ebba konnte nur zustimmend nicken. „Ich bin auf deinen Tanz gespannt. Martin hat mir schon so viel davon erzählt", sagte die Frau und Ebba machte einen Knicks. Die Herrin ging wieder und Ebba sah ihr noch lange nach, bis Karola wieder zu ihr kam und nun auch Maria begrüßte.

Ebba drehte sich zu den anderen um und atmete tief durch. Der Tanz konnte beginnen, langsam wurde es dunkel über dem Burghof. Was würde diese Nacht bringen?

70. Kapitel

Eine heiße Nacht

enoveva hatte die Frau im Hof gesehen und sie war wirklich sehr schön. Das hatte sie beim letzten Mal gar nicht so bemerkt und nun war sie auf diesen Tanz gespannt, von dem ihr Martin so oft vorgeschwärmt hatte. Nachdem es richtig dunkel geworden war, waren sie alle in den Saal gekommen. Diesmal durften auch die Frauen der Burg teilnehmen. Bei der letzten Vorstellung der Gaukler war damals nur Minna dabei gewesen und auch die Magd hatte in den letzten Tagen von dem Tanz geschwärmt. Dementsprechend aufgeregt war deshalb auch Veva. Sie bekam einen Platz in der ersten Reihe, direkt neben Martin.

Gespannt ließ Veva ihren Blick in dem Raum schweifen. Der Saal war mit Leuchtern, Fackeln und Feuerschalen ausgeleuchtet. Entlang der Wand saßen alle Bewohner der Burg. Niemand wollte sich dieses Schauspiel entgehen lassen und es begann mit dem Narren, der ein paar lustige Geschichten zum Besten gab. Auch ein paar schlüpfrige Zoten waren dabei, bei denen Veva merkte, dass sie rote Ohren dabei bekam, was von dem Narren auch gleich schamlos ausgenutzt wurde.

Danach zeigte einer der Männer ein paar Jongliererien und ein Muskelmann präsentierte seine Kraft. Doch alle fieberten ungeduldig dem Tanz entgegen. Endlich begann die Musik zu spielen und zwei der Frauen kamen mit leichten Tanzschritten in den Raum gelaufen. Ihre Bewegungen waren atemberaubend und auch bei Veva begann es im Bauch zu kitzeln. Die Musik und der Tanz wurden immer schneller und Veva krallte sich dabei unbewusst in

Martins Arm. Das merkte sie erst, als er ihr einen Kuss auf die Wange gab.

Schließlich endete der Tanz und alle johlten den beiden Frauen zu, die sich vor ihnen verbeugten. Martin stand auf und sagte „Entgegen der sonst üblichen Versteigerung der Nacht, wird es heute zwei Glückliche treffen, die sich durch ganz besondere Verdienste mir gegenüber ausgezeichnet haben!" Dabei nannte er die Namen der beiden Knechte, die zu ihm nach vorn traten. „Sucht euch jeder eine der beiden Frauen aus und entschuldigt mich. Ich habe jetzt etwas Wichtiges vor!" Unter allgemeinem Lachen der Knechte griff er sich Vevas Hand, hob sie auf seine Arme und eilte mit ihr aus dem Saal.

Kaum waren sie wieder auf ihrem Zimmer, da hatten sie sich gegenseitig ziemlich schnell entkleidet. Es wurde eine wilde, stürmische und heiße Nacht, in welcher er sie sehr glücklich machte. Sogar mehrmals!

In seinen Armen schlief sie schließlich zufrieden ein und erwachte nach einer kurzen Nacht wieder, als Karola sie an der Schulter berührte. Ihr Sohn hatte Hunger und das hatte nun mal Vorrang. Veva zog sich das Laken um die nackten Schultern, setzte sich mit dem Sohn an das Fenster und stillte ihn, während sie auf ihren schlafenden Mann schaute.

Nun hatte sie eigentlich alles, was sie sich schon immer gewünscht hatte. Eine eigene Burg, einen Mann, der sie glücklich machen konnte und einen Sohn. Nur eines fehlte ihr noch zum perfekten Glück: eine Reise nach Italien! So oft hatten Karola und Martin ihr von dem südlichen Land vorgeschwärmt. Nun wollte sie es aber unbedingt auch noch sehen!

Von nebenan hörte sie Worte zu sich herüberfliegen, denn Karola hatte die Tür offen gelassen. Veva erhob sich von der Fensterbank und trat, den Sohn weiter an der Brust haltend, zur offenen Durchgangstür. Von dort aus sah sie in den Raum und erkannte Karola im Gespräch mit der Tänzerin. Sie hatte fast dasselbe an, wie sie selbst. Ebba war noch in den Schleier gehüllt und hatte ihre Tochter an der Brust.

Auch in dem Gespräch der beiden Frauen ging es um Italien und darum, dass auch Ebba noch nie dort gewesen war. Gleichzeitig hörte sie heraus, dass Ebba etwas suchte, wo sie ab dem nächsten Jahr bleiben konnte, weil sie nicht mehr auf der Straße leben wollte. Veva hörte eine Weile zu, bevor sie sagte „Ich kann immer eine tüchtige Magd auf der Burg gebrauchen!" Die beiden Frauen sprangen auf, dabei rutschte Ebba der Schleier von einer Schulter herunter. Erst jetzt bemerkte Veva, das auch sie einen ziemlich seltsamen Anblick bieten musste, denn sie stand in das Laken gehüllt mit ihrem Sohn, der schmatzend an ihrer nackten Brust hing. Sie musste lachen und auch die beiden anderen Frauen stimmten darin ein.

Schließlich sagte Ebba „Ich würde gern bleiben, aber was ist mit Gustav?" „Ich rede mal mit meinem Mann. Auch für einen tüchtigen Knecht haben wir bestimmt etwas zu tun. Und dann wäre Maria ja auch in ihrem Zuhause", gab Veva als Antwort und sah zurück zu dem schlafenden Mann, dessen Gesicht gerade die Sonne kitzelte.

Schnell trat sie in den Raum und zog leise die Tür hinter sich zu „Und nun redet weiter von Italien. Das interessiert mich auch!", setzte sie hinzu und zog sich eine Hocker zu den beiden Frauen. „Wie war eure Nacht?", fragte Karola aber zuerst, bevor sie ihre

Erzählung über Italien fortsetzen wollte. „Wunderschön. Dank Ebba!", antwortete Veva und sah, wie die Tänzerin errötete. „Und ihr meint das mit Magd und Knecht wirklich ernst?", fragte Ebba zurück, um davon abzulenken. Veva nickte und übergab ihren Sohn, der gerade laut gerülpst hatte, an Karola, die ihn wieder in sein Bett steckte. „Danke euch, Herrin!", antwortet Ebba und Karola setzte sich wieder.

Nun begann die Erzählung über Venedig neu und ein verwegener Plan reifte in Vevas Kopf. Konnte sie ihren Mann dazu gewinnen?

71. Kapitel

Gute Freunde

Karola saß als einzige angezogen in der Mitte der drei Frauen. Links hockte Ebba, in den Schleier gehüllt, und rechts von ihr Veva in dem Bettlaken. Beide waren so in ihre Erzählung vertieft, dass sie das gar nicht mehr merkten. Wenn einer der Knechte jetzt hier hereingekommen wäre, dann wäre das Geschrei sicher groß gewesen. Aber vermutlich nur das von Veva. Ebba war es ja gewohnt, dass die Männer sie nackt und mit unbedecktem Haar sahen. Für die Herrin wäre dies ein gänzlich unangemessener Anzug gewesen. Sie hätte dafür sogar von Martin ausgepeitscht werden können, doch ihr Mann würde ihr sicher nichts tun.

Im Moment saßen hier nur drei gute Freundinnen und nicht die Herrin und zwei ihrer Mägde. Karola fand die Idee von Genoveva schön, dass Ebba auf der Burg bleiben würde. Natürlich hatte die Herrin damit recht, dass es hier immer etwas zu tun gab. Sie hatte es ja selbst am eigenen Körper gespürt. Aber dass Veva auch Maria in ihr Heim holen wollte, das war ungewöhnlich, denn die Kleine war ja Georgs Tochter. Wie würde sich das alles so weiter entwickeln?

In das Gespräch vertieft bemerkte keiner der Drei, dass der Herr in der Tür stand und nun auch auf ihre Erzählung lauschte. Erst als sie zur Tür sah und aufsprang, bemerkten es auch die anderen beiden. Er nickte ihnen wohlwollend zu und setzte sich, in Unterwäsche einfach an das Bett seines Sohnes und strich dem Jungen über die Wange. „Erzähle weiter!", forderte er Karola auf. Die beiden anderen Frauen setzten sich wieder und zogen die Tücher enger um die Schultern. Als das Gespräch begann, sich um

Mailand zu drehen, blickte sich Veva um und fragte den Mann „Ich würde das alles gern sehen! Bitte! Können wir im Winter nicht nach Italien reisen? Hier wird die ganze Zeit sowieso das Burgtor nicht aufgehen! Einmal nach Italien!" Ihr flehender und quengelnder Ton verfehlte seine Wirkung natürlich nicht. Der Herr nickte zustimmend und die Herrin fiel ihm vor Freude um den Hals. Schon nach wenigen Augenblicken verschwanden Herr und Herrin wieder in ihrem Zimmer.

„Du solltest dir was anziehen und Gustav fragen, ob er hier bleiben will", sagte Karola und Ebba eilte aus dem Zimmer. Ihr Schleier wehte dabei wie ein Umhang hinter ihr her.

Nach einer Weile erschien zuerst Genoveva mit leuchtenden Augen und einem schelmischen Lächeln auf ihrem Gesicht. „Er hat zugestimmt. Wir fahren alle im Winter in den Süden!", sagte sie und nahm den Sohn aus dem Bett heraus. „Wer ist wir?", fragte Karola nach. „Na du, ich und Ebba. Und unsere Männer! Vielleicht fahren ja auch die Gaukler mit uns mit", antwortete Veva und legte sich den gerade erwachenden Sohn wieder an die Brust. Noch immer war sie nur in das Laken gehüllt. „Herrin! Soll ich euch nicht lieber einkleiden? Was ist, wenn euch jemand so sieht?", entgegnete Karola und Veva nickte zustimmend. Sie legte das Kind zurück, ließ sich von Karola waschen und in ihre Kleidung helfen.

Gerade waren sie fertig, als Ebba zurück in das Zimmer gelaufen kam. Sie machte einen Knicks und sagte „Gustav stimmt zu. Zur Arbeit und zu Italien." „Fein!", sagten Karola und Veva wie aus einem Munde. „Kommen deine Freunde auch mit?" „Ich habe Gisel noch nicht fragen können, aber sicherlich. Italien oder Augsburg. Allerdings ist Gisel noch beim Kommandant der Wachen.

Sie hatte vermutlich eine genauso heiße Nacht, wie wir auch", sagte Ebba und sah, wie Veva rot im Gesicht wurde. Um davon abzulenken, fragte Genoveva nach „Ihr bleibt doch aber zur Taufe? Die ist schon morgen?" „Natürlich!", antwortete Ebba und setzte einen Moment später dazu, „Könnte meine Tochter auch gleich mit getauft werden? Ich habe es bisher nicht geschafft?" „Natürlich!", entgegnete Veva. „Der Onkel von Martin wird die Taufe vornehmen und wenn du es erlaubst, dann werden wir Maria die Ausbildung zuteilwerden lassen, die ihrem Stand entspricht. Sie wird Schreiben, Lesen und Rechnen lernen können." „Wirklich?", fragte Ebba überrascht nach. „Natürlich!", antwortete Veva wieder, sie beugte sich vor und strich dem kleinen Mädchen zärtlich über den Kopf.

„Sie ist eindeutig Georgs Tochter. Sie hat Martins Gesichtszüge und wenn ich nicht genau wissen würde, dass er in jener Nacht die Hosen anbehalten hat, dann müsste ich jetzt mit dir ziemlich sauer sein", sagte Genoveva, dann musste sie lachen und setzte anschließend ernst hinzu „Sie ist eine von Bärenberg und das wird sie auch ihr ganzes Leben bleiben!" „Ich danke euch, gnädige Herrin", sagte Ebba und hatte Tränen der Rührung in ihren Augen.

Genoveva strich weiter dem kleine Mädchen über den Kopf „Ich denke mal, es hätte auch dem alten Herrn gefallen, dass ein Teil von Georg weiterleben wird. Das hätte sicher ein Lächeln auf sein Gesicht gezaubert!" „Noch eins?", fragte Karola und sah Genoveva an, dann mussten beide Frauen lachen und Karola erzählte die Geschichte schnell für Ebba, die ja noch nichts von der Art des Ablebens des alten Herrn wusste.

„Ihr seid ja ganz schön durchtrieben", sagte Ebba. Sie war bei der Erklärung rot geworden. „Nicht wir! Das war Minnas schuld!", erklärte Karola und Genoveva nickte. „Die habe ich gerade unten im Gang gesehen. Die schwebte singend durch die Räume!", sagte Ebba und erneut mussten alle lachen.

Drei Freundinnen hatten sich gefunden und im Lachen war es gerade egal, dass die eine, praktisch als Herrin, das Leben der beiden Mägde in ihrer Hand hatte. Im Moment waren hier einfach nur drei fast gleich alte Frauen im Spaß versammelt und es fühlte sich gut an.

72. Kapitel

Nach Italien!

ach der Taufe war eine Woche vergangen, in welcher Martin mit einem Boten die Antwort des Kurfürsten eingeholt hatte, ob er die Burg für ein halbes Jahr verlassen konnte. Die Nachricht war gerade eingetroffen und alle durften fahren. Nun ging es an das Packen des Wagens. Ebba und Gustav hatten am Tag nach der Taufe vor Martin gekniet und ihren Treueschwur auf sein Schwert abgelegt. Damit waren sie nun keine Gaukler mehr, sondern Magd und Knecht bei Martin und Genoveva.

Die letzte Woche war eine richtige Umstellung gewesen. Nicht so sehr für Ebba, sondern mehr für Gustav, der das Leben in einem Hause schon gar nicht mehr richtig gewohnt gewesen war. Im Dachgeschoss der Burg, direkt neben der Mägdekammer, hatten sie zu zweit einen kleinen Raum erhalten, in welchem sie jetzt zusammen mit ihrer Tochter leben würden. Doch im Moment war Ebba viel zu aufgeregt, da es ja nun in den schon so lange erhofften Süden gehen würde.

Es hatte etwas Zeit gekostet, um Gisel und die anderen davon zu überzeugen, dass sie in diesem Winter nicht nach Augsburg, sondern nach Mailand, Venedig und Florenz ziehen sollten. Die drei Frauen waren noch nie in ihrem Leben dort gewesen, aber die Erzählungen von Gustav und Karola hatten dann dafür gesorgt, dass sie alle zusammen über das Gebirge ziehen würden.

„Nach Italien!", das war der Satz, der nun in der Burg so oft gesagte wurde, dass ihn schon bald jeder mit einem Lachen quittierte.

Dann kam endlich der Tag des Aufbruchs. Alle trafen sich in der kleinen Burgkapelle, um den göttlichen Schutz für diese lange Reise zu erbeten. Zusammen mit den Gauklern würden Ebba, Gustav, ihre Tochter, Karola sowie der Herr und die Herrin mit ihrem Sohn an der Fahrt teilnehmen. Zu ihrem Schutz würden auch noch vier bewaffnete Knechte den langen Weg auf sich nehmen. Nach Karolas Erzählungen würde es sicher zwei Wochen dauern, bis sie das hohe Gebirge erreicht haben würden. Für die Zeit ihrer Abwesenheit übergab der Herr die Burg an den Kommandanten seiner Wache, der damit Burggraf wurde.

Im Burghof standen die Pferde und der Wagen. Alles war bereit. Genoveva streichelte ihre Schimmelstute, denn sie wollte den langen Weg auf ihr reiten. Karola war schon mit Vevas Sohn auf den Wagen geklettert.

Nachdem alle aufgesessen waren, da stand nur noch Ebba im Burghof und sah sich um. Das hier würde für die nächsten Jahre ihr Zuhause sein, doch nun ging es erst einmal los. „Ebba!", mahnte Gustav sie von oben zur Eile und hielt ihr vom Bock aus die Hand hin, damit sie aufsteigen konnte. Sie setzte ihren Fuß in den Bügel und ließ sich von ihm herauf ziehen.

Als sie dann vorn auf dem Bock saß, blickte Ebba Gustav an. „Nun werde ich mich mit eigenen Augen davon überzeugen können, ob in Italien die Frauen wirklich Hosen anhaben!", sagte sie laut zu dem Geliebten. Von hinten rief Karola lachend „Das hat er dir erzählt?" Ebba nickte und musste bei dem Gedanken lachen.

Nichts war passiert, nachdem sie die Hose getragen hatte. Alles war zum Besten gereift.

„Los geht es!", rief Gustav und zog an den Zügeln. Genoveva schwang sich in den Sattel und ritt neben Ebba. Dann ruckte der Wagen an, Ebba nickte ihrer neuen Freundin zu und die Frau galoppierte nach vorn. Neben ihrem Mann jagte sie durch das Burgtor und der Wagen zuckelte ihnen hinterher. Die Knechte schlossen sich ihnen an. Sie waren auf dem Weg.

„Italien! Wir kommen!", rief Ebba und sah auf ihre Tochter herab, die sie im Tuch vor der Brust trug. Alles würde gut werden.

ENDE

Zeitliche Einordnung der Handlung:

5800 Steinzeit

- Anfang des Buches „**Schicha und der Clan des Bären**"

- Ende des Buches „**Schicha und der Clan des Bären**"

5500 Steinzeit

2200 Beginn der Bronzezeit

1200 Beginn der Eisenzeit

800 –

800 Beginn des allmählichen Niederganges der Bronzezeit

800 Erste Anfänge und Städtebildungen der etruskischen Kultur

750 Aufstieg der Etrusker zur Seemacht

700 –

600 –

600 Blütezeit der Bronzekunst der Etrusker im orientalischen Stil

570 Amasis wird ägyptischer Pharao

555 Anfang des Buches „**Auf Bärenspuren**"

551 Ende des Buches „**Auf Bärenspuren**"

550 Koalition der Etrusker mit Karthago gegen Griechenland

540 Sieg der Etrusker zur See gegen die Griechen bei Alalia

524 etruskische Niederlage bei Kyme gegen die Griechen

500 –

500 Blüte der etruskischen Stadt Capua

400 –

387 die Kelten fallen in Rom ein

300 –

218 der karthagische Feldherr Hannibal überquert die Alpen

200 –

100 –

73 Flucht von Spartacus aus der Gladiatorenschule in Capua

71 Tod von Spartacus und Ende des Sklavenaufstandes

55 Expedition Caesars nach Britannien

44, 15. März, Kaiser Caesar wird in Rom ermordet

37 Anfang des Buches „**Das siebente Mädchen**"

15 Der römische Feldherr Drusus zieht mit seinem Heer über die Pässe der Alpen und dringt in das Gebiet der Kelten des Voralpenlandes ein

11 Drusus dringt, im Rahmen der römischen Feldzüge, bis in das Stammesgebiet der Cherusker vor

11 in der Schlacht bei Arbalo kämpften verbündete germanische Stämme gegen die Römer unter Drusus

10 Ende des Buches „**Das siebente Mädchen**"

0 –

0 Anfang des Buches „**Die Rache der Barbarin**"

9 Niederlage des Feldherrn Varus gegen die Cherusker unter Arminius

10 Ende des Buches „**Die Rache der Barbarin**"

34 Anfang des Buches „**Das Schwert des Gladiators**"

43 Beginn der Eroberung Südbritanniens

50 Colonia (heute Köln) wird zur Stadt erhoben

54 Nero wird römischer Kaiser

54 Anfang des Buches „**Die römische Münze**"

56 Ende des Buches „**Das Schwert des Gladiators**"

57 Anfang des Buches „**Die Tochter aus dem Wald**"

58 große Teile der Stadt Colonia brennen nieder

64 Brand Roms und daraufhin erste Christenverfolgung

68 Anfang des Buches „**Im Schatten des Feuerberges**"

68 Aufstände in Gallien und Spanien

68 Selbstmord Kaiser Neros

68 die Bataver, ein germanischer Stamm, erheben sich und belagern Colonia

69, im Herbst, erneuter Aufstand der Bataver gegen die römische Herrschaft in Niedergermanien

70, im Herbst, Niederschlagung des Bataveraufstandes

70 die Stadt Colonia erhält eine acht Meter hohe Stadtmauer

75 Ende des Buches „Die römische Münze"

75 Ende des Buches „Die Tochter aus dem Wald"

79, Herbst, Ausbruch des Vesuvs und Untergang Pompejis und Herculaneums

80 Einweihung des Kolosseums in Rom

85 wird Colonia die Hauptstadt der römischen Provinz Germania inferior

85 Ende des Buches „Im Schatten des Feuerberges"

98 Trajan wird römischer Kaiser

100 –

161 Marc Aurel wird römischer Kaiser

200 –

300 –

306 Konstantin der Große wird römischer Kaiser

324 Konstantin bekennt sich zum Christentum und macht diese zur Staatsreligion

375 die Hunnen unterwerfen die Alanen und die Goten oder vertreiben diese aus ihren Siedlungsräumen

376 Anfang des Buches „Sturm über den Stämmen"

376 Flucht der Donaugoten vor den Hunnen und teilweise Aufnahme der Goten in das römische Reich

384 Ende des Buches „Sturm über den Stämmen"

400 –

406 Rheinübergang der Vandalen und Einfall in das römische Reich

407 die Vandalen und andere germanische Stämme ziehen plündernd durch Gallien

409 Weiterzug der Vandalen und Alanen nach Spanien

410, Ende August, Eroberung Roms durch die Westgoten

429 die Vandalen und Alanen setzen unter Geiserich von Spanien nach Afrika über

439 die Stadt Karthago fällt an die Vandalen

451 Feldzug des Hunnen Attila nach Gallien

452 die Hunnen fallen in Italien ein, ziehen sich aber bald wieder zurück

453 nach Attilas Tod zerbricht das Hunnenreich

455 Plünderung Roms durch die Vandalen unter Geiserich

500 –

700 –

764 Anfang des Buches **„In den finsteren Wäldern Sachsens"**

772, im Sommer, Zerstörung der Irminsul

772 Anfang der Sachsenkriege Karls des Großen

782 Blutgericht von Verden (Aller)

783, im Sommer, Gefechte mit Beteiligung sächsischer Frauen

785 Taufe Widukinds in der Königspfalz Attigny

787 die ersten Überfälle der Nordmänner auf Westeuropa finden statt

790 Überfälle der Nordmänner auf Schottland und Irland

792 letzte größere Erhebungen der Sachsen gegen die Franken

792 Zwangsdeportationen der Sachsen und Neuvergabe von sächsischem Land an fränkische Siedler

793 Überfall und Plünderung des Klosters Lindisfarne durch Nordmänner

795 Überfall von Wikingern auf das Kloster Iona in Irland

799 Beginn der Wikingerüberfälle auf das Frankenreich

796 Karls Belehrung durch seinen Berater Alkuin

797 mit dem Capitulare Saxonicum wurden die Sondergesetze gegen die Sachsen gelockert

800 –

800 Kaiserkrönung Karls des Großen

800 König Godfred von Dänemark gerät im kriegerische Konflikte mit Karl dem Großen

800 erste nordische Siedler treffen auf den Färöern und auf Island ein

800 unzählige Angriffe der Nordmänner auf die sächsischen Küsten

802 das sächsische Volksrecht (Lex Saxonum) wird verabschiedet

802 Ende des Buches **„In den finsteren Wäldern Sachsens"**

804 Ende der Sachsenkriege

805 Anfang des Buches **„Westwärts auf Drachenbooten"**

810 dänische Wikinger greifen wiederholt die friesische Küste an

814 Tod Karls des Großen

825 Ende des Buches **„Westwärts auf Drachenbooten"**

840 erste Überwinterung der Wikinger im Frankenreich

840 norwegische Nordmänner überfallen Irland und gründen Dublin

844 Überfälle der Nordmänner auf Spanien

845 Plünderungen von Hamburg und Paris durch die Wikinger

858 schwedische Wikinger gründen Kiew

889 Wanzleben wird erstmals als Haufendorf erwähnt

900 –

913 Herzog Heinrich von Sachsen stellt ein ungarisches Heer bei Merseburg

926 Heinrich handelt mit den Ungarn einen zehnjährigen Waffenstillstand für Sachsen aus

937 Otto I. der Große, gründete das St.-Mauritius-Kloster in Magdeburg

938 die Ungarn ziehen erneut gegen die Sachsen

952 Anfang des Buches **„Der Gefolgsmann des Königs"**

955, 10. August, Schlacht gegen die Ungarn auf dem Lechfeld bei Augsburg

955 Otto beginnt einen großen Neubau des Doms zu Magdeburg

962, 2. Februar, Krönung Ottos zum Kaiser

968 Beginn des Baues der Burg Wanzleben

980 Ende des Buches **„Der Gefolgsmann des Königs"**

1000 –

1100 –

1142 Heinrich der Löwe wird Herzog von Sachsen

1143 Gründung Lübecks, der ersten deutschen Ostseestadt

1147 Anfang des Buches **„Im Zeichen des Löwen"**

1147 Wendenkreuzzug, dauert als Kreuzzug drei Monate

1152 Königskrönung von Friedrich Barbarossa in Aachen

1155 Kaiserkrönung Friedrich Barbarossas in Rom

1156 Besiedlungszug in Lommatzsch

1157 Gründung des deutschen Kaufmannsbundes

1159 Wiederaufbau Lübecks

1160 Anfang des Buches **„Kaperfahrt gegen die Hanse"**

1160 der slawische Burgwall Dobin, liegt am Schweriner See, wird zerstört

1160 Lübeck erhält das Soester Stadtrecht

1160 Gründung der Kaufmannshanse

1161 Vermittlung eines Handelsprivilegs an die Stadt Lübeck durch Heinrich den Löwen

1161 Gründung der Gotländischen Genossenschaft, als Vorstufe der Hanse

1162 Kloster Altzella, bei Nossen, wird gegründet

1163 Ende des Buches **„Im Zeichen des Löwen"**

1180 Heinrich verliert das Herzogtum Sachsen

1200 –

1200 Gründung des Petershofes in Novgorod als Außenstelle der Hanse

1200 Ende des Buches „**Kaperfahrt gegen die Hanse**"

1210 Anfang des Buches „**Die Sklavin des Sarazenen**"

1212 Kinderkreuzzug mit Ziel Jerusalem

1212 Friedrich II. wird König

1217 Beginn des fünften Kreuzzuges, Kreuzzug nach Damiette in Ägypten

1220 Ende des Buches „**Die Sklavin des Sarazenen**"

1221 Ende des Kreuzzuges von Damiette in Ägypten

1250 Anfang der Blütezeit der Städtehanse

1300 –

1307, 13. Oktober, Zerschlagung des Templerordens und Verhaftung aller Templer

1315 Beginn einer Hungersnot, die als „Der große Hunger" in zwei Jahren mit sintflutartigen Regenfällen, sehr kalten Wintern und vielen Überschwemmungen Millionen Menschen in Europa dahinrafft

1321 Anfang des Buches „**Frauenwege und Hexenpfade**"

1337 der hundertjährige Krieg zwischen England und Frankreich beginnt

1337 Ende des Buches „**Frauenwege und Hexenpfade**"

1340 der englische König Eduard III. fällt mit seinem Heer in Frankreich ein

1342, im Juli, das Magdalenenhochwasser, eine verheerende Überschwemmungskatastrophe, lässt in Mitteleuropa zahlreiche Flüsse über die Ufer treten

1346 in der Schlacht von Crécy schlagen 8.000 englische Langbogenschützen die verbündeten europäischen und französischen Ritter vernichtend

1347 die Beulenpest erreicht die europäischen Häfen am Mittelmeer und breitete sich schnell überall aus

1348, 7. April, Gründung der Karls-Universität in Prag, der ersten mitteleuropäischen Universität

1349, 10. Januar, die Wormser Gemeinde der Juden wird blutig ausgelöscht

1349, 1. März, Pogrom gegen die Juden in Speyer

1349 Anfang des Buches „**Der schwarze Tod**"

1349, 24. Juli, in der Frankfurter „Judenschlacht" sterben fast alle Juden in Frankfurt am Main

1349, 23. August, Die Juden von Mainz erheben sich gegen ihre Verfolger. Der Aufstand wird blutig niedergeschlagen und das Stadtviertel brennt ab. Zahlreiche Menschen kommen dabei ums Leben

1350 Ende des Buches „**Der schwarze Tod**"

1353 Giovanni Boccaccio schreibt sein Decamerone

1356 mit der goldenen Bulle wird erstmalig festgeschrieben, dass der deutsche König durch Mehrheitswahl von sieben Kurfürsten bestimmt wird

1400 –

1431, 30. Mai, Jeanne d'Arc, die Jungfrau von Orléans, stirbt in Rouen auf dem Scheiterhaufen

1434 Cosimo de Medici kehrt nach Florenz zurück und wird der mächtigste Bankier der Stadt

1440 Johannes Gutenberg erfindet den Buchdruck mit beweglichen Lettern

1442 Anfang des Buches „**Ein Jahr unter Gauklern**"

1443 Ende des Buches „**Ein Jahr unter Gauklern**"

1452, 15. April, Leonardo da Vinci wird in Anchiano bei Vinci geboren

1479 Anfang des Buches „**Nur ein Hexenleben ...**"

1482 Johann Tetzel beginnt sein Theologiestudium in Leipzig

1486 der Dominikaner Heinrich Kramer veröffentlicht sein Traktat „Der Hexenhammer", lateinisch „Malleus Maleficarum"

1487 Ende des Buches „**Nur ein Hexenleben ...**"

1487 - Anfang des Buches „**Rosen hinter Burgmauern**"

1492 Christoph Kolumbus erreicht die großen Antillen und entdeckt damit Amerika

1498 Vasco da Gama erreicht an Bord seiner Nau auf dem Seeweg um Afrika herum Indien

1500 –

1504 Johann Tetzel beginnt seine Tätigkeit im Ablasshandel

1509 Ende des Buches **„Rosen hinter Burgmauern"**

1517 Anfang des Buches **„Die Bruderschaft des Regenbogens"**

1517, 31. Oktober, Luther verkündet seine Thesen in Wittenberg

1518 Müntzer und Luther sind in Wittenberg

1520 Müntzer predigt in Zwickau

1522 das „Neue Testament" erscheint auf Deutsch

1523, zu Ostern, Katharina von Boras Flucht aus dem Kloster

1524 Bauern- und Handwerkeraufstände in Sachsen

1525, 15. Mai, Schlacht bei Bad Frankenhausen

1525, 27. Mai, Müntzer wird in Mühlhausen enthauptet

1525, 27. Juni, Heirat Luthers mit Katharina von Bora

1525, im Dezember, Kloster Buch wird geschlossen

1526 Niederschlagung der letzten Bauernaufstände

1527 Ende des Buches **„Die Bruderschaft des Regenbogens"**

1530 Reichstag zu Augsburg beschließt die Duldung des evangelischen Glaubens

1534 die gesamte Bibel ist nun auf Deutsch lesbar

1600 –

1612 Anfang des Buches **„Im Feuersturm"**

1617, 13. September, ein Stadtbrand verwüstet weite Teile Tangermündes

1618, 23. Mai, Fenstersturz zu Prag

1618 Anfang des dreißigjährigen Krieges

1619, 22. März, Grete Minde stirbt in Tangermünde auf dem Scheiterhaufen

1619 Ende des Buches **„Im Feuersturm"**

1620, 08. November, Schlacht am Weißen Berg bei Prag

1630 Anfang des Buches **„Im Schein der Hexenfeuer"**

1631 Eintritt Sachsens in den dreißigjährigen Krieg

1631, 10. Mai, Verwüstung der Stadt Magdeburg durch kaiserliche Truppen

1631 Anfang des Buches **„Die Räubermühle"**

1632 die Pest wütet in Sachsen

1632, 16. November, Schlacht bei Lützen

1634, 25. Februar, Albrecht von Wallenstein wird in Eger ermordet

1634 Ende des Buches **„Die Räubermühle"**

1639 schwedische Truppen brennen Dresden teilweise nieder

1641 nochmalige Zerstörung Dresdens durch die Schweden

1648 der „Westfälischer Friede" wird geschlossen

1648, 24. Oktober, Ende des dreißigjährigen Krieges

1650 Ende des Buches **„Im Schein der Hexenfeuer"**

1683, 3. Mai, die osmanische Armee erreicht Belgrad

1683, 9. Juli, Anfang des Buches **„Ein Sommer unter der Mondsichel"**

1683, 14. Juli, die Osmanen beginnen die Belagerung Wiens

1683, 12. September, Schlacht am Kahlenberg und Sieg der kaiserlichen Truppen über die Osmanen

1683, 12. September, Befreiung Wiens

1683, 1. November, Ende des Buches **„Ein Sommer unter der Mondsichel"**

1694 Friedrich August I. wird unerwartet neuer Herzog und Kurfürst von Sachsen

1697, 15. September, Friedrich August I. wird in Krakau zum polnischen König gekrönt

1700 –

1710 Anfang des Buches **„Anna und der Kurfürst"**

1712 Thomas Newcomen konstruiert die erste verwendbare Dampfmaschine

1715 Ende der „Kleinen Eiszeit", einer Periode relativ kühlen Klimas, mit besonders kalten Zeitabschnitten seit 1675

1715 Ende des Buches **„Anna und der Kurfürst"**

1756 bis 1763 der Siebenjährige Krieg tobt in Mitteleuropa

1776 Gründung der Vereinigten Staaten von Amerika mit der Unabhängig-keitserklärung

1789, 14. Juli, Beginn der französischen Revolution in Paris

1793 Beginn des Interventionskriegs gegen Napoleon, an dem auch Sach-sen teilnahm

1794 die Gesellen streiken in Dresden

1796 der Interventionskrieg endet mit einer Niederlage für die preußischen, österreichischen und sächsischen Verbündeten

1800 –

1800 Anfang des Buches „**Der russische Dolch**"

1806 Preußen und Russland verbünden sich gegen Napoleon. Sachsen schließt sich ihnen an

1806 Krieg der Verbündeten gegen Napoleon

1806, 14. Oktober, Schlacht bei Jena und Auerstedt, die Verbündeten wer-den von Napoleon vernichtend geschlagen

1806, 20. Dezember, das Kurfürstentum Sachsen tritt dem Rheinbund bei und wird durch Napoleon zum Königreich

1812 von Sachsen aus beginnt der Feldzug gegen Russland. Sachsen ist mit 21.000 Mann daran beteiligt

1812, 23. Juni, Napoleon überquert mit seinem Heer die Mehmel

1812, 17. August, Schlacht um Smolensk

1812, 7. September, Schlacht von Borodino

1812, 14. September, Napoleon rückt in Moskau ein

1812, 13. Oktober, Napoleon beschließt den Rückzug

1812, 3. November, Schlacht bei Wjasma.

1812, 26. bis 28. November, Schlacht an der Beresina

1812, 14. Dezember, Kaiser Napoleon macht, seinen Truppen auf dem Rückzug aus Russland vorauseilend, in Dresden Station

1813, 2. Mai, Schlacht bei Großgörschen, Sieg Napoleons gegen Russen und Preußen

1813, 20. und 21. Mai, Schlacht bei Bautzen, weiterer Sieg Napoleons gegen Russen und Preußen

1813, 26. und 27. August, Schlacht bei Dresden, Napoleon errang seinen letzten Sieg auf deutschem Boden

1813, 16. bis 19. Oktober, Die Völkerschlacht bei Leipzig brachte Napoleon eine verheerende Niederlage. Die sächsischen Truppen liefen zu den russischen und preußischen Truppen über

1813, 11. November, die belagerte Festungsstadt Dresden kapituliert

1815, 18. Juni, Schlacht bei Waterloo

1815 Ende des Buches **„Der russische Dolch"**

1825 die Gesellschaft „Stockton and Darlington Railway" eröffnet die erste öffentliche Eisenbahnstrecke in England

1835, im Dezember, Eröffnung der Eisenbahnstrecke Nürnberg - Fürth

1839, 7. April, Fertigstellung der ersten sächsischen Eisenbahnstrecke von Leipzig nach Dresden

1847 Anfang der Buches **„Eine sächsische Revolution"**

1848, 21. Februar, Karl Marx und Friedrich Engels veröffentlichen das Manifest der Kommunistischen Partei

1848, 22. bis 24. Februar, Februarrevolution in Frankreich

1848, 18. März, Berliner Barrikadenaufstand

1848, 31. März bis 3. April, das Frankfurter Vorparlament tritt zusammen

1848, 24. März, Beginn der Erhebung in Schleswig-Holstein

1848, 18. Mai, die deutsche Nationalversammlung tritt in der Frankfurter Paulskirche zusammen

1849, 28. März, Verabschiedung der Paulskirchenverfassung

1849, 3. bis 9. Mai, Dresdner Maiaufstand

1849, 30. Mai, Ende der Frankfurter Nationalversammlung

1849, 30. Juni, Beginn der Belagerung von Rastatt

1849, 18. Juli, Ende der Buches **„Eine sächsische Revolution"**

1849, 23. Juli, die Festung Rastatt fällt und damit Endet die Revolution

1852, 8. Mai, Ende der Schleswig - Holsteinischen Erhebung

1900 –

1939, 01. September, Angriff der Wehrmacht auf Polen

1939, 01. September, Anfang des Buches **„Liebe in stürmischen Zeiten"**

1939, 03. September, Frankreich und das Vereinigte Königreich erklären Deutschland den Krieg

1940, 10. Mai, Der Angriff deutscher Verbände auf die Niederlande beginnt

1940, 24. Juni, französischer Waffenstillstand wird unterzeichnet

1941, 22. Juni, deutscher Überfall auf die Sowjetunion

1942, 23. August, Beginn des Kampfes um Stalingrad

1943, 02. Februar, Ende des Kampfes um Stalingrad

1943, 05. bis 16. Juli, Schlacht am Kursker Bogen

1945, 13. bis 15. Februar, schwere Luftangriffe auf Dresden

1945, 7. Mai, bedingungslose Kapitulation aller deutschen Truppen

1949, 23. Mai, Gründung der BRD

1949, 07. Oktober, Gründung der DDR

1953, 17. Juni, Volksaufstand und Streiks in der DDR

1954 Ende des Buches **„Liebe in stürmischen Zeiten"**

2000 –

Von Uwe Goeritz ebenfalls beim Verlag BoD erschienen (BoD – Books on Demand, Norderstedt, nähere Informationen finden Sie unter www.BoD.de)

„Schicha und der Clan des Bären", die ISBN lautet 978-3-7386-0262-3
108 Seiten für 7,90 Euro

„In den finsteren Wäldern Sachsens", die ISBN lautet 978-3-7357-7982-3
108 Seiten für 7,90 Euro

„Der Gefolgsmann des Königs", die ISBN lautet: 978-3-7357-2281-2
116 Seiten für 7,90 Euro

„Im Zeichen des Löwen", die ISBN lautet: 978-3-7347-5911-6
116 Seiten für 7,90 Euro

„Kaperfahrt gegen die Hanse", die ISBN lautet: 978-3-7386-2392-5
108 Seiten für 7,90 Euro

„Die Bruderschaft des Regenbogens", die ISBN lautet: 978-3-7386-5136-2
112 Seiten für 7,90 Euro

„Im Schein der Hexenfeuer", die ISBN lautet: 978-3-7347-7925-1
112 Seiten für 7,90 Euro

„Die Räubermühle", die ISBN lautet: 978-3-8482-0893-7
112 Seiten für 7,90 Euro

„Der russische Dolch", die ISBN lautet: 978-3-7412-3828-4
116 Seiten für 7,90 Euro

„Das Schwert des Gladiators", die ISBN lautet: 978-3-7412-9042-8
116 Seiten für 7,90 Euro

„Frauenwege und Hexenpfade", die ISBN lautet: 978-3-7448-3364-6
116 Seiten für 7,90 Euro

„Die Sklavin des Sarazenen", die ISBN lautet: 978-3-7448-5151-0
308 Seiten für 9,90 Euro

„Die Tochter aus dem Wald", die ISBN lautet: 978-3-7448-9330-5
116 Seiten für 7,90 Euro

„Anna und der Kurfürst", die ISBN lautet: 978-3-7448-8200-2
312 Seiten für 9,90 Euro

„Westwärts auf Drachenbooten", die ISBN lautet: 978-3-7460-7871-7
120 Seiten für 7,90 Euro

„Nur ein Hexenleben ..", die ISBN lautet: 978-3-7460-7399-6
312 Seiten für 9,90 Euro

„Sturm über den Stämmen", die ISBN lautet: 978-3-7528-7710-6
124 Seiten für 7,90 Euro

„Die Rache der Barbarin", die ISBN lautet: 978-3-7528-4103-9
128 Seiten für 7,90 Euro

„Im Feuersturm – Grete Minde", die ISBN lautet: 978-3-7481-2078-0
312 Seiten für 9,90 Euro

„Rosen hinter Burgmauern", die ISBN lautet: 978-3-7347-0321-8
312 Seiten für 9,90 Euro

„Auf Bärenspuren", die ISBN lautet: 978-3-7412-9116-6
316 Seiten für 9,90 Euro

„Im Schatten des Feuerberges", die ISBN lautet: 978-3-7481-3800-6
120 Seiten für 7,90 Euro

„Ein Sommer unter der Mondsichel - Wien, im Jahre 1683",
die ISBN lautet: 978-3-7494-5288-0
328 Seiten für 9,90 Euro

„Der schwarze Tod - Mainz, im Jahre 1349",
die ISBN lautet: 978-3-7494-7180-5
336 Seiten für 9,90 Euro

„Eine sächsische Revolution", die ISBN lautet: 978-3-7528-8679-5
336 Seiten für 9,90 Euro

„Liebe in stürmischen Zeiten", die ISBN lautet: 978-3-7519-1929-6
160 Seiten für 7,90 Euro

„Das siebente Mädchen", die ISBN lautet: 978-3-7504-3239-0
328 Seiten für 9,90 Euro

Aktuelle Informationen und Neuerscheinungen finden sie immer im Internet unter:

www.Goeritz-Netz.de